Stephanie Danler

Sweetbitter

atb aufbau taschenbuch

STEPHANIE DANLER lebt als Autorin in Brooklyn, New York. Als sie 2006 nach New York kam, um an der New School Kreatives Schreiben zu studieren, begann sie im edlen Union Square Café zu kellnern. Sie verliebte sie sich in die Arbeit, das Essen, die Leute und die Stadt. Inspiriert durch ihre Erfahrungen aus dieser Zeit, schrieb sie ihr Debüt *Sweetbitter*.

Mehr Informationen zur Autorin unter www.stephaniedanler.com.

»Sagen wir es so: Ich wurde geboren, als ich auf der anderen Seite der George Washington Bridge ankam.« So lernen wir die unvergessliche Tess kennen, die vor ihrer provinziellen Herkunft nach New York flieht, um endlich jemand zu werden, um endlich ihren Platz auf der Welt zu finden.

Wie so viele beschließt Tess, erst einmal einen Job als Kellnerin anzunehmen, um etwas Geld zu verdienen. Doch das Restaurant, in dem sie anheuert, ist alles andere als gewöhnlich. Es ist der große Tempel des Genusses, in dem nichts der Willkür überlassen wird – ein Paralleluniversum mit ganz eigenen Regeln und Gesetzen, Affären und Allianzen, Intrigen und Freundschaften, Exzessen und Freuden. Tess kann nur überleben, wenn sie schnell lernt. Und die Lektion, die sie hier bekommt, wird ihr Leben verändern.

»Stephanie Danlers Prosa setzt Dopamin frei: Wenn sie die Salzigkeit einer Kumamoto-Auster beschreibt, gefolgt von Schokoladen-Stout, oder das Licht einer Bar während eines sommerlichen Sonnenuntergang skizziert, will ich mich einfach nur mit meinen Freunden betrinken und Meeresfrüchte schlürfen.«

The Paris Review

STEPHANIE
DANLER

SWEET BITTER

ROMAN

Aus dem Amerikanischen
von Sabine Kray

atb aufbau taschenbuch

Die Originalausgabe unter dem Titel
Sweetbitter
erschien 2016 bei Alfred A. Knopf, New York.

MIX
Papier aus verantwortungsvollen Quellen
FSC® C083411

ISBN 978-3-7466-3471-5

Aufbau ist eine Marke der Aufbau Verlag GmbH & Co. KG

1. Auflage 2018

Die deutsche Erstausgabe erschien 2017 bei Aufbau,
einer Marke der Aufbau Verlag GmbH & Co. KG

Umschlaggestaltung www.buerosued.de, München
unter Verwendung eines Bildes von © Plainpicture / Neil Emmerson
Satz LVD GmbH, Berlin
Druck und Binden CPI books GmbH, Leck, Germany
Printed in Germany

www.aufbau-verlag.de

Meinen Großeltern,
Margaret Barton Ferrero und
James Vercelli Ferrero

»Eros quält mich von neuem mit Allgewalt,
Mit süßbitterem Zauber, der Wütherich.«
Sappho und Erinna

»Werfen wir jetzt einen philosophischen Blick auf das Vergnügen oder den Schmerz, welchen der Geschmack zu veranlassen vermag.«
Brillat-Savarin, *Physiologie des Geschmacks*

Sommer

I

Du wirst Geschmack entwickeln. Den Ort auf deiner Zunge entdecken, wo die Erinnerung wohnt. Hier versiehst du jeden Geschmack mit einem Namen. Essen wird zu einer Wissenschaft, definiert durch Sprache. Nie wieder wirst du einfach Nahrung zu dir nehmen.

ICH WEISS NICHT, was es wirklich heißt, Kellnerin zu sein. Sicher, es ist ein Job, aber nicht nur. Es ist auf gewisse Art und Weise frei von jeglichen Ambitionen, eindeutig, klar definiert. Es gibt kein oben oder unten. Man bedient.

Es *ist* schnelles Geld – im Verlauf des Abends häufen sich ganze Bündel loser, glatter Scheine an und verschwinden dann wieder. Es kann Mittel zum Zweck sein, für all jene mit klaren Zielen und unerschütterlichen Visionen. Ich war zweiundzwanzig, als ich den Job im Restaurant bekam, und schon da waren mir diese Dinge eigentlich klar.

Natürlich hat mich das Geld gelockt. Und dieses Gefühl von Sicherheit, das sich einstellt, sobald man einen Ort gefunden hat, an dem man erst mal abwarten kann. Dass dieser Ort nur zwischen zwei unverrückbaren Klammern existierte, war mir damals nicht bewusst. Innerhalb dieser Klammern gibt es nichts anderes, doch außerhalb von ihnen bleibt bloß die trübe Erinnerung an einen Zustand des Wahns. Neunzig Prozent von uns würden das nicht mal in ihrer Vita aufführen. Vielleicht würden wir es mal nebenher erwähnen, als Beweis unserer moralischen Standfestigkeit, unseres Durchhaltevermögens. Ganz so, als hätten wir ein Erdbeben durchlebt oder Militärdienst geleistet. Denn so war diese Zeit. Von begrenzter Dauer.

WIE ALLE ANDEREN bin ich mit dem Auto gekommen. In einem Auto voller Kram, den ich für wichtig hielt. Kram, den ich wenig später auf den Sperrmüll brachte: DVDs, die schon bald bedeutungslos waren, eine Kiste mit Digital- und Analogkameras – Überbleibsel eines nach wie vor schlummernden Talents für Fotografie –, eine Ausgabe von *On the Road*, deren Lektüre ich nicht zu Ende gebracht habe, und eine Lampe – skandinavisch-modern, von Walmart. Es war eine lange, dunkle Fahrt, weg von einem Ort, der so klein war, dass er nicht einmal auf der wohlwollendsten Karte verzeichnet war.

Kommt irgendjemand ohne Ballast nach New York? Ich fürchte nicht. Und dennoch: Als ich den Hudson überquerte, dachte ich an Lethe, den milchigen Fluss des Vergessens. Ich vergaß, dass ich eine Mutter hatte, die fortgegangen war, bevor ich auch nur die Augen geöffnet hatte, und einen Vater, der wie unsichtbar durch die Zimmer unseres Hauses schlich. Ich vergaß all die Menschen in meinem Leben, die einfach nicht kapierten, was ich ihnen sagen wollte. Egal, worum es sich auch handelte. Sie wurden so durchscheinend wie ein Netzvorhang. Ich vergaß auch die staubigen Wege zwischen verdorrten Feldern unter diesem erdrückend wachsamen Sternenhimmel, die ich in meinem Auto entlanggefahren war, ohne dabei etwas zu empfinden.

Ja, ich war geflohen. Aber wovor? Vor Football und der Kirche, den Eckpfeilern der Gemeinschaft, in der ich aufgewachsen war? Vor den flachen, verblichenen Häusern in Sackgassen ohne Kindergeschrei? Vor den Morgenden mit der *Gazette* und abgepackten Donuts? Vor dem sentimentalen Gefühl, das all dem zugrunde lag und alle einlullte? Egal. Ich würde es nie genau sagen können. Mein Leben bewegte sich wie das der meisten einfach vorwärts. Kaum merklich, aber doch eindeutig vorwärts.

Sagen wir, dass ich Ende Juni 2006, beim Überqueren der George-Washington-Brücke, geboren wurde. Es war sieben Uhr morgens, die Sonne begann gerade ihre Wanderung, der Himmel war voll scharfkantiger Lichtstrahlen, noch unberührt von den aufsteigenden Abgasen. Die Luft war beweglich, erst später würde die Hitze sie erstarren lassen. Die Fenster hatte ich heruntergelassen, und aus dem Radio kam ein absurd hoffnungsvoller Popsong. Alles offen, offen, offen.

SAUER: Beißende Zitrussäfte, Meyer-Zitronen mit dünner Schale, knubbelige Kaffir-Limetten. Joghurt und Essig, alles zieht sich zusammen. Zitronen in Halbliter-Eimern an der Seite eines jeden Kochs. Der Chefkoch schrie: Das braucht Säure!, Und dann schlachteten sie die Zitronen, die nichts als einen sanften Schmerz, einen Hauch Leben auf der Zunge hinterließen.

ICH WUSSTE NICHTS von einer Maut.

»Das wusste ich nicht«, sagte ich zu der Dame an der Mautstation. »Kann ich dieses eine Mal vielleicht einfach so durch?«

Die Frau blieb ungerührt, eine Säule aus Stein. Der Autofahrer hinter mir begann zu hupen, dann der hinter ihm – bis ich mich nur noch unter dem Lenkrad verstecken wollte. Sie dirigierte mich an die Seite, wo ich erst zurücksetzte, dann wendete. Vor mir lag nun das, was ich gerade noch hinter mir gelassen hatte.

Ich bog ab und fand mich in einem Industrieviertel wieder, einem Labyrinth von Straßen, eine trügerischer als die andere. Es war irrational, aber plötzlich hatte ich Angst, keinen Geldautomaten zu finden und dann ganz zurückzumüssen. Hinter der nächsten Kurve entdeckte ich einen Dunkin' Donuts. Ich hob zwanzig Dollar ab und ließ mir den aktuellen Kontostand anzeigen: 146 Dollar. Dann ging ich zur Toilette, um mein Gesicht zu waschen. Fast geschafft, sagte ich zu meinem angespannten Gesicht im Spiegel.

»Kann ich einen großen Haselnuss-Latte auf Eis bekommen?«, fragte ich. Der keuchende Mann hinter dem Tresen fraß mich mit seinen Augen.

»Wieder da?« Er gab mir das Wechselgeld.

»Wie bitte?«

»Du warst gestern hier. Hast exakt das Gleiche bestellt.«

»Nein, hab ich nicht.« Nachdrücklich schüttelte ich den Kopf. Ich stellte mir vor, wie ich gestern, morgen und jeden weiteren Tag meines neuen Lebens bei Dunkin' Donuts im beschissenen New Jersey aus dem Auto stieg und diesen Kaffee bestellte. Mir wurde übel. »Habe ich nicht«, wiederholte ich, noch immer den Kopf schüttelnd.

Triumphierend ließ ich das Fenster herunter. »Hier bin ich wieder.« Die Frau an der Mautstation hob eine Augenbraue und hakte den Daumen in eine Gürtelschlaufe. Ich gab ihr das Geld, als sei es keine große Sache. »Kann ich jetzt durch?«

SALZ: Spucke sammelt sich in deinem Mund. Flocken aus der Bretagne, die sofort schmelzen. Rosafarbene Salzbrocken aus dem Himalaya, glanzlose, graue Klumpen aus Japan. Koscheres Salz, das in einem nicht enden wollenden Strom aus der Hand des Chefkochs fällt. Salzen, es ist das schwierigste aller Unterfangen – das Essen verlangt stets nach mehr, doch der Moment, in dem die Balance kippt, ist fatal.

DER FREUND EINES FREUNDES eines Freundes. Sein Name war Jesse. Ein Zimmer für 700 Dollar im Monat. Ein

Viertel, das sich Williamsburg nannte. Die Stadt befand sich in der Gewalt einer tyrannischen Hitzewelle, die Zeitungen machten täglich mit den Toten aus Queens und den äußeren Bezirken auf, wo immer wieder das Stromnetz zusammenbrach. Die Polizei verteilte Säcke mit Eis, ein flüchtiger Trost.

Die Straßen waren breit und leer. Ich parkte auf der Roebling Street. Es war mitten am Tag, kaum Schatten irgendwo, und alle Geschäfte schienen geschlossen zu haben. Auf der Suche nach Anzeichen von Leben, lief ich zur Bedford Avenue, sah ein Café und dachte darüber nach, hineinzugehen, um zu fragen, ob sie eine Barista brauchten. Durch das Fenster erkannte ich gepiercte junge Leute mit Laptops und verbissenen Mienen. Sie wirkten mager und viel älter als ich. Ich hatte mir selbst versprochen, schnell und ohne großes Nachdenken Arbeit zu finden – als Kellnerin, als Barista, als scheißegal was. Ankommen, das war die Hauptsache. Dennoch wehrte sich meine Hand, als ich sie aufforderte, die Tür zu öffnen.

Die Skyline am Ufer war voller Skelette, dicht an dicht wuchsen Hochhäuser aus den flacheren Gebäuden empor. Sie sahen aus wie halb ausradierte Fehler. Über einem verlassenen, verwilderten Grundstück hing ein quietschendes Tankstellen-Schild – um mich herum nur ambivalente Zeugnisse des Untergangs.

Mein zukünftiger Mitbewohner hatte die Schlüssel in einer Bar in der Nähe der Wohnung hinterlassen. Tagsüber arbeitete er in einem Büro in Midtown, darum konnte er mir die Schlüssel nicht selbst geben.

Clem's war ein düsterer Schuppen an einer sonnigen Straßenecke, die Klimaanlage über der Eingangstür lärmte wie ein Dieselmotor. Als ich durch die Tür trat, weihte sie mich mit einem Tropfen Wasser, und ich stand blinzelnd im Luftstrom, während sich meine Augen an die Dunkelheit gewöhnten.

Der Barmann stützte sich mit den Ellenbogen auf die Arbeitsfläche hinter sich, die Füße hatte er gegen den Tresen gestemmt. Er trug eine geflickte, mit Nieten besetzte Jeansweste. Kein Shirt darunter. Zwei Frauen in gelb bedruckten Kleidern saßen vor ihm. Sie spielten mit den Strohhalmen in ihren Drinks. Niemand sprach mich an.

»Schlüssel, Schlüssel, Schlüssel …«, antwortete er auf meine Frage hin. Beim Näherkommen schlug mir sein unangenehmer Körpergeruch entgegen, die dämonischen Tätowierungen, die ihn von oben bis unten bedeckten, waren furchteinflößend. Die Haut über seinen Rippen wirkte wie angeklebt, sein Schnauzbart so akkurat wie kleine Mädchenzöpfe. Er zog das Kassenbuch heraus, warf es auf den Tresen und wühlte in der Schublade darunter. Ein ganzer Stoß Kreditkarten, fremdländische Münzen, Umschläge, Quittungen. Scheine flatterten in Klammern.

»Bist du Jesses Freundin?«

»Ha«, sagte eine der Frauen am Tresen. Sie drückte sich ihr Glas an die Stirn und rollte es hin und her. »Guter Witz.«

»Die Wohnung ist an der Kreuzung South Second und Roebling«, sagte ich.

»Bin ich ein verdammter Immobilienmakler?« Er warf eine Handvoll Schlüssel mit bunten Anhängern nach mir.

»Mach ihr doch keine Angst«, sagte die andere Frau. Sie sahen nicht wirklich wie Schwestern aus, aber sie waren beide massig und ragten aus ihren Neckholder-Oberteilen hervor wie Galionsfiguren aus dem Bug eines Schiffes. Eine war blond, die andere brünett – und jetzt, wo ich genau hinsah, war ich mir sicher, dass ihre Kleider identisch waren. Sie flüsterten und lachten.

Wie soll ich hier bloß leben?, fragte ich mich. Jemand muss sich verändern, entweder die anderen oder ich. Ich fand die Schlüssel, auf denen *Roebling 220* stand. Der Barmann verschwand unter dem Tresen.

»Ich danke Ihnen!«, sagte ich.

»Oh, keine Ursache, Madame«, sagte er, als er wieder auftauchte. Er blinzelte mir zu, dann öffnete er eine Dose Bier, schob den Schnauzbart hoch und umkreiste die Öffnung der Dose mit seiner Zunge. Dabei sah er mich unverwandt an.

»Okay«, sagte ich und wich zurück. »Tja, vielleicht komme ich mal wieder, für einen Drink oder so.«

»Meine Vorfreude ist grenzenlos«, sagte er und drehte mir den Rücken zu. Sein Körpergeruch hing schwer in der Luft.

Kurz bevor ich wieder in die Hitze hinaustrat, hörte ich eine der Frauen noch sagen: »Du lieber Gott.« Und dann den Barmann: »Das war's dann wohl mit unserem Viertel.«

SÜSS: körnig, pudrig, braun, langsam wie Honig oder Melasse. Der Zucker in der Milch umschmeichelt den Gaumen. Damals, als wir noch Wilde waren, hat er uns berauscht, das erste Rauschgift, nach dem wir verlangten, ja schmachteten. Wir haben das Verlangen gezähmt, sind geläutert, aber der Saft eines Pfirsichs bricht noch immer über uns herein wie eine Sturzflut.

ICH KANN MICH NICHT ERINNERN, warum ich als Erstes zu diesem Restaurant ging, aber ich erinnere mich bis ins Detail an dieses nichtssagende Stück der Sechzehnten Straße. Das unpersönliche Blaugrün des Coffee Shop – eine Farbe aus der Jahrhundertmitte –, das Bataillon an Abfallcontainern zwischen uns und dem Blue Water Grill, die Bodega mit den zwei kleinen Kartentischen, an denen sie einen Bier trinken ließen. Die stets uniformierten Kellner, die Pfefferminzbonbons und Energy Drinks kauften.

Die Gasse, in der die Köche sich trafen, um zwischen den Schichten Zigaretten zu rauchen, die Nischen, in denen sie kifften und nach den Ratten im Abfall traten. Und dann die

Umrisse des dürftigen Parks außerhalb unseres Blickfeldes, sodass wir ihn bloß erahnen konnten.

Was sah der Inhaber, als er es eröffnete? Die Zukunft.

In der ersten Zeit erzählten sie mir eine Menge Geschichten. Niemand ging in den Achtzigern zum Union Square. Lediglich ein paar Verlage waren dort hingezogen. Anstelle der Stadt von damals gibt es heute eine andere mit Whole Foods, Barnes & Noble und Best Buy. Man hat einfach eine neue Stadt auf die alte gebaut. In Rom bauen sie eine U-Bahn und stoßen unter der Erde auf ganze Kulturen. Auf Künstler, Politiker, Schneider, Friseure und Barleute. Wenn man hier graben würde, auf der Sechzehnten, dann würde man die Leute vom Restaurant finden, bloß jünger, dazu die muffigen Trinkerhöhlen und die alten Penner im Park, ebenfalls jünger.

Was haben die Kellner von 1985 auf dem Weg zu ihrem Bewerbungsgespräch gesehen? Eine Kneipe, ein Grillrestaurant, ein Bistro? Ein Kuddelmuddel aus italienischer, französischer und einer eben erst aufkeimenden amerikanischen Küche, an die damals noch niemand wirklich glaubte? Eine Mischung, die eigentlich nicht hätte funktionieren dürfen? Als ich sie danach fragte, sagten sie, dass der Inhaber ein Restaurant geschaffen habe, das so noch nie da gewesen sei. Sie alle sagten, dass sie sich schon beim Betreten des Restaurants sofort wie zu Hause gefühlt hätten.

BITTER: Immer ein wenig unerwartet. Kaffee, Schokolade, Rosmarin oder die Schalen von Zitrusfrüchten. Wein. Damals, als wir noch Wilde waren, warnte es uns vor allem Giftigen. Und unser Mund, er zögert noch immer bei jeder Begegnung. Wir drängen ihn. Vorwärts. Gewöhn dich daran. Und jetzt: Genieße.

ICH LÄCHELTE zu viel. Am Ende des Bewerbungsgesprächs fühlten meine Mundwinkel sich an wie Zeltstäbe kurz vorm

Bersten. Ich trug ein schwarzes Strandkleid und eine fusselige Strickjacke – mein konservativstes und seriösestes Kleidungsstück. In meiner Handtasche ein paar zusammengefaltete Lebensläufe, in meinem Kopf der grobe Umriss eines Plans – sofern man jenen zaghaften Instinkt, dem ich mich schicksalsergeben zu folgen zwang, überhaupt so nennen konnte. Ich würde so lange Restaurants abklappern, bis mich eines von ihnen einstellte. Als ich meinen Mitbewohner fragte, wo ich nach einem Job suchen sollte, sagte er, das beste Restaurant der Stadt sei am Union Square. Kaum hatte ich die U-Bahn verlassen, breiteten sich riesige Halbmonde aus Schweiß auf meiner Strickjacke aus, aber mein Kleid war zu weit ausgeschnitten, um sie auszuziehen.

»Warum hast du dich für New York entschieden?«, fragte mich Howard, der Geschäftsführer.

»Ich dachte, Sie würden mich fragen, warum ich mich für dieses Restaurant entschieden habe«, sagte ich.

»Fangen wir mit New York an.«

Ich wusste aus Büchern, Filmen und aus *Sex and the City*, welche Antwort von mir erwartet wurde. Ich habe immer davon geträumt, hier zu leben, sagen die Leute. Sie betonen das Wort *geträumt*, ziehen es in die Länge, damit es glaubhaft klingt.

Viele sagen: Ich bin hergekommen, um Sängerin/Tänzerin/Schauspielerin/Fotografin/Malerin zu werden. Um in der Finanz-, Mode- oder Verlagswelt zu arbeiten. Ich bin hierhergekommen, um mächtig, schön oder reich zu werden. Was immer zu bedeuten schien: Ich mache hier bloß Station, um mich neu zu erfinden.

Ich sagte: »Es hat sich nicht angefühlt wie eine Entscheidung. Wo soll man sonst hingehen?«

»Ah«, sagte er. »Es ist also so etwas wie eine Bestimmung?«

Das war alles. *Ah*. Offenbar begriff er, dass meine Möglichkeiten begrenzt waren, dass es nur einen Ort gab, der groß genug war für so viel ungezügeltes, undefiniertes Wollen. *Ah.* Vielleicht wusste er, dass ich davon träumte, rund um die Uhr zu leben. Vielleicht wusste er, wie sehr ich mich bis jetzt gelangweilt hatte.

Howard war Ende vierzig, sein Gesicht markant und gepflegt. Der leicht zurückgehende Haaransatz betonte seine hervorstehenden Augen. Sie verrieten mir, dass er mit wenig Schlaf auskam. Er hatte eine aufrechte Haltung, athletische Beine und einen ausladenden Bauch. Scharfsinnige Augen, dachte ich, während er mich ebenfalls musterte und mit den Fingern auf das weiße Tischtuch klopfte.

»Sie haben schöne Nägel«, sagte ich und sah auf seine Hände.

»Das gehört zum Job«, sagte er. Er ließ sich nicht ablenken. »Erzähl mir, was du über Wein weißt.«

»Die Grundlagen. Ich habe so eine Art Basiswissen.« Sprich, ich kannte den Unterschied zwischen Weißwein und Rotwein. Basaler ging es nicht.

»Nun, dann nenne mir doch mal«, er sah sich im Raum um, »die fünf edlen Weinreben des Bordeaux.« Es schien, als habe er die Frage soeben aus der Luft gepflückt.

Ich stellte mir comicartige Weinreben vor. Mit Kronen auf den Köpfen hießen sie mich auf ihrem Schloss willkommen. Hallo, wir sind die edlen Reben des Bordeaux, sagten sie. Ich war versucht zu lügen. Ich konnte unmöglich sagen, wie viel Ehrlichkeit über meine Unwissenheit er zu schätzen wissen würde.

»Mer…lot?«

»Ja«, sagte er, »das ist eine.«

»Cabernet? Es tut mir leid, ich trinke nur selten Bordeaux.« Das schien er zu verstehen. »Natürlich, Bordeaux ist etwas teurer als andere Weine.«

Ich nickte. »Genau. Genau so ist es.«

»Was trinkst du denn so?«

Mein erster Impuls war, ihm aufzuzählen, was ich regelmäßig trank. Die edlen Reben tanzten wieder in meinem Kopf herum, wollten ihm von meinem Eiskaffee bei Dunkin Donuts erzählen.

»Was trinke ich wann?«

»Wenn du eine Flasche Wein kaufst, tendierst du dann zu einer bestimmten Sorte?«

Ich stellte mir vor, wie ich eine Flasche Wein kaufte. Nicht, weil sie preiswert war oder weil sie in der Nähe der Kasse stand. Nicht wegen des Tieres auf dem Etikett, sondern aufgrund meiner ureigenen Geschmacksvorlieben. Diese Vorstellung war ebenso lachhaft wie die edlen Reben in meinem Kopf – Strickjacke hin oder her.

»Beaujolais? Ist das ein Wein?«

»Ja, ist es. Beaujolais *c'est un vin fainéant et radin.*«

»Ja, der.«

»Welche Cru bevorzugst du?«

»Ich weiß es nicht genau«, sagte ich und klimperte ebenso energisch wie falsch mit den Wimpern.

»Hast du Erfahrung als Serviererin?«

»Ja, ich habe einige Jahre in einem Café gearbeitet. Das steht in meinem Lebenslauf.«

»Ich meine, in einem Restaurant. Weißt du, was es bedeutet zu servieren?«

»Ja, wenn die Teller fertig sind, dann *serviere* ich sie den Kunden.«

»Du meinst, den Gästen.«

»Gäste?«

»Deine Gäste.«

»Ja, genau das meinte ich.« Er kritzelte etwas auf den oberen Rand meines Lebenslaufes. Serviererin? Gäste? Was war der Unterschied zwischen einem Gast und einem Kunden?

»Hier steht, dass du Anglistik studiert hast.«

»Ja, nichts Besonderes, ich weiß.«

»Was liest du so?«

»Was ich lese?«

»Was liest du im Moment?«

»Bezieht sich diese Frage auf den Job?«

»Vielleicht.« Er lächelte. Ganz langsam, regelrecht schamlos, glitten seine Augen über mein Gesicht.

»Äh, nichts. Zum ersten Mal in meinem Leben lese ich nichts.« Ich hielt inne und sah aus dem Fenster. Niemand hatte mich je gefragt, was ich so las, nicht einmal meine Professoren. Er stocherte herum, suchte nach etwas, und obwohl ich nicht wusste, wonach er suchte, entschied ich, dass es besser war, mitzuspielen. »Wissen Sie, Howard – darf ich Sie Howard nennen? –, als ich hierher umgezogen bin, habe ich auch ein paar Kisten mit Büchern gepackt. Aber dann habe ich sie mir zum ersten Mal so richtig angesehen. Diese Bücher waren so was wie … ich weiß nicht … so was wie ein Totem meines früheren Ichs … Ich …«

Meine Worte liefen auf etwas Bestimmtes hinaus, das spürte ich genau. Ich wollte ihm die Wahrheit sagen. »Was ich eigentlich sagen will, ist: Ich hab sie dagelassen.«

Galant legte er die Hand unter sein Kinn. Er hörte zu. Nein, er nahm wahr. Ich fühlte mich wahrgenommen. »Ja, es ist bestürzend, auf die leidenschaftlichen Aha-Erlebnisse unserer Jugend zurückzuschauen. Aber vielleicht ist das ja auch ein gutes Zeichen. Ein Zeichen dafür, dass unser Denken sich verändert, unser Geist sich weiterentwickelt hat.«

»Oder es bedeutet, dass wir unser früheres Selbst vergessen haben. Und dass wir das wieder und wieder tun. Vielleicht ist genau das die Überlebensstrategie der Erwachsenen.«

Ich starrte aus dem Fenster. Die Stadt bewegte sich weiter. Selbstvergessen. Wenn das hier schiefging, würde ich auch das vergessen.

»Schreibst du?«

»Nein«, sagte ich. Die Konturen des Tisches wurden wieder klarer. Er sah mich an. »Ich mag Bücher. Und alles andere.«

»Alles andere?«

»Sie wissen schon, was ich meine. Ich mag alles. Ich mag es, von Dingen berührt zu werden.«

Er machte sich eine weitere Notiz auf meinem Lebenslauf.

»Was magst du nicht?«

»Bitte?« Hatte ich das richtig verstanden?

»Du sagst, du magst es, berührt zu werden. Was magst du nicht?«

»Sind solche Fragen normal?«

»Das hier ist kein normales Restaurant.« Er verschränkte die Hände und lächelte.

»Okay.« Ich sah wieder zum Fenster hinaus. Das genügte. »Diese Frage mag ich nicht.«

»Warum?«

Meine Handflächen waren feucht. In diesem Moment wurde mir klar, dass ich diesen Job wollte. Genau diesen Job, in genau diesem Restaurant. Ich sah auf meine Hände und sagte: »Sie scheint mir etwas zu persönlich.«

»Gut.« Er ließ sich nicht beirren, ein kurzer Blick auf meinen Lebenslauf, und schon war er wieder bei der Sache. »Kannst du mir ein Problem bei deinem letzten Job schildern? Also in diesem Café? Erzähl mir von einem Problem dort und davon, wie du es gelöst hast.«

Plötzlich schien es, als hätte ich von dem Café bloß geträumt. Das Innere des Ladens verschwamm, als ich versuchte, mich daran zu erinnern. Schichtbeginn. Das Waschbecken, die Kasse, die Kaffeemühlen – die Gegenstände verblassten immer mehr. Und dann hatte ich plötzlich ihr Gesicht vor Augen: fett, hämisch und rachgierig.

»Da gab es diese schreckliche Frau. Mrs Pound. Im Ernst,

sie war unerträglich. Wir nannten sie den Hammer. Sobald sie den Laden betrat, war ihr alles zuwider. Sie verbrühte sich am Kaffee oder er schmeckte nach Dreck, die Musik war zu laut oder sie hatte sich den Magen verdorben – an dem Blaubeermuffin, den sie am Vortag bei uns gegessen hatte. Sie drohte ständig damit, dass sie den Laden dichtmachen würde. Sobald sie sich auch nur an einem Tisch gestoßen hatte, sagte sie, wir sollten schon mal unseren Anwalt anrufen. Sie wollte Rührei für ihren Hund. Gab keinen einzigen Cent Trinkgeld. Man fürchtete sie. Aber dann, vor etwa einem Jahr, wurde ihr der Fuß amputiert. Sie war Diabetikerin. Keiner von uns wusste das. Ich meine, warum auch? Und als sie dann in ihrem Rollstuhl am Fenster vorbeikam, da sagten alle: ›Na endlich. Jetzt ist der Hammer erledigt.‹«

»Endlich? Was genau meinst du?«, fragte Howard.

»Ah, das habe ich vergessen zu erwähnen. Wir hatten keine Rollstuhlrampe. Und es gab eine Treppe. Also war sie mehr oder weniger erledigt.«

»Mehr oder weniger«, sagte er.

»Aber jetzt kommt der eigentliche Teil der Geschichte: Eines Tages rollte sie wieder vorbei, mit diesem hasserfüllten Blick. Und ich weiß nicht, warum, aber ich habe sie vermisst. Ihr Gesicht. Also habe ich ihr einen Kaffee gemacht und bin ihr nachgerannt. Dann habe ich sie über die Straße in den Park geschoben, und sie hat sich beklagt. Über alles. Das Wetter, ihre Verdauungsbeschwerden. Von da an war das unser Ding. Ich hab ihr sogar das Rührei für den Hund gebracht. In einer To-Go-Box. Meine Kollegen haben sich ständig über mich lustig gemacht.«

Ihre geschwollenen Beine mit den Krampfadern. Wie sie absichtlich ihren Stumpf unter dem Hauskleid hervorschauen ließ. Ihre lilafarbenen Finger.

»Beantwortet das Ihre Frage? Das Problem war wohl, dass

wir keine Rampe hatten. Die Lösung bestand darin, den Kaffee nach draußen zu bringen. Es tut mir leid, ich habe das anscheinend nicht besonders gut erklärt.«

»Ich finde, dass du das genau richtig erklärt hast. Das war eine liebenswürdige Geste.«

Ich zuckte mit den Schultern. »Um ehrlich zu sein, mochte ich sie sehr.«

Der Hammer war die einzige unhöfliche Person, die ich kannte. Sie hat mich in dieses Restaurant gebracht. Ich spürte das damals schon, verstand es aber nicht. Die Tochter ihrer Nichte war die Freundin eines Freundes meines neuen Mitbewohners in Williamsburg. Unser Abschied war tränenreich gewesen – zumindest was mich betraf. Sie weinte nicht. Ich hatte versprochen, ihr zu schreiben, aber die Wochen, die seitdem vergangen waren, ließen die Erinnerung an unsere unbedeutende Freundschaft verblassen. Und als ich Howard betrachtete, den perfekt gedeckten Tisch und das geschmackvolle Hortensien-Gesteck zwischen uns, da wurde mir klar, was er mit »Gast« gemeint hatte. Außerdem begriff ich, dass ich sie nie wiedersehen würde.

»Bist du gemeinsam mit jemandem hierhergezogen? Mit Freundinnen? Oder mit einem Freund?«

»Nein.«

»Das ist ziemlich mutig.«

»Ist es das? Ich bin jetzt seit zwei Tagen hier und komme mir ziemlich lächerlich vor.«

»Es ist mutig, wenn du es schaffst, töricht, wenn du scheiterst.«

Ich wollte ihn fragen, wie und wann ich den Unterschied erkennen würde.

»Was erwartest du dir vom nächsten Jahr, wenn wir dich einstellen?«

Ich vergaß, dass ich ein Bewerbungsgespräch führte. Ich vergaß, dass mein Konto im Minus war, vergaß meine Schweißflecken und die edlen Reben. Ich sagte irgendwas über meine Arbeitsmoral und dass ich dazulernen wolle.

Die Zukunft hatte mir noch nie sonderlich gelegen. Für die Mädchen, mit denen ich aufwuchs, war die Zukunft eine Vollzeitbeschäftigung – sie gestalteten sie, leiteten sie in die Wege. Sie konnten darüber mit so viel Selbstbewusstsein sprechen, dass es klang, als wäre die Zukunft bereits Vergangenheit. Zu diesen Gesprächen hatte ich nichts beizutragen gehabt.

Ich hatte lediglich abstrakte, unkonkrete Vorstellungen, auf die ich nicht bauen konnte. Jahrelang sah ich irgendeine nächtliche Stadt, erleuchtete Fenster. Von diesen fernen künstlichen Lichtern ließ ich mich trösten, bis ich in den Schlaf fand. Eines Tages kündigte ich ohne jegliche Euphorie meinen Job, am nächsten schrieb ich einen Zettel für meinen Vater. Dann fuhr ich ein wenig verunsichert die Auffahrt seines Hauses herunter. Zwei Tage später saß ich vor Howard. So begegnete mir die Zukunft.

Auf der Fahrt begleitete mich das Bild eines Mädchens, eigentlich das einer Frau. Ihre Haare glichen meinen, aber sie sah nicht aus wie ich. Sie trug Stiefeletten, einen kamelfarbenen Mantel und darunter ein Kleid, das hoch in der Taille von einem Gürtel gehalten wurde. In den Händen hielt sie Einkaufstüten von verschiedenen Fachgeschäften, und während sie so die Straße entlanglief, hier und da stehen blieb, um sich Schaufenster anzusehen, fuhr der Wind in ihren Mantel und wehte ihn auf. Die Absätze ihrer Stiefeletten klapperten auf dem Kopfsteinpflaster. Sie hatte Liebhaber, von denen sie sich wieder trennte, sie hatte einen Analytiker, eine Bibliothek und Bekannte, die ihr auf der Straße begegneten, an deren Namen sie sich aber nicht erinnern konnte. Sie gehörte nur sich selbst. Sie hatte Ecken und Kanten, Grenzen und Geschmack – ihr Styling war minutiös, bis in die Wimpern. Und wenn sie die

Straßen entlangging, dann war klar, dass sie wusste, wohin sie wollte.

Zum Abschied bedankte ich mich. Ich hatte keine Ahnung, ob das hier jetzt gut oder schlecht gelaufen war, ja, ich brauchte sogar einen Augenblick, um mich an den Namen des Restaurants zu erinnern. Wir überprüften meine Kontaktdaten und er hielt meine Hand ein wenig zu lang. Seine Augen wanderten meinen Körper hinunter. Sein Blick war nicht der eines Arbeitgebers, es war der eines Mannes.

»Ich wische nicht gern Fußböden. Und lügen mag ich auch nicht.« Warum ich das sagte, wusste ich nicht. »Diese zwei Dinge sind mir gerade eingefallen.«

Er nickte und lächelte. Ein privates Lächeln, nahm ich an. Meine Oberschenkel waren schweißnass, und als ich mich umdrehte, spürte ich seine Augen schamlos auf meinem Hintern ruhen.

Als ich die Tür erreichte, streifte ich die Strickjacke von meinen Schultern und bog den Rücken durch, als hätte ich das Bedürfnis, mich zu strecken. Niemand weiß, wie ich den Job bekommen habe, aber ich bin lieber ehrlich, wenn es um solche Dinge geht.

BEI GESCHMACK, sagte Chef, geht es immer um Ausgewogenheit. Das Saure, das Salzige, das Süße, das Bittere. Deine Zunge verfügt jetzt über die entsprechenden Codes. Ein Zeugnis von Geschmack, ein eindeutiger Hinweis darauf, wie du der Welt begegnest, ist die Fähigkeit, das Bittere zu schätzen, ja, danach ebenso zu gieren wie nach dem Süßen.

II

Ästhetisch betrachtet, war der Raum nicht sehr bemerkenswert, hier und da sogar hässlich. Nicht ungepflegt, auf keinen Fall – die Farbe war frisch, kein Staub in Sicht, aber irgendwie schien alles bereits über seinen Zenit hinaus zu sein. Die Kunst war altmodisch, kitschig, manche Teile richtiggehend grotesk. Wahrscheinlich aus den Achtzigern. Die drei Ebenen des Gastraums wirkten, als stammten sie aus unterschiedlichen Zeiten und seien dann gedankenlos miteinander verbunden worden. Auf der einen Seite war alles voller Tische, auf der anderen gab es kaum welche. Das Ganze erweckte den Eindruck, als habe sich jemand nicht wirklich zu einer Entscheidung durchringen können, einen aber dennoch eingeladen.

WÄHREND DER EINARBEITUNG sagte mir der Inhaber Folgendes: »Man kann Menschen auf vielerlei Art Freude bereiten. Jeder Künstler stellt sich dieser Herausforderung. Aber das, was wir hier tun, ist zutiefst intim. Wir schaffen etwas, das du in dich aufnimmst. Und ich meine nicht das Essen, sondern das Erlebnis.«

ZWEI BEREICHE des Restaurants waren makellos. Zum einen die drei Bistro-Tische am Eingang. Eingerahmt von einem großen Fenster, standen sie im sich verändernden Licht des Tages. Manche Leute – ich meine, Gäste – hassten es, am Eingang zu sitzen, abgeschnitten vom Hauptraum. Andere wollten nirgendwo anders sitzen. In der Regel wurden diese

Tische für die vorzeigbarsten Gäste reserviert – selten saß dort jemand mit einer schlechten Haltung oder in Jeans.

Der Inhaber sagte: »Ein Restaurant zu betreiben, bedeutet, eine Bühne zu schaffen. Die Glaubwürdigkeit steht und fällt mit den Details. Es liegt in unserer Hand, was sie erleben. Was sie sehen, hören, schmecken, riechen oder berühren. Das beginnt schon an der Eingangstür, mit dem Empfangstresen, mit den Menschen und den Blumen, die ihnen dort begegnen.«

Und dann die Bar. Sie war zeitlos. Lang und aus dunklem Mahagoni. Barhocker, so hoch, dass man das Gefühl hatte, auf ihnen zu schweben. Leise Musik, gedämpftes Licht, ein klingender Geräuschteppich. Das Knie eines Nachbarn, ein Arm, der an einem vorbei nach einem funkelnden Martini greift, die Schritte der Empfangsdame, die Gäste zu ihrem Platz begleitet. Aus dem Augenwinkel der verschwommene Anblick vorbeigleitender Teller, das Geräusch der Drinks im Shaker, die meisterhafte Choreographie der Bartender: Flaschen bewegen, den Gästen Brot reichen, komplizierte Bestellungen aufnehmen, alles auf einmal. Die erste Frage unserer besten Stammgäste stets: Gibt es noch Platz an der Bar?

»WIR GEBEN DEN GÄSTEN das Gefühl, auf ihrer Seite zu sein. Das ist unser Ziel. Jedes Geschäft, ja eigentlich jeder Austausch im Leben, steht und fällt mit dem Gefühl, das du bei deinem Gegenüber evozierst.«

Seine Haltung war die eines Gottes. Er sprach wie ein Gott. Manchmal nannte die *New York Post* den Inhaber auch den Bürgermeister. Groß, gutaussehend, braungebrannt mit perfekten, weißen Zähnen. Ein Naturtalent im Umgang mit Worten und Gesten. Und wie einem Gott lauschte ich ihm, die Hände im Schoß gefaltet.

Und doch stimmte da etwas nicht. Ich konnte nicht genau sagen, was es war. Etwas an dieser Idee, den Gästen das Gefühl zu geben, »auf ihrer Seite« zu sein, war unaufrichtig. Ich sah mich um und plötzlich war alles Währung: das Silberbesteck, die Holzverstrebungen, sogar das majestätische Blumengesteck, das die Bar krönte. Krass, dachte ich, man muss den Menschen nur ein gutes Gefühl dabei vermitteln, Geld auszugeben, dann kann man reich werden. Wir waren nicht auf ihrer Seite. Wir waren auf der Seite des Inhabers. Diese Detailverliebtheit, das ganze Gerede – am Ende war es doch bloß ein Geschäft, oder?

Nach der Einarbeitung wollte ich ihn wissen lassen, dass ich ihn verstanden hatte. Ich wollte jemanden fragen, wie viel von diesem Geld *ich* mit nach Hause nehmen würde. Auf dem Weg nach draußen traf ich ihn. Er sah mich an, ich blieb stehen. Er sagte meinen Namen, obwohl ich mich noch gar nicht vorgestellt hatte, schüttelte meine Hand und nickte, als hätte er mir alle meine Schwächen bereits verziehen, als würde er sich für den Rest seines Lebens an mein Gesicht erinnern.

Er sagte: »Wir gestalten die Welt, wie sie sein sollte. Wir brauchen uns nicht darum zu kümmern, wie sie tatsächlich ist.«

ICH BEKAM DEN JOB nicht sofort. Ich durfte ihn erlernen. Ich wurde Hilfskellnerin, was nicht dasselbe war wie eine Kellnerin. Howard zeigte mir den Weg zur Umkleide: durch die Küche, dann eine schmale Wendeltreppe hinauf. Er sagte: »Du bist jetzt die Neue. Damit ist auch eine gewisse Verantwortung verbunden.«

Er ging, ohne mir zu sagen, was er mit »Verantwortung« gemeint hatte. In einer Ecke des fensterlosen Raumes saßen zwei ältere Latinos und eine Frau. Sie hatten ihr Gespräch auf Spanisch unterbrochen und starrten mich an. Ein kleiner elektrischer Ventilator vibrierte hinter ihnen. Ich versuchte ein Lächeln.

»Kann ich mich hier irgendwo umziehen?«

»Genau hier, Baby«, sagte die Frau. Ihr wildes, schwarzes Haar hatte sie mit einem Tuch zurückgebunden. Schweiß hatte Spuren auf ihrem Gesicht hinterlassen. Sie schürzte die Lippen. Hinter ihr die Gesichter der Männer, übergroß und mitgenommen.

»Okay«, sagte ich. Ich steckte den Kopf in meinen Schrank, sodass ich sie nicht mehr ansehen musste. Howard hatte mir aufgetragen, ein weißes, durchgängig geknöpftes Hemd zu kaufen. Um mich nicht ausziehen zu müssen, zog ich es einfach über mein Trägertop. Das Teil war so atmungsaktiv wie ein Stück Pappe, sofort lief mir der Schweiß den Rücken hinunter bis in meine Unterhose.

Sie sprachen weiter, fächelten sich Luft zu, besprengten ihre Gesichter an einem kleinen Waschbecken mit Wasser. Im hinteren Teil des Raumes stapelten sich Stühle, an den Seiten Crocs und Clogs voller weißer Flecken, die Fersen völlig abgelaufen. Es war stickig, meine Brust zog sich zusammen.

Die Tür flog auf. Ein Mann erschien. »Kommst du, oder hast du etwa keinen Hunger?«

Ich schaute zu den dreien in der Ecke, um sicherzugehen, dass er mit mir sprach. Er hatte ein harmloses, jugendliches Gesicht, aber an seinen zusammengezogenen Augenbrauen erkannte ich, dass er genervt war.

»Nein, ich habe Hunger«, sagte ich. Obwohl das nicht stimmte. Ich wollte bloß etwas zu tun haben.

»Na dann. Das Teamessen ist fast vorbei. Wie lange brauchst du noch, um dich zurechtzumachen?«

Ich schloss meinen Schrank und band mir einen Pferdeschwanz. »Ich bin fertig. Bist du für mich zuständig?«

»Ja, du folgst mir. Erste Lektion: Wenn du das Teamessen versäumst, isst du nicht.«

»Ah. Tja, es ist schön, dich kennenzulernen. Ich bin –«

»Ich weiß, wer du bist.« Er knallte die Tür hinter uns ins

Schloss. »Du bist die Neue. Vergiss nicht, dich bei Schichtbeginn einzutragen.«

IM HINTEREN GASTRAUM waren Tische gedeckt, mit Edelstahltabletts und Schalen, die so groß waren, dass ich darin hätte baden können. Makkaroni mit Käse, Brathähnchen, Kartoffelsalat, feste, kleine Brötchen, ein öliger, grüner Salat mit geraspelten Möhren. Dazu große Krüge mit Eistee. Es schien, als sei das alles für irgendein Event vorbereitet worden, aber der Typ, der mich geholt hatte, gab mir einen weißen Teller und nahm sich Essen. Dann setzte er sich an einen Tisch in der Ecke, ohne mir ein Zeichen zu geben, ihm zu folgen. Der ganze Raum war voller Personal: Kellner in Schürzen, Menschen in weißen Kitteln, Frauen, die Headsets von ihren Köpfen nahmen, Männer in Anzügen, die an ihren Krawatten zerrten. Ich setzte mich zu den Kellnern, auf den hintersten Stuhl – der beste Platz, falls ich plötzlich wegmusste.

Die Atmosphäre vor Schichtbeginn war ziemlich turbulent. Die Managerin namens Zoe war sprunghaft und schien mit den Nerven am Ende, wobei sie mich ansah, als sei das meine Schuld. Immer wieder rief sie Zahlen oder Namen, Sachen wie »Bereich sechs« und »Herr Soundso kommt um acht«, aber die Kellner redeten einfach weiter. Ich nickte wie taub. Von meinem Essen bekam ich keinen Bissen runter.

Die Kellner und Kellnerinnen wirkten wie Schauspieler, ihre Eigenwilligkeit wie einstudiert. Es fühlte sich an, als würde das alles hier nur für mich aufgeführt. Sie trugen gestreifte Hemden in allen Farben, sie performten, sie schnappten, sie klatschten, küssten und schnitten einander das Wort ab – die einzelnen Geräusche verschmolzen miteinander, während ich langsam tiefer in das Polster meines Stuhls sank.

Howard kam herein. Mit Weingläsern in den Händen. Wie Speichen hingen ihre Stiele zwischen seinen Fingern herunter.

Ein junger Mann im Anzug folgte ihm mit einer Weinflasche, die in braunes Papier gewickelt war. Die Kellner reichten die Gläser herum, darin war jeweils ein Schluck Wein, aber keines davon erreichte mich.

Als Howard in die Hände klatschte, herrschte sofort Stille.

»Wer würde gern anfangen?«

Jemand rief: »Ein Pinot natürlich.«

»Neue oder alte Welt?«, fragte Howard und ließ seinen Blick durch den Raum schweifen. Eine Sekunde lang ruhten seine Augen auf mir. Sofort senkte ich den Kopf Richtung Teller. Ich musste an all die Fragen von meinen Lehrern denken, zu denen mir die Antworten gefehlt hatten. Ich musste daran denken, wie ich mir in der vierten Klasse in die Hose gemacht hatte, und wusste, dass mir das garantiert wieder passieren würde, wenn er mich jetzt drannahm.

»Alte Welt«, rief eine Stimme. »Natürlich«, sagte jemand anders. »Er ist alt. Ich meine, gereift – schau, er verblasst schon ein wenig.«

»Also reden wir von Burgunder.«

»Jetzt ist es nur noch eine Frage von logischer Herleitung, Howard.« Der Mann hob sein Glas und deutete damit auf ihn. »Ich bin dir auf der Spur.«

Howard wartete.

»Ein bisschen karg für einen Côte de Beaune.«

»Ist der gekippt?«

»Irgendwie hab ich das Gefühl, er könnte gekippt sein!«

»Nein, er ist perfekt.«

Sie hörten auf zu reden. Ich lehnte mich nach vorn, um herauszufinden, wer das gesagt hatte. Sie saß auf derselben Tischseite wie ich, zwischen uns waren zu viele Menschen. Ich sah den Kelch, als sie das Glas von sich weghielt, dann führte sie es erneut unter ihre Nase. Ihre Stimme, tief und nachdenklich: »Côte de Nuits … hmm, Howard, das ist ein echter Leckerbissen. Gevrey-Chambertin natürlich. Der Harmand-Geoffroy.« Sie stellte das Glas vor sich ab. Soweit ich erkennen konnte, hatte sie nicht einmal einen Schluck genommen. Der Wein fing das Licht, streute es wie wild im Raum. »Der 2000er. Jetzt kommt der erst wirklich gut zur Geltung.«

»Das denke ich auch, Simone. Danke dir.« Howard klatschte in die Hände. »Freunde, dieser Wein ist ein Schnäppchen, lasst euch nicht irritieren von dem schwierigen 2000er Jahrgang. Côte de Nuits hat einige bemerkenswerte Weine hinbekommen, die sich hier und jetzt wirklich gut trinken lassen. Und darum, ihr Lieben: Seht zu, dass ihr dieses Geschenk heute Abend auch an unsere Gäste weitergebt.«

Alle standen gleichzeitig auf. Die Leute um mich herum stapelten ihre Teller auf meinen, den ich noch immer nicht angerührt hatte, und verließen den Raum. Ich drückte die Teller an meine Brust und schob mich durch die Schwingtüren in die Küche. Zwei Kellnerinnen überholten mich von rechts. »Oh, der Harmand-Geoffroy, natürlich«, flötete eine von beiden ironisch. Die andere verdrehte die Augen. Dann kam plötzlich jemand von links und sagte an mich gerichtet: »Ist das dein Ernst? Du weißt nicht, wie ein Geschirrspüler aussieht?«

Eine lange Wanne voller Geschirr erstreckte sich quer durch den Raum. Mit entschuldigendem Blick stellte ich meinen Stapel ab. Ein winziger, grauhaariger Mann packte ihn schnaubend und kratzte das Essen von jedem einzelnen Teller in den Mülleimer. »*Pinche idiota*« sagte er, dann spie er in die Wanne.

»Danke«, sagte ich. Vielleicht hatte ich in meinem ganzen Leben noch nie wirklich einen Fehler gemacht und genau so musste sich das anfühlen. Als ob die Hände von allem abrutschen, woran man sich festhalten will, als ob einem die Worte fehlen und jegliche Orientierung. Nicht einmal auf die Schwerkraft war mehr Verlass. Ich ahnte meinen Lehrer hinter mir und drehte mich hastig herum, um ihn festzuhalten.

»Wo soll ich …« Ich fasste nach einem Arm und bemerkte zu spät, dass er keine Streifen trug. Es war ein bloßer Arm, und als ich ihn berührte, durchfuhr mich ein leichter elektrischer Schlag. »Oh. Du bist nicht mein Typ.« Ich sah zu ihm auf. Schwarze Jeans und ein weißes T-Shirt, ein Rucksack über einer Schulter und blassen Augen von einem wettergegerbten, beinahe gespenstischen Blau. Er war verschwitzt, ein wenig außer Atem. Ich holte scharf Luft. »Mein Einarbeitungs-Typ, meine ich. Der bist du nicht.«

Schraubstock-Augen: »Bist du sicher?«

Ich nickte. Indiskret sah er mich von oben bis unten an. »Was bist du?«

»Ich bin neu.«

»Jake.« Wir drehten uns beide um. Die Frau, die den Wein erkannt hatte, stand im Türrahmen. Sie nahm mich nicht wahr. Ihr Blick brach das Licht in der Küche, bis es von nahezu vollkommener Klarheit war.

»Guten Morgen. Wann genau beginnt noch mal deine Schicht?«

»Ach, verpiss dich, Simone.«

Sie lächelte zufrieden.

»Ich habe deinen Teller«, sagte sie und ging wieder in den Gastraum. Die Schwingtüren flogen auf, und das Letzte, was ich von ihm sah, waren seine Füße auf dem obersten Treppenabsatz.

SIE ZEIGTEN MIR, wie man Servietten faltet. Ganze Stapel in Plastik eingepackter, blendend weißer Stoffservietten. Knicken, drehen, falten, auffächern – die Bewegungen und die Fussel auf meiner Schürze versetzten mich in eine Art Trance. Niemand sprach mich an. Wenigstens kann ich Servietten falten, sagte ich immer und immer wieder zu mir selbst.

Ich beobachtete Jake und Simone. Er stand mit dem Rücken zu mir an der Bar und beugte sich über seinen Teller. Sie redete, ohne ihn anzusehen, und tippte dabei auf dem Bildschirm des Computerterminals herum. Mir war klar, dass sie auch über das Restaurant hinaus etwas miteinander verband, vielleicht weil sie nicht lachten oder sich kabbelten – sie inszenierten sich nicht. Sie unterhielten sich einfach. Ein Mädchen mit Knopfnase und einem strahlenden Lächeln sagte: »Hey.« Dann klebte sie ihr Kaugummi in die Serviette in meinem Schoß, und die Trance war vorüber.

WOCHENLANG BLICKTE ICH NICHT auf. Ich bat um so viele Schichten wie möglich, aber das Geld kam nicht, der nächste Lohnzyklus hatte gerade erst begonnen. Und als es dann kam, war es nur ein Einarbeitungslohn. Nichts. Ich kaufte damit eine gebrauchte Matratze von einem Pärchen, das aus einem nahegelegenen Apartment auszog.

»Mach dir keine Gedanken«, sagten sie. »Da sind keine Viecher drin, nur ganz viel Liebe.«

Ich nahm sie, aber diese Aussage beunruhigte mich nur noch mehr.

UND DANN GAB ES da noch die Küchenhandtücher. Alle, mit denen ich während der ersten Wochen zusammenarbeitete, begannen den Abend mit den Worten: »Hat dir jemand das mit den Tüchern erklärt?« Und wenn ich dann bejahte, sagten sie: »Wer? Ach, der kriegt es nie gebacken. Ich habe einen geheimen Vorrat.« Ich lernte vier verschiedene ausgefeilte Strategien für den Umgang mit etwas kennen, das man auch schlicht als Putzlappen hätte bezeichnen können. Und trotzdem lag es hier quasi hinter Schloss und Riegel.

Es gab nie genug davon. Nie gelang es uns, eine ausgewogene Tücher-Balance zu halten. Die Küche brauchte ständig mehr davon oder der Typ, der hinten arbeitete und es mal wieder nicht geschafft hatte, sich vor Schichtbeginn damit einzudecken. Manchmal kamen auch die Barleute plötzlich auf den Gedanken, alles porentief zu reinigen. Unweigerlich vergaß man dann, sich selbst einen Stapel zu sichern. Dem jeweiligen Opfer dieses Versäumnisses stand es dann zu, einen anzuschnauzen.

Wenn man einen der Manager um mehr Handtücher bat, schnauzte er einen ebenfalls an, weil man seinen Vorrat noch vor Servicebeginn durchgebracht hatte. Wenn man bettelte – und jeder bettelte –, dann öffnete er den verschlossenen Schrank und zählte einem zehn weitere ab. Von diesen zehn erzählte man niemandem. Die versteckte man, um im Notfall die Heldin spielen zu können.

»DIE KÜCHE ist eine Kirche«, schrie Chef, als ich dem Typen, der mich gerade einarbeitete, eine Frage stellte. »Hier wird die Schnauze gehalten.«

Man hielt sich an dieses Gebot der Stille. Die Leute kamen auf Zehenspitzen in die Küche. Nur Howard war es während der Schicht erlaubt, Chef direkt anzusprechen – versuchten die anderen Manager es ihm gleichzutun, wurde ihnen der Kopf abgerissen. Wahrscheinlich brauchten die Köche die Stille, aber auf diese Weise war es schwer, wenn nicht gar unmöglich, etwas zu lernen.

ZWISCHEN DEN SCHICHTEN ging ich zu Starbucks, wo es unangenehm nach Toilette roch, und trank eine Tasse Kaffee. An meinen freien Abenden kaufte ich in der Bodega einzelne Flaschen Corona und trank sie auf meiner Matratze. Ich war so müde, dass ich sie nicht einmal austrinken konnte. Halbleere Flaschen schmückten mein Fensterbrett, warmes Bier, in dem sich das Sonnenlicht brach. Es sah aus wie Urin. Im Restaurant steckte ich scheibenweise Brot ein und toastete es am Morgen. Wenn ich eine Doppelschicht hatte, machte ich zwischen den Schichten ein Nickerchen im Park. Ich schlief tief, träumte davon, im Boden zu versinken, und fühlte mich sicher. Wenn ich aufwachte, schlug ich mir ins Gesicht, um die Grasabdrücke auf meinen Wangen loszuwerden.

FÜR MICH waren sie alle namenlos. Ich kannte die Leute nicht. Ich hielt mich an irgendwelchen Merkmalen fest: schiefe oder besonders glänzende Zähne, Tätowierungen, Akzente, Lippenstifte – manche erkannte ich sogar an ihrem Gang. Es ist nicht so, dass man mir Informationen vorenthalten hätte, ich war einfach zu blöd, um mir gleichzeitig die Namen *und* die Tischnummern zu merken.

Sie erklärten mir, dass dieser Laden anders war – zunächst einmal gab es richtige Gehälter, eine Krankenversicherung und Krankentage. Einige der nicht angestellten Kellner bekamen sogar Stundenlohnerhöhungen. Die Leute besaßen Wohnungen, hatten Kinder und machten Urlaube.

Alle waren schon seit Jahren hier. Einige der etablierten Kellner würden das Restaurant wohl nie mehr verlassen. Strahle-Lächeln, Typ-mit-Clark-Kent-Brille, Typ-mit-langen-Haaren-und-Dutt, der übergewichtige Grauhaarige. Selbst die Leute im Hintergrund waren alle schon seit mindestens drei Jahren dort. Dann gab es noch die Gemeine, den russischen Schmollmund und den Typen, der mich während meiner ersten Schichten einwies. Ihn nannte ich Sergeant, weil er mich immer so herumkommandierte.

Simone war die Wein-Frau und eine der etablierten Kellnerinnen. Sie und Typ-mit-Clark-Kent-Brille waren am längsten hier. Einer, der mich einarbeitete, nannte sie den Baum der Weisheit. Vor jeder Schicht musste der Sitzplan geändert werden, weil Stammgäste darauf bestanden, in ihrem Service-Bereich zu sitzen. Die Kellnerinnen standen Schlange, um ihr

Fragen zu stellen, oder schickten sie an ihre wichtigsten Tische, um die Weinkarte zu präsentieren. Nicht ein einziges Mal sah sie mich an.

Und der verschwitzte Jake? In den ersten Wochen sah ich ihn nicht wieder. Ich dachte, er arbeitete vielleicht gar nicht dort, sondern war nur eingesprungen, für einen Tag. Aber dann kam ich an einem Freitagabend ins Restaurant, um mein erstes Gehalt abzuholen, und da war er. Ich senkte den Blick, als ich ihn sah. Er war einer der Barmänner.

»DU BIST ALSO eine Barista?« fragte Typ-mit-langen-Haaren-und-Dutt schleppend. »Das macht die Einarbeitung ja relativ einfach für mich.«

Die Kaffeestation schien von einem anderen Planeten zu sein. Alles war silbern, futuristisch und elegant. Und intelligenter als ich.

»Schon mal mit einer Marzocco gearbeitet?«

»Wie bitte?«

»Die Maschine, das ist eine Marzocco. Der Cadillac unter den Espressomaschinen.«

Ja, ja, dachte ich. Ich weiß, wie man einen verdammten Kaffee macht. Schließlich war auch ein Cadillac immer noch ein Auto. Ich identifizierte die Siebträger, entdeckte die Mühle und den Tamper.

»Kennst du die fünf Ms? Welchen Espresso habt ihr benutzt?«

»Den, der in großen Säcken geliefert wurde«, sagte ich. »Es war nicht wirklich ein Feinschmecker-Café.«

»O Shit, verstehe, man hatte mir erzählt, dass du eine Barista bist. Nicht weiter wild, ich arbeite dich ein und dann reden wir später noch mal mit Howard –«

»Nein, nein.« Ich drehte den Siebträger heraus und schlug den alten Espresso in den Müll. »Wo sind eure Tücher?« Er reichte mir eines und ich wischte den Träger aus. »Benutzt ihr einen Timer, oder was?«

»Wir benutzen unsere Augen.«

Ich atmete aus. »Okay.« Ich stellte die Mühle an, wischte die Milchdüse ab und ließ etwas Wasser durch die Gruppe laufen. Fünfundzwanzig Sekunden ergaben einen perfekten Espresso. Ich würde einfach zählen. »Ein Cappuccino in Arbeit.«

ICH STUDIERTE die Speisekarte und das Handbuch. Am Ende jeder Schicht stellte mir einer der Manager Fragen. Mir wurde klar, dass ich nicht wissen musste, was um alles in der Welt ein Shepherd's Pie mit Hummer war, ich musste nicht einmal eine vage Vorstellung davon haben. Wenn ich wusste, dass es am Montagabend das Tagesgericht war, dann konnte ich bestehen. Und auch wenn ich keinen Schimmer hatte, was es mit »unseren Grundsätzen« auf sich hatte, gelang es mir, Zoes Worte fehlerfrei wiederzugeben: »Der erste Grundsatz lautet, füreinander da zu sein.«

»Und weißt du, was eine Einundfünfzig-Prozentlerin ausmacht?«

Zoe aß ihr Nierenzapfen-Steak an ihrem Schreibtisch im Büro. Sie schob ein Stück Fleisch durch das Kartoffelpüree und den frittierten Lauch. Ich war so hungrig, dass ich sie am liebsten geschlagen hätte.

»Ähm.«

Ich hatte vergessen, was der Inhaber zu mir gesagt hatte: »Wir haben dich genommen, weil du eine Einundfünfzig-Prozentlerin bist. Das kann man niemandem beibringen – damit wird man geboren.«

Ich hatte keine Ahnung, was das bedeutete. Ich betrachtete das Schild an der Wand, das vor Ersticken warnte. Der Erstickende wirkte ruhig und darum beneidete ich ihn.

Der Job war zu neunundvierzig Prozent reines Tun. Diese

Arbeit kann jeder machen – das hörte ich immer wieder über das Kellnern. Nein, Entschuldigung, *Servieren*.

Man muss bloß die Tischnummern und Plätze auswendig lernen, Teller auf dem Arm tragen, alle Gerichte auf der Karte und ihre Zutaten kennen, die Wassergläser regelmäßig auffüllen, keinen Tropfen Wein verschütten, die Tische ordentlich abräumen, die Teller korrekt hinstellen, die Feuerschutzregeln beachten, sich ein Basiswissen über Wein aneignen – also die Merkmale der wichtigsten Reben und Weinregionen der Welt kennen. Man muss wissen, woher der Thunfisch kommt, einen Wein zur Foie gras empfehlen können, wissen, von welchem Tier die Milch für welchen Käse kommt und ob sie pasteurisiert ist. Man muss wissen, welche Lebensmittel Gluten oder Nüsse enthalten und wo die Strohhalme sind. Man muss zählen können und immer pünktlich sein.

»Und der Rest?«, fragte ich den Typen, der mich einarbeitete. Ich war außer Atem und trocknete den Schweiß unter meinen Achseln mit Papierhandtüchern.

»Oh, die übrigen einundfünfzig Prozent? Das ist der schwierige Teil.«

ICH WARF meine durchgeschwitzte Jeans in die Ecke, öffnete ein Pacifico, weil es in der Bodega kein Corona mehr gegeben hatte, und setzte mich mit dem Handbuch auf meine Matratze. Ich bin eine Einundfünfzig-Prozentlerin, sagte ich mir. Das bin ich:

- *Unumstößlicher Optimismus – sich von der Welt nicht unterkriegen lassen.*
- *Unersättliche Neugierde – und bescheiden genug, um Fragen zu stellen.*
- *Präzision – den Weg des geringsten Widerstands gibt es nicht.*
- *Anteilnahme – eine tief verankerte emotionale Intelligenz.*

- *Ehrlichkeit – nicht nur anderen gegenüber, sondern, noch viel wichtiger, auch sich selbst gegenüber.*

Ich ließ mich auf das Bett fallen und lachte. Selten, aber doch hin und wieder, dachte ich an meine alten Kollegen im Nirgendwo. Dort hatte unsere Einarbeitung darin bestanden, die Kaffeemaschine richtig anzuschalten. Ich stellte mir dann vor, wie sie mich schwitzen, rennen und papageienmäßig das Handbuch nachplappern sahen, blind für alles, was sich mehr als ein bis zwei Meter von mir entfernt abspielte. Sie sahen, wie orientierungslos und panisch ich ständig bei der Arbeit war, und dann lachten wir gemeinsam darüber.

Die Kreuzung zwischen South Second und Roebling war voller puerto-ricanischer Familien. Sie saßen auf Gartenstühlen in ähnlichen Farben. Sie spielten Domino. Kinder rannten schreiend durch den Strahl eines explodierten Hydranten. Ich sah ihnen zu und erinnerte mich an das Café auf der Bedford Avenue, das ich am ersten Tag gesehen hatte. Mittlerweile hätte ich wahrscheinlich problemlos hineingehen können, hätte einfach gesagt: Hey, ich habe an einer Marzocco gearbeitet. Und dann: Oh, du weißt nicht, was das ist?

Aber es wäre nicht genug. Was auch immer ich war, eine Hilfskellnerin, eine echte Kellnerin, eine Barista – in diesem Restaurant war ich nicht bloß *irgendwer*. Und ich war auch nicht einfach eine Einundfünfzig-Prozentlerin, das klang mir zu roboterhaft. Ich fühlte mich auserwählt, wahrgenommen, nicht nur von meinen Kollegen, die mich ständig zurechtwiesen, sondern auch von der Stadt an sich. Und wann immer sich das Bedürfnis meldete, mich zu beschweren, zu stöhnen oder mit den Augen zu rollen, lächelte ich es weg.

III

Und dann folgte mir eines Tages, als ich gerade die Stufen zu unserem Umkleideraum hochrannte, eine der Frauen aus dem Büro. Sie trug drei Bügel mit steifen, gestreiften Brooks-Brothers-Hemden. Sie wirkten androgyn – vom Stil her irgendwas zwischen Vorstandsetage und Zirkus.

»Herzlichen Glückwunsch«, sagte sie in einem Tonfall, der so monoton war wie ihre Kleidung. »Hier sind deine Streifen.«

Ich hängte die Hemden in meinen Schrank und starrte sie an. Ich war jetzt nicht mehr in der Probezeit, ich hatte einen Job. Im beliebtesten Restaurant von New York City. Ich berührte die Hemden, und plötzlich war es real: Meine Flucht war geglückt. Ich wählte das Hemd mit den dunkelblauen Streifen und meinte, einen leichten Windhauch zu spüren. Es war, als erwachte ich aus einer Narkose. Ich sah, nein, ich *erkannte* eine Persönlichkeit.

SIE ERWARTETE MICH, mit einem Glas Wein in der Hand, direkt am Eingang des Gastraums. Irgendwie hatte ich das Gefühl, dass sie schon lange auf mich gewartet hatte.

»Öffne deinen Mund«, sagte Simone und hob gebieterisch den Kopf. Wir sahen einander an. Vor jeder Schicht trug sie unerbittlich roten Lippenstift auf. Sie hatte krauses, dunkelblondes Haar, unzähmbar stand es von ihrem Kopf ab, wie bei einer Rock-Göttin aus den Siebzigern. Ihre Gesichtszüge hingegen waren streng, ja klassisch. Sie hielt mir das Glas hin und wartete.

Ich kippte den Wein runter wie einen Tequila. Ein Missgeschick. Alte Gewohnheit.

»Und jetzt mach den Mund wieder auf«, wies sie mich an. »Die Luft muss sich mit dem Wein verbinden. Gemeinsam blühen sie auf.«

Ich öffnete meinen Mund, hatte den Wein aber schon hinuntergeschluckt.

»Diese ganze Schmeckerei ist eigentlich reines Affentheater«, sagte sie mit geschlossenen Augen. Ihre Nase steckte tief im Glas. »Die einzige Art, einen Wein wirklich kennenzulernen, ist, einige Stunden mit ihm zu verbringen. Lass ihn sich verändern und dann lass zu, dass er dich verändert. Nur so kannst du im Leben überhaupt irgendetwas lernen – indem du damit lebst.«

AM DARAUFFOLGENDEN TAG hatte ich frei und wollte feiern. Also gönnte ich mir einen Besuch in der Met. Die anderen sprachen ständig über die Events, die sie besucht hatten – Konzerte, Filme, Theaterstücke, Ausstellungen. Nichts davon sagte mir etwas, obwohl ich im College eine Vorlesung zur Einführung in die Kunstgeschichte besucht hatte. Ich ging also in die Met, um während des Serviettenfaltens etwas zum Gespräch beitragen zu können.

Keine Ahnung, wie lange ich zu diesem Zeitpunkt bereits in der Stadt war, aber als ich in der Sechsundachtzigsten Straße aus der U-Bahn stieg, wurde mir klar, in welch engen Grenzen ich bis zu diesem Moment gelebt hatte. Mein täglicher Radius umfasste fünf Blöcke rund um den Union Square, die L-Linie und fünf Blöcke in Williamsburg. Als ich die Bäume im Central Park sah, musste ich laut lachen.

Die Lobby der Met – dieses heilige Labyrinth – raubte mir, wie es sich gehörte, den Atem. Ich stellte mir vor, dass ich in zehn Jahren ein Bewerbungsgespräch hatte. Nicht so eines wie mit Howard, der mich geprüft hatte, sondern eines, in dem man mich bereits zu schätzen wusste. Mein freundlicher Gesprächspartner würde mich nach meinen Wurzeln fragen. Ich würde ihm sagen, dass ich lange Zeit geglaubt hatte, dass aus mir niemals etwas werden würde, dass meine Einsamkeit so vollkommen gewesen war, dass ich nicht in der Lage gewesen war, in die Zukunft zu blicken. Und dass sich all das geändert hatte, als ich in diese Stadt gekommen war. Meine Gegenwart war reichhaltiger geworden, die Zukunft plötzlich leichtfüßig vor mir hergelaufen.

Ich hielt mich an die Galerien, die impressionistische Werke zeigten. Diese Bilder hatte ich bereits hunderte von Malen in Büchern gesehen. In den Ausstellungsräumen dösten Menschen. Angesichts dieser Traumlandschaften konnte der Körper in eine Art Koma verfallen, aber einen aufmerksamen Geist wühlten die Bilder so sehr auf, dass man sie fast als streitsüchtig hätte bezeichnen können.

»Und damit bestätigte sich eine langgehegte Vermutung«, würde ich zu meinem Gesprächspartner sagen, »Bevor ich in diese Stadt kam, war mein Leben lediglich die Reproduktion eines echten Lebens.«

Als ich alle Räume gesehen hatte, begann ich von vorn. Cézanne, Monet, Manet, Pissarro, Degas, Van Gogh. »Genau das wünsche ich mir«, sagte ich dem Gesprächspartner und deutete auf Van Goghs Zypressen. »Schauen Sie: Aus der Nähe betrachtet, ist es verschwommen und wild, nicht wahr? Und dann, aus der Entfernung, fügt es sich zu einem Ganzen. Sehen Sie das?«

»Und die Liebe?«, fragte er gänzlich unerwartet, während ich Cézannes Äpfel betrachtete. Eine Sekunde lang war mir, als stellten Simones rote Lippen die Frage.

»Liebe?« Ich sah mich in der Ausstellung um, als könnte ich die Antwort dort finden. Vom Impressionismus war ich zum frühen Symbolismus gelangt. Noch eine Minute zuvor hätte ich geschworen, dass der Raum voller Menschen war, jetzt war er verlassen bis auf einen alten Mann mit Stock und eine jüngere Frau, die ihn stützte. Ich bin keines dieser Mädchen, die nach New York ziehen, um sich zu verlieben, hatte ich mir auf der Fahrt hierher gesagt. Jetzt, vor dieser Symbolisten-Jury, vor Simone und dem alten Mann, klang das irgendwie fadenscheinig.

»Ich weiß noch nichts über die Liebe«, sagte ich. Dann stellte ich mich neben den Mann und seine Freundin. Seine riesigen Ohren wirkten wie aus Wachs geformt, und ich war mir sicher, dass er taub war, er wirkte zu gelassen. Wir sahen uns Klimts Frau in Weiß an. *Porträt der Serena Lederer*, lautete der Titel des Bildes. Es gehörte definitiv nicht zu seinen mutigeren Arbeiten, es war ganz anders als seine späteren Bilder, die goldbeladen und erotisch daherkamen. Und doch, trotz ihrer jungfräulichen Ausstrahlung lag im Gesicht der Frau eine gewisse zurückhaltende Freude. Ich erinnerte mich an Gerüchte über eine Affäre zwischen dem Modell und dem Maler und daran, dass man sich erzählte, der Vater ihrer Tochter sei in Wahrheit Klimt. Sie stand über uns dreien, es kümmerte sie nicht, dass wir sie anstarrten. Der alte Mann lächelte mich an, bevor er ging.

»Zeig es mir«, sagte ich zu der Frau in Weiß. Wir sahen einander an und warteten.

ICH VERLIESS die U-Bahn und ging zum Weinstand in dem kleinen Einkaufszentrum an der Kreuzung North Fifth und Bedford. Die Straßen strahlten. Der Mann hinter dem Tresen hatte langes Haar und müde, eingefallene Augen. Aus den Lautsprechern dröhnte Notorious B. I. G. Er drehte die Lautstärke runter.

Ich sah mir jede einzelne Flasche an, aber ich kannte keinen der Weine. Endlich, nach etwa zehn Minuten, fragte ich: »Hast du einen bezahlbaren Chardonnay?«

Seine Kleider waren mit Farbe bedeckt, hinter seinem Ohr steckte eine Zigarette. »Welche Art Chardonnay magst du?«

»Ähm«, ich schluckte, »Frankreich?«

Er nickte, »Ja, das ist der Beste, oder? Ganz anders als dieser kalifornische Kram. Wie wäre es mit dem hier? Ich hab einen kalt.«

Ich zahlte und drückte die Tüte an meine Brust. Dann rannte ich nach Hause. Auf der Grand Street wechselte ich die Straßenseite, um meine Stimmung nicht von den Dämonen, die vor Clem's rumhingen, vergiften zu lassen. Auch die vier Stockwerke zu meiner Wohnung rannte ich hoch, schnappte mir Jesses Weinöffner und eine Tasse, rannte auch noch das letzte Stockwerk hinauf und stürmte aufs Dach.

Der Himmel glich den Bildern. Nein, es waren die Bilder, die diesen Sonnenuntergang nachzuahmen versuchten. Der Himmel stand in Flammen, sprühte Funken, die Ränder der orangefarbenen Wolken waren so lila wie Asche. Die Fenster der Hochhäuser in Manhattan erstrahlten im Licht, und es schien, als würden die Gebäude niederbrennen. Ich war außer Atem, übermüdet von meinem Tag im Museum. Mein Herz trommelte. Eine Stimme sagte: »Lebe damit.« Eine andere Stimme: »Du hast es geschafft, du hast es geschafft.« Gleichzeitig sang ein wütender Chor in mir: »Wo habe ich es geschafft? Womit soll ich leben?«

ICH ÜBERRASCHTE SIE im Umkleideraum. Simone saß in ihrem gestreiften Hemd auf einem Stuhl, die Beine übereinandergeschlagen. Sie hatte laut gesprochen. Er stand vor seinem Schrank und knöpfte sein Hemd. Beide sahen mich überrascht an.

»Sorry. Soll ich später wiederkommen?«

»Natürlich nicht«, sagte sie. Aber keiner von beiden sagte mehr ein Wort. Die Stille war anklagend. Er ließ seine Hosen herunter, stieg heraus und wandte sich wieder Simone zu.

»Ignorier ihn einfach«, sagte sie. Es klang wie ein Befehl, also gehorchte ich. Ich schaute weg.

»ABHOLEN«, lautete die Ansage.

»Wird abgeholt«, ihr Echo.

»Sechs und sechs, Tisch 45 teilt sich den Teller«, sagte Chef. Sein Blick haftete am Brett mit den Zetteln. »Abholen.«

Ich streckte meine Hände aus und griff zu. Noch so ein drückender Tag. Überall in der Stadt versagten Klimaanlagen ihren Dienst. Als ich den lauwarmen Gastraum betrat, bemerkte ich, dass auf dem Teller mit den Austern bereits das Eis schmolz. Blassblaue Körper zwischen hin und her schwappenden Eissplittern. Es sah widerlich aus. Ich hatte keine Ahnung, was sechs und sechs zu bedeuten hatte. Ich hatte vergessen, mir anzusehen, welche Austern wir heute auf der Karte hatten. Ich hatte vergessen, an welchen Tisch ich sie bringen sollte. Simone rauschte an mir vorbei und ich streckte meine Hand nach ihr aus.

»Entschuldige, Simone, sorry, aber welche Austern sind welche? Weißt du das?«

»Du hast sie probiert, erinnerst du dich daran?« Sie sah nicht auf den Teller in meiner Hand.

Ich hatte sie eben *nicht* probiert, als sie beim Teamessen herumgereicht wurden. Ich hatte mir auch die Bemerkungen zum Menü nicht angesehen. »Du hast sie probiert, erinnerst du dich?«, fragte sie mich erneut. Sie stellte die Frage langsam, als wäre ich dämlich. »Die Austern von der Ostküste sind salziger, mineralischer. Die von der Westküste sind voller, cremiger, süßer. Sogar ihre Erscheinung ist eine andere. Die einen haben eine flache Mulde, die anderen sind meist voluminöser.«

»Okay, also welche sind welche auf diesem Teller?« Ich hielt ihr den Teller hin, aber sie sah nicht darauf.

»Diese hier sind voller Wasser. Bring sie zurück zu Chef.«

Ich schüttelte den Kopf. Auf keinen Fall.

»Die wirst du so nicht servieren, bring sie zurück zu Chef.«

Ich schüttelte noch einmal den Kopf, biss dann aber die Zähne zusammen. Ich sah alles deutlich vor mir: seine Wut, die Tirade über Verschwendung, meine Scham. Aber ich würde mir die Bemerkungen zum Menü ansehen können, während ich auf die neuen Austern wartete. Ich würde die Tischnummer noch einmal hören. Ich könnte es hinbekommen.

»Okay.«

»Nächstes Mal siehst du sie dir an und benutzt dabei deine Zunge.«

DIE MANAGER BRACHTEN ihre Macht zum Ausdruck, indem sie die Dinge veränderten. Sie kamen zu deiner Station und sortierten die Rechnungen und die Bons auf dem Tresen. Sie nahmen die Weißweine aus dem Kühler, wischten sie ab und stellten sie in veränderter Reihenfolge wieder hinein. Sie hielten dich auf, wenn du an ihnen vorbeikamst – ganz offensichtlich in Eile –, und fragten dich, ob du dich gut einlebtest.

Simone erhielt ihre Macht mithilfe der Fliehkraft. Wenn sie sich bewegte, zog sie das Restaurant einfach mit sich. Sie befehligte die Kellner, indem sie ihren Fokus bestimmte. Ihre eigene Aufmerksamkeit war wie ein Scheinwerfer. Im Service spielte sich alles innerhalb der Klammer ab, die sie setzte.

»WIE HEISST DIESER Barmann noch mal? Der, der mit niemandem außer Simone redet?«, fragte ich Sasha und versuchte, dabei ganz entspannt zu klingen.

Sasha war ebenfalls Hilfskellner, und er war auf eine ätherische Art und Weise schön: breite, alienartige Wangenknochen, blaue Augen, volle, hochmütige Lippen. Er hätte ein Model sein können, aber mit seinen knapp 1,62 Metern war er zu klein dafür. Sein Blick war kalt und verriet, dass er in seinem Leben bereits alles gewesen war: ein reicher Mann, ein armer Mann, verliebt, verlassen, ein Mörder und dem Tode nah. Nichts davon hatte ihn groß beeindruckt.

»Dieser Barmann? Jake.«

Sasha war Russe, und obwohl er offensichtlich fließend Englisch sprach, hielt er sich nicht mit den Regeln auf. Sein Akzent war sowohl elegant als auch komisch. Er verdrehte seine Augen, während er Brot schnitt: »Okay, Pollyanna, lass mich dir paar Wahrheiten stecken. Du bist zu neu.«

»Was soll das heißen?«

»Was glaubste, was das heißt? Jakey wird dich verspeisen, zum Abendessen, und dann wieder ausspucken. Überhaupt 'ne Ahnung, wovon ich rede? Danach springst du nicht mehr so unbeschwert hier rum.«

Ich zuckte die Achseln, als wäre mir das egal, und befüllte die Brotkörbe.

»Außerdem gehört er mir. Fasst du ihn an, ich schneid dir deine verdammte Kehle durch. Ich mein's ernst.«

»Ruhe in der Küche! Abholen.«

»WIRD ABGEHOLT!«

Überall in der Küche lagen unförmige, hässliche Tomaten. Sie rochen wie das grüne Pflanzeninnere, wie Pflanzensaft, wie Erde, und es gab sie in allen Farben und Mustern: gelb, grün, orange, lila-rot, gefleckt, gestreift, gepunktet. Sie brachen auf. »Platzende Nähte«, das waren Chefs Worte. Die Wölbungen und Dellen klafften auseinander, ohne sich komplett voneinander zu lösen, wie leicht geöffnete Lippen.

»Die alten Tomaten sind da«, sang Ariel. Auch sie war Hilfskellnerin. Sie trug einen fetten Lidstrich, selbst am Morgen, dazu einen Pony. Den Rest ihres dunkelbraunen Haares drehte sie zu einem Dutt auf ihrem Kopf, den sie mit Stäbchen zusammenhielt. Insgeheim nannte ich sie immer noch die Gemeine, weil sie während der Einarbeitung nicht ein einziges Wort mit mir gesprochen hatte. Bloß Gesten und ungeduldige Seufzer hatte sie mir zuteilwerden lassen. Und nun das: Sie zog nasse Küchenhandtücher aus einem Eimer mit Eiswasser und verteilte sie an die Köche. Die wickelten sie um ihre Köpfe oder legten sie sich in den Nacken. Das war nun wirklich nichts, was ein gemeines Mädchen tun würde. Um ehrlich zu sein, war es das erste Mal, dass ich jemanden seine Ration Tücher so wohltätig und uneigennützig hergeben sah. Und dann hörte ich es. In meinem Kopf: Unser erster Grundsatz lautet, füreinander da zu sein.

Sie reichte mir eines der Tücher. Ich legte es in meinen Nacken und glaubte aus einer dunstigen Wolke in saubere, klare Luft aufzusteigen.

»Abholen.«

»Wird abgeholt«, sagte ich. Erwartungsvoll sah ich zum Pass, aber da waren keine Teller. Stattdessen reichte mir Scott, der junge, tätowierte Sous-Chef, eine Tomatenspalte. Ihr Inneres schimmerte in einer Mischung aus Pink und Rot.

»Die Sorte heißt Marvel-Striped und kommt von der Blooming Hill Farm«, sagte er, als hätte ich genau das gefragt. Ich schloss meine Hand um die tropfende Frucht. Er nahm Salzflocken aus einer Plastikdose und sprenkelte sie darauf.

»Wenn sie so aussehen, dann murkst du nicht mehr an ihnen rum. Mehr als ein bisschen Salz brauchst du nicht.«

»Wow«, sagte ich. Und meinte es auch so. Ich hatte Tomaten noch nie als Früchte betrachtet. Bisher hatte ich nur solche gekannt, die in der Mitte weiß und steinhart waren. Diese hier hingegen war süß, mit einer feinen Säure, ein regelrechtes Feuerwerk. Ich begriff, dass Tomaten wie Wasser, aber auch wie ein Sommergewitter schmecken konnten.

»WAS SIND ALTE SORTEN?«, fragte ich Simone, während ich mich eilig hinter sie in die Schlange stellte. Teamessen. Sie hatte zwei weiße Teller in der Hand, und beim Anblick des zweiten Tellers durchfuhr mich ein erwartungsvoller Schauer. Ich beobachtete, wie sie ihren eigenen Teller füllte – viel grüner Salat, dazu eine Tasse Vichyssoise.

»Aufregend, nicht wahr? Diese Saison. Einzigartige Pflanzenarten und Tierrassen bezeichnet man als alte Sorten oder Rassen. Früher waren alle unsere Tomaten so wie diese. Das war vor all den Konservierungsstoffen und Supermärkten, vor dieser kommerziellen Lebensmittelherstellungs-Hölle, in der wir heute leben. Unterschiedliche Sorten entwickelten sich an unterschiedlichen Orten. Die wohlschmeckendsten hatten einen evolutionären Vorteil, da ging es nicht um Haltbarkeit oder Makellosigkeit. Es gab biologische Vielfalt unter den Gemüsesorten, jede hatte einen dominanten eigenen Geschmack, und in diesem Geschmack offenbarten sich Ort und Zeit ihrer Entwicklung – ihr Terroir.«

Auf den zweiten Teller legte sie ein extragroßes Schweinekotelett am Knochen, eine Kelle voll Reissalat und ein Stück Kartoffelgratin. »Heute schmeckt alles nach nichts«, setzte sie hinzu.

IN MEINEM KOPF wurden sie eins. Obwohl sie gar nicht ständig zusammen waren. Ihre Verbindung war eher indirekt. Wenn ich einen von ihnen sah, suchte mein Blick den anderen. Simone war leicht auszumachen. Sie war überall, schickte Leute hin und her – sie schien eine Art System zu haben, mit dem jeder Kellner das gleiche Maß an Aufmerksamkeit bekam. Ihn, seine Allianzen, seine Gewohnheiten, konnte ich weniger gut lesen.

Wenn sie sich zur selben Zeit im Restaurant aufhielten, hatten sie stets ein Auge aufeinander und ich hatte eines auf sie. Ich versuchte zu verstehen, was ich da sah. Natürlich waren sie nicht die einzigen faszinierenden Menschen im Restaurant. Aber während wir anderen einen Kontinent bildeten, waren sie eine Insel – unerreichbar weit entfernt reflektierten sie lediglich das Licht, das auf sie fiel.

»ABHOLEN.«

Ich riss die Augen auf. Dabei war ich heute Barista und die Küche weit weg. Howard stand am Kassenterminal und sah zu mir herüber. Ich sollte ihm einen Macchiato machen, aber ich dachte zu viel darüber nach. Die ersten zwei Espressi kippte ich weg.

»Ich höre Chef im Schlaf schreien: ›Abholen!‹«, sagte ich, während ich die warme Milch in der Kanne kreisen ließ. Sie glänzte wie frische Farbe. »Muss so eine Art Selbstbestrafung sein.«

»Thanatos – der Todestrieb«, sagte Howard. Er legte eine Serviette über seinen Arm und betrachtete eine Weinflasche auf dem Servicetresen. »Wir stellen uns traumatische Ereignisse vor, um unsere innere Balance zu halten ... Wunderschön.« Er nahm den Macchiato und roch daran, bevor er einen Schluck trank. Er sah mich an. Die anderen Manager trugen ebenfalls Anzüge, aber irgendwie wusste jeder, dass Howard hier das Sagen hatte – es war, als wären seine Anzüge aus einem feineren Tuch geschneidert.

»Es ist zwanghaft, aber dennoch verschafft uns die Wiederholung des Schmerzes eine Art Lustgefühl.« Er nahm einen weiteren Schluck.

»Das klingt nicht gerade angenehm.«

»Auf diese Weise trösten wir uns und halten die Illusion aufrecht, dass wir unser Leben im Griff haben. Du sagst dir im

Traum immer wieder ›abholen‹, in der Hoffnung auf ein anderes Resultat. Du schämst dich ständig. Oder etwa nicht?« Er wartete auf eine Antwort, aber ich sah ihm nicht in die Augen. »Du möchtest das Erlebnis bewältigen. Der Schmerz ist das Vertraute. Er ist unser Realitäts-Barometer. Dem Wohlbefinden trauen wir nicht. Niemals.«

Jedes Mal, wenn Howard mich ansah, fühlte ich mich nackt. Als die Maschine einen Kaffee-Bon ausspuckte, nutzte ich die Gelegenheit, mich umzudrehen.

»Träumst du oft von der Arbeit?«, fragte er. Sein Mund schien dicht an meinem Hals zu sein.

»Nein.« Energisch schlug ich den Kaffee aus einem Siebträger. Ich spürte, wie er sich entfernte.

Aber es stimmte. Die Träume kamen flutartig, sie verschlangen alles, waren chaotisch. Ich sah das Ganze noch einmal vor mir. Die komplette Schicht. Nur ohne Gesichter. Aber da waren Stimmen, eine überlagerte die andere, eine wahre Kakophonie. Sätze wuchsen an und lösten sich auf: hinter dir, abholen, rechts neben dir, links neben dir, wird abgeholt, Kerzen, kannst du, jetzt, Zahnstocher, abholen, Tücher, jetzt, entschuldige, wird abgeholt.

Hinter diesen Worten verbarg sich ein Code. Ich war wie blind, die Worte waren meine einzige Orientierung. Die Silben bebten und zerfielen, ich erwachte sprechend und konnte mich trotzdem nicht an meine Worte erinnern. Nur daran, dass sie absolut zwingend gewesen waren.

TERROIR. Im Büro der Manager gab es den *Weinatlas.* Darin sah ich nach, was es bedeutete. Doch es wurde nur darum herumgeredet, ohne es wirklich zu benennen. Es schien alles etwas weit hergeholt. Essen besitze einen Charakter. Dieser ergebe sich aus der Erde, dem Klima und der Jahreszeit. Und diesen Charakter könne man auch schmecken.

Eine regelrecht mystische und daher umso reizvollere Vorstellung.

IGNORIER IHN EINFACH. Und genau das tat ich. Wenn er zu spät zum Teamessen kam und sich dann neben Simone setzte, wenn er mit seinem Rad vor dem Fenster auftauchte, wenn er in barschem Ton nach Tüchern verlangte. Ich sah einfach weg.

Trotzdem kamen mir immer mehr Gerüchte zu Ohren. Keines davon ließ sich verifizieren, alle waren sie unglaubwürdig. Jake sei Musiker, ein Poet, ein Zimmermann. Er habe in Berlin gelebt, in Silver Lake und in Chinatown. Er habe bereits die Hälfte einer Doktorarbeit zu Kierkegaard geschrieben. Sie nannten seine Wohnung die »Opium-Höhle«. Er sei bisexuell, er schlafe mit jedem, er schlafe mit niemandem. Er sei mal ein Heroin-Junkie gewesen, er sei trocken, eigentlich sei er nie nüchtern.

Er und Simone waren kein Paar. Obwohl die magnetische Anziehungskraft zwischen ihnen, diese unbewusste Art, einander stets im Blick zu haben, das Gegenteil vermuten ließ. Ich wusste, dass sie schon sehr lange befreundet waren und dass sie ihm den Job besorgt hatte. Manchmal, spät am Abend, saß eine engelsgleiche Frau mit rotblonden Haaren bei ihm am Tresen. Sasha nannte sie Nessa-Baby.

Er wusste, dass es zum Job gehörte, angesehen zu werden. Er war einer dieser zurückhaltenden Barmänner. Seine Schönheit hatte etwas Unterwürfiges, ja regelrecht Feminines an sich. Etwas so Ruhiges, dass man ihn malen wollte. Wenn er an der Bar arbeitete, fügte er sich. Frauen und Männer jeden Alters hinterließen neben dem Trinkgeld ihre Karten und Telefonnummern. Gäste brachten ihm, ohne jeglichen Anlass, Geschenke. So schön war er.

Wenn er seine Hemdsärmel hochkrempelte, konnte man die

Ansätze seiner Tattoos sehen, die die Geschichte eines anderen Körpers erzählten. Diesen Körper behielt er für sich. Es war der Anblick seines Armes – er ruhte auf dem Zapfhahn –, der alles in mir veränderte. Das Bier rebellierte, die Fässer waren wahrscheinlich zu neu, noch nicht kalt genug. Statt Bier kam Schaum. Jake ließ ihn fließen, während er sich mit einem Gast unterhielt. Der Abguss war voller Schaum, er floss über. Schaum zu seinen Füßen, ein großer weißer See. Er hatte seinen Ärmel hochgekrempelt, die Sehnen in seinem Arm traten vom täglichen Schütteln der Cocktails hervor. Ich dachte an den elektrischen Schlag, als ich ihn damals berührt hatte. Jetzt materialisierte er sich in meinem Mund. Der aufreizende Unterarm, der viele Schaum, seine Haltung. Zu lässig, zu herablassend.

»Ganz schöne Verschwendung«, sagte ich. Der Klang meiner Stimme überraschte mich. Ohne mein Zutun hatte sie das Schweigegelübde gebrochen, das ich mir auferlegt hatte.

Er sah mich an. Möglicherweise hat es geregnet an diesem Abend. Ein lähmendes, tropisches Gewitter. Vielleicht riss jemand ein Streichholz an und hielt es an meine Wange. Vielleicht beschloss in genau diesem Moment irgendjemand, mein Leben in ein Vorher und ein Nachher zu spalten. Er sah mich an. Und dann lachte er. Von diesem Moment an war mir seine Gegenwart unerträglich.

DU WIRST einen fünften Geschmack entdecken. Umami: Uni oder auch Seeigel genannt, Anchovis, Parmesan, trocken gereiftes Rindfleisch, umhüllt von Schimmel. Es ist Glutamat. Kein Mysterium. Man stellt es mittlerweile auch chemisch her. Ein Geschmack von Reife, kurz vor der Fermentation. Zunächst wirkt es abschreckend. Aber wenn du dich daran gewöhnt hast, erst einmal seinen Namen kennst, ist dieser Geschmack – so dicht am Abgrund des Verderbens – das Einzige, wonach du strebst, und du wirst beginnen, seine Grenzen zu erkunden.

IV

Die Sardinen sind der Wahnsinn heute.
Es stimmt, Chef hat ihn eine Schwuchtel genannt.
Die Personalabteilung wird ausrasten.
Warst du schon in der Ssäm-Bar?
Nein, der beste Chinese ist in Flushing.
Am Mittwoch bin ich auf der Bühne.
Scott dreht richtig auf.
Ich war besessen von Tschechow.
Ich bin grad total besessen von Campari.
Ich muss meine Kameras mal wieder ausgraben.
Unter den experimentellen Tänzern bin ich ziemlich bekannt.
Tisch 43 ist der Betrieb-immer?
Wenn mich noch eins dieser Weiber unterbricht, um nach einem Chardonnay zu fragen –
Wenn mich noch einer hier um Steaksoße bittet –
Was zum Teufel?
Carson ist wieder da – ohne seine Frau.
Das ist schon das zweite Mal in dieser Woche.
Manchmal denk ich, Scheiß auf geteiltes Trinkgeld.
Ich bin nicht eifersüchtig.
Theoretisch habe ich zuerst geschrieben. Aber er hat geantwortet.
Du verstehst es nicht.
Drei Tage mache ich das jetzt – und ich fühl mich die ganze Zeit high.

Gibst du der 24 Wasser?
Kannst du der 49 Brot bringen?
Beweg dich.
Fick dich.
Fick dich selbst.
Was ist das heute hier, die Unhöflichkeits-Olympiade?
Das sind eben Franzosen.
Und nachdem ich die Aufnahmeprüfung bestanden hatte, dachte ich: Moment, ich will gar keine Anwältin werden.
Ab und zu male ich noch.
Ich brauche bloß Platz. Und Zeit. Und Geld.
Es ist so schwer in New York.
Allergie an der 61.
Es ist nicht wirklich romantisch.
Die Mutter würde ich ficken.
Taucht sie betrunken auf?
Bloß Zitrone, Ahornsirup und Cayennepfeffer.
Das liegt an Nickys Martinis, man sollte nie mehr als einen davon trinken.
Ich brauche bloß eine Agentur.
Es ist, als würde ich gegen eine Wand laufen.
Ich brauche Suppenlöffel für die 27.
Chef will dich sehen – jetzt.
Ich serviere jetzt die Suppe.
Was hab ich verbrochen?
Fuck – der Zwischengang.

»ABHOLEN.«

Die Bons kamen aus einem Drucker zur Rechten von Chef. Sie flogen in die Luft, jeder einzelne ein Aufschrei, alle zusammen eine niederstürzende Welle. Er schrie: »Mach den Gruyère. Mach das Tartar. Warte mit den Calamares. Warte, zwei Raucher.«

Diese Befehle setzten die Köche in Bewegung. Wenn Chef die Bons aufreihte, trat er von einem Fuß auf den anderen, wie ein Kind, das zur Toilette muss. Er war ein kleiner Mann aus New Jersey, aber seine Kochausbildung hatte er ganz klassisch in Frankreich absolviert. Seine Anekdoten gab er lauthals zum Besten, erinnerte sich an »echte« Küchen, wo einem der Küchenchef die Kupferpfanne über den Kopf zog, wenn man die Petersilie nicht fein genug hackte. Seine Stimme war immer zu laut, er konnte sie nicht kontrollieren. Die Kellner und Manager beschwerten sich ständig, dass man ihn bis in den Gastraum hinein hören konnte. Niemand, nicht einmal Scott, sein Sous-Chef, konnte ihm in die Augen schauen, wenn er zu einer seiner Tiraden ansetzte. Mit hochrotem Gesicht marschierte er durch die Küche, bereit zu explodieren.

Obwohl sie sich nicht von der Stelle rührten, waren die Köche ständig in Bewegung. An ihren Stationen war nichts mehr als eine Armeslänge weit entfernt. Schweiß tropfte von ihren Wimpern. Hinter ihnen offenes Feuer und Wärmeplatten, vor ihnen die Wärmelampen. Sie wischten über den Rand eines jeden Tellers, bevor sie ihn an Chef weiterreichten. Erbarmungslos suchte er auf jedem nach verschmierter Sauce oder Olivenölklecksen.

»Abholen!«

»Wird abgeholt.«

Gleich war ich dran. Ich umwickelte meine Hände mit Tüchern. Oft wurden die Teller heiß wie Bügeleisen, ich rechnete jeden Moment damit, dass sie anfangen würden zu glühen.

»Ich habe gehört, dass du dich mit den Austern noch nicht auskennst«, sagte Will. Ich erschrak. Will hatte ich Sergeant getauft, weil er mich am ersten Tag so herumgescheucht hatte. Obwohl ich jetzt Streifen trug, schien er sich noch immer für mich verantwortlich zu fühlen.

»Verdammt«, sagte ich. »Ihr macht aber auch wirklich aus allem eine Lektion. Es ist doch bloß Abendessen.«

»Es steht dir noch nicht zu, das zu sagen.«

»Ab! Holen!«

»Wird abgeholt«, antwortete ich.

»Abholen!«

»Lauter«, sagte Will und schubste mich.

»Wird abgeholt«, sagte ich lauter, mit ausgestreckten Händen. Ich war bereit.

Es geschah alles in einer einzigen, fließenden Bewegung. Die gebratene halbe Ente hatte schon fast fünf Minuten unter der Wärmelampe gestanden, während das Risotto noch in Arbeit war. Der Teller war unglaublich heiß. Im ersten Moment, wie immer, wenn man sich verbrennt, fühlte ich gar nichts. Ich reagierte, weil ich wusste, was gleich kommen würde. Noch während der Teller zerbrach und die Ente unbeholfen auf die Bodenmatte fiel, schrie ich auf, riss meine Hand an die Brust und krümmte mich.

Chef sah mich an. Er hatte mich noch nie wirklich wahrgenommen.

»Willst du mich verarschen?«, fragte er. Stille. Sämtliche Köche, die Männer beim Fleisch, die Küchenassistenten und die Mädels an der Dessertstation starrten mich an.

»Ich hab mich verbrannt.« Zum Beweis hielt ich ihm meine Handfläche hin. Sie leuchtete bereits rot.

»*Zum Teufel*, willst du mich verarschen?« Lauter. Ein Poltern, dann wieder Stille. Selbst die Bonmaschine hörte auf zu drucken. »Wo kommst du her? Holen sie die verfluchten Kellnerinnen jetzt schon von TGI Fridays? Du hältst *das* für eine Verbrennung? Soll ich deine Mami anrufen?«

»Die Teller sind zu heiß«, sagte ich, ohne darüber nachzudenken. Jetzt konnte ich es nicht mehr zurücknehmen.

Ich starrte auf seine Füße, auf die Schweinerei am Boden,

beugte mich hinunter, um die wunderschön glänzende Ente aufzuheben. Einen Moment lang glaubte ich, er würde mich schlagen. Ich zuckte zurück, aber dann griff ich mir eines ihrer Beine und hielt ihm die Ente hin.

»Bist du total verblödet? Verschwinde aus meiner Küche. Und denk nicht mal daran, hier noch einmal reinzukommen. Das hier ist eine Kirche.« Er schlug die Hände auf die Edelstahlfläche vor sich. »Eine verdammte Kirche!«

Seine Augen wanderten zurück zur Bonleiste, dann sagte er ruhig: »Noch mal die Ente, noch mal das Risotto, schnell jetzt. Was zum Teufel glotzt du so, Travis, pass lieber auf dein Steak auf, bevor eine Schuhsohle daraus wird.«

Ich legte die Ente auf den Tresen neben das Brot. Das Rattern des Druckers, das Klappern der Teller, Pfannen, die auf die Feuerstellen geknallt wurden – die Geräusche pulsierten alle auf einmal in meinem Kopf. In der Umkleide ging ich zum Waschbecken und ließ lauwarmes Wasser über meine Hand laufen. Der rote Fleck verblasste bereits. Ich konnte nicht aufhören zu weinen. Ich zog meine Uniform aus. Dann setzte ich mich auf einen Stuhl und versuchte, mich zu beruhigen. Da öffnete Will die Tür.

»Ich weiß«, rief ich, »ich hab's versaut. Ich weiß.«

»Lass mich mal deine Hand sehen.« Er hockte sich neben mich, und ich öffnete meine Hand. Als er ein mit Eiswürfeln gefülltes Tuch darauflegte, kamen mir erneut die Tränen.

»Alles gut, Kleine.« Er tätschelte meine Schulter. »Zieh die Sachen wieder an. Du kannst im Gastraum arbeiten.« Ich nickte. Dann trug ich frischen Mascara auf und ging runter.

IM ZWISCHENGESCHOSS gab es sieben Zweiertische. Es hing wie ein Balkon über dem hinteren Gastraum. Die Treppenstufen waren schmal, steil und trügerisch. »Nur eine Frage der Zeit, bis wir deswegen verklagt werden«, sagten sie alle. Ich nahm stets eine Stufe nach der anderen, sowohl hoch als auch runter, und trotzdem landete immer wieder Suppe auf dem Tellerrand, verrutschten Saucen auf den Tellern.

Heather war Strahle-Lächeln. Jede Woche bekam sie Ärger, weil sie vor den Gästen Kaugummi kaute. Sie war aus Georgia und hatte einen feinen Südstaaten-Akzent. Man erzählte sich, sie erziele im Schnitt die höchsten Trinkgelder. Alle schoben das auf ihren Akzent. Ich selbst hatte die Vermutung, dass es am Kaugummi lag.

»Süße« – sie ließ ihr Kaugummi knallen –, »auf dem Weg nach unten setzt du zuerst deinen linken Fuß auf. Und lehn dich zurück.«

Ich nickte.

»Ich hab das mit Chef gehört. Passiert jedem mal.«

Ich nickte erneut.

»Weißt du, keiner war schon immer hier. Wir sind alle neu. Und wie ich immer so schön sage: Es ist bloß Abendessen.«

EIN ABSCHNITT im Handbuch, dessen Lektüre ich vernachlässigt hatte: Den Mitarbeitern stand nach jeder Schicht ein Gratisgetränk zu. Darüber hinaus sollten sie für jede Acht-Stunden-Schicht einen Kaffee aufs Haus bekommen.

Wenn diese Worte in die Tat umgesetzt wurden, wuchsen unsere Ansprüche ins Unermessliche. Stück für Stück wurde die Regel unterwandert. Aber das wusste ich noch nicht. Das Restaurant peitschte uns auf, aber es brachte uns auch wieder runter.

»SETZ DICH, Neue.« Ich war mir sicher, dass Nicky mit mir gesprochen hatte. Ich war schon auf dem Weg zur Tür, abgemeldet und umgezogen, und dehnte meine Handgelenke, bis sie knackten.

Es war noch relativ früh. Die Köche wickelten die gesamte

Küche in Plastik ein, die Kellnerinnen zogen die letzten Kreditkarten durch die Maschine und warteten in ihren Nischen. Tellerwäscher schleppten Abfalltüten zur Küchentür. Wie Sprinter in den Startlöchern warteten sie dort auf ein Zeichen, dass sie die Tüten nehmen, sie an die Straße bringen und nach Hause gehen konnten.

»Wohin?«

»Hier, an die Bar.« Er wischte den Tresen vor mir mit einem feuchten Lappen ab.

Nicky war Typ-mit-Clark-Kent-Brille. Er war der allererste Barmann hier gewesen, und es hieß, er würde bleiben, bis eines Tages die Fenster zugenagelt würden. Seine Brille saß oft schief, und zwar immer im Widerspruch zu seiner ebenfalls schief sitzenden Fliege. Seine Frau hatte er vor zehn Jahren an dieser Bar kennengelernt, und freitags kam sie noch immer regelmäßig her und setzte sich an denselben Platz wie damals. Ich hatte auch gehört, dass er drei Kinder hatte. Das konnte ich mir nur schwer vorstellen, denn auf mich wirkte er selbst noch wie ein halbes Kind. Er hatte so etwas Unprätentiöses. Dazu einen Long-Island-Akzent. Beides zusammen lockte seit Jahrzehnten Menschen an diese Bar.

»Ich soll mich hinsetzen wie ein ganz normaler Mensch?«

»Ganz genau, wie ein stinknormaler Mensch. Was möchtest du trinken?«

»Äh.« Ich wollte fragen, was ein Bier kostete.

»Das ist dein Schichtgetränk. Es geht auf den Inhaber. Ein kleines Dankeschön an seine Mitarbeiter am Ende jeder Schicht.«

Er goss die im Shaker verbliebene, bernsteinfarbene Flüssigkeit in sein Glas. »Oder ein großes Dankeschön. Was möchtest du?«

»Weißwein klingt gut.« Ich kletterte auf einen der Stühle. Einige Stunden zuvor, mitten in der Stoßzeit, hatte Nicky mich gefragt, ob ich gesunden Menschenverstand besäße. Den ganzen Abend lang hatte ich darüber nachgedacht. Noch immer wusste ich nicht, was ich ihm antworten sollte. Besonders jetzt nicht, ohne Uniform. Außer: Ja, ich glaube, das tue ich.

»Ja? Nichts Besonderes?«

»Ich bin unkompliziert.«

»Das höre ich gern von meinen Hilfskellnern.«

Ich wurde rot.

»Boxler?«, fragte er und gab mir einen Schluck zum Probieren. Ich hob das Glas und hielt meine Nase hinein, aber ich war zu nervös, um tatsächlich etwas zu riechen. Ich sah zu, wie er mein Glas füllte, wie er nicht aufhörte zu gießen, bis das Glas, plötzlich mehr Kelch als Weinglas, weit über den Füllstrich hinaus gefüllt war.

»Heute warst du besser«, sagte eine Stimme hinter mir, dann setzte Will sich neben mich.

»Danke!« Ich nahm einen Schluck Wein, um das Kompliment nicht sofort wieder zunichtemachen zu können. Der Albert Boxler Riesling kam nicht aus Deutschland, sondern aus dem Elsass, eines unserer großen Gewächse. Er kostete sechsundzwanzig Dollar das Glas. Und ich trank ihn. Nicky hatte ihn mir serviert. Um mir zu danken. Ich ließ ihn durch meinen Mund rauschen, spitzte die Lippen und rollte die Zunge, wie Simone es mir beigebracht hatte. Das Ganze glich einem Pfeifen. Bloß nach innen gerichtet. Im ersten Moment hatte der Wein etwas Süßes, ich schmeckte Honig und so etwas wie Pfirsich. Und dann, einen Moment später, war er trocken wie ein Kniff in die Wange. Meine Zunge verlangte nach mehr, ich nahm einen weiteren Schluck.

»Er ist nicht süß«, sagte ich zu Nicky und Will. Sie lachten.

»Wie schön«, sagte ich. Noch vor einer Stunde waren das hier begehrte Plätze gewesen. Hier hatten Leute gesessen, die mit der größten Selbstverständlichkeit dreißig Dollar für ein Glas Calvados ausgaben.

Seit ich mich verbrannt hatte, ging Will anders mit mir um. Er war vorsichtiger. Regelrecht beschützerisch. Vielleicht wollte er sich auch einfach mit mir anfreunden. Mein erster Kumpel. Wahrscheinlich war er dafür nicht die schlechteste Wahl. Sein khakigrünes Shirt ließ mich an Safaris denken. Seine Nase war lang und pfeilartig, seine Augen braun und schwerfällig. Er sprach schnell, fast undeutlich. Anfangs dachte ich, er habe es eilig, aber mittlerweile hatte ich begriffen, dass er schlicht und einfach seine Zähne nicht zeigen mochte. Sie waren gelb, eckig und sein linker Frontzahn hatte einen Riss.

Er zog eine Zigarette heraus. »Sind wir so weit?«

Nicky schob ihm ein Buttertellerchen hin: »Absolut!« Ich war geschockt, als Will die Zigarette ansteckte – ich konnte mich kaum noch an die Zeiten erinnern, als man in Restaurants noch rauchen durfte. Er fragte, ob ich auch eine wolle. Ich schüttelte den Kopf und fixierte die Cognacflaschen hinter der Bar, als wolle ich mir jede einzelne Marke auf dem Regal einprägen, während sich Will und Nicky darum kabbelten, welches von zwei konkurrierenden Baseball-Teams das bessere war.

»Hast du Johnny begrüßt?« Nicky polierte Gläser. Es schienen kaum weniger zu werden. Wie Soldaten standen sie da, rückten nach, sobald die vorderen Reihen gefallen waren.

»Johnny war hier? Ich muss ihn wohl verpasst haben.«

»Er saß neben Sid und Lisa.«

»Ausgerechnet bei denen. Ich hab mich von ihnen ferngehalten, so gut es ging. Erinnerst du dich noch an diese Venedig-ist-eine-Insel-Debatte?«

»An dem Abend dachte ich, dass er sie jeden Moment schlagen würde.«

»Also, wenn ich mit so was verheiratet wäre, würde ich Schlimmeres tun.«

Ich setzte eine teilnahmslose Miene auf. Wahrscheinlich sprachen sie über Freunde.

»Was willst du trinken, Willy?«

»Gibst du mir einen Schluck Fernet, während ich drüber nachdenke?«

»Das war's«, sagte Ariel und knallte die Glasträger auf den Tresen. Die Gläser schlugen wie Glocken aneinander, ihre Haare wehten hoch.

»Du hast die Haare schon offen?«, fragte Nicky. Seine Stimme war streng, aber seine Augen verrieten, dass er bloß Spaß machte.

»Ach komm Nick! Ich bin fertig. Du weißt, dass ich fertig bin. Sehe ich nicht fertig aus? Sie fuhr sich mit den Fingern durch die langen Haare und bearbeitete ihre Kopfhaut, als wolle sie eine Perücke abstreifen. Dann warf sie die Haare über eine Schulter und stützte sich auf den Tresen, bis ihre Füße in der Luft hingen.

»Komm schon, Nick, schnipp, schnapp.« Mit den Fingern formte sie eine Schere.

Mit offenen Haaren sah sie gefährlich aus. Nicht mehr bloß verschroben wie zuvor, sondern eher wie eine Kreatur aus der Unterwelt. Ihre langen Haare waren wellig vom Dutt, den sie stundenlang getragen hatte, trotzdem reichten sie ihr bis weit über die Brüste. Ihr Pony lag glatt auf ihrer Stirn, der flüssige Lidstrich, der zuvor noch so rebellisch über ihre Lider hinausgereicht hatte, war jetzt verwischt.

Während ihrer Schichten glich Ariel einem Vogel. Sie zwitscherte, schnalzte mit der Zunge und sang mehr, als dass sie sprach. Sie geriet leicht in Hektik, erholte sich aber ebenso schnell wieder davon. Und dann pfiff sie.

»Okay, du bist fertig, Ari. Aber ich brauche trotzdem noch zwei Flaschen Rittenhouse und eine Flasche Fernet.«

»Fein. Ich bringe dir den Whiskey, aber unser Kumpel hier

kann sich seinen Fernet selber holen.« Sie schielte auf Wills Glas. Darin war eine dunkle Flüssigkeit, die nach starkem schwarzem Tee und Kaugummi roch. »Du trinkst es, also füllst du es auch auf.«

»Fick dich, Ari.« Will blies ihr Rauch entgegen.

»Fick du dich, Schatzi.« Sie stolzierte weg. Will kippte seinen Drink hinunter.

»Was ist das?«, fragte ich.

»Medizin.« Er rülpste. »Man trinkt sie am Ende einer Mahlzeit, sie hat eine unglaubliche, tja, heilende Wirkung auf den Verdauungstrakt.«

Dann langte er über den Tresen und begann, Bier in ein Wasserglas laufen zu lassen. Nicky hielt inne und sah ihm dabei zu.

»Ich hab den ganzen Scheiß hier grad saubergemacht, Will. Ich sag's dir, wenn du auch nur einen Tropfen verschüttest ...«

Das Bier vibrierte in seiner Hand, die Blume wuchs einen ganzen Daumen breit über den Rand des Glases hinaus. Stille. Sie wuchs und wuchs, aber nichts lief über.

»Ich bin ein Profi«, meinte Will.

»Ach, es ist alles ein Elend«, sagte Ariel und stellte die zwei Whiskeyflaschen auf den Tresen. Dann setzte sie sich neben Will. Sie trug ein schwarzes Unterkleid, aber vielleicht hielt sie es auch für ein richtiges Kleid. Ihr BH war neongelb, wie ein Verkehrsschild mit den Worten: *Proceed with Caution*.

»Ist irgendwas offen?« Sie kniete sich auf ihren Barhocker und griff hinter den Tresen.

»Könnt ihr mal eure Pfoten von meiner Bar nehmen? Ich versuche, hier sauberzumachen.«

»Ist der Gigondas noch gut? Wann haben wir den aufgemacht?«

»Vorgestern.«

»Riskant.«

»Man könnte es probieren.«

Nicky stellte ihr die protzige schwarze Flasche und ein Glas hin, dann widmete er sich wieder seiner Bar.

»Selbstbedienung? Der Neuen hast du auch eingeschenkt.«

»Ariel, ich mache keinen Spaß. Du hast die Bar so gut wie gar nicht aufgefüllt. Die Neue weiß kaum, wo oben und unten ist, du hättest dir echt mehr Mühe geben können. Du hast mich um zwanzig Minuten zurückgeworfen.«

»Da hast du dir wohl den falschen Abend für deine Schicht ausgesucht, alter Mann.« Ariel goss den Wein in ihr Glas, roch daran und ließ ihr Klapptelefon aufschnappen.

Wenn er so mit mir gesprochen hätte, wäre ich am Boden zerstört gewesen. Aber nichts dergleichen bei ihr. Zwischen den beiden war keinerlei Spannung zu spüren. Nicky gab der Küche Bescheid, dass sie Feierabend machen konnten. Sie sprangen heraus, drängten sich hinter der Bar entlang, ein nicht enden wollender Zug von schwarzen Tüten, der sich Richtung Bordstein bewegte. Kaum hatten sie die Eingangstür geöffnet, schlich heiße, dunkle Luft herein und betatschte mein Gesicht mit klebrigen Fingern. Elend. Ich trank meinen Riesling. Medizin.

»Mann, es ist echt heiß gewesen in letzter Zeit«, sagte ich. Niemand antwortete.

»Sommer eben«, sagte ich.

Von der Straße her war ein Brummen zu hören, dann ein Rascheln. Einen Augenblick lang glaubte ich, es seien die Zikaden, deren lärmender Gesang in mir als Kind ein solches Gefühl von Enge ausgelöst hatte. Oder war es der Wind, der in die Zweige fuhr? Oder das Klagen der Kühe auf der Weide? Nein, es waren Autos. Ich hatte mich noch nicht daran gewöhnt, dass die Natur verschwand und das Jammern überhitzter Maschinen an ihre Stelle trat.

Ich rutschte etwas näher zu Will. Wollte aufgeschlossen wirken, falls sich jemand dazu durchrang, mit mir zu sprechen. Will und Ariel blickten auf ihre Telefone, Nicky fluchte hinter der Bar vor sich hin. Ich dachte darüber nach, mein eigenes Telefon hervorzuholen. Es war neu. Mein altes hatte ich zu Hause auf dem Nachttisch liegengelassen. Ich fragte mich, was mein Vater damit gemacht hatte. Und mit den Bücherkisten. Gleichzeitig war ich mir ziemlich sicher, dass er meine Zimmertür nicht einmal geöffnet hatte.

Als ich das neue Telefon gekauft hatte, war mir die Vorwahl 917 wie eine Art Auszeichnung vorgekommen. Beflissen hatte ich alle Nummern eingegeben. Aber es passierte nichts. Keine verpassten Anrufe oder irgendwelche Nachrichten. Nicht einmal die Bitte, Schichten zu tauschen.

»Ich habe keine Klimaanlage«, sagte ich.

»Echt?« Will klappte sein Telefon zu und sah mich an. »Im Ernst?«

»Die sind teuer.«

»Sag ich ja: alles ein Elend«, unterbrach uns Ariel. Sie beugte sich an Will vorbei und sah mich neugierig an. »Was tust du?«

»Ach, ich habe große Fenster und einen Ventilator. Wenn es so heiß wird wie letzte Woche, dann dusche ich kalt, um den Schweiß –«

»Nein«, sagte sie. An ihrem Blick konnte ich erkennen, dass sie mich für verdammt dumm hielt. »Was tust du hier in der Stadt? Hast du irgendeine Mission?«

»Ja«, sagte ich. »Ich arbeite daran, hier Kellnerin zu werden.«

Sie lachte. Ich hatte Ariel zum Lachen gebracht.

»Ja, wenn du das erst mal geschafft hast, steht dir die Welt offen.«

»Was machst du?«

»Alles. Ich singe. Ich komponiere. Ich habe eine Band. Unser Willy hier versucht, einen Film zu drehen. Eine Art animierte Version von *À bout de souffle*. Mit Figuren aus Ton.«

»Okay, das war eine meiner Ideen. Und nicht die schlechteste.«

»Nein, nein, es ist bewundernswert, eine ganze Woche lang Ton zu kneten, nur um den richtigen Ausdruck von Langeweile hinzukriegen.«

»Ariel, du kannst mich nicht kränken. Du verstehst einfach nichts von Kunst. Ich schreibe das deinem Geschlecht zu. Und dem System –«

»Jetzt mal im Ernst, Will. Sag die Wahrheit: Du masturbierst doch bloß, oder? In deinem kleinen, dunklen Zimmerchen. Nur du und deine Jean Seberg aus Ton.«

Will seufzte. »Ja, es ist schwer, sich zurückzuhalten.« Er wandte sich wieder an mich. »In Wirklichkeit arbeite ich an etwas anderem. Ich schreibe das Drehbuch für einen Spielfilm –«

»Der Comic? Die Reise des Helden? Die Ergründung und erneute Bestätigung der patriarchalischen Erzählperspektive?«

»Ariel, hältst du eigentlich irgendwann auch mal die Fresse?«

Sie lächelte und ließ eine Hand auf seiner Schulter ruhen, während sie das Weinglas an ihren Mund führte. »Ups«, sagte sie und hielt es in unsere Richtung.

Ihr Ton war ernst: »Cheers.«

»Cheers.«

»Nein, so funktioniert das nicht, neues Mädchen. Du musst mir schon in die Augen schauen.«

»Tu besser, was sie sagt«, meinte Will. »Sonst verflucht sie deine Familie.«

Also sah ich in ihre schwarz umrandeten Augen und sagte: »Cheers«, als handele es sich um eine Beschwörung. Unsere Gläser berührten sich, und mit dem nächsten Schluck Wein löste sich mein verkrampfter Rücken – wie Butter, die langsam Zimmertemperatur annimmt.

UND DANN, scheinbar gleichzeitig, geschahen drei Dinge. Zunächst änderte sich die Musik: Aus den Lautsprechern drang Lou Reed, unser dichtender Lieblingsonkel mit der nuscheligen Stimme.

»Wisst ihr, dass ich ihn mal im Gramercy Park Hotel gesehen habe? Und habt ihr mitbekommen, was sie da mittlerweile draus gemacht haben? Das, liebe Leute, ist, sofern man an so etwas glaubt, ein schlechtes Omen. Aber egal, ich sitz halt da, und plötzlich steht da Lou-fucking-Reed. Und ich, ich denk mir so: Danke, dass du mir gezeigt hast, was es bedeutet, ein Mensch zu sein. Wisst ihr, was ich meine?«

Ich versuchte zuzuhören und nickte, als Ariel mich ansah. Aber dieser Song ging mir zu nah, ich musste ihm lauschen, so wie man nachts allein einem tropfenden Hahn lauscht.

Als Nächstes wurden die Stühle an der Bar in Beschlag genommen. Von den Köchen, den letzten Kellnern, den Tellerwäschern – alle von ihren Pflichten entbunden. Ohne ihre gestreiften Hemden wirkten sie irgendwie schlampig, regelrecht kriminell. Unweigerlich fragte man sich, was man wohl in der U-Bahn über sie denken würde, mit ihren knittrigen Polohemden und den Heavymetal-T-Shirts, mit ihren schwieligen, vernarbten Händen, weit weg von diesem geheimen Leben in Weiß, in dem sie eine solche Autorität genossen.

Simone ging an uns allen vorbei ans andere Ende der Bar. Auch sie trug die Haare jetzt offen. Ich versuchte sie dazu zu bringen, mich anzusehen, aber sie setzte sich zu Heather und Parker. Parker war der Typ, der mich an der Kaffeemaschine eingearbeitet hatte. Erst jetzt wurde mir klar, dass er Heathers Freund war. Simone, die normalerweise wie ein bronzenes Bildnis ihrer selbst wirkte, war jetzt einfach Simone. Sie trug schlichte Ledersandalen und kickte eine davon sogar zu Boden, als sie die Beine übereinanderschlug.

Als Letztes polterte Chef aus der Küche. Er trug eine Baseballkappe und einen Rucksack. All seine Wut war von ihm abgefallen. Was blieb, war ein Mann, ein Vater vielleicht, auf dem Weg zu seiner Familienkutsche. Im Chor sangen wir enthusiastisch »Gute Nacht, Chef«, aber er winkte nur, ohne uns anzusehen, schob sich an uns vorbei und verließ das Gebäude.

EIN VORHANG SENKTE SICH, als Nicky plötzlich in einem weißen Unterhemd hinter der Bar stand und die Lichter anmachte. Das Restaurant, in dem ich arbeitete, wurde nach Feierabend zu einer Art Privatclub. Die Barmänner waren nicht mehr so steif. Sie mixten lässig, ohne genaues Maß. Die Köche vergaßen Chef, und statt sich die Hände an heißen Pfannengriffen zu verbrennen, bauten sie Joints, kicherten und schlugen nach einander. Die Kellnerinnen dehnten die Arme und die Schultern und wetteiferten darum, wer die schlimmsten Verspannungen im Nacken hatte. Sie rührten mit den Fingern in ihren Drinks und beschwerten sich ebenso ausdauernd wie liebevoll über Howard. Zoe nahm jeden Gast auseinander, in ihrer Stimme lag eine tiefe Verachtung für alle. Schon bald wusste ich, wann die anderen über Stammgäste sprachen, denn dann versuchten sie, sich gegenseitig zu übertreffen, nur um zu beweisen, dass sie der jeweilige Liebling waren.

Ich sah ihnen bloß zu, zu überwältigt, um mitzumachen. Es war, als hätten sie alle einen Doppelgänger. Simone, so weich mit ihren müden Augen. Will und Ariel, wie sie einander triezten. Die Gespräche wurden lauter, je tiefer der Pegel in den Gläsern sank. Immer wieder schaute ich zu der geöffneten Tür hinter uns, erwartete, dass jeden Moment ein Fremder hereinkommen oder dass uns plötzlich der Inhaber erwischen und die Polizei rufen würde. Die Hände erhoben, würde ich rufen: Ich bin neu, mich trifft keine Schuld. Außer mir schien niemand beunruhigt zu sein, und ich fragte mich, wem dieses Restaurant tatsächlich gehörte.

»Black Bear?«, rief Scott Ariel zu.

»Nee, Park Bar. Sasha hat gerade geschrieben – er hat einen Platz für uns.«

»*No más* Park Bar«, sagte er. Jared und Jeff, zwei seiner Köche, lachten.

»Nein, im Ernst, hast du wirklich die Neue gevögelt – diese Vivian?«

»Vivian!«, riefen sie und erhoben ihre Gläser.

»Der lügt doch«, schrie Ariel. Sie wandte sich an mich und sagte: »Fuck! Ich dachte, die wäre lesbisch.«

»Da warst du wohl nicht schnell genug, Ari«, sagte Will.

»Oh, das werden wir noch sehen.« Sie legte ihre Hand auf meine und blickte mir direkt in die Augen. »Anfangs sind sie alle hetero. Das gehört zum Spiel.«

Ich lachte. Wie gelähmt.

»Wie spät ist es?«, fragte ich. Eine Welle der Erschöpfung brach plötzlich über mich herein. Ein geeigneter Moment, um mich zu verabschieden. Ich fragte mich, wer das alles hier aufräumen würde, damit das Restaurant am nächsten Morgen wieder blitzblank wäre. Als ich den Tresen entlangblickte, fiel mir Simone auf. Sie schrieb eine SMS und ich dachte: Warum schreibt sie so spät noch Nachrichten? In diesem Moment wurde mir zum ersten Mal klar, dass sie älter war. Und dann schoss mir, wie so oft, sein Bild in den Kopf, und es fiel mir schwer zu schlucken. Zu wem wurde Jake, wenn sie hier die Lichter anschalteten? Schichtende, Schichtgetränk. Dieser Raum zwischen Arbeit und zu Hause, ein Raum, den ich stundenlang mit allem füllen konnte, was mir einfiel. Ein Raum der Unvermeidlichkeit. Hier würde ich ihm eines Tages begegnen. Auf Augenhöhe.

»Es ist noch nicht mal zwei«, antwortete Ariel und es klang, als würde um zwei irgendwas umschlagen.

»Macht ihr das jeden Abend?«

»Was?«

Mit dem Kinn deutete ich auf meinen Boxler, von dem jedes Mal mehr in meinem Glas war, wenn ich einen Augenblick nicht hingesehen hatte. Dann wies ich auf die halbvollen Flaschen, aus denen die anderen tranken. Dann zu Nicky, der Cocktail-Oliven aß, während er Scott dazu aufforderte, seine Mutter zu ficken. Scott tat es ihm gleich. Lous raue Stimme schwebte durch die dichte Rauchwolke auf uns herab, und wir saßen einfach da: die Haare durcheinander, schwitzig und ein wenig neben uns, mit kühlen Drinks in unseren Händen.

»Das hier?« Unbeschwert wedelte Ariel den Rauch aus meinem Blickfeld, als wäre nichts dabei. »Wir nehmen doch bloß unser Schichtgetränk.«

V

Am Anfang sagte sie, mir fehle die Erfahrung. Es komme nur darauf an, wie viel Erfahrung man in der New Yorker Gastronomie habe. Nun, mittlerweile hatte ich ein bisschen Erfahrung, und ich erkannte eine Struktur, gleich dem Koordinatennetz der Stadt. Es gab den Geschäftsführer, die Manager. Etablierte Kellnerinnen, Kellner, die Hilfskellner. Ursprünglich war letztere Position als eine Art Zwischenstation gedacht gewesen, für die, die einmal echte Kellner werden wollten, aber es gab so wenig Bewegung im System, dass die meisten anscheinend zufrieden waren mit dem, was sie hatten. Meine Position verdankte ich Heather, sie hatte Parker überredet, obwohl der lange gezögert hatte. Seine Beförderung war der einzige Grund für meine Existenz in diesem Restaurant.

Hilfskellner hatten drei unterschiedliche Aufgabenbereiche: Essen (Teller tragen), Gastraum (Tische abräumen und neu eindecken) und Getränke (Unterstützung an der Bar). Letzteres umfasste auch einige Barista-Aufgaben. Schon bald fiel mir auf, dass die meisten trotz des rotierenden Schichtsystems Präferenzen hatten und versuchten, ihre Schichten so zu legen, dass sie in ihrem Lieblingsbereich arbeiten konnten.

Dank seiner militärischen Ja-Chef-Nein-Chef-Mentalität und seiner konsequenten Achtsamkeit war Will ein ausgezeichneter Speisenträger. Obwohl er als Hilfskellner eigentlich zu denen gehörte, die im Gastraum arbeiteten, hatte er einige Allianzen mit der Küche gebildet, und es nervte total, wenn er beim Bier mit den Köchen in die Beschwerden über »die von vorn« mit einstimmte, als gehörte er nicht zu unserem Team.

Ariel liebte die Freiheit, die die Arbeit im Gastraum mit sich brachte. Sie tänzelte herum, sammelte hier und da Teller ein, füllte ein paar Wassergläser auf, polierte das eine oder andere Messer und legte es zurück auf den Tisch. Ihre häufig verkniffene Miene entspannte sich stets, sobald alles an seinem Platz lag. Und im Gegensatz zu uns durfte Ariel auch mit den Gästen sprechen. Wir anderen wurden schon für ein einfaches »Hallo« zurechtgewiesen.

Sasha machte seinen Job zu gut, er war ständig in Bewegung. Er langweilte sich schnell. War er Speisenträger, brachte er nicht nur Essen raus, er brachte auch noch Eis zur Bar und räumte auf dem Rückweg zwei Tische ab – in derselben Zeit gelang es mir gerade mal, Platz drei an Tisch 31 zu finden. Seine Effizienz bekam ihm schlecht – Ariel, Will und sogar die richtigen Kellner wurden schlampig, sobald sie mit ihm arbeiteten.

Und dann war da noch ich. Aus mehreren Gründen zog es mich zur Bar. Erstens hatte ich bemerkt, dass es da eine freie Position als Assistenz der Barleute gab. Zweitens hatte ich in all den Jahren, in denen ich Herzen auf mittelmäßige Latte Macchiatos gemalt hatte, eine gewisse Begabung für diesen Job entwickelt. Drittens konnte ich so der Küche und Chef entkommen. Der vierte, der erste oder auch der einzige Grund war, dass Jake an der Bar arbeitete.

Ich unterstützte die Kellner dabei, die Getränke an die Tische zu bringen. Ich half den Barleuten sicherzustellen, dass stets alle Zutaten und Flaschen zur Verfügung standen. Ich brachte Weinkisten und Bier, Eimer mit Eis, kümmerte mich um die Gläser, den Abwasch, und ich polierte. War man zu langsam, kamen die Drinks nicht schnell genug, was wiederum dazu führte, dass weniger Drinks rausgingen und wir weniger

Geld einnahmen. Dann, ungefähr anderthalb Stunden nach Schichtbeginn, wurden die ersten Espressi bestellt und die folgenden dreißig Minuten war ich mit nichts anderem beschäftigt.

Am Ende des Abends verfasste der Barmann eine Liste mit den Dingen, die aufgefüllt werden mussten, und ich stellte alles wieder an seinen Platz. Einige fürchteten die Bar-Schichten, weil es den größten Teil des Abends einfach nur scheiße war – eine Welle von Drinks am Anfang und eine Welle von Kaffeebestellungen am Ende. Ja, mein Nacken, meine Hände und meine Beine schmerzten. Und ja, ich liebte es.

Es gab nur ein Problem mit meiner neuen Position. Es hatte nichts mit den neunundvierzig Prozent zu tun, nichts mit der körperlichen Arbeit oder dem Kaffee. Nein, das Problem waren die einundfünfzig Prozent: die Weinkenntnisse.

»APPETIT IST KEIN Symptom«, sagte Simone, als ich mich über meinen Hunger beklagte. »Er kann nicht kuriert werden. Appetit ist ein Seinszustand, und der ist meistens mit moralischen Konsequenzen verbunden.«

DIE ERSTE AUSTER WAR ein kaltes Bonbon, das man irgendwie herunterbekommen, schnell an den Geschmacksnerven vorbei in den Abgrund der Kehle schummeln musste. Niemand brauchte mir zu erklären, dass ich eine Jungfrau war, was Austern anging. Die Angst allein dirigierte meine Zunge – von dem Moment an, in dem dieser kleine, nasse Stein sie berührte.

»Wellfleet«, sagte einer.

»Nein, zu klein.«

»Prince Edward Islands.«

»Ja, cremig ist sie.«

»Aber auch so meerig.«

Meerig. Prince Edward Islands. Ein Code. Ich nahm eine zweite Auster in die Hand und untersuchte sie. Die Muschel war scharf, eine kleine Skulptur, eine Hülle, die sich ganz natürlich an ihren Inhalt angepasst hatte, wie eine Haut. Die Auster zuckte.

Dieses Mal behielt ich sie auf meiner Zunge. Meerig bedeutet salzig. Es meint »vom Meer gemacht«, es ist wie eine Lunge voller Meerwasser. Metallisch, moschusartig, wie Seetang. Mein Mund der Kai, an dem die Fischer mit ihren Booten anlegten. Jake aß bereits die dritte, die Schalen warf er einfach zurück aufs Eis. Und jetzt schlucken.

»Ich tendiere zur Westküste. Sie ist zu cremig«, sagte jemand.

»Aber so sauber.«

»Kumamotos. Washington, richtig?«, sagte er.

»Er hat recht«, sagte Zoe und lächelte ihn ergeben an.

Ich schrieb es auf und hörte ihn sagen: »Schmecken sie dir?«

Ich war mir sicher, dass er mit mir sprach, aber ich tat so, als hätte ich das nicht verstanden. Ich? Ob sie mir schmeckten? Ich hatte keine Ahnung. Ich trank etwas Wasser. Der Geschmack blieb. Im Umkleideraum putzte ich mir die Zähne gleich zweimal und betrachtete meine Zunge im Spiegel. Ich fragte mich, wann dieser Geschmack wohl endlich verschwinden würde.

AN DIESEM SONNTAGNACHMITTAG war ich mir sicher, dass Mrs Neely tot war, an Ort und Stelle, genau hier an Tisch Nummer 13, verstorben. Ich ging nicht hin, behielt sie aber im Auge, bis jemand anders hinging und sie wieder aufweckte. Sie bat um mehr Sherry für ihre Suppe. Ein Glas für die Suppe, eines für sie selbst.

Sie war fast neunzig, war in Harlem geboren und lebte noch immer dort. Jeden Sonntag nahm sie den Bus zum Union Square. Immer trug sie Strumpfhosen, High Heels und einen

Hut, wenn sie hereinkam. Sie besaß einen burgunderfarbenen Pillbox mit seidenen Blumen und einen mit Spitze abgesetzten Kopfputz in Kornblumenblau. Sie war eine der Rockettes in der Radio City Music Hall gewesen.

»Was meinst du, warum ich noch immer solche Beine habe«, sagte sie und zog ihren Rock bis zu den Oberschenkeln herauf.

»Damals habe ich immer im Le Pavillon zu Abend gegessen. Henri Soulé, dieser Bastard, war der reinste Diktator an der Tür. Aber ich ging hin. Jeder ging dorthin. Sogar die Kennedys. Kindchen, so etwas hast du nicht erlebt. Aber ich, ich kann mich daran erinnern. Damals haben sie noch richtig gekocht. Wo ist die Sahne, frage ich mich, die Butter. Wo sind die grünen Bohnen – Kleines, damals brauchte man nicht einmal zu kauen.«

»Ich wünschte, ich hätte das erleben können«, sagte ich.

»Die Haute Cuisine ist hinüber, tot. Al dente. Das machen sie heute.« Sie hielt inne und sah auf den Tisch. »Was ist mit meiner Suppe?«

»Äh.« Ich hatte sie vor zehn Minuten selbst abgeräumt.

»Nun, ich hatte meine Suppe noch nicht. Ich brauche meine Suppe.«

»Mrs Neely«, flüsterte ich irrsinnigerweise. »Sie hatten Ihre Suppe bereits.« Plötzlich stand Simone neben mir und wischte meine unsinnigen Worte beiseite. Von einem Moment auf den anderen war ich überflüssig. Ich zog mich zurück, Mrs Neely wandte sich Simone zu.

»Sag dem Koch, dass ich jetzt gern meine Suppe hätte.«

»Aber natürlich, Mrs Neely, darf ich Ihnen sonst noch etwas bringen?«

»Oh, du siehst müde aus. Ich glaube, ein bisschen alter Wein würde dir guttun. Ein wenig guter alter Wein, ein Sherry zum Beispiel.«

Simone lachte, ihre Wangen röteten sich. »Ich glaube, genau das brauche ich jetzt.«

FOLGENDES STAND ZWAR zum Teil im Handbuch, war aber im Übrigen einfach ein unausgesprochenes Gesetz. Man durfte mit jedem ins Bett, außer mit Vorgesetzten, also mit all jenen, die fest angestellt waren. Jeder, der einen einstellen oder feuern konnte, war tabu. Sex auf einer Hierarchieebene war okay. Mit allen, die wie man selbst nach Stunden bezahlt wurden, durfte man ins Bett.

Alles, was auch nur im Geringsten über reinen Sex hinausging, musste Howard mitgeteilt werden, aber reiner Sex blieb unter dem Radar.

Ich fragte Heather nach ihrer Beziehung mit Parker. Sie trug einen kleinen, antiken Verlobungsring – den seiner Großmutter –, aber sie hatten sich noch nicht entschieden, wann genau sie heiraten wollten.

»Parker? Oh, ich erinnere mich an meine erste Schicht hier. Ich hab ihn von der Bar aus gesehen und dachte nur: O Gott, guck dir den an, das wird gefährlich. Wir waren beide vergeben. Er war verlobt – und das ist jetzt kein Scherz – mit einer gewissen Debbie Sugarbaker aus Jackson, Mississippi. Irgendeine Anwältin, eine richtige Schlaftablette. Sag ihm bloß nicht, dass ich dir das erzählt habe. Als wir uns das erste Mal unterhielten, dachte ich: Na endlich! Hier kommt mein echtes Leben. Es rast auf mich zu wie ein Güterzug.«

»Wow«, sagte ich. Mein Leben, mein Zug.

»Dieses Restaurant ist die reinste Kommune, Kleine, hier vögelt jeder mit jedem. Versuch, dein Höschen anzubehalten.«

DIE PARK BAR war dunkel und bis auf ein gigantisches Gemälde karg eingerichtet. Das Bild hing sehr hoch, fast an der

Decke, und blickte auf uns herunter: zwei Boxer im Ring, mitten im Kampf. Wucht und Zerstörung. Schlagen und Zurückweichen. Die Gesichter der Boxer dagegen blieben bewegungslos, sie verliefen ineinander, wurden eins. Das Bild schien vertraut, ich sagte, dass ich es schon einmal gesehen hätte, aber es kann gut sein, dass das gelogen war.

Will hatte mich endlich eingeladen, mit ihm und den anderen nach dem Schichtdrink noch etwas trinken zu gehen. Also quasi zum Schichtgetränk, Teil zwei. Während Nicky das Restaurant abschloss, blieb ich in Wills Nähe. Die Leute verabschiedeten sich voneinander, diskutierten darüber, welche U-Bahnen noch fuhren, und winkten Taxis heran. Ich erinnerte mich an Ariels entrüstete Stimme – »Es ist noch nicht mal zwei« – und sah auf mein Telefon: 2:15 Uhr. Die anderen gingen zur Tiefgarage auf der gegenüberliegenden Straßenseite. »Oh, hast du ein Auto?«, fragte ich. »Nein«, sagte Will, »wir gehen in die Park Bar.« Ariels Summen hallte von den Betonwänden wider, während wir tiefer unter die Erde drangen. Gummisohlen auf Zement, Ölflecken und Benzingestank. Der Wachmann winkte Will zu, dann ging es wieder aufwärts. Als wir oben ankamen, waren wir auf der Fünfzehnten, direkt unter einem riesigen erleuchteten Schild. *Park* stand darauf. Hier war tatsächlich eine Bar.

Niemand fragte mich, ob ich Koks nahm. Ariel fragte mich, ob ich was naschen wolle, und ich sagte, klar. Dass ich schon mal gekokst hatte, schien zu bedeuten, dass ich es regelmäßig tat. Darin lag die unterschwellige Botschaft, dass alle es hin und wieder taten und dass niemand es damit übertrieb. Selbst wenn ein Teil von mir noch darüber nachdenken wollte – der Geräuschpegel in der vollen Bar ließ ihn verstummen. Will und Ariel kannten jeden.

Scott und die Köche saßen an einem Tisch in der Ecke. Ich erkannte einige der Küchenhilfen. Wir gingen an den Tisch, und wie Ariel stellte ich meine Tasche ab. Es waren auch Leute da, die heute die Frühschicht gearbeitet hatten. Ariel deutete auf die anderen Tische und sagte: »Blue Water, Gotham, Gramercy, die Deppen von Babbo, und so weiter.« Ich nickte.

Auf dem Weg zur Bar blieb Will dicht bei mir. Sasha saß bereits dort, neben ihm ein dominikanischer Typ mit riesigen Diamantohrsteckern.

»Sieh mal, wer uns endlich mit seiner Anwesenheit beehrt!«, sagte Sasha und küsste mich auf beide Wangen. Ich war geschockt. Der andere Mann stellte sich als »Carlos, zu Ihren Diensten« vor. Er war Hilfskellner im Blue Water Grill und verkaufte Drogen an alle Kellner im Umkreis von zehn Blocks.

Vor den Toiletten warteten Leute mit feuchten Gesichtern. Sie standen paarweise in der Schlange und unterhielten sich, manche ohrenbetäubend laut, andere flüsternd. Die Schlange erstreckte sich entlang der Wände. Ich nahm zwei Schlucke von meinem Bier, dann griff Ariel meine Hand und wir stellten uns hinten an. Als wir an der Reihe waren, zogen wir die klapprige Tür hinter uns zu, fixierten den Haken und schlossen ab. Ariel fuhr mit einem Schlüssel in ein kleines Plastiktütchen, dann reichte sie ihn mir.

»Warte, bis du dran bist, du Wichser!«, schrie sie, als jemand von draußen gegen die Tür hämmerte. Noch einmal steckte sie den Schlüssel in ihr Tütchen, dann nahm auch sie eine Prise.

»Was hältst du von Vivian?«

»Die, von der Scott neulich gesprochen hat?«

»Glaub ihm kein Wort. Der lügt. Er ist genauso homophob wie all die anderen.«

»Sie ist hübsch«, sagte ich. »Ich denke, sie hat tolle Brüste, keine Ahnung. Ich spüre nichts. Kann ich noch was haben?« Ariel gab mir die Tüte, und ich häufte etwas Pulver auf den Schlüssel. »Bist du richtig lesbisch oder bloß ein bisschen?«

»Herrje, du bist mir ja eine. Wo kommst du her? Okay, nimm das in den Mund.«

Sie steckte mir den Schlüssel wie einen Schnuller in den Mund. Er schmeckte nach Metall und Salz.

»Hast du jetzt genug, Süße? Wie sehe ich aus? Heiß? Wie eine echte Naturkatastrophe?« Sie brachte ihr Haar durcheinander, als wäre sie durch einen elektrischen Sturm gelaufen. Ich nickte. Sie küsste mich auf die Stirn und die Stelle wurde straffer, spannte. Zunächst nur die Haut, dann mein Schädel und schließlich sogar mein Gehirn. Ein süßer, sentimentaler Tropfen wanderte meine Kehle hinab und eine blendende Erkenntnis traf mich. Wie hatte ich nur so dumm sein und nicht sehen können, dass alles, wirklich alles, gut werden würde?

Die Boxer über mir keuchten wie wild. »Lass mich los, lass mich los«, hörte ich sie schreien, dann wurde Abbey Road aufgelegt und plötzlich wollte ich der ganzen Bar von meinem sechsten Geburtstag erzählen. Davon, dass ich gewusst hatte, es würde keine Party geben, denn mein Vater hielt Geburtstage für unwichtig. Ich wollte erzählen, wie ich trotzdem zwei pastellfarbene Hallmark-Einladungskarten im Supermarkt gestohlen, sie in meine Jeanstasche gesteckt und später mit Buntstiften dekoriert hatte. Eine adressierte ich an John Lennon, die andere an meine Mutter. Zum Tee sollten sie kommen, an meinem Geburtstag, bitte. Die Karten steckte ich in einen leeren Blumenkübel neben der Haustür, dann ging ich wieder rein und betete neben meinem Bett auf Knien zu Gott, er möge kommen und die Einladungen zu John Lennon und meiner Mutter bringen. Ich versprach ihm, dass ich nie wieder weinen, von nun an immer meinen Teller leeressen und nie wieder um einen Geburtstag bitten würde. Als ich mich ins Bett legte, empfand ich eine beinahe unerträgliche Vorfreude, dankte Gott für die große Mühe, die es ihn kosten würde, die beiden zu finden, dankte ihm dafür, dass er verstand, wie sehr ich sie brauchte. Aber als ich aufwachte und die Karten im Blumenkübel fand – nass und matschig –, da warf ich sie in den Müll und weinte nicht einmal. Das heißt, ich weinte nicht in Gegenwart meines Vaters, doch später, in der Schule konnte ich nicht mehr aufhören zu weinen. Ich weinte so lange, bis sie mich zur Krankenstation schickten, wo ich der Schwester erklärte, dass Gott nicht existierte. Sie rief meinen Vater an, sagte ihm, dass er mich abholen solle, und als er dann kam, hörte ich sie miteinander streiten. Sie klang gereizt: »Wissen Sie überhaupt, dass sie heute Geburtstag hat?«

Statt dieser Geschichte hörte ich mich etwas anderes erzählen, mit deutlicher, fast ein wenig schroffer Stimme:

»An manchen Tagen vergesse ich, warum ich hierhergekommen bin.« Sie nickten emphatisch. »Muss ich mich denn ständig *rechtfertigen*? Dafür, dass ich am Leben bin und einfach mehr will?«

Sie stellten mir Terry vor. Bei ihm gab es Drinks umsonst, im Tausch gegen ein bisschen Kokain. Er war knapp vierzig, auf seinem Kopf breitete sich langsam eine Glatze aus. Doch die verbleibenden Haare trug er lang und strich sie sich beinahe zwanghaft immer wieder hinter die Ohren. Wie ein Stier hinter dem Gatter wütete er hinter der Bar; er flirtete, sang und blaffte. Als ich ihm vorgestellt wurde, zeigte er auf seine Wange, also küsste ich ihn. Und dann gab er mir ein Bier aus.

Er sagte: »Heute, im Jahr 1864, schickte General Grant seine Männer in den Kampf gegen die Truppen von General Lee, und obwohl er wusste, dass er sie in den Tod schickte, sagte er seinen Soldaten: ›Keiner von euch wird sich ergeben, Gentlemen.‹ Und wir denken, wir hätten es schwer.«

Ich fragte mich, ob das überhaupt stimmte, aber dann sagte ich bloß: »Wenigstens hatten sie etwas, wofür es sich zu kämpfen lohnte.«

Er zuckte mit den Achseln. »Vielleicht habe ich in meinem Leben ein paar schlechte Entscheidungen getroffen. Wer will das beurteilen?«

Der Morgen bohrte sich spitz durch die geöffneten Fenster, die Luft wurde zu neuem Leben erweckt, mein Skelett wappnete sich für alles, was mit diesem Morgen auf mich zukommen mochte. Wir stellten uns noch einmal in die Schlange, schickten das Tütchen von Tasche zu Tasche, Hände berührten Hände, immer länger, ein Gefühl von unheilverkündenden Wolken. An unseren Fingerspitzen haftete eine Art Melancholie, eine Ahnung der Kopfschmerzen, die uns unmittelbar bevorstanden … Im Grunde banal, ja, aber nicht für mich. Für mich war das alles aufregend.

»ALSO GUT. Was ist Sancerre?« Simones schlangengleiche braune Augen.

»Sauvignon Blanc«, antwortete ich, die Hände auf dem Tisch gekreuzt.

»Was ist *Sancerre*?«

»Sancerre …« Ich schloss die Augen.

»Schau dir Frankreich an«, flüsterte sie. »Wein beginnt auf der Landkarte.«

»Es ist ein Anbaugebiet im Loire-Tal. Die Region ist berühmt für ihren Sauvignon Blanc.«

»Mehr. Füg die Puzzleteile zusammen. Was ist Sancerre?«

»Er wird oft falsch eingeschätzt.«

»Warum?«

»Weil die Leute denken, Sauvignon Blanc sei fruchtig.«

»Also ist er nicht fruchtig?«

»Nein, also doch. Das ist er, oder? Aber gleichzeitig ist er es auch nicht? Und die Leute denken, man könne ihn überall kultivieren, aber das stimmt nicht. Allgemeine Beliebtheit ist ein zweischneidiges Schwert?«

»Weiter.«

»Die Loire ist weiter oben, es ist kälter dort.« Sie nickte und ich fuhr fort: »Und der Sauvignon mag die Kälte.«

»Kälteres Klima erlaubt eine längere Reifeperiode. Die Traube hat Zeit zu reifen.«

»Die Traube wird dort feiner. Sie hat mehr Mineralität. Man könnte sagen, dass Sancerre die wahre Heimat des Sauvignon Blanc ist?«

Ich wartete ab, ob sie meine Worte gutheißen oder mich korrigieren würde. Die Hälfte von dem, was ich gesagt hatte, war geraten gewesen. Wahrscheinlich hatte sie Mitleid mit mir, aber immerhin bekam ich ein grimmiges Lächeln und – zu guter Letzt – ein halbes Glas Sancerre.

Nach der Schicht rollten die Tellerwäscher die klebrigen Barunterlagen zusammen. Darunter kamen die Fliesen zum Vorschein, deren schwarze Fugen einen gammeligen Geruch verströmten. Die Küche verwandelte sich in ein leeres Amphitheater aus Edelstahl, vollkommen ruhig, doch das Schlagen der Pfannen, die Hitze der Feuerstellen und das Schreien der Köche lagen noch immer in der Luft.

Die Küchenjungs schrubbten alle Oberflächen und radierten die Folgen des Abends aus. Zwei Kellnerinnen saßen auf der niedrigen Anrichte. Sie aßen eingelegte rote Zwiebeln aus einer Metalldose. Übriggebliebenes Eis verwandelte sich auf der Brotstation langsam in Suppe.

»Hey, Neue, ich bin hier drin.«

Meinte er mich? Jake stand auf der Schwelle zu einem Kühlraum. In der Hand hielt er eine Tasse mit Zitronenspalten. Weinflecken auf seiner Schürze, hochgekrempelte Hemdsärmel, sodass ich die Venen auf seinen Armen sehen konnte.

»Darfst du hier überhaupt sein?« Was ich eigentlich meinte: Denkst du jemals an mich, so wie ich an dich denke?

»Haben sie dir geschmeckt? Die Austern, meine ich.«

Als er das Wort Austern sagte, erwachte ihr Geschmack auf meiner Zunge zum Leben, als habe er dort die ganze Zeit auf diesen Moment gewartet.

»Ja. Ich glaube, ich mag sie.«

»Komm rein.« Seine Tattoos wurden sichtbar, als er die Tür weiter aufdrückte. Ich schlüpfte unter seinem Arm hindurch, blickte mich um, um sicherzugehen, dass Simone uns nicht beobachtete. Noch nie war ich allein in einem Raum mit ihm gewesen.

»Nicht, dass wir hier drin eingeschlossen werden.« Was ich meinte: Ich habe Angst.

Drinnen standen zwei geöffnete Biere – Schneider Weisse Aventinus. Ich hatte dieses Bier schon oft für die Bar besorgt, es aber noch nie probiert. Die Flaschen lehnten an einem Pappkarton mit der Aufschrift *Gemüse*, doch anstelle von Gemüse lagen darin Venusmuscheln. Wir waren im Kühlraum für die Meeresfrüchte. Blutrote Thunfischfilets, marmorierte Lachsseiten, schneeweißer Kabeljau. Die Luft zog an meiner Haut und roch dabei ganz leicht nach Meer.

»Was ist das für ein Tattoo?«, fragte ich und zeigte auf seinen Bizeps. Er zog den Ärmel herunter.

Jake wühlte in einer hölzernen, mit Malerkrepp beschrifteten Kiste. *Kumamotos* stand darauf. Schließlich zog er zwei kleine Felsen heraus und befreite sie von dem Schmutz, der an ihnen klebte. Ein einzelnes Stück Seetang blieb an seiner Hose hängen.

»Sie sehen so schmutzig aus«, flüsterte ich.

»Sie sind ein Geheimnis, hab ein bisschen Vertrauen.« Seine Stimme legte sich leise über das Brummen der Kühlung. Unwillkürlich begann ich zu zittern und bewegte mich auf ihn zu. Er zog ein stumpfes Messer aus seiner Tasche, presste die Spitze in eine unsichtbare Fuge, und mit zwei kleinen, lockeren Handbewegungen hatte er sie geöffnet.

»Wo hast du das gelernt?« Er presste etwas Zitronensaft hinein und sagte: »Schnell, nimm sie.« Dieses Mal war ich vorbereitet auf das meerige Aroma, die Weichheit. Auf das ganze, seltsam steife Ritual, das sich jetzt auf eine wilde Art intim anfühlte, ja voller Adrenalin war. Ich keuchte ein wenig und öffnete meine Augen. Jake sah mich an und sagte: »Sie sind perfekt.«

Er gab mir das Bier. Es war fast schwarz, verlockend und dicht wie Schokolade. Im Abgang war es cremig, harmonierte mit der Cremigkeit der Austern. Unsere sinnliche Verschwörung ließ mir das Blut in den Kopf schießen, ich bekam eine Gänsehaut. Ignorier ihn. Sieh weg. Ich sah ihn an.

»Kann ich noch eine haben?«

ALS ICH ENDLICH im Bett lag, spürte ich, wie der Schmerz in meinem Rücken langsam in die Matratze sickerte. Ich berührte meinen Nacken, meine Schulter, meinen Bizeps, ich konnte die Veränderungen meines Körpers fühlen. Ich schaltete mein Handy ein: 4:47 Uhr. Dunkel und starrsinnig stand die Luft zwischen mir und dem geöffneten Fenster, bewegte sich weder herein noch hinaus. Die Hitze war wie Klebstoff – selbst der Ventilator konnte sie nicht lösen.

Auf dem Weg ins Badezimmer sah ich meinen Mitbewohner auf der Couch liegen. Er schlief tief und fest, mit bloßem Oberkörper, seine Brust war schweißnass. Er schnarchte. In seinem Zimmer röhrte die Klimaanlage. Manche Leute waren einfach zu blöd.

Das Bad war ein schmaler Raum mit winzigen braunen Fliesen, braunen Fugen und schimmeligen braunen Ecken an der Decke. Ich drehte das kalte Wasser in der Dusche auf, trat unter den Strahl, dann wieder heraus, und wieder hinein, bis meine Haut ganz hart wurde. Ich breitete mein Handtuch über dem Bett aus und legte mich klitschnass darauf, aber die Hitze kam schon bald zurück und biss sich in meine Haut wie winzige Mücken.

Ich berührte meinen Bauch, meine Oberschenkel. Ich wurde kräftiger. Ich fasste zwischen meine Beine und fühlte mich wie ein Stein. Ich sah Jake im Umkleideraum, wie er seine Hose auszog und in abgetragenen Boxershorts dastand. Seine blassen Beine. Ich dachte an den Schweiß auf seinen Armen, daran, mit welcher Kraft er seine Cocktails schüttelte, und an sein schweißnasses T-Shirt, das bei unserer ersten Begegnung an ihm geklebt hatte. Als ich versuchte, mir sein Gesicht vorzustellen, war da nichts. Keine Gesichtszüge, nur Augen. Es war egal. Ich kam plötzlich und voller Dankbarkeit.

Mein Körper leuchtete im leidvollen Licht der Straße. Ich war es gewohnt, allein zu sein. Aber ich war mir nie zuvor darüber im Klaren gewesen, wie viele andere Menschen ebenfalls allein waren. Mir wurde bewusst, dass der gesamte Süden von Williamsburg voller Leute war, die an ihre Decken starrten und beteten, ein Windhauch möge kommen und ihren Schweiß trocknen. In diesem Gedanken verlor ich mich. Ich verdampfte.

VI

Du hast dich ständig verbrannt. Allein durch deine Teilnahme am Geschehen. Du hast dich an den Weingläsern verbrannt, die hinter einer Dampfwolke aus der Maschine kamen, an der klebrigen Dampfdüse der Espressomaschine, an der tropfenden Heißwasser-Armatur des Bar-Waschbeckens, an den Porzellantellern, die unter den Wärmelampen am Pass zu glühen begannen. Die dünne Haut zwischen deinen Fingern hast du dir verbrannt, die Handgelenke, die Innenseite deiner Ellenbogen und komischerweise auch die Außenseite, direkt oberhalb des Knochens. Wenn du die Rolle des Bondruckers in der Küche auswechseln wolltest, musstest du hinter Chef entlanggehen, und plötzlich berührte deine Haut den Griff einer Kupferpfanne. Ein Aufschrei, das Kreiseln der Pfanne auf der Feuerstelle, dann ein Scheppern. Chef verwies dich der Küche, und für den Rest der Mittagszeit hieß es, Tische neu eindecken.

Die Verbrennungen heilten, deine Haut war endlich hart gesotten.

Feine Schnitte an deinen Fingerknöcheln für jede Weinflasche, deren Folie du nicht korrekt entfernt hattest.

Scott sagte: »Die Haut wird so robust, dass nicht mal ein Messer ihr etwas anhaben kann.« Dann nahm er mit bloßen Händen einen Teller aus dem Salamander, um zu verdeutlichen, was er damit meinte.

ALS WIR UNS endlich zur Bar schleppten, ramponiert wie der Fußboden im Gastraum, war es lange nach Mitternacht.

Es war eine harte Schicht gewesen. Der Geschirrspüler hatte mittendrin den Geist aufgegeben, und zwei von uns waren abkommandiert worden, um die Gläser von Hand abzuwaschen. In kochend heißem Wasser. Dann versagte uns auch noch die Klimaanlage ihren ohnehin nur mittelmäßigen Dienst. Die Handwerker kamen erst, als wir bereits mit unseren Schichtgetränken an der Bar saßen. Sie öffneten die Tür und wir schauten wehmütig auf die Straße hinaus. Doch kühle Luft drang nicht herein.

Als Belohnung machte Nicky allen Hilfskellnern Gin Tonics. Meine Finger waren komplett durchgegart, der Muskel zwischen Daumen und Zeigefinger pochte vom Polieren der Gläser. Ich kam nicht einmal mehr auf den Gedanken, mich neben Jake und Simone zu setzen, so müde war ich. Erschöpft ließ ich mich neben Will nieder. Auf dem Tresen stand, gleich einem Maskottchen, eine leere Flasche Hendrick's.

Walter saß zu meiner Linken. Unsere Schichten hatten sich noch nie überschnitten. Er war ein großer, eleganter Mann in den Fünfzigern, mit einer charmanten Lücke zwischen den Schneidezähnen. Er sah so müde aus, wie ich mich fühlte. Mit jedem Atemzug vertieften sich die Falten um seine Augen. Er fragte, wie ich mich eingelebt hätte, und wir machten ein bisschen Smalltalk, bis ich ihm erzählte, dass ich in Williamsburg lebte.

»Ich hab da auch mal gewohnt«, grummelte er.

»Du? Zwischen all den uninspirierten Versagern?«

»In den späten Achtzigern – warst du da überhaupt schon auf der Welt? Sechs Jahre lang. Gott, es war so entsetzlich. Und jetzt, sieh es dir heute an. Damals ist ständig der U-Bahn-Verkehr zusammengebrochen, in manchen Nächten sind wir einfach die Schienen entlangmarschiert.«

»Ha!« Nicky schlug auf den Tresen. »Das hatte ich ganz vergessen.«

»Es ging immer nur geradeaus, der schnellste Weg nach Hause.« Walter trank aus und schob das leere Glas zu Nicky hinüber.

»Kann ich noch ein Schlückchen bekommen für die Story?«

»Wir hatten das ganze Gebäude«, sagte Walter, während Nicky den Rest aus einer Flasche Montepulciano in sein Glas goss. »Drei Stockwerke. Mein Anteil lag bei 550 Dollar, das war damals nicht wenig. Ich wohnte da mit Walden ... Walden und Walter aus Williamsburg. Wir fanden das süß. Walden brauchte Platz für seine Bilder, die – na ja.« Er sah mich an. »Selbst du hast die Bilder wahrscheinlich schon mal gesehen. Die Leinwand selbst bedeckte eine ganze Wand. Er baute sie drinnen und später nahmen wir sie auseinander, um sie wieder rauszukriegen. Und als er sich einmal auf Collagen eingeschossen hatte, haben wir ein ganzes Stockwerk zu einer Art Ramschladen umfunktioniert: Kotflügel, kaputte Lampen, Maschendraht und Kisten mit Fotos.« Walter schmunzelte in sein Weinglas hinein. »Das ist so lange her. Vor seiner – wie nennen sie es noch mal?«

Alle außer Simone hatten ihm mit gesenktem Kopf zugehört. Geduldig sah sie ihn an, dann sagte sie: »Seine materialistische Phase.«

»Ah, Simone erinnert sich! Solltest du jemals einen Teil deiner Geschichte vergessen, Simone wird sich daran erinnern.« Die beiden sahen sich an. Freundlich. »Sie nannten es seinen Staatsstreich. Der Anfang seiner Liaison mit Larry Gagosian. Kometengleich. Der ganze Williamsburg-Kram wird heute wahrscheinlich als sein Frühwerk bezeichnet und ist Millionen wert. Während er mit Müll gespielt hat, hab ich in der Badewanne gesessen und Opern gesungen.«

»Ich vermisse es, dich singen zu hören«, sagte Simone.

»Das Oberlicht im dritten Stock war rausgebrochen, und wenn es regnete, war es wie im Pantheon, eine Säule aus Wasser und Licht in der Mitte des Raumes. Der Boden darunter faulte – ein herrlicher, schwarzer Kreis, auf dem im Frühjahr Moos wuchs. Sie versuchten, uns das Haus zu verkaufen. Für dreißigtausend Dollar, kein Witz! Wir dachten, du lieber Gott, wer würde denn ein Haus Ecke Grand und Wythe Street kaufen? Damals hatte ich das Gefühl, dass der Fluss es sich irgendwann einfach einverleiben würde.«

Er verstummte. Ich nahm einen Schluck von meinem Gin Tonic. Er war viel zu stark für mich, aber das hätte ich natürlich niemals zugegeben.

»Heute sind da Eigentumswohnungen«, sagte ich. Etwas anderes fiel mir nicht ein. Allmählich hatte ich Mühe, meinen Kopf aufrecht zu halten. »Lauter halbfertige, leerstehende Gebäude. Die werden sie nie voll kriegen, da ist einfach niemand.«

»Du bist hier die Eigentumswohnung, Neue«, meinte Sasha.

Walter starrte auf den Grund seines Glases. »Scheißlöcher in der Decke. Zugefrorene Leitungen, den ganzen Winter über, Duschen im Schwimmbad. Jede Woche haben wir die Crack-Junkies rausgeschmissen. *Jede* Woche! Einer von denen hat versucht, Walden mit einem Steakmesser abzustechen – mit *unserem* Steakmesser. Und manchmal wünschte ich, wir wären geblieben.«

ICH NAHM DIE L-Linie, hin und zurück. Hin und zurück. Anfangs sah ich jeden an. Ich trug Mascara auf, zählte Trinkgelder in meinem Schoß, notierte mir Dinge, aß Bagels, verteilte den Frischkäse mit den Fingern, bewegte meine Schultern zur Musik, legte mich quer über die Sitze und lächelte mein Spiegelbild an, wenn es mir in den U-Bahn-Fenstern begegnete.

»Deine Selbstwahrnehmung ist gestört«, sagte Simone eines

Tages zu mir, als ich das Restaurant verließ. »Ohne eine korrekte Selbstwahrnehmung kannst du dich nicht schützen. Begreifst du das? Du musst diesen eingebildeten Soundtrack in deinem Kopf mal ausschalten, das ist entscheidend für dein Überleben. Man darf seine Sinne nicht isolieren – du bist nicht allein, du interagierst mit deiner Umwelt.«

Ich lernte, still zu sitzen und nichts und niemanden anzusehen. Und wenn in der U-Bahn neben mir jemand anfing, mit sich selbst zu reden, dann schämte ich mich für sie oder ihn.

ICH ARBEITETE im Gastraum, als Mrs Neely zum ersten Mal ohne ihr Portemonnaie kam. Ich war dabei, das Besteck aufzufüllen, als ich ihren Schrei hörte. Mit ihren stricknadeldürren Armen warf sie ihre Handtasche auf den Tisch. Ihr Messer fiel zu Boden. Alarmiert drehten sich die Menschen an den Nachbartischen um, während sie Papierfetzen, zerknüllte Taschentücher, mehrere Lippenstifte und ihre U-Bahnkarte hervorkramte.

Simone hob das Messer auf und legte eine Hand auf ihre Schulter. Mrs Neely setzte sich wieder hin, aber ihre Hände flatterten noch immer vor ihrem Gesicht herum. »Nun … ich … ich … nun.«

»Wissen Sie was?«, sagte Simone, während sie eine ihrer verirrten Hände einfing, »ich glaube, wir haben es gefunden. Es ist also alles in Ordnung. Mir ist vorhin aufgefallen, dass Sie Ihr Lamm nicht aufgegessen haben, war es nicht gut?«

»Oh, es war nicht gar. Ich weiß nicht, wofür ihr diesen Küchenchef bezahlt, wenn es ihm nicht einmal gelingt, ein Lamm vernünftig zuzubereiten. Ich war einmal bei einem Dinner mit Julia Child, da gab es auch Lamm. James Beard – der konnte ein Lamm zubereiten, meine Liebe.«

»Danke, dass Sie mich das wissen lassen, ich werde es weitergeben.« Simone nahm die Rechnung. Ich bemerkte erst, dass Zoe neben mir stand, als Simone auf uns zukam.

»Sie hat kein Portemonnaie dabei«, sagte sie und seufzte. »Ich werde es aufs Haus buchen.«

»Das sollte ich wohl besser vorher mit Howard besprechen«, sagte Zoe besorgt.

»Wie bitte?« Simone stellte sich vor sie. Ich trat einen Schritt zurück.

»Die ganze Sache läuft aus dem Ruder. Wir müssen darüber reden. Chef hat es total satt – Doppelbestellungen bei der Suppe und das Lamm zurückgehen lassen. Drei Mal! Es wird immer schlimmer.«

Simone verkrampfte sich, das konnte ich sogar aus der Entfernung spüren. Zoe hatte die Hände hinter dem Rücken verschränkt, sie wollte Haltung bewahren, aber die Stille wurde immer unangenehmer, und mir war klar, dass sie das Schweigen brechen würde.

»Du kannst nicht jede Woche ganze Menüs aufs Haus buchen, Simone. Das steht dir nicht zu. Und es geht auch weit über die Verantwortlichkeit des Restaurants hinaus. Erinnerst du dich noch daran, wie sie hingefallen ist? Das ist unser Verantwortungsbereich. Aber wo hört es auf? Wo ist ihre Familie?«

Sie zog mich komplett in ihren Bann, alles an ihr schien zu flackern.

»Jede Woche, Zoe! Zwanzig *verdammte* Jahre lang. Ihre Familie steht gerade vor dir. Ich kümmere mich um die Rechnung.«

Immer mehr von uns hatten sich eingefunden, bildeten eine Art Orbit, der in dem Moment auseinanderbrach, in dem Simone sich umdrehte. Ich rannte in die Küche und Ariel machte große Augen: »Scheiße, das gibt eine Verwarnung für unsere Bienenkönigin. Wird abgeholt!«

WENN ICH AM ENDE unserer Unterrichtseinheiten endlich den Wein probieren durfte, dann sagte ich so idiotische Dinge wie: »O ja, jetzt verstehe ich.« Simone schüttelte dann immer den Kopf.

»Du fängst gerade erst an, dir Dinge anzueignen. Als Erstes musst du deine Sinne neu begreifen. Deine Sinne liegen nie daneben – du ziehst bloß die falschen Schlussfolgerungen aus dem, was du da wahrnimmst.«

ICH WUSSTE NICHT, was ein Date war, und damit war ich sicher nicht allein. Die meisten Mädchen, die ich kannte, wurden nicht auf Dates eingeladen. Leute fanden einander mithilfe von Alkohol und dank eines gewissen Ausschlussverfahrens. Wenn sie darüber hinaus irgendetwas gemeinsam hatten, dann gingen sie aus und unterhielten sich. Als Will mich fragte, ob ich am späten Nachmittag meines freien Tages etwas mit ihm trinken gehen wolle, war ich mir absolut sicher, dass wir uns auf freundschaftlichem Terrain bewegten. Nichts anderes als Kaffeetrinken, dachte ich.

Wir trafen uns in einem kleinen Raum namens Big Bar, wo es vier Sitzecken und ein paar in rotes Licht getauchte Barhocker gab. Als er mir die Tür aufhielt und seine Hand einen Moment lang auf meinem Rücken ruhen ließ, dachte ich: O verfickte Scheiße, verschissene Fickscheiße, ist das etwa ein Date?

»Kansas«, sagte er. Ich lächelte. Es war nicht schrecklich, sich einmal außerhalb meines Zimmers oder des Restaurants aufzuhalten und mit einem menschlichen Wesen zu reden, ohne dabei fünfzehn andere Dinge gleichzeitig zu tun. Absolut nicht schrecklich.

»Jetzt verstehe ich.«

»Ach ja? Hast du den Vibe des Mittleren Westens bei mir gespürt?«

»Nein, um ehrlich zu sein, gar nicht. Mein Radar ist total gestört – alle scheinen im Restaurant geboren und aufgewachsen zu sein. Aber jetzt ergibt es Sinn.«

»Was denn, mein Charme?«

»Nein, deine Manieren.«

»Charmante Manieren?«

»Absolut«, sagte ich und trank von meinem Bier. Ein seltsames Gefühl von Bedrängnis macht sich in einem breit, wenn man einem Mann gegenübersitzt, der etwas möchte, das man nicht zu geben bereit ist. Es fühlt sich an, als würde man in einer heftigen Strömung stehen. Zuerst denkt man, sie könne einem nichts anhaben, aber je länger man da steht und je müder man wird, umso schwieriger wird es, sich nicht von ihr umreißen zu lassen.

»Seit wann bist du hier?«

»Ich bin für die Filmhochschule hergekommen vor – Gott, warte mal – fünf Jahren? Wie deprimierend. Ich hatte meiner Mutter versprochen, gleich nach meinem Abschluss zurückzukommen, und nun scheine ich gegen die Zeit anzurennen. Sie ist stinkwütend.«

»Wirklich? Es ist doch beeindruckend, dass du es da raus geschafft hast. Du tust, was du möchtest.«

»Eine Familie gründen. Das findet sie beeindruckend.«

Ich schluckte. »Vielleicht hat sie ja recht.«

»Wissen deine Eltern, dass du hier bist?«

»Was soll das heißen?«

»Ich weiß nicht. Du hast so eine Ausreißer-Ausstrahlung, so was In-dir-Gefangenes.«

»Ich fühle mich geschmeichelt, aber ich bin mir ziemlich sicher, dass mein Vater Bescheid weiß.«

»Ziemlich sicher? Was ist mit deiner Mutter? Ihr kleines Mädchen in der großen Stadt?«

»Meine Mutter existiert nicht.«

»Sie existiert nicht? Was meinst du damit?«

»Damit meine ich, dass ich darüber nicht reden möchte.«

Wills Blick verschleierte sich, und ich dachte nur: Tu das nicht. Deshalb habe ich dir das nicht erzählt. Das kann man nicht »in Ordnung« bringen.

»Was ist aus der Filmhochschule geworden?«, fragte ich.

»Es gibt immer etwas, das dich in diese Stadt führt, und dann etwas anderes, das dich vollständig in seinen Bann zieht. Ich habe viele Ideen, es ist bloß … na ja, es ist halt schwierig, die Ursprungsvision, diese echte unverfälschte Vision, im Blick zu behalten.«

»Sicher.« Ich hatte keine Ahnung, wovon er sprach.

»Und du bist wirklich ohne jeden Plan hergekommen, wegen nichts Bestimmtem?«

»Nein, so würde ich das nicht sagen.«

»Was hast du im College gemacht?«

»Gelesen.«

»Irgendwelche bestimmten Themen? Bist du immer so schwierig?«

Ich seufzte. Es war nicht so anstrengend wie das Gespräch mit Howard. »Ich habe meinen Abschluss in Literatur gemacht. Und ich bin hierhergekommen, um anzufangen zu leben.«

»Und wie läuft es? Mit deinem Leben, meine ich.«

Ich hielt inne. Er schien das wirklich wissen zu wollen. Ich dachte nach. »Es läuft eigentlich ziemlich geil!«

Er lachte. »Du erinnerst mich an die Mädchen zu Hause.«

»Echt? Irgendwie fühlt sich das an wie eine Beleidigung.«

»Bitte nicht! Du bist nicht so abgestumpft wie die.«

Ich dachte: Du kennst mich nicht. Aber ich lächelte höflich. »Ich werde schon aufholen. Lass Chef mich noch ein paar Mal zusammenfalten, dann fühle ich bald überhaupt nichts mehr.«

»Er hat einen harten Job.«

»Wirklich? Er scheint die ganze Zeit nur zu schreien. Ich glaube, ich habe ihn noch nie kochen sehen!«

»Ist ein Chefkoch erst mal auf diesem Niveau angekommen, umfasst der Job vollkommen andere Aufgaben. Er kocht nicht mehr mit den anderen, er hält die ganze Maschinerie am Laufen. Ich weiß, dass ihm das Kochen fehlt. An jedem einzelnen Tag.«

»Neulich hat er mir gesagt, ich solle die verdammten Bons aufspießen oder er würde mich aufspießen. Ich meine, so was kann doch nicht erlaubt sein.«

»Das hat er nicht wirklich gesagt.«

»Und ob! Ich stand neben den Eismaschinen und hab geweint.«

»Du bist halt auch ein bisschen sensibel.«

»Er ist ein Monster.«

Will hob die Hände, als wolle er sich ergeben. Er lächelte. Ich mochte ihn. Er erinnerte mich ebenfalls an die Leute zu Hause – nette Leute, so offen wie Bücher. Das Gespräch über Chef ließ mich an das Restaurant denken und daran, dass ich im Moment ganz frei reden konnte, weil ich nicht dort war.

»Simone hilft mir jetzt übrigens mit dem Wein.«

»Uah.« Er verzog das Gesicht. »Nur dass du es weißt: Simones Hilfe ist immer mit Vorsicht zu genießen.«

»Warum? Sie ist so klug. Und so verdammt gut in ihrem Job. Du fragst sie doch auch ständig irgendwas.«

»Ja, wenn ich total verzweifelt bin. Simone einen Gefallen zu schulden, ist, als ob die Mafia dich in der Hand hätte. Ihre Hilfe ist ein zweischneidiges Schwert.«

»Meinst du das jetzt ernst?«

»An deiner Stelle wäre ich einfach vorsichtig, was ich ihr erzähle. Sie und Howard haben da irgendwas Komisches am Laufen. Sie erzählt ihm alles, was im Service passiert, verpfeift jeden. Alle denken, dass sie vögeln. Einmal hat Ariel Simone etwas über Sasha erzählt und prompt hat der eine Verwarnung bekommen. Und dann hat sie diese seltsamen Beziehungen zu Howards Mädels und irgendwann verschwinden sie über Nacht. Ich weiß nicht, sie ist schon okay, aber sie ist mittlerweile einfach zu lange da – sie langweilt sich und stiftet Unheil.«

»Das glaube ich nicht. Ich habe das Gefühl, dass sie mir wirklich helfen möchte.« Ich hatte nicht erwartet, dass Will Simone verstand. Wahrscheinlich duldete sie ihn bloß. Gerade so. Aber etwas anderes verwirrte mich. »Wer sind Howards Mädels? Und was meinst du mit ›verschwinden‹?«

»Ist schon gut, Kleine«, sagte er. Dann trank er sein Bier aus, und mir war klar, dass ich entscheiden musste, ob wir für ein weiteres bleiben sollten. Es fühlte sich nicht richtig an, sich vor vier Uhr nachmittags zu betrinken, aber es wäre die Sache wert, wenn ich ihn so dazu bringen konnte, weiterzureden.

»Vielleicht hast du sie ja auch irgendwie weichgeklopft«, sagte er, während sein Blick sich auf etwas hinter mir richtete. »Wo wir gerade vom Teufel sprechen ... Ich hatte ganz vergessen, dass wir hier in ihrem Viertel sind.«

Ich drehte mich um, und da war sie – in ihrem schwarzen Etuikleid wirkte sie so zierlich, dass ich sie fast übersehen hätte. Ich schnellte zurück in unsere Sitzecke, wurde rot. Das hier war nicht die Park Bar, heute war mein freier Tag. Ich wollte, dass Simone glaubte, ich würde nackt für irgendwelche Maler Modell sitzen oder mit Musikern Absinth trinken oder vielleicht im Guggenheim sein – sie hatte mir gesagt, dass ich dorthingehen solle. Von mir aus sollte sie auch denken, dass ich in irgendeiner Bar saß und ein Buch las. Wie hatte ich nur so blöd sein können, mit Will was trinken zu gehen?

»Glaubst du, dass sie uns gehört hat?«, flüsterte ich. »Wir sollten gehen.«

»Was? Du hast doch gerade gesagt –«

»Mir ist schlecht«, sagte ich. »Also, ich meine, es geht mir nicht gut. Das Bier bekommt mir irgendwie nicht. Ich muss nach Hause.«

»Alles okay mit dir?«

»Will, es tut mir leid, wir können das ja mal wiederholen, aber ich –« Ich spürte ihren Blick auf uns, sie konnte uns nicht übersehen haben auf diesen knapp vierzig Quadratmetern. Ich atmete ein, dann fühlte ich eine Hand auf meiner Schulter.

»Na, wenn das kein süßes Paar ist.« Sie hielt ein Taschenbuch mit einem französischsprachigen Titel in der Hand, und sie roch nach Jasmin. Ich wünschte mir, Will würde einfach tot umfallen.

»Sind wir nicht. Wir haben einfach über die Arbeit gequatscht«, sagte ich. »Entschuldige – hi, Simone. Schönes Kleid. Schön, dich zu sehen.«

»Du hast heute also frei, hm?«, sagte Will. Ein wenig kühl, fand ich.

»Ja, ich treffe einen Freund. Und Jake wird später wohl auch noch dazukommen.«

Ich trank mein Bier aus. »Ich –«

»Endlich hab ich sie mal außerhalb der Arbeit erwischt«, sagte Will. Er gab richtig mit mir an.

»Ach, ist sie so schwer zu fassen zu kriegen?«, sagte Simone mit einem spöttischen Lächeln.

»Nein, bin ich nicht.« Ich stand auf. »Ich bin verstimmt, ich meine, ich habe eine Magenverstimmung.« Ich nahm meine Handtasche und legte fünf Dollar auf den Tisch.

»Tut mir leid, Will, nächstes Mal.«

Ich sah mich nicht um. Sobald ich die Zweite Straße erreicht hatte, hob ich den Arm. Mir wurde klar, warum Taxis in dieser Stadt so essentiell waren, selbst für diejenigen, die sie sich nicht leisten konnten. Es waren diese Momente der Verzweiflung.

ICH WAR GERADE auf dem Weg nach oben, um Strohhalme zu suchen, als Jake herunterkam. Mit dem Handrücken streifte er meine Hand. Ich starrte sie an, aber die Hand hatte sich nicht verändert. Es hatte eine Explosion gegeben, doch keinen Zusammenbruch. Die nächsten fünf Stunden schlafwandelte ich umher und fragte mich ständig, ob er mich mit Absicht berührt hatte.

ALLES, WAS sich hier im Restaurant abspielte, überforderte mich. Die älteren Kellner, besonders die Barmänner, gaukelten den Gästen meisterhaft vor, dass sie immer verstanden, worum es ging. Sie konnten jedes Thema anreißen und ließen sich nicht aus dem Konzept bringen. Und da der Austausch stets kurz war, wurde ihr Halbwissen niemals als solches entlarvt.

Wenn ich das, was ich hörte, richtig deutete, dann war es so, dass man für diesen Job die Stadt *kennen*, sie aber auch hin und wieder *verlassen* musste. Für mich war das kaum denkbar, denn allein der Gedanke, zur Upper East Side raufzufahren, machte mir Angst. Alle anderen verfügten über eine zumindest oberflächliche Kenntnis verschiedener Wochenendziele, und ihr Wissen beschränkte sich nicht nur auf Gebiete nördlich von New York oder in Connecticut. Nein, sie kannten auch Antik-Läden im Hudson Valley, die in keinem Reiseführer auftauchten, kleine Städte in den Berkshire Mountains und Seen im Northeast Kingdom in Vermont. Strände waren wieder eine eigene Kategorie, hier unterschied man vor allen Dingen zwischen den Hamptons und dem Cape, aber wie bei allem anderen sagten auch die genannten Städte viel über die eigene Persönlichkeit aus.

Die Profis wussten, welche Ausstellungen gerade in welcher Galerie gezeigt wurden, regelmäßige Museumsbesuche galten als selbstverständlich. Fragte jemand, ob man Manets Hinrichtungen bereits gesehen habe (und irgendjemand würde einen das fragen, etwa bei einem späten Lunch nach dem Besuch des MoMA), dann antwortete man entweder, dass man quasi auf dem Weg dorthin war oder dass man sie bereits in Paris gesehen hatte. Als Kellner oder Kellnerin hatte man auch eine Meinung zur Oper. Wer keine hatte, deutete höflich an, dass ihm die Oper zu spießig war. Man wusste ebenfalls, was gerade im Film Forum lief, und wer Godard und Truffaut verwechselte, der wurde gnadenlos verbessert.

Man kannte auch wissenswerte Details aus dem Leben der Gäste – wo ein Pärchen geheiratet hatte, wohin die Geschäftsreisen der Männer gingen, an welchen Projekten sie arbeiteten und wann ihre Deadlines waren. Man wusste, wo sie ihren ersten Abschluss gemacht, wovon sie damals geträumt und in welcher Stadt in Florida sie ihre alte Mutter untergebracht hatten. Natürlich fragte man sie nach dem Kollegen/dem Ehemann/der Ehefrau, die an diesem Abend nicht mitgekommen waren.

Man kannte auch die Spieler der Yankees und der Mets, wusste etwas über das Wetter zu sagen, ja, die eigene Wettervorhersage war sogar besser als die eines Meteorologen. Man war ein Kompendium, lieferte einen Abriss zu diesem und jenem. Das Wissen ein Wegwerfartikel, Zunder für diejenigen, die hier tranken, um für einige Stunden ihrem Leben zu entkommen.

Und das Seltsamste daran war, dass all das nichts bedeutete. Hatte man einmal die Schwelle zur Küche hinter sich gelassen, ging es wieder um Essen, Sex, Saufen, Drogen, die neuste Bar; darum, welche Band wo spielte und wer in der Nacht zuvor am betrunkensten gewesen war. Einmal sah ich, wie jemand Scott einen Lappen ins Gesicht warf, ein Streit um Spaghetti Carbonara, ich bezweifle, dass da eine politische Überzeugung mit im Spiel war.

Alle waren hier so vertraut mit den kulturellen Gepflogenheiten der oberen Mittelschicht – oder vielmehr mit ihrem *Geschmack* –, sämtliche Kellner und Kellnerinnen hätten sich ohne große Schwierigkeiten unter die Gäste mischen können. Selbst die meisten Köche hatten einen Ivy-League-Abschluss in Cornell gemacht, bevor sie ein Vermögen in ihre Ausbildung am Culinary Institute of America investiert hatten. Sie sprachen die Sprache der Reichen. Fließend. Und eben *das* waren die einundfünfzig Prozent.

SCOTT UND SEINE KÖCHE saßen auf einem flachen Kühlschrank. Die Schicht war vorbei und sie tranken Bier. Scott regte sich über Chef auf; wie sehr Chef sich von ihm und seinen Ideen bedroht fühle, wie fremd ihm all das sei, was gerade in Spanien passiere, ja, wie verkümmert er eigentlich schon seit zehn Jahren sei. Chef fand Scotts Stil subversiv, und Scott wünschte sich ganz offensichtlich, dass wir das als Kompliment verstanden. Jeff und Jared nickten, sie beteten ihn an. Aber während ich zuhörte, durchfuhr mich plötzlich ein Ruck der Loyalität für Chef, für sein Essen und das Restaurant, das er aufgebaut hatte – auch wenn es »hoffnungslos altmodisch« war.

Die Küchenleute, die Köche, Assistenten und Tellerwäscher, hatten ihr eigenes Bier, das den ganzen Abend lang in einer Plastikwanne auf Eis lag. Einer der Praktikanten kümmerte sich während der Schicht um die Wanne, ließ das Wasser ablaufen und füllte Eis nach. Diese Aufgabe gehörte tatsächlich zu seinem Job, ich hatte ihn einmal danach gefragt. Das mit dem Bier war eine geniale Idee. Die Jungs mochten sich schneiden, sich verbrennen oder weinen, aber wenn sie aufblickten, sahen sie einen Eimer mit Bier, der ganz allein ihnen gehörte.

»He, Neue, komm her. Santos steht auf dich.« Bei ihnen war die neueste Küchenhilfe, ich war ihm noch nicht begegnet.

Seine Haut schien unter Spannung zu stehen, sie wirkte dünn – wie die Haut eines Kindes kurz nach einem Wachstumsschub. Er schien kaum älter als fünfzehn zu sein.

»Seid nett, Leute«, sagte ich und sprang auf den Schrank.

Jared legte seinen Arm um Santos und sagte: »Ich liebe Santos. Er ist unser neuer Freund. Zeig der Neuen den Tanz, den wir dir beigebracht haben. Den Hühnertanz.«

Santos lächelte, aber er sah zu Boden und rührte sich nicht.

»Ah, jetzt ist er schüchtern. Willst du ein Bier?«

Santos nahm eins, auch mir gaben sie eines, und ich schwang meine Beine hoch und presste meine Fersen gegen die Tür. Ich stellte mir Santos vor, wie er unter einem Grenzzaun hindurchschlüpfte, wie er sich flach wie eine Münze machte und sich durch einen Schlitz in der Wand zwängte. Ich hatte gehört, dass es so teuer war, dass jede Familie nur ein Mitglied auswählte, das sich dann auf die Reise begab. Und dass es, hatte man es dann geschafft, einfach zu gefährlich war, jemals wieder zurückzukehren.

»*Cuántos años tienes?*«, fragte ich.

»*Dieciocho*«, antwortete er defensiv.

»*No es verdad? Eres un niño. De dónde eres?*«

»Mexiko«, sagte Scott. Mit drei großen Schlucken trank er sein Bier leer, dann öffnete er ein weiteres. »Weißt du, diese schmutzigen Dominikaner stelle ich nicht mehr ein. Nicht wahr, Papi?«

Papi war der trollartige Mann, der am ersten Tag in meine Richtung gespuckt hatte. Er nickte, mit trüben Augen, sein Lächeln war leer.

Schüchtern sagte Santos: »*Hablas español?*«

»*Sólo un poco. Puedo entender mejor que hablar. Hablas inglés?*«

Scott sah die Küchenjungs an, um zu sehen, wie sie reagierten. »Nicht sonderlich beeindruckend«, sagte er, »hier spricht jeder Spanisch. *Bueno*, oder?«

Sie öffneten weitere Biere, und Jared sagte: »Papi, mach den Hühnertanz.«

Papi krümmte seine Ellenbogen, ließ sie flattern wie ein Huhn und jodelte. Er drehte sich im Kreis. Die Jungs klatschten.

»Und noch mal, Papi, zeig Santos, wie die Profis es machen.«

Scott sah, dass ich nicht lachte, und schien sich zu schämen. Sein Blick schien zu sagen: So sind die Regeln hier. »Er ist besoffen. Sie klauen ganze Whiskeyflaschen und verstecken sie in den Vorratsschränken.«

»Oh«, sagte ich. Wir tranken unsere Biere. Bisher war ich das Mädchen gewesen, das man dazu brachte, Hühnertänze zu machen. Santos sah mich aus gierigen, feuchten Augen an. Es waren Augen, die alles aufnahmen und über keinerlei Schutzmechanismen verfügten. Mir war klar, wie sehr er einen Freund brauchte. Ich schüttelte den Kopf, bat um ein weiteres Bier, warf einen abschätzigen Blick auf Santos und wandte mich an die Jungs: »Tja, er ist nagelneu, nicht wahr?«

HERBST

I

Du wirst Geheimnisse entdecken. Sie verstecken sich überall im Restaurant: Oregano aus Mexiko, der verbrannt aussieht und dessen Duft so betörend ist wie der von Marihuana. Große Dosen hinter den riesigen Olivenöl-Behältern – darin versteckt Chef seinen persönlichen Vorrat an Anchovis aus Katalonien. Kisten gefüllt mit grasigem Sencha und winzigen, von Stein gemahlenen Matcha-Kugeln. Gefrierbeutel mit Maseca. In einigen Spinden findet sich Sriracha-Sauce. Diverse Flaschen billiger Whiskey, versteckt zwischen Mehl und Zucker. Schokoladenriegel in den Manager-Büros, zwischen den Büchern im Regal.

Die Menschen haben geheime Fähigkeiten, beherrschen fremde Sprachen. Der Austausch von Geheimnissen gleicht einer Zeremonie, er fördert den Zusammenhalt. Da du selbst noch keine Geheimnisse hast, weißt du gar nicht, was du nicht weißt. Doch du kannst es ahnen, während du Wasser trittst, um den Kopf über der Wasseroberfläche zu halten. Unter dir in der Tiefe Blasen, kaum hörbare Stimmen.

SIE FALTETEN SERVIETTEN, während ich damit beschäftigt war, die Pfeffermühlen aufzufüllen. Wie immer redeten sie und wie immer lauschte ich wie in Trance. Vorn saß Howard mit einer jungen Frau an einem der Bistro-Tische. Offenbar ein Bewerbungsgespräch. Immer wieder musste ich an meine Strickjacke denken und daran, dass sie an diesem Tag mit Sicherheit auch alle da gewesen waren und ich sie bloß nicht bemerkt hatte. Ich erinnerte mich nur an die Hortensien und an Howards Hände auf dem Tisch. Diese Frau hier trug keine Strickjacke.

»Das kann nicht deren Ernst sein, so eine zum Bewerbungsgespräch einzuladen.«

»Vielleicht hat sie sich auf dem Weg zum Coffee Shop verlaufen.«

»Oder sie wollte zu diesem Laden am Times Square, wo sie alle Bikinis anhaben.«

»Hawaiian Tropic. Sei nicht so fies.«

Ein paar Pfefferkörner rutschten zwischen meinen Fingern hindurch, als ich versuchte, sie in die Mühle rieseln zu lassen. Sie sprangen auf dem Boden auf und ab und zerplatzten, wenn die Kellner darauftraten. Feiner, scharfer Kies zu meinen Füßen.

»Die machen da wahnsinnig viel Geld.«

»Du trägst einen Bikini bei der Arbeit. Das ist beinahe wie Strippen.«

»Aber nur beinahe.«

»Hört mal, Leute, ich werde mich persönlich für ihre Einarbeitung zur Verfügung stellen.«

»Das glaube ich dir sofort.«

»Als sie in den Spiegel geschaut hat, hat sie sich da gesagt: Das ist das richtige Outfit für ein Bewerbungsgespräch?«

»Ob sie wohl glaubt, dass ihre Titten echt aussehen?«

»Neidisch?«

»Wetten, dass Jake sie als Erster vögelt?«

Noch mehr Pfefferkörner glitten mir aus den Händen. Ich nahm eine neue Handvoll, sie klebten an meinen Fingern.

»Nee, die ist eher was für die Küche.«

»Nicht asiatisch genug.«

»Warum hängen die da nicht gleich ein Schild hin, auf dem steht: ›Du musst zu so und so viel Prozent asiatisch sein, um hier reinzukommen‹?«

»Auf jeden Fall kommt sie direkt vom Dampfer.«

»Nur welcher Dampfer?«

»Frag Sasha, ob sie Russin sein könnte.«

»Auf keinen Fall wird Zoe zulassen, dass Howard sie einstellt.«

»Ach komm, Zoes Bewerbungsoutfit war kaum besser.«

»Ich wette, die hat viel Erfahrung.«

»Ja, ich frage mich bloß, worin.«

»Genug«, sagte ich, stand auf und wischte meine Hände an der Schürze ab. Alle drehten sich um, überrascht von meiner Anwesenheit. »Seid nicht gemein. Lasst uns doch einfach ehrlich sein. Ich bin mir sicher, dass sie ein nettes Mädchen ist, aber sie ist zu hübsch, um hier zu arbeiten. Sie wird es nie schaffen.«

Jake hinter mir. Ich konnte seine Anwesenheit wie einen plötzlichen Temperaturwechsel spüren, ein Prickeln. Dicht an meiner Schulter sagte er: »Das haben wir auch über dich gesagt.«

»JETZT KOMMT der herrlichste Monat, nicht wahr?«, meinte Simone. Eine Kiste Pfifferlinge hatte sie komplett in ihren Bann gezogen. Die Pilze waren voller Erde und auch Simones Hände waren schon völlig damit bedeckt.

Ja, diese leuchtenden Septembertage. Das Nachmittagslicht schimmerte, die Stimmung war lebendig, die Menschen schienen aufgeschlossen und empathisch. Entspannt spazierten sie über den Gemüsemarkt, sie trugen Kisten mit Pflaumen oder den letzten Maiskolben, die ebenso seidenweich waren wie die dünnhäutigen, lavendelfarbenen Auberginen. Die Luft vibrierte wie die Saite einer Violine.

»Ich wusste es. Schon als es letzte Woche so geregnet hat. Ich wusste es einfach. Schau sie dir an.« Sie gab mir einen Pfifferling und ich atmete ein. Dann wischte sie meine Nasenspitze sauber, ich trat näher an sie heran. Sie wirkte weder gehetzt noch steif, sie verhielt sich, als gäbe es überhaupt keine Arbeit. Die Falte zwischen ihren Brauen glättete sich, ihre Zuwendung war angenehm, wie eine unerwartet warme Strömung im Ozean.

»Ich habe ein paar Bücher für dich rausgesucht, auch den *Weinatlas*, auf den du im Büro immer schielst. Du kannst eine alte Ausgabe von mir bekommen, man sollte wirklich einen zu Hause haben. Ich will ihn dir schon länger mitbringen, aber vielleicht kannst du ihn einfach bei mir abholen. Du scheinst deine freien Tage ja ohnehin im East Village zu verbringen.«

Wieder überlief es mich kalt bei dem Gedanken, dass sie mich außerhalb des Restaurants mit Will gesehen hatte. »Klar, ich komme gern bei dir vorbei. Wann immer es dir passt.«

»Außerdem wird es Zeit, dass du mal eine Weinflasche öffnest.«

»Aber nicht für einen Tisch!« Vor meinem inneren Auge sah ich, wie ich über Bord geschubst wurde, Simone mit einem Messer in meinem Rücken, die schwarze See unter mir wild und bodenlos.

»Um Gottes willen, nein. Nicht für einen Tisch. Wir können heute nach Feierabend zusammen üben.«

Es gab einen flachen weißen Kühlschrank, den sie »Käsekammer« nannten. Daneben lagen die Käse des Tages. Orange gepunktete, zapfenförmige, geaschte und blau geäderte Sorten, alle unter einer Netzglocke, damit sie atmen konnten. Mit einem spatenförmigen Messer stach sie Stücke davon ab. Ich sah mich ängstlich um, aber wie durch ein Wunder war die Küche vollkommen leer. Sie verschwand kurz und kam dann mit Trauben zurück, deren moschusartiger Duft sofort das olfaktorische Solo übernahm und alles andere in den Hintergrund drängte.

»Spuck die Kerne aus.« Sie spuckte zwei schwarze Kerne in ihre Hand. Ich hatte schon daraufgebissen, sie waren bitter, reich an Tannin.

»Meine hatte keine.«

»Eine von drei Obstsorten, die seit jeher in Nordamerika wachsen, dieser ganz spezielle Duft der Concord-Traube. Was für eine Ironie, dass wir in diesem Land die besten Tafeltrauben der Welt produzieren, aber anscheinend trotzdem nicht wirklich dahinterkommen, wie man Wein macht. Arturo?«

Einer der Spüler ging an uns vorbei, im Arm trug er eine Plastikkiste mit Stößeln, Shakern und Sieben.

»Arturo, würde es dir etwas ausmachen, Jake zu bitten, mir einen Assam zu machen? Er weiß, wie ich ihn mag. Danke dir.«

Arturo lächelte und zwinkerte ihr zu. Mich hatte er neulich angemeckert, als ich ihn gefragt hatte, wo der Recyclingmüll hingehörte. Ich hatte gar nicht bemerkt, dass Jake da war. Tauchte er etwa einfach auf, sobald Simone ihren Tee brauchte? Seine Wirkung auf mich musste sich in meinem Gesicht widergespiegelt haben.

»Wolltest du auch einen?«

Ich schüttelte den Kopf, obwohl ich mir wahnsinnig gewünscht hätte, dass Jake meinen Tee so zubereitete, wie ich ihn gern trank.

»Na dann. Weißt du, was Reichtum bedeutet?« Ich schüttelte noch einmal den Kopf und nahm mir eine weitere Traube. »Man hat dir beigebracht, wie eine Gefangene zu leben: Nimm dies nicht an, berühr jenes nicht, vertraue auf nichts und niemanden. Man hat dir beigebracht, dass weltliche Dinge nichts als schlechte Abbilder sind, dass sie nicht derselben Aufmerksamkeit würdig sind wie die Welt des Geistes. Schockierend, nicht wahr? Und trotzdem ist die Welt voller Reichtum – wenn du ihr etwas gibst, dann gibt sie dir das Zehnfache zurück.«

»Was soll ich ihr geben?«

Sie schmierte etwas Käse auf einen Cracker und nickte kauend.

»Deine Aufmerksamkeit natürlich.«

»Okay.« Ich sah mir den Käse und die Trauben genauer an. Die Trauben waren von einem Staubschleier überzogen, der Käse war von Schimmel bedeckt. Überbleibsel dessen, was sie zu dem gemacht hatte, was sie waren. Die Küchentüren schwangen auf. Jake hatte den Tee nicht nur zubereitet, er brachte ihn auch höchstselbst.

»Ein Assam«, sagte er. Er hatte ihn in einem hohen Wasserglas ziehen lassen und ihn anschließend mit ein wenig Milch aufgehellt.

»Danke, Liebster.«

Er betrachtete das Essen, das Simone aufgetragen hatte, und grinste. Er nahm sich eine Traube. »Na, mitten im Unterricht?«, fragte er und sah zwischen uns beiden hin und her.

»Wir unterhalten uns bloß«, sagte sie ruhig.

»Eine Unterhaltung bei Camembert.« Er spuckte die Kerne auf den Boden zu meinen Füßen. »An deiner Stelle wäre ich misstrauisch, Neue.«

»Liebster, wirst du nicht anderswo gebraucht?«

»Ich glaube, ich sollte besser hierbleiben, um sie zu beschützen. Sie hat schon Geschmack an Austern gefunden. Noch zehn Minuten mit dir, und sie wird Proust zitieren und beim Teamessen nach Kaviar verlangen.«

Mein Herz stockte. Ich hatte geglaubt, dass die Austern uns allein gehörten. Simone ließ sich nichts anmerken. Sie trug denselben zufriedenen Ausdruck zur Schau, den sie auch bei Komplimenten der Gäste aufsetzte. Er war furchtlos im Umgang mit ihr. Mir fiel niemand anderes ein, der sich in ihrer Gegenwart über sie lustig gemacht, sie aufgezogen hätte.

»Ich brauche keinen Beschützer«, sagte ich unvermittelt.

Wie dumm von mir. Sie wandten sich mir zu und ich sank in mir zusammen.

Ihr Lächeln war identisch. Schmallippig und herb. Simone taxierte ihn. Es war offensichtlich, dass sie sich in ihm wiedererkannte, aber da war noch mehr. In ihrem Blick lag ein so unverkennbarer Hauch von Verehrung für ihn, dass man meinen konnte, sie tatsächlich zu sehen.

»Manchmal habe ich das Gefühl, dass ihr beide verwandt seid oder so was.«

»Es war einmal …«, sagte er.

»Unsere Familien standen sich nahe«, erklärte sie.

»Sie war das Mädchen von nebenan –«

»O Mann, Jake –«

»Jetzt ist sie mein Vormund –«

»Ich bin sehr gütig –«

»Und allwissend, allmächtig –«

»Ja, es ist wirklich eine Last –«

»Ein klassischer Fall von Stockholm-Syndrom bei mir.«

Ihr Lachen schloss mich aus. Es gehörte nur ihnen. Abrupt verließ er den Raum, und Simone sah mich an.

»Wo waren wir gleich?«

»Du bist das Mädchen von nebenan?«

Jegliche Unbeschwertheit war verflogen. Die war allein ihm vorbehalten.

»Wir kommen vom Cape. Man könnte sagen, dass wir zusammen aufgewachsen sind.«

»Okay«, sagte ich. »Magst du seine Freundin?«

»Jakes Freundin.« Sie lächelte.

»Ja, diese Vanessa oder so.«

»Ich kenne keine Vanessa oder so. Jake ist nicht sonderlich gesprächig, was das angeht. Vielleicht solltest du ihn fragen.«

Ich errötete. Beschämt legte ich die Hände auf meine Schürze. »Ich wollte dich bloß fragen, ob du sie cool findest und so. Ich dachte, das wäre wichtig. Schließlich seid ihr beide doch so eng miteinander.«

»Hast du mal darüber nachgedacht, was du vom Leben willst?«

»Äh, keine Ahnung. Ehrlich gesagt …«

»Hörst du dich selbst manchmal reden?«

»Was?«

»›Cool und so‹,›äh, keine Ahnung‹, ›ehrlich gesagt‹. So redet man doch nicht.«

O Gott, ich zerfloss vor Scham. »Ich weiß. Das passiert mir immer, wenn ich nervös bin.«

»Das ist eine Epidemie, die unter Frauen deines Alters um sich greift. Der Kontrast zwischen ihren Gedanken, die sie sich über die Welt machen, und der Art, wie sie darüber sprechen. Ihr habt euch einen Slang angeeignet: Klischees, Sarkasmus – *schwache* Ausdrucksformen. Diese sprachliche Oberflächlichkeit färbt auch auf eure Erfahrungen ab, sie macht sie austauschbar und euch unberührbar. Und als wäre das allein nicht schlimm genug, nennt ihr euch auch noch ›Mädchen‹.«

»Ähm … Ich weiß nicht, was ich dazu sagen soll.«

»Ich greife dich nicht an. Ich versuche nur, dich darauf aufmerksam zu machen. War es nicht genau das, worüber wir gesprochen haben? Aufmerksamkeit?«

»Ja.«

»Habe ich dir Angst eingejagt?«

»Ja.«

Sie lachte und aß eine Traube.

»Du«, sagte sie und umfasste mein Handgelenk. Sie presste zwei Finger darauf, als wolle sie meinen Puls fühlen und ich hörte auf zu atmen. »Ich kenne dich. Ich erinnere mich an dich, du bist Teil meiner Jugend. In dir liegt eine Menge verborgen. Ein Sturm von Erfahrungen jagt an dir vorbei. Und du willst jede einzelne davon in dir pulsieren spüren.«

Ich sagte nichts. Tatsächlich war das eine sehr eloquente Beschreibung dessen, was ich wollte.

»Ich gebe dir die Erlaubnis, dich selbst ernst zu nehmen. Die *Dinge*, die sich in dieser Welt zutragen, ernst zu nehmen. Und sie haben zu wollen. Das ist Reichtum.«

Ich wartete darauf, dass sie fortfuhr. Noch nie hatte jemand so mit mir gesprochen. Sie schnitt ein Stück Käse ab und reichte es mir. »Der Dorset«, sagte sie. Er schmeckte wie Butter, nur schmutziger, und vielleicht auch ein bisschen nach den Pfifferlingen, die sie ständig anfasste. Sie gab mir eine Traube. Als ich hineinbiss, suchte ich mit der Zunge nach den Kernen, schob sie beiseite und spuckte sie in meine Hand. Vor meinem inneren Auge sah ich lilafarbene Weintrauben, fett von der Sonne.

»Wie die Jahreszeiten, bloß in meinem Mund«, sagte ich. Sie ließ mich reden, knackte währenddessen Walnüsse mit einem silbernen Nussknacker. Die Haut auf den Nüssen fühlte sich an wie eine hauchzarte Verpackung. Die Schalen wischte sie ebenso zu Boden wie zuvor die Traubenkerne und die rosafarbene Käserinde.

SEIEN WIR großzügig und behaupten einmal, dass ich etwa siebzig Prozent von dem, was Simone mir sagte, verstand. Vollkommen klar war, dass sie mir Aufmerksamkeit schenkte. Und dass ich durch die Nähe zu ihr auch ihm nahe war. Sie nahm mich unter ihre Fittiche, brachte neue Erfahrungen in mein Leben. Unsere Wein-Verkostungen, diese Käse-Seminare, all das schien von großer Bedeutung für die Zukunft zu sein.

Während sie meinen Puls gefühlt hatte, war ich mir so verletzlich vorgekommen. Als könne sie meinen Pulsschlag nach Belieben anhalten. Mir wurde klar, dass ich irgendwann sterben würde. Ich verdrängte den Gedanken, wie ich es mir antrainiert hatte, aber er kehrte zurück, als ich spät an diesem Abend von der U-Bahn nach Hause lief. Die leisen Lilatöne der Lagerhallen und das ölige Schwarz des Flusses schienen mir nachzustellen. Die Straßen schienen zu atmen, dann zu verschwinden. Ich sah, wie sie ausgelöscht wurden, und hatte plötzlich das Gefühl, niemals existiert zu haben, ich wurde mir wohl oder übel meiner eigenen Sterblichkeit bewusst. Und das erzürnte mich. Immer mehr. Und dieses *Mehr* verirrte sich in meinen Blutkreislauf und begann, dort um sich zu greifen. Unkontrollierbar.

»HEY, FLUFFER, komm her und hol dir die Liste«, sagte Nicky. An manchen Abenden war der Kerl einfach gut drauf, wenn er zur Arbeit kam: mit frisch geschnittenen Haaren, abstehenden Ohren und nichts als Flausen im Kopf. Wie ein Achtjähriger, der Fangen spielen will. An anderen Abenden hingegen wirkte er vor Müdigkeit ganz grau. »Lass das mit den Kindern bloß sein.« Mehr sagte er nicht, wenn ich ihn fragte, ob es ihm gut gehe. Aber heute Abend lief er mit einem solchen Lausbuben-Grinsen durch die Gegend, als hätte er eben erst tollen Sex gehabt.

»Wie hast du mich gerade genannt?«

»Fluffer. So heißt du. Du siehst aus wie ein Fluffer.«

»Ich heiße Fluffer«, wiederholte ich. Verwirrt.

»Passt eben zu dir.«

Ich nahm ihm die Liste ab. »Wie der Fluffer im Porno? Das Mädchen, das den Typen zwischen den Aufnahmen die Schwänze lutscht, damit sie hart bleiben?«

»Na bitte!« Er klatschte in die Hände. »Siehst du. Bist doch gar nicht mehr so neu. Los geht's, Fluff, ich will hier nicht die ganze Nacht festhängen.«

Ich senkte den Kopf und wollte mich abwenden. Aber dann überkam mich plötzlich ein Drang, den ich seit Monaten nicht mehr gespürt hatte. Ich begann zu lachen. Wirklich zu lachen. Von den Füßen aufwärts.

»Ich mache dich also hart, Nick?«

Er schob seine Brille ein wenig herunter und sah mich an.

»Nee, du bist nicht mein Typ. Aber du hast mich den ganzen Abend lang bei der Stange gehalten, so viel ist sicher.« Er zwinkerte mir zu. »Du hast dich gut geschlagen heute.«

Mit der Milchkiste im Arm duckte ich mich durch die Kellertür. Auf dem Schild über dem Türrahmen stand *Vorsicht vor herabfallenden Steinchen,* und wieder musste ich lachen. Ich brauchte lange, um alles Notwendige einzusammeln, war entsetzlich ineffizient. Aber ich packte auch Flaschen in die Kiste, die nicht auf der Liste standen, weil ich sie ihn hatte verkaufen sehen und daher wusste, dass er sie brauchte. Noch immer grinsend rauschte ich zur Bar.

VIELES VON DEM, was mir an Simone rätselhaft erschien, wurde mit dem Satz begründet: »Sie hat mal in Europa gelebt.«

Ich wusste nicht, wie eine dermaßen vage Aussage erklären sollte, warum Simone trinken konnte, ohne betrunken zu werden. Warum sie sich nicht weniger affektiert ausdrückte als eine emeritierte Professorin auf ihrem Landsitz – und das, selbst wenn wir gerade dreizehn verschiedene Notfälle auf einmal zu bewältigen hatten. Warum sie von einer Unterhaltung zur nächsten streifen konnte wie eine Protagonistin aus einem Tschechow-Stück, als hätte sie alles mitbekommen, aber tatsächlich rein gar nichts gehört. Warum sie ebenso zerzaust wie präzise wirkte. Ihre Lippen leuchtend rote Lichter.

Sie hatte mit zweiundzwanzig hier angefangen. Und sie hatte zwischendurch aufgehört. Mehr als einmal. Ich hörte Gerüchte: Sie sei verlobt gewesen. Mit dem Erben einer Champagner-Dynastie ... Gemeinsam seien sie nach Frankreich gezogen ... Dann habe sie ihn verlassen und sei durch das

Languedoc und durch die Gemeinde Roussillon gestreift, durch jene unentdeckten Winkel, wo der Wein direkt vom Fass kam. Sie sei die von Lavendel umwehten, schmutzigen Straßen in Richtung Marseille entlanggegangen, sei mit dem Schiff nach Korsika gereist … Dann zurück in die Stadt, zurück ins Restaurant … Es wurde auch von trunkenen Nachmittagen in den Zitronenhainen Spaniens erzählt, von ihrer Zeit in Marokko. Davon, dass sie ein zweites Mal verlobt gewesen sei, mit einem Stammgast aus dem Restaurant, dem Spross eines Verlegers, und davon, dass sie dann doch im Restaurant geblieben sei. Der Mann sei danach nie wieder aufgetaucht …

Sie selbst machte ein paar Andeutungen, aber das meiste hörte ich von den anderen. Die Trümmer ihrer Beziehungen mit mächtigen Männern trugen zu ihrer Ausstrahlung bei. Mir war vor allem klar, dass sie aus einer anderen Welt kam als ich. Bei Simone hatte diese Stadt, der ständige Kampf mit ihr, kaum Spuren hinterlassen. Nur ein wenig Staub, den sie ebenso achtlos wie würdevoll wieder abschüttelte.

Der Himmel war so blau.
Gerade mal fünf Jahre ist das jetzt her.
Mein Horizont wurde nie von einer Leerstelle beherrscht.
Erinnerst du dich an diese Weinschule? Fenster zur Welt?
Ich war direkt unter ihnen, auf der F-Linie unterwegs,
kam aus Brooklyn, bloß eine Stunde vorher.
Ich war spät dran, musste zur Schule, klebte aber vor dem Fernseher.
Ich habe dort unterrichtet – ein Kurs über Rioja –
am Abend des zehnten September.
Chef hat Suppe gemacht.
Also, ich hab was gehört und aus meinem Fenster geschaut –
Ich wohne auf der East Side.

Es war zu niedrig, aber ganz ruhig, und es flog quasi in Zeitlupe vorbei.
Der Inhaber hat eine Suppenküche auf dem Bürgersteig organisiert.
Nein, ich war noch nicht da unten.
Der Rauch.
Der Staub.
Aber der Himmel war so blau.
Mein Kumpel war der Sommelier in dem Restaurant – wir haben zusammen im Tavern on the Green gelernt.
Ihr redet nie darüber.
Ich war auf dem Weg zu einer Vorlesung. Kein Witz, die hieß »Bedeutungen des Todes«.
Ich frage mich oft: Wäre ich dabei gewesen, wäre ich geblieben?
Und ich dachte, New York ist so weit weg.
Mein Cousin war Feuerwehrmann im zweiten Trupp.
Nichts von dem, was du im Fernsehen siehst, ist real.
Aber bin ich in Sicherheit?
Was soll man sonst machen? Außer Suppe?
Ich kann es mir einfach wirklich nicht vorstellen.
Ich hab grad Milch auf mein Müsli gegossen, hab kurz runtergeschaut, nur eine Sekunde lang …
Ich hab geschlafen, den Aufprall nicht einmal gespürt.
Eine Flut von Menschen, zu Fuß sind sie die Straßen hoch.
Schwärze.
Manchmal fühlt es sich noch immer zu früh an.
Unser gemeinsamer Stadtplan.
Dann diese Sirenen, tagelang.
Wir vergessen das nie wirklich.
Ein Stadtplan aus lauter Leerstellen.
Niemand hat die Stadt verlassen. Wer hier war, war wenigstens eine gewisse Zeit lang befreit von der Angst.

ES WAR weit nach zwei und Zeit, dass ich aufhörte zu trinken. Die Tische drehten sich, ich sagte ihnen, dass es dafür zu früh sei und sie sich beruhigen sollten. Will griff meinen Ellenbogen, und schon waren wir auf der Toilette. Er setzte sich auf den Klodeckel und zog mich auf seinen Schoß.

Ich nahm zwei Häufchen mit meinem Weinöffner. Von dem kleinen Messer, das die Folie so akkurat von der Flasche trennte, wenn es in Simones Hand lag. Ich übte ständig vor dem Spiegel. »Die Flasche darf sich nicht bewegen, sie darf nicht wackeln, während du schneidest, reißt, ansetzt, drehst, drückst, drehst, schraubst und ziehst. Pass auf, dass du das Etikett nicht verdeckst. Zelebrier die Ruhe. Zieh den Korken galant heraus. Unterstreiche die Anmut des Weines, lass ihn atmen«, sagte Simone.

»Sie kann den Wein im Glas kreisen lassen, ohne ihre Hände zu bewegen«, sagte ich.

»Was?«

»Nichts.« Meine Lider senkten sich, dann war es dunkel, und ich fühlte, wie seine Finger kleine Kreise auf meinem Rücken zeichneten. »Du machst mich müde«, sagte ich.

»Das ist gut«, antwortete er. Ich meinte, seinen Kopf an meiner Schulter zu spüren, meinte zu bemerken, wie er mich zu sich drehte.

Dann berührte der Tropfen meine Kehle – Schmutz, Süßstoff, Schwefel, meine Augen öffneten sich. Ich setzte mich auf und öffnete die Tür. Die Tische hatten ihre Ordnung wiedergefunden. Die Park Bar verfügte über eine große Fensterfront, und an den Abenden, an denen die Temperatur der Luft der Temperatur unserer Haut entsprach, wurden die Fenster geöffnet und Straße und Bar verschmolzen miteinander.

Jake war draußen und rauchte. Wahrscheinlich traf er sich mit Vanessa. Normalerweise saß sie mit den anderen Kellnern vom Gramercy an einem separaten Tisch. Sein T-Shirt war einmal weiß gewesen, jetzt war es nikotingelb und zerfiel. Der Ausschnitt war ausgefranst. Eigentlich trug er immer dieselbe schwarze Jeans; sie klaffte an den Knien auf, die Hosenbeine waren weit über seinen groben Lederstiefeln umgeschlagen. Das Licht der Straßenlaterne berührte sein Schlüsselbein. Er drehte sich um und setzte sich in eines der Fenster, Vanessa über ihm, die Arme verschränkt, das Gesicht zum Park gewandt. Seine Wirbelsäule unter dem Shirt glich einem verhangenen antiken Kunstgegenstand.

Ich machte mich von Will los. Er ging nach draußen, um mit Jake eine zu rauchen. Ich setzte mich neben Ariel und Sasha. Seit zwischen Ariel und Vivian eindeutig was zu laufen schien, saßen wir immer an der Bar. Heute Abend war aber bloß Terry da. Nachdem der große Andrang etwas abgeebbt war, entspannte er sich allmählich.

»Na, wie geht es dir jetzt, Baby?«, fragte Ariel.

»Besser. Wahrscheinlich bin ich bloß müde.« Ich tat so, als würde ich meinen Nacken dehnen, und sah zu Jake.

»Tu das nicht«, sagte Ariel.

Ich drehte mich wieder zu ihr und richtete meine Haare. »Ich tue gar nichts.«

»Du suchst Ärger.«

»Pass auf.« Ich senkte meine Stimme, sodass Sasha mich nicht hören konnte: »Er ist sehr attraktiv. Aber na und? Warum haben alle solche Angst vor ihm?«

»Weil er ein Typ wie aus dem Bilderbuch ist.«

»He, kleines Monster«, sagte Sasha und schlug mir hart auf die Schulter. »Kennste echten Hunger? Ich sag dir mal, was verdammtes Problem in Amerika ist – als ich hier ankam, hab ich drei Tage hintereinander nix als M&Ms gegessen, ich dachte, ich sterb, in so 'nem Drecksloch in Queens, und Ratten essen mein Gesicht. Jetzt bin ich verdammter Millionär, aber diesen Hunger vergisste nicht.«

Ich rollte eine Serviette zusammen, der schwarze Lack auf dem Tresen glänzte. Ich legte die Serviette vor meine Augen. Ich fühlte sie, seine Abwesenheit. Ich reckte den Hals, sah aus dem Fenster, und da war nichts, nur der Wind, der die nackte Straße entlangfegte.

»Ich würd's mir ja glatt mal angucken«, sagte ich zu Ariel. Sie hatte mich gehört. »Dieses Bilderbuch, meine ich.« Will gesellte sich zu uns. Er bestellte Drinks und sah mich an. »Du willst doch noch einen, oder?«

II

Scheißbrunch.« Scott war aufgedunsen, seine Augen waren gerötet, aber er hielt sich aufrecht. Der Rest seiner Truppe lief gebückt.

»Eigentlich ist es gar kein Brunch«, sagte ich. Chef behauptete immer, Brunch sei keine Mahlzeit, und ich rieb das gern den Kellnern vom Coffee Shop und vom Blue Water unter die Nase, denn die mussten auf der Terrasse Eggs Benedict servieren.«

»Dann halt Scheißlunch.«

»Ich wusste, dass du es bereuen würdest, Scott. Zeit, nach Hause zu gehen, habe ich gesagt. Du wolltest bleiben.«

Als ich um halb vier gehen wollte, hatten die Köche gerade die nächste Runde Jägermeister bestellt. Ich hatte auch einen genommen und kurz befürchtet, an Ort und Stelle auf den Boden zu kotzen. Stattdessen hatte ich mich in ein Taxi geschleppt und dann ganz erwachsen in meine eigene Toilette gekotzt. Ich war stolz auf mich.

Ich hatte mich freiwillig zum Schneiden der Butter gemeldet. Das heiße Messer drang mühelos durch die kühlen Butterstücke. Die fertigen Portionen hafteten gut am Wachspapier. Derselbe gleichmäßige Rhythmus wie beim Serviettenfalten: ständige Wiederholung und ein befriedigendes Maß an Fortschritt. Meine Finger glänzten.

»Nie wieder Brunch«, stöhnte Scott. »Wo ist Ariel?«

»Sorry, die ist im Gastraum, heute musst du dich mit mir begnügen.«

»Schaff Ariel her, ich brauche eine Leckerei von ihr.«

»Leckerei?«

»Das ist ein Notfall«, schrie er.

»Okay, okay, ich suche sie.«

Sie stand an der Ecke des Tresens, trank einen Espresso und unterhielt sich mit Jake.

»Hey, Ariel«, sagte ich und wandte mich etwas von ihm ab, damit er nicht auf die Idee kam, ich würde ihn ansehen. »Scott braucht dich. In der Küche.«

»Wir haben Krieg«, sagte sie. Um die Augen herum wirkte sie etwas angeschlagen, aber ansonsten schien sie eigentlich halbwegs frisch für jemanden, der nur wenige Stunden geschlafen hatte.

»Ja, ja«, sagte ich. Ich wünschte, ich hätte mir die Haare nicht hochgebunden, meinen Hals und meine Wangen nicht so schutzlos zur Schau gestellt. Jake am Morgen, vor Schichtbeginn, bevor das Koffein seine Wirkung tun konnte: Augenringe und dicke Tränensäcke. Kein Interesse, signalisierte mein abgewandter Kopf. »Er hat gesagt, dass es ein Notfall ist.«

Sie kam mit in die Küche, offensichtlich bereit für den Showdown, aber Scott sah erbärmlich aus. Den Kopf in den Händen vergraben, lehnte er auf seiner Station.

»Was ist los, Baby-Chef?« Normalerweise hätten sie sich jetzt gestritten, denn diesen Namen hasste er ganz besonders. Stattdessen stöhnte er.

»Ich brauche Hilfe.«

»Sag, dass es dir leidtut, dass du sie angebaggert hast.«

»Ich hab sie nicht angebaggert, Ariel. Ich schwöre. Das Mädchen steht halt auf Schwänze, ich kann nichts dafür.«

»Ciao, ciao«, sagte sie und streckte ihren schwarz lackierten Mittelfinger in die Luft.

Sie wandte sich bereits ab, da schrie er: »Es tut mir leid, so leid, ich werd sie nie mehr ansehen, ich hab 'nen kleinen Schwanz, ich bin unsicher, untalentiert und dumm. Und ich mach dir Frühstück. Egal, was du willst.«

Sie hielt inne. »Salat mit Steak. Und Dessert. Und alles, was die Neue will.«

»Geht klar. Gib her.«

»Ich will fair sein, du bist ekelhaft, aber nicht untalentiert.« Sie klatschte in die Hände. »Okay, zuerst die Getränke.«

Sonntage wirkten irgendwie immer authentisch, direkt. Keine Regeln, nichts zu verlieren. Howard und Chef hatten frei, ebenso die meisten anderen leitenden Angestellten. Scott hatte das Kommando über die Küche, Jake war der Erfahrenste im Gastraum. Es war seine einzige Tagesschicht, und es war nicht zu übersehen, dass er die ganze Zeit über benebelt war. Auch Simone hatte sonntags frei. Die restlichen Mitglieder der ausgedünnten Truppe waren im besten Fall leicht verkatert, im schlimmsten Fall akut krank.

Ariel nahm einen Stapel sauberer Ein-Literbehälter und ging in den Weinkeller. Zuvor war gehackter Knoblauch, Schalotten-Vinaigrette, Aioli, Thunfischsalat oder geriebener Gruyère darin gewesen, nun kamen sie als »Getränke« zurück in die Küche.

»Bloß Sancerre auf Eis, ein Spritzer Sprudel und Zitrone. Steck einen Strohhalm rein, dann sieht es aus wie Selters.«

»Ari, ich brauche die Leckereien. Die Drinks hätte ich auch Skipper machen lassen können.«

»Skipper?«, fragte sie mich.

»Barbies kleine Schwester.« Ich schüttelte den Kopf. »Ich hab's aufgegeben. Ein Spitzname ist besser als der andere.«

Sie holte eine Handvoll blauer Pillen hervor. »Zwei für dich, weil du so riesig bist, und wir zwei teilen eine, weil wir so winzig sind.« Sie brach eine der Pillen in zwei Hälften und reichte mir eine davon.

»Ich hab noch nichts gegessen«, sagte ich. »Außerdem: Was ist das überhaupt?«

»Adderall. Macht alles heile. Ist doch klar.« *Klar.* Ich nahm meine Hälfte und nuckelte an meinem Strohhalm. Kaum hatte ich geschluckt, wurde mir schwindelig. Es war noch nicht mal Mittag.

»Köstlich.« Scott spülte seine Pillen mit zwei großen Schlucken herunter und gab ihr den Behälter zurück. Er schwitzte und atmete schwer. Vor meinem inneren Auge sah ich ihn schon zusammenklappen. Mitten in der Schicht. Ein Bär, der einfach umkippte.

»Nachfüllen, bitte. Nachfüllen.«

»Du wirst Skip zeigen müssen, wie man das macht – ich hab zu tun«, sagte Ariel. Trotzdem nahm sie die Behälter und ging erneut in den Weinkeller.

»Was willst du?« Scott sah mich von der Seite her an.

»Was?«

»Was willst du *essen*.«

»Ähm.« Er begann, sich anderen Aufgaben zu widmen, und ich sah diese wertvolle Gelegenheit nutzlos verstreichen. »Was tut ihr ins Omelett?«

»Ich hab nicht die leiseste Ahnung, verdammt. Was willst du in deinem Omelett haben?«

»Pfifferlinge«, sagte ich. Scott grunzte missbilligend, aber er weigerte sich nicht. Er griff in den flachen Kühlschrank und begann, braun marmorierte Eier in eine gläserne Schüssel zu schlagen. Dann drehte er unter einem kleinen, schwarzen Pfännchen das Gas auf. Die Eigelbe waren von einem wilden, lebendigen Orange.

»Atomeier«, sagte ich und beugte mich vor, um zuzusehen. Er schwitzte noch den Alkohol der letzten Nacht aus, aber seine tätowierten Hände folgten einem Körpergedächtnis, das bis in jeden Muskel hineinreichte: Zwei Schläge mit der Gabel, und er hatte die Eier aufgeschäumt, eine kurze Berührung der Pfanne, um die Temperatur zu prüfen, dann drehte er die Hitze runter, ließ die Eier hineinrutschen, griff ins Salz, warf etwas davon hinein und neigte die Pfanne in alle Himmelsrichtungen, um die Reste des flüssigen Eis unter die bereits gestockten Ränder fließen zu lassen.

Die Pfifferlinge waren schon vorbereitet worden. Sie warteten, feucht und karamellisiert. Er löffelte sie in die Mitte und rollte sie dann mit ein, wobei er mit der Gabel die nötigen Impulse gab. Dazu bewegte er die Pfanne. Quasi alles aus einem Guss. Die Haut des Omeletts war makellos.

Ariel kam mit den frischen Getränken nach oben. Ihre Augen blitzten, als sie mein Omelett sah, und wir machten uns von zwei Seiten darüber her. Ich trank meinen Wein durch den Strohhalm. Vor meinem inneren Auge entstanden ganze Länder, die ihren vollkommenen Frieden allein perfekten Omeletts und Weißweinschorlen verdankten. Länder, die selbst im Kriegszustand bereits vor Mittag tranken und dann einfach ein Nickerchen machten.

»Ist da noch was Härteres für Scott drin?« Ich deutete auf einen vierten Behälter.

»Nee, der gehört Jake. Würdest du ihm den bringen?«

Ich schüttelte den Kopf.

»Komm schon, Süße, *por favor*, ich häng voll hinterher.«

»Es liegt doch auf deinem Weg«, flüsterte ich.

»Sei nicht so 'ne Fotze und bring ihm den Drink«, flüsterte sie zurück.

»Uah«, sagte ich. »Zu früh für das F-Wort.«

Ich wischte mir den Mund mit einem Küchentuch ab und ließ meine Zunge über meine Zähne wandern, um sicherzugehen, dass ich keine Petersilie dazwischen hatte. Als ich den Drink nahm, kam schon der erste Bon aus dem Drucker. Er knatterte wie ein soeben angelassener Rasenmäher.

Ariel sagte: »Es ist nie zu früh für das F-Wort.«

Scott sagte: »Scheißbrunch.«

Ich sagte: »Prost.«

Der letzte Schluck Wein summte noch in meiner Kehle, als ich auf ihn zuging. Er lehnte auf der Arbeitsfläche hinter der Bar, die Arme verschränkt, das Gesicht zum Fenster gewandt. Noch war keine Kundschaft für ihn da. Ich stellte den Drink ab, klopfte mit den Fingern auf den Tresen und entschloss mich, es dabei zu belassen. Dann sagte ich: »Jake.«

Er drehte sich langsam zu mir um. Überrascht. Er bewegte sich nicht. »Das ist für dich. Von Ariel.« Ich wandte mich ab.

»Hey, ich brauche noch Tücher.« Er nahm einen Schluck. Ich musste mir einfach nur sagen, dass ich mir das alles bloß einbildete. Das war der Trick. Nur selten gab er sich überhaupt mit mir ab. Der Schwachpunkt dieser Strategie waren die Austern. Möglicherweise hatte sich etwas verändert, aber ich traute der Sache nicht. Erst durch seine Frage nach den Handtüchern wurde unmissverständlich klar: Er flirtete mit mir.

»Ich hab dir deine Ration schon gegeben«, sagte ich vorsichtig.

»Ich brauche mehr.«

»Es gibt keine mehr.«

»Also müssen wir den Sonntagmittagsandrang ohne Tücher an der Bar bewältigen? Was wird Howard dazu sagen?«

»Er wird dich fragen, warum du so verschwenderisch mit deinen Tüchern umgehst.«

Jake lehnte sich über den Tresen, bis er mir ganz nah war. Er roch sauer und angeschlagen: »Besorg mir die verdammten Tücher.«

Ich rollte mit den Augen und ging. Aber mein Magen hörte nicht auf zu hüpfen. Wie oft hatte Nicky das zu mir gesagt, und ich hatte bloß genickt.

Mein geheimer Tüchervorrat lag in meinem Schrank – soweit ich wusste, war ich bislang als Einzige auf diese Idee gekommen. Wenn die Manager die Dinger hinter Schloss und Riegel hielten, sollte ich das auch tun, hatte ich mir gedacht. Ich leerte mein Getränk, bevor ich ihm die Tücher brachte. Er war genervt von den sechs Gästen, die vor ihm saßen, und ich sagte mir: Lass die Tücher hier, geh weg. Stattdessen sagte ich: »Jake.« Was für einen Kick es mir verschaffte, seine Aufmerksamkeit einzufordern, ihn dazu zu zwingen, mich anzusehen. »Kannst du mir einen Assam machen?«

ICH DENKE, ich habe mich zuvor nicht besonders gut ausgedrückt. Seine Zähne waren ein bisschen schief, und wenn wir die letzte Runde ankündigten, öffnete er die obersten Knöpfe seines Hemdes, und seine Kehle puckerte wie bei einem soeben in die Freiheit entlassenen Tier. Seine Haare waren nach acht Stunden hinter der Bar eigentlich nicht mehr vorzeigbar, und er trank, als wäre er der einzige Mensch auf der Welt, der wirklich begriff, was so ein Bier ausmachte. Sah er einen an, war es genauso. Er nippte an einem, dann schluckte er. Jemand sagte mir, seine Augen seien blau, ein anderer meinte, sie seien grün, aber in der Mitte waren sie golden, was natürlich etwas ganz anderes ist. Er lachte selten, aber wenn er es tat, explodierte er regelrecht. Wurde ein Lied gespielt, das ihn berührte, sagen wir »Blue in Green« von Miles Davis, dann schloss er die Augen, und seine Lider flatterten, als träumte er. Er ließ die Bar und seine Gäste verschwinden. Und auch er selbst verschwand. Er konnte sich an- und ausschalten, als verfüge er über einen Schalter, und ich stand dann im Dunklen und wartete.

IM HERBST kehrten jene Leute zurück, die wir »unsere Leute« nannten. Seit dreißig Jahren hatte Nicky nicht ein einziges Mal das Lieblingsgetränk eines Stammgastes vergessen. Wenn er sie hereinkommen sah, war ihr Getränk schon fertig, noch bevor sie den Garderobenschnipsel eingesteckt hatten.

Simone hatte noch nie einen Jahrestag oder einen Geburtstag vergessen. Während des Essens ließ sie sich nichts anmerken, aber danach brachte sie ein Dessert aufs Haus. *Alles Gute zum Jahrestag, Peter und Catherine* stand da etwa in Schokoladen-Ganache geschrieben. Sie kannte unendlich viele Tricks, die die anderen Kellner nachahmten. Wenn ein Gast von einem bestimmten Wein besonders begeistert war, dann friemelte sie das Etikett ab, klebte es auf einen transparenten Aufkleber und legte es in einen Briefumschlag. Manchmal setzten sie und Chef ihr Autogramm darauf. Mir war der konkrete Zusammenhang nie ganz klar, aber mit ihren Weinverkäufen war sie allen anderen weit überlegen.

Wir hatten Unterstützung. Vor jeder Schicht erinnerte uns die Empfangsfrau daran, welche Gäste kommen würden, welche Tische sie bevorzugten, was sie mochten oder nicht mochten, ihre Allergien und manchmal auch eine Zusammenfassung ihrer letzten Mahlzeit bei uns, besonders dann, wenn etwas Ungewöhnliches vorgefallen war. Aber wie auch immer sie diese Dinge zusammentrug – ich bin mir sicher, sie hatte ein erstklassiges Computerprogramm –, die etablierten Kellner waren einfach noch besser. Die Gastfreundschaft schien ihnen angeboren zu sein. Die Bedürfnisse anderer hatten Vorrang, ihr Service war mehr als bloße Illusion, er war ein wahrhaftiger Ausdruck von Empathie. Allein für dieses Gefühl, für das Gefühl, dass man sich um sie kümmerte, kamen die Leute immer wieder.

Man musste sie auf Distanz halten. Das war entscheidend. Die Intimität war verwirrend, denn egal, wie sehr die Stammgäste sich auch vormachen wollten, zur Familie zu gehören, die Grenze zwischen Personal und Gast wurde in letzter Konsequenz doch immer präzise eingehalten. Walter sagte: »Stammgäste sind keine Freunde. Sie sind Gäste. Bob Keating? Ein Rassist und Fanatiker. Seit zehn Jahren bringe ich ihm sein Essen, und er hat keinen blassen Schimmer, dass er von einer alten Tunte bedient wird. Offenbare dich nie.«

Ariel sagte: »Geh nie mit Stammgästen aus. Manchmal erkundigen sie sich nach meinen Auftritten und das ist so was von komisch. Die haben nicht mal was übrig für Musik. Oder, du lieber Gott, einmal wollte eine Frau noch irgendwo einen Absacker trinken. Sasha hat ihr aus Spaß die Park Bar empfohlen. Und dann war die tatsächlich da. Das ist einfach verkehrt.«

Will sagte: »In meinem ersten Jahr habe ich Opernkarten von Emma Francon angenommen. Mein größter Fehler. Damals dachte ich, das ist ja der Wahnsinn, und zog meinen Anzug an. Klar, für ihr Alter sieht sie echt gut aus, trotzdem liegen zwanzig Jahre Altersunterschied zwischen uns. Ich war mir sicher, dass alles total unschuldig war. Tja, erst gab es *La Traviata*, dann hat sie mir im Taxi einen runtergeholt. An den zwei darauffolgenden Tagen war sie dann hier an der Bar. Hat sich komplett lächerlich gemacht. Danach haben wir sie nie wiedergesehen. Howard war nicht gerade begeistert.«

Jake sagte: »Solange der Tresen zwischen dir und den Gästen ist, sehen sie alle ganz gut aus.«

»ICH VERGESSE immer, dass das bei dir nicht von allein geht«, sagte Will. Er hatte mich erwischt. Mit verschränkten Armen sah er mir zu.

Ich stand in der Nische bei der Behindertentoilette und übte, drei Teller auf einmal zu tragen. Einige der Hilfskellner konnten sogar vier Teller tragen, drei davon stabil auf einem Arm aufgereiht und ein weiterer in der anderen Hand. Sie trugen die Teller in einer bestimmten Reihenfolge, stellten den einzelnen Teller an Platz eins am Tisch ab und nutzten anschließend die freie Hand dafür, um die anderen Teller der Reihe nach und jeweils von links kommend vor den Gästen abzusetzen, perfekt ausgerichtet, wie ein Bild an der Wand, genauso wie Chef es beim Anrichten vorgesehen hatte.

Ich legte den zweiten Teller auf mein Handgelenk. Er kippelte.

»Es gibt drei Stabilisierungspunkte«, sagte Will. »Deinen Zeige- und Mittelfinger, dann diese weiche Stelle hier« – er berührte meine Handfläche, dort, wo sie in den Daumen überging – »und den hier.« Er zog an meinem kleinen Finger. »Das ist dein Steuer.«

Es fühlte sich nicht richtig an. Mein kleiner Finger wurde schlaff. »Vielleicht sind meine Hände einfach nicht groß genug.«

»Das hast du nicht zu entscheiden. Chef wird dich fertigmachen, bis du es kannst. Momentan bist du bloß eine halbe Kraft. Die Jungs aus der Küche können es, also kannst du es auch. Schließlich ist das kein Geheimnis, das nur die Mexikaner kennen.«

»SIE SCHRUMPFT schon wieder«, meinte Nicky. Will nickte ernst. Alle starrten sie an.

Selbst mir fiel auf, dass Rebecca sich seltsam benahm. Sie arbeitete am Empfang, wir begegneten uns kaum, aber sie war höflich und – seit sie mitbekommen hatte, dass ich zu Simone gehörte – auch sehr respektvoll.

Von einem Tag auf den anderen umgab sie plötzlich ein Hauch von Labilität, als umgebe sie der Duft von stark parfümierter, billiger Body Lotion aus der Drogerie. Beim Teamessen häufte sie ein Potpourri aus verschiedenen Dingen auf ihren Teller und redete dann in einer Tour, statt zu essen. Sie blieb, bis wir aufgegessen hatten, lauerte am Tisch wie ein Falke.

Simone sagte: »Jede Frau gelangt in ihrer Karriere irgendwann an diesen Punkt – ihr Verstand verliert an Schärfe.«

Bei Rebecca konnte ich es sehen. Statt zu lachen, sagte sie nun »ha«, als ob sie versuchte, über eine große Entfernung hinweg eine schriftliche Botschaft zu übermitteln.

Ich erwachte gegen Mittag und fand zwei E-Mails von ihr in meinem Postfach. Sie waren an alle adressiert. An das ganze Team. An den Inhaber und an alle im Büro. Mit der ersten Mail reichte sie ihre Kündigung ein. Sie hatte gearbeitet, war nach Hause gekommen und hatte sich entschieden, uns mitzuteilen, dass dies ihre letzte Schicht gewesen sei. Eine Abschiedsparty brauche sie nicht. Danke schön.

Die zweite E-Mail lautete folgendermaßen: *Hey, Leute! Zunächst einmal kann ich kaum beschreiben, wie froh ich bin, dass ich mit euch zusammenarbeiten durfte. Nun werde ich für eine Weile zurück nach Kalifornien gehen, aber ihr werdet mir alle sehr fehlen! Howard und ich hatten in den letzten vier Monaten ein Verhältnis. Seinetwegen kündige ich. Ich danke euch für euer Verständnis und für die schönen Erinnerungen. Umarmung und Küsse! Becky.*

Meine Erschütterung war grenzenlos – ich sah mich in meinem Zimmer um, suchte ein Gegenüber, mit dem ich mich austauschen konnte, aber ich war allein. Sofort schrieb ich eine Nachricht an Will: *Howards Mädels? Was zur Hölle ist da vorgefallen?!*

Will antwortete: *Ich weiß! Was für eine verrückte Alte!*

Ariels Antwort: *Eine Magersüchtige wie aus dem Bilderbuch. Komplett irre. Ich hab gehört, dass sie sich in Kalifornien in ein Krankenhaus einweisen lassen will.*

Und das war der allgemeine Konsens. Ich hatte das Gefühl, Zeugin einer schreienden Ungerechtigkeit geworden zu sein. Einer Ungerechtigkeit, die man nicht ignorieren durfte. Aber als ich Simone gegenüber ihren Namen erwähnte, sprach sie weiter über Pinot Noir. Es wurde viel getuschelt: »Krass, kannst du dir das vorstellen?« Und dann Kopfschütteln. Den ganzen Abend lang behielt ich Howard im Auge. Er arbeitete im Gastraum, trug eine pinke Krawatte und schlängelte sich wie Schreibschrift zwischen Menschen und Tischen hindurch.

»Wie geht's?«, fragte ich ihn, während ich ihm seinen Macchiato zubereitete. »Sonderbarer Abend, hm?«

»Wusstest du, dass das Wort *weird*, also *sonderbar*, im Englischen etymologisch mit dem Begriff des Schicksals verknüpft ist? Im Angelsächsischen bezeichnete es die Fähigkeit, das Schicksal zu beeinflussen oder gar abzuwenden. Zum ersten Mal tauchte das Wort in dieser doppelten Bedeutung bei Shakespeare auf –«

»*Macbeth*«, sagte ich. »Jetzt erinnere ich mich. Die Hexen, richtig?«

»Sehr flink.« Er lächelte, kippte seinen Espresso hinunter und gab mir die leere Tasse. »Ich hab mich nicht in dir getäuscht.«

SASHA WAR eine harte Nuss. Er liebte Smirnoff-Wodka mit Wassermelonengeschmack, Jake Kokain und Popmusik. Bei diesen Themen hatten wir gerade genug Gemeinsamkeiten, dass ich hin und wieder seine Aufmerksamkeit gewann. Eines Nachts in der Park Bar fragte er mich endlich, ob ich Lust auf eine Line hätte. Ich war begeistert. Endlich würden wir unsere Freundschaft besiegeln. Ich hatte gehört, dass sein Vater vor ein paar Wochen in Moskau gestorben war und dass er nicht hatte hinfliegen können, weil er noch keine Greencard besaß. Er war mit einer wunderschönen Asiatin verheiratet, sie hatte blaue Haare und hieß Ginger, aber er wusste nicht, wo sie gerade wohnte, und die Formalitäten waren ins Stocken geraten. Als wir im Klo waren, sprach ich ihm mein Beileid aus.

Seine Augen wurden zu Schlitzen wie bei einem Tier, das sich bedroht fühlt. Wir nahmen die Line, und ich sagte ihm, dass ich gern mal nach Moskau fahren wollte. Seine Antwort: »Ach, biste einfach ein Dummerchen. Mehr nicht.«

Von dieser Nacht an hielt er mir seine Wange zum Kuss hin, wenn er im Restaurant ankam. Er liebte es, »was denkste?« zu sagen, nur um dann das, was ich für die Wahrheit gehalten hatte, als absoluten Irrsinn hinzustellen.

Er erwischte mich an der Eismaschine, wo ich gerade meine geschwollenen Augen mit Eiswürfeln kühlte.

»Du weinst? Herrje, Engelsgesichtchen, was? Denkste etwa, Universum sieht vor, dass du glücklich bist? Warum denkste das bloß?«

»Ich weine nicht, ich bin bloß müde.«

»Ja, kein Scheiß, das ist halt Leben«, sagte er lakonisch und schaufelte Eis aus der Maschine. Er kränkte mich andauernd, aber er nahm kein Blatt vor den Mund, wenn es um meine Beschränktheit ging, und dafür liebte ich ihn.

»Aber ich bin ständig müde.«

»Willste noch bisschen vorschlafen, Zuckerschnecke?« Ich schüttelte den Kopf. Er zuckte mit den Schultern.

»Mach dir nicht Gedanken, kleines Monster. Du hast noch Unschuld.«

»Was soll das heißen?«

»Weiß nicht, was glaubste, was das heißen soll? Wenn der Prozess kommt, wirst du freigesprochen.«

»Und du glaubst, das sei die Definition von unschuldig?«

»Hat nichts mit Reinheit zu tun, fallste das denkst.« Er blinzelte. Zwei Mal. So, als wisse er alles über mich.

»Ich kann nicht wirklich behaupten, ich sei unschuldig, aber …«

»Aber was? Du willst auch Opfer sein? Wenn du mal groß bist, musst du zu ganzem Chaos stehen. Das ist Erwachsensein, Zuckergesichtchen. Du kriegst den Alk, den Sex, die Drogen, deinen Concealer für die Augenringe. Vielleicht biste bloß müde, weil du dich den ganzen Tag lang selbst belügst. Oder vögelste etwa nächtelang Jake, wie ein kleines Flittchen?«

Er sah mich an und wartete ab. Er lächelte, als ob er tatsächlich eine Antwort von mir erwarten würde. Ich fing an zu kichern. Verschwörerisch rückte er näher.

»Ja, ja, als wärst du so ein richtig braves Mädchen.«

KINETISCHE ENERGIE in meinen Augen, mein Körper ahnte die nächste Bewegung voraus. Staub, der von Flaschen segelte, Schatten, die über den Boden huschten, Gläser, die zum Rand der Arbeitsfläche strebten, ich fing sie. Gerade noch rechtzeitig. Ich wusste genau, wann jemand aus dem toten Winkel heraus auf mich zukam. Der Inhaber nannte das den Exzellenz-Reflex. Er bestand darin, über die Grenze meines Blickfeldes hinaus wahrzunehmen, alles um mich herum und hinter mir zu sehen. Bewusstsein und Handlung nicht mal einen Atemzug voneinander entfernt. Da gab es kein Zögern, keine Prognose, keinen Befehl. Ich wurde zum Verb.

III

Wie spät ist es?« Ich lehnte mich über den Touchscreen, an dem Simone gerade eine Bestellung aufschlüsselte.

»Schau niemals auf die Uhr. Sobald du das tust, steht die Zeit endgültig still. Es ist besser, sich von ihr überraschen zu lassen.«

»Es ist erst zwanzig nach sieben!«

»Kann es sein, dass du ein dummes, rebellisches Ding bist? Ist es denn so schwierig, sich mit der Gegenwart zu arrangieren?«

»Zwanzig nach sieben. Ich werd's nicht packen.«

»Um acht wird alles anders. Du wirst so viel zu tun haben, dass du vergisst, wer du bist. Eine der vielen Freuden dieses Berufes.«

»Nein, Simone, im Ernst. Ich hatte schon drei Kaffee und schlafe immer noch mit offenen Augen. Ich pack's nicht.«

»Glaubst du, du bist hier, um uns einen Gefallen zu tun?« Sie sah ihre Bestellung noch einmal durch und klopfte mit den Fingern auf den Bildschirm. Dann schickte sie die Bestellung ab und ich meinte zu hören, wie der Drucker den Bon ausspuckte. Mechanisch setzte ich mich in Bewegung, da packte sie meine Schulter.

»Du wirst dafür bezahlt, hier zu sein. Das ist dein Job. Versuch gefälligst, lebendig auszusehen.«

Mit bleiernen Armen drängte ich mich durch die Küchentür.

»Abholen«, sagte Scott. Mit zusammengekniffenen Augen

blickte er auf die Bons. Es war eigentlich lustig, dass er auf dieser Position arbeitete, denn er konnte nicht wirklich gut sehen und brauchte wahrscheinlich schon seit Jahren eine Brille.

»Wird abgeholt.« Erst, als ich direkt vor ihm stand, sagte ich etwas leiser: »O Mann, ich glaub, ich schaff das heute nicht.«

»Du hast keine Wahl. Tisch 49: Tintenfisch auf der eins, Gruyère, die Sauce extra, auf der zwei, und dann brauche ich gleich noch jemanden.«

»Ich komme wieder und mach's. 49 ist nicht weit.«

»Wir schneiden später einen frischen Laib Parmesan an. Vielleicht tröstet dich das.«

»Ach, wie herrlich, jetzt hat mein Leben wieder einen Sinn.«

»Okay, du Biest, fühl dich ausgeladen.«

»Es tut mir leid, aber ich bin so müde.«

»Dein Problem«, sagte er, als ich die Teller aufnahm.

Ich näherte mich Tisch 49. Die Gäste waren von der hungrigen Sorte. Sie hatten mich bereits wahrgenommen und schienen mich mit ihrer Ungeduld antreiben zu wollen. Ich versuchte zu lächeln. *Beruhigt euch, ich hab euer Essen, ihr werdet nicht verhungern, schließlich seid ihr in einem Restaurant, verdammt noch mal.* Beim Abstellen der Teller sollten wir stets die vollständige Bezeichnung des Gerichts herunterbeten. Normalerweise sang ich sie auf dem Weg zum Tisch vor mich hin. Ich näherte mich von links, öffnete die Arme und sagte: »Platz eins Tintenfisch, Platz zwei Gruyère, die Sauce extra, dann noch eine weitere Order. Tisch 49. Guten Appetit.«

Ich sah sie erwartungsvoll an, wartete auf die dankbaren Blicke, die die Gäste einem normalerweise schenkten, wenn sie wussten, dass sie endlich essen durften. Es ist eine Art Applaus. Aber die zwei schauten bloß verwirrt auf ihre Teller, als hätte ich sie in einer fremden Sprache angesprochen. Und dann realisierte ich voller Scham, dass das den Tatsachen entsprach.

»O Gott, es tut mir so leid!« Ich lachte, und ihre Gesichter entspannten sich. »Das war nicht das, was ich sagen wollte.«

Die Frau auf Platz eins saß mir am nächsten. Sie nickte und tätschelte mein Handgelenk.

»Ich bin neu hier«, sagte ich.

Der Mann auf der vier sah mich an und sagte: »Und was ist mit dem Essen für Platz drei und vier?«

»Aber natürlich, mein Herr, das sollte jeden Moment kommen.«

Ich rannte zu Ariel. Sie stand an der Kaffeestation. »Verflucht, Ariel, hilf mir, ich brauche eine Leckerei und einen Kaffee.«

»Ich hänge fünf Bestellungen hinterher, die erste Runde ist gleich durch.«

Ziellos bewegte sie sich zwischen den Bons und den Tassen hin und her, versuchte, ihre Getränke in die richtige Reihenfolge zu bringen, nur um sich gleich darauf wieder nach den Bons umzudrehen. Ich selbst hatte ein System, mit dessen Hilfe ich mich während der Stoßzeiten organisierte. Ich hatte bereits versucht, es ihr nahezubringen, aber mir hörte ja niemand zu.

»Bitte. Es tut mir leid. Wenn du irgendwann Zeit hast.«

»Fluff, ich brauche so schnell wie möglich zwei Huet.«

»Okay, kommt sofort.« Mit gesenkten Augen durchquerte ich die Küche, dann lief ich die Treppen runter und in den Keller. In meinem Rücken rief Scott: »Die nächste Order? Ich brauche verdammt noch mal jemanden, der die nächste Order rausbringt.«

»Ich kann nicht. Frag Sasha!«, rief ich zurück. Dann war ich im Keller. Von allen Geräuschen abgeschirmt. Es war schummrig, und in den Ecken stickte der Schimmel seine Muster. Ruhe. Ich lehnte mich an eine Wand, fühlte Tränen aufsteigen und sagte mir: Nicht still stehen. Der Huet wurde in schlichten, unbeschrifteten Kisten geliefert und gehörte zu den Dingen, die quasi unmöglich zu finden waren. Ich nahm an, dass er sich unter fünf anderen Kisten befand. Schicksalsergeben packte ich meinen Weinöffner und riss mit dem Messer die Kisten auf. Eine nach der anderen schubste ich zu Boden, wenn sich darin nicht die richtigen Flaschen befanden.

Es staubte.

»Ich bin bloß müde«, sagte ich in den Raum hinein, schnappte mir zwei Flaschen Huet und nahm mir vor, das Chaos später zu beseitigen. Auf der Kellertreppe holte Will mich ein, im Arm trug er einen Eimer mit Eis.

»Du hast mich erschreckt«, sagte er und wurde langsamer. »Brauchst du Hilfe damit?«

»Nein, Will, es sind bloß zwei Flaschen.«

»Du lieber Gott, entschuldige, dass ich gefragt habe.«

»Nein, *mir* tut es leid. Ich bin heute Abend wirklich nicht auf der Höhe.«

»Du bist nie wirklich auf der Höhe«, sagte er und wuchtete den Eimer auf seine Schulter. »So bist du halt.«

»Das ist verletzend, verdammt!«, sagte ich, aber er drehte sich nicht um.

»Bin ich heute derjenige, der das Essen rausbringt?«, brüllte Scott, als ich nach oben kam. »Haben wir denn keine Hilfskellnerin dafür eingeteilt?«

»Tut mir leid«, sagte ich und hielt die Flaschen wie eine Art Schutzschild vor mein Gesicht.

Ich gab Nicky die Flaschen. »Ich hab's geschafft!«

»Willst du jetzt einen Orden? Irgendwer muss Platz vier und fünf an der Bar abräumen. Ich komm da grad nicht hin und Sasha funktioniert heute überhaupt nicht. Hast du ihn gesehen? Platz vier, Bar.«

»Okay. Hm. Aber … Nick? Ich bin wirklich nicht gut im Abräumen. Ich krieg das mit den drei Tellern noch nicht hin. Ich kann's versuchen. Also, ich meine, ich schaff das schon.«

»Schon klar, Fluff, jetzt beweg dich, das war keine Bitte.«

»Dein Espresso, Skip«, sagte Ariel. »Streusel sind schon drin.« Sie gab mir ein Glas Wasser, damit ich einen Schluck in den Espresso kippen konnte – ein Trick von ihr. So kühlte der Espresso etwas ab und man konnte ihn schneller trinken. Ich würgte ein bisschen, Adderall-Körnchen blieben an meiner Zunge haften.

»Köstlich. Du bist ein Engel. Absolut anbetungswürdig.«

»Kannst du mir einen Träger mit Gläsern besorgen? Ich hab fast keine Sektflöten mehr, weil diese verdammten Idioten –«

»Ariel, ich steck voll in der Scheiße, ich muss abräumen –«

»Du trinkst grad Espresso, verdammt! *Ich* steck voll in der Scheiße.«

»Okay, okay.« Ich hob die Hände. Ein Mann, dunkelblauer Anzug, ein Glas Champagner in der Hand, rempelte mich an.

»Tut mir leid«, sagte ich und setzte mein demütigstes Lächeln auf.

»Hey«, sagte er, »ich kenne dich!«

Das stimmte zwar nicht, aber ich nickte trotzdem und versuchte, mich an ihm vorbeizuschieben.

»Isabel! Du warst mit Julia bei Miss Porter. Mit meiner Julia. Julia Adler, erinnerst du dich? Richtig erwachsen bist du geworden! Als ich dich das letzte Mal gesehen habe, warst du noch ein Kind.«

»Tut mir leid, Sie verwechseln mich.«

»Nein, auf keinen Fall. Deine Eltern leben in Greenwich.«

Ich schüttelte den Kopf. »Ich weiß nicht, wer Miss Porter ist, ich kenne keine Julia, mein Name ist nicht Isabel und meine Eltern leben nicht in Greenwich.«

»Bist du dir sicher?« Er kniff die Augen zusammen und deutete mit dem Sektglas auf mich. Ich wusste nicht, wie ich mich zur Wehr setzen sollte, schließlich kannte ich Isabel ja nicht einmal. Genauso wenig wusste ich, worauf man mich hier festnageln wollte. Tief in mir drin wiederholte ich das Mantra: Der Gast hat immer recht.

»Aber es ist schon lustig, nicht wahr?«, sagte ich beschwichtigend. »Sehen wir nicht alle aus wie jemand anderes?«

Ich schenkte ihm ein breites Lächeln, zeigte Zähne, die mir gehörten, nicht Isabel, und drängte mich dann an ihm vorbei.

Es war voll. Im Gegensatz zum Gastraum gab es an der Bar keine Choreographie für den Tischwechsel. Hocker wurden frei und dann sofort von Leuten besetzt, die bereits beim zweiten Drink waren und eigentlich schon seit zehn Minuten Essen bestellen wollten. Keine Gnadenfrist. Der nächste Schwung Gäste drückte von hinten gegen die Rücken jener, die gerade aßen. Sie lauerten, sobald die Desserts serviert wurden, klebten an denjenigen, die bereits nach der Rechnung gefragt hatten. Und heute war Wochenende – was bedeutete, dass es sich nicht um unsere zivilisierten Stammgäste handelte. Die Leute waren laut, sie waren ungeduldig, ja, sie waren richtig in Fahrt. Ich drängte mich mitten in eine Gruppe. Ein Mann und zwei Frauen, die alle nach Zigarren stanken. Er sagte: »Morgen kommt sie wieder. Also werde ich mich heute tadellos benehmen. Die Chefin ist zurück.« Die Frauen grinsten und lehnten sich mit ihren Gläsern weiter vor.

Die Musik, die aus den Lautsprechern drang, war zu laut. Ich sah Nick an, der wiederum zu Ariel schaute und mit den Lippen die Worte formte: Mach die Musik leiser. Die Musik verstärkte alles. Die Gäste schrien darüber hinweg, gestikulierten noch wilder. Nach einer Weile wirkten sie einfach nur noch grotesk.

»Sind Sie fertig?«, fragte ich das Pärchen, das auf Platz vier saß. Ich zuckte zusammen. Der Inhaber hatte sehr deutlich gemacht, dass »Sind Sie fertig?« keine adäquate Frage war.

»Tut mir leid – darf ich?« Entschuldigend präsentierte ich ihnen meine Handinnenflächen. Die beiden waren jung, aber geschniegelt. Ungefähr Ende zwanzig, wollten jedoch offensichtlich älter geschätzt werden. Sie trug einen strengen, akkuraten Bob, ein pinkes Seidenkleid, dazu spöttische Augenbrauen. Er hatte einen markanten Kiefer, aber darüber hinaus sah er gewöhnlich aus. Irgendwie musste ich bei seinem Anblick an Rugby denken. Offenbar hatten sie gestritten, denn sie sah mich an, als störte ich. Er hingegen wirkte erleichtert. Ich schob einen Arm zwischen sie, um an das Geschirr zu kommen.

»Tut mir leid«, wiederholte ich, während ich nach dem ersten Teller tastete. »Ich würde dann mal … wenn es Ihnen nichts ausmacht …« Ich zwängte meine Schulter zwischen die beiden, und sie drehte sich auf ihrem Platz herum. Sie seufzte. PR?, dachte ich. Die Assistentin der Assistentin? Empfangsdame in einer Galerie? Wo zum Teufel arbeitest du? Den größten Teller nahm ich zuerst, dann packte ich das Besteck neben die Lammknochen und die fettigen Reste des Gratins. Jemand rempelte mich an. Ich biss die Zähne zusammen, aber nichts verrutschte.

Ich neigte mich zu ihm, versuchte, den Rest zu erreichen, und warf ihm einen hilflosen Blick zu. Er stellte zwei der weiter entfernt stehenden Teller auf seinen und schob sie mir zu.

»Pass bloß auf«, sagte das Mädchen. »Sonst arbeitest du bald hier.«

Es ist nie zu früh für das F-Wort, dachte ich. Der Typ legte die Hände in den Schoß.

Es war uns nicht gestattet, nur einen Teil abzuräumen. Alles musste stets auf einmal weggebracht werden. Ich nahm seinen Stapel, aber die Teller lagen schief aufeinander, offenbar war er ebenso unfähig wie ich, Geschirr abzuräumen. Mir war klar, dass es zu viele Teller waren – nicht für Will oder Sasha, aber für mich. Mein Arm brannte. Ich schnappte mir ihr Brottellerchen, das buttrige Messer rutschte in ihren Schoß und sie kreischte.

»O Gott, es tut mir so leid. Es ist bloß Butter. Ich meine, es tut mir leid.« Mit geöffnetem Mund sah sie mich an. Sie wirkte entsetzt, ganz so, als hätte ich sie absichtlich attackiert.

»Das ist Seide!«, heulte sie.

Ich nickte, dachte aber, wer trägt denn bitte Seide zum Essen? Sie warf das Messer zurück auf den Tresen, und ich sah, wie die Butter in den Stoff ihres Kleides sickerte. Ich konnte es nicht fassen, ich hatte keine Hand mehr frei. Der Song war zu Ende. Hilfesuchend wandte ich mich um.

Zwei Teller rutschten vom Stapel und krachten zu Boden. Dann dieses exakte Knacken, das einen glatten Bruch begleitet. Der Raum war still, kein Geräusch, nichts bewegte sich.

Sasha tauchte neben mir auf und lächelte, als wäre er mir soeben mitten auf einer überfüllten Party begegnet.

»Milchschnittchen hat rumgesaut«, sagte er leise. »Wer hat dir beigebracht abzuräumen?«

»Niemand«, sagte ich und hielt ihm meine Teller hin. »Wo warst du?«

Er ging an mir vorbei zu dem Pärchen, gab ihr Sprudelwasser, Servietten, eine Visitenkarte. Er versprach ihr, sich um die Reinigung zu kümmern. Ich sammelte das zerbrochene Geschirr auf. Der Mann im dunkelblauen Anzug, der mich Isabel genannt hatte, sah mich an, und ich zog die Schulter hoch, um mein Gesicht zu verbergen.

»Na, Butterfingerchen?«, sagte Scott, als ich auf den Eimer für zerbrochenes Glas zusteuerte. »Abholen.«

»Tut mir leid, ich bin einfach nicht gut im Abräumen.«

»Abholen!«

Ariel kam in die Küche geflogen und brüllte den Tellerwäscher an: »Papi, *vasos, vasos*, komm schon.«

Will kam aus dem Keller. Er trug die Reste der Pappkartons, einen Besen und ein volles Kehrblech.

»Mach dir keine Gedanken über den Weinkeller«, sagte er zu mir und drückte mir den Besen in die Hand. »Das Dienstmädchen kümmert sich schon darum.«

»Ich wollte es später erledigen«, sagte ich. »Es tut mir leid.«

Mein Atem nahm Hürden. Jeder einzelne Atemzug schüttelte mich, meine Augäpfel vibrierten. Ich konnte mich an keinem meiner Gefühle festhalten: Wut, Scham, Erschöpfung, Wasserentzug, Hunger – ein einziger Wust zuckender Drähte in meiner Brust. Immer wieder blinzelte ich. Ich wusste nicht, ob meine Augen einfach ausgetrocknet waren oder ob sie gleich überlaufen würden. Dann eine Hand auf meinem Rücken und plötzlich die Vision: Ich schleuderte die Person, zu der die Hand gehörte, mit übermenschlicher Kraft gegen den Dessert-Wagen, hielt ein Messer an ihre Kehle und schrie: Fass mich verdammt noch mal nicht an. Dröhnend laut kamen die Worte aus mir heraus, alle mussten mir zuhören, niemand würde mich je wieder anfassen.

»Atme«, flüsterte sie, »deine Schultern.«

Simones Hand fuhr über die Haut zwischen meinem Nacken und meinen Schultern, als wolle sie ein Tischtuch glattstreichen. Dann drückte sie zu. Schmerz schoss bis in meine Ellenbogen.

»Abholen!«

»Wirst du wohl einatmen? Und jetzt ausatmen.«

Als ich ausatmete, glaubte ich, gleich ohnmächtig zu werden.

»Du musst aufhören, dich zu entschuldigen. Sag nie wieder, dass es dir leidtut. Übe das. Verstanden?«, flüsterte sie mir ins Ohr.

»Abholen. Bist du taub, verdammt?«

Ich wischte mir mit einem Tuch über das Gesicht und nickte

Simone zu. Sie drückte noch einmal, dann schob sie mich sanft vorwärts, und ich legte das Tuch um meine Hände.

»Wird abgeholt.«

DER TAG, AN DEM ich drei Teller auf einem Arm tragen konnte, kam und ging. Es war kein Triumph, niemand gratulierte mir. Zu Beginn jeder Schicht fingen wir bei null an, am Ende waren wir wieder ein unbeschriebenes Blatt. Aber meine Bewegungen wurden geschmeidiger, länger. Erst jetzt war ich mir darüber bewusst, dass ich auf einer Bühne stand. Meine Finger wanderten, während ich die einzelnen Teller abstellte, es war fast wie Zaubern.

Ich realisierte, dass es eine Art Ballett war. Die Choreographie wurde nie einstudiert, immer erst mitten im Geschehen erlernt. Warum man als Neue ständig das Gefühl hatte, angestarrt zu werden? Nun, weil es so war. Ich war nicht synchron mit den anderen.

Es war die Art, wie Jake die Schiebetür des Weißwein-Kühlschranks mit dem Fuß stoppte oder wie Nicky gegen die Bierkrüge klopfte, wenn sie in der Hitze des Geschirrspülers aneinanderhafteten, wie er die Gläser einmal rotieren ließ, bevor er einen Drink in Angriff nahm. Simone goss aus zwei verschiedenen Flaschen gleichzeitig Wein in zwei verschiedene Gläser und wusste dabei exakt, wann welches Glas gefüllt war. Heathers Finger flogen über den Touchscreen, als habe sie das Programm selbst geschrieben, und wenn Chef ganz und gar gedankenlos den Bondrucker tätschelte, rülpste der umgehend einen Bon hervor. Und es war auch die Art und Weise, wie Howard uns, vom oberen Ende der Treppe aus, mit seinen Augen dirigierte und wie wir alle uns an der Kellertür duckten, um uns nicht an dem tiefliegenden Rohr hinter der Tür zu stoßen.

»Sobald du alles automatisch tust, weißt du, dass du den Job beherrschst«, sagte Nicky schon früh zu mir.

Wir sagten »hinter dir«, und die angesprochene Person nickte. Sie hatte es bereits gespürt. Dieses »hinter dir« war eher für die Gäste gedacht, eine Art Formalität. Wir erspürten die Bewegungen der anderen, ständig berührten wir einander. Wenn ich den Rhythmus verlor, hielt ich mich an einen von Sashas Grundsätzen, den ich ihn einmal zu einer etwa sechzigjährigen Frau an Tisch 52 hatte sagen hören.

»Entschuldigen Sie die Sauerei«, hatte die Frau gesagt und dabei Essensreste vom Tisch gewischt. Sasha hatte sie bloß angestrahlt: »Sie und ich, Liebes, wir entschuldigen uns nicht. Wir haben Zauber.«

IV

Feigen in meinem Schrank. Vier Stück, in einem kleinen braunen Körbchen, vergoldet, wie eine Opfergabe, ein Energieschub aus einer anderen, sonnenverwöhnten Welt. Ich schob sie nach hinten und legte eine alte Ausgabe des *New Yorker* darauf. Mir war klar, dass niemand sie sehen durfte. Nach meiner Schicht legte ich sie vorsichtig in meine Tasche. Es fühlte sich an wie Stehlen. Ich blieb an der Bar stehen und sah ihn an.

Er stand an der Tür und sprach mit dem Blumenmädchen. Sie tauschte gerade die Zweige in den Vasen aus, die das Wochenende nicht überleben würden. Normalerweise nervte sie mich – sie war so mädchenhaft, an ihrem Fahrrad hing ein Körbchen, sie trug stets Kleider und ein Haarband mit einem Schleifchen. Zweifellos war sie mal in einer Studentinnenverbindung gewesen. Aber ich hatte Feigen und einen ganzen Abend für mich allein. Nein, ich hatte ein Geheimnis.

»He, du! Willst du was zu trinken?«, fragte er und steckte ein Tuch in seine Gürtelschlaufe. Ich betrachtete sein Gesicht … suchte. Nach irgendetwas, vielleicht Belustigung, Verärgerung oder auch Verbundenheit.

»Was passt gut zu …?« Fast hätte ich es gesagt. Was passt gut zu Feigen? Plötzlich wurde mir klar, dass man etwas zerstören konnte, wenn man es laut aussprach. Es war das Geheimnis, was ihm Sinnlichkeit verlieh. Die Stille war eine Prüfung.

»Zur Sonne«, sagte ich. »Was passt gut zur Sonne? Ich will es mitnehmen.«

Er hob die Augenbrauen, nur ganz leicht, dann nickte er

und griff nach einer Flasche Crémant, und ich wusste, dass die Feigen von ihm waren.

»Ich persönlich finde ja, dass der Wein« – er goss den Rosé in einen Pappbecher – »der Sonne nicht in die Quere kommen sollte.«

»Ich glaube, Simone würde sagen, dass ein solcher Wein kein Wein ist.«

»Wen interessiert schon, was Simone sagen würde?«

»Äh …« Forschend sah ich ihm ins Gesicht. »Mich?«

»Was würdest du sagen?«

»Keine Ahnung.« Ich trank den Wein durch die Öffnung des Plastikdeckels. Er schmeckte wie prickelnde Capri-Sonne. »Das ist köstlich. Passt perfekt zur Sonne. Danke dir.«

Hört, hört, dachte ich. Parker kam dazu, stellte ihm Fragen zu den Bieren, und er war weg. Aber wir hatten ein Geheimnis. Als ich rausging, besah das Blumenmädchen gerade ihr Blumenarrangement.

»Gut, dass du das in Ordnung gebracht hast«, sagte ich zu ihr und setzte meine Sonnenbrille auf, »die sahen wirklich schlimm aus.«

AM ENDE lief ich nach Hause. Es lag an diesem Pappbecher. Die himmlische Dämmerung stürzte von den Klippen der Gebäude herunter und sammelte sich auf dem Gehweg. Jedes Gesicht, das mir begegnete, war wie hypnotisiert vom Licht des Westens. Als ich den Park erreichte, suchte ich mir eine Bank und wog die Feigen in meiner Hand. Jede einzelne besaß diese Festigkeit, die mich an menschliches Gewebe erinnerte, ja an meine eigenen Brüste. An einer Seite hing eine Art Träne, die legte ich auf meine Zunge und fühlte mich wie nackt.

Ich riss sie auf. Sie waren weich, das pinkfarbene Innere entblößte sich nur träge. Ich aß sie schnell, zu gierig. Ich stand auf, warf den leeren Becher und den Feigenkorb in den Mülleimer. Im selben Moment kamen ein pummeliges Mädchen und ihre Mutter den U-Bahn-Aufgang herauf und betraten den Union Square. Das Mädchen legte eine Hand auf ihren Mund.

»Mama, Mama!«, rief sie und zeigte zum Himmel.

»Was siehst du?«

»Ich sehe eine Stadt!«

Ich entschied mich, zu Fuß zu gehen.

Männer mit Dreadlocks, die nickend Schach spielten, Hunde, die sich neben Kids mit leeren Augen und Tränen-Tattoos fläzten, Wellen von Pendlern, die sich aus den U-Bahn-Ausgängen wälzten und in den Straßen verteilten, Mülleimer, die überquollen, darin Wasserflaschen aus Plastik und weggeworfene Tageszeitungen. Hier eine Frau, die in ein Handy schrie, während sie ihren BH richtete, dort blonde Männer an einer Kreuzung. Sie hatten eine Straßenkarte zwischen sich ausgebreitet und unterhielten sich auf Deutsch. Unter allem das Beben des Bürgersteiges, wenn die Linien N, Q und R die Station verließen, darüber eine beißende Rauchwolke, die von einem Gyros-Wagen ausging, daneben Taschenbücher auf Tischen, billiges Leder, massenhaft T-Shirts, die Überbleibsel aus allen möglichen Leben. Mitten auf dem Gehweg vertrocknete Blumen, wie versteinert fingen sie in ihren Plastikhüllen das Licht. Vorsichtig wichen die Menschen ihnen aus, und auch ich versuchte nicht daraufzutreten.

Während ich so ging, wiederholte ich die Straßennamen, als wären sie Zahlen: Bond, Bleecker, Houston, Prince, Spring. Begierde ließ mein Blut rubinrot leuchten, verlieh mir den Gang einer Verbrecherin, die niemand erwischt hatte, und es kam mir vor, als könne ich ewig so laufen.

»VIELLEICHT BLEIBE ICH einfach hier«, sagte Jake. Seine Stimme drang aus einer der Nischen. Sein Tonfall war so bissig, dass ich stehen blieb.

»Natürlich bleibst du nicht hier«, sagte Simone.

»Du hörst mir nicht zu –«

»Weil Thanksgiving nicht zur Disposition steht.«

Ich überlegte, noch einmal zurückzugehen, aber jetzt waren sie still, und ich hatte das Gefühl, dass sie nun lautlos miteinander sprachen oder einfach aufgehört hatten zu reden, weil sie meine Anwesenheit spürten.

Ich trat dazu und stellte meinen Wasserkrug ab. Ich sah sie an. Heather kam direkt nach mir und ging zum Besteckkasten.

»Alles gut hier?«

»Ja, bei mir ist alles gut«, sagte ich fröhlich. Jake hatte ich den Rücken zugewandt. »Simone, ich habe eine Bitte: Würdest du mir zeigen, wer hier so isst?«

»Oho, sie ist auf der Jagd«, sagte Heather. Sie gab mir ihr Lipgloss. Verwirrt trug ich es auf.

»Quatsch, ist sie nicht.« Simone starrte mich an.

»Auf der Jagd nach was?«

»Dafür bist du zu jung«, sagte Jake.

»Jugend ist eine Grundvoraussetzung für Ehefrau Nummer zwei, mein lieber Jake. Sie hat schon bald ihren Zenit erreicht«, meinte Heather und rieb sich ihre Lippen. »Wärst nicht die Erste, die reich heiratet.«

»Du versuchst also einfach, einen alten Kerl zu finden, der dich vögeln will?«, fragte Jake.

»Ihr seid echt schrecklich«, sagte ich. Mir wurde warm, und ich fragte mich, in was für eine Situation ich da hineingelaufen war. »Ist ja auch egal.«

»Nein«, sagte Simone. Sie entfernte sich von Jake, und ich meinte, einen Hauch Gereiztheit an ihm wahrzunehmen. Ich vermutete, dass sie mir galt. »Ich hätte jetzt einen Augenblick Zeit, wenn du möchtest.«

Ich nickte.

»Aber mach keinen Mucks. Und nimm eine zusätzliche Serviette mit.«

»Wozu?«

»Die Eriksons sitzen gerade an Tisch 36. Wirst schon sehen. Lass uns einen Rundgang machen.«

WIR STANDEN am oberen Treppenabsatz und betrachteten die professionell frisierten Köpfe der Gäste unter uns.

»In den ersten Jahren waren hier überall Verlage und Literaturagenten, die wegen der billigen Mieten hergekommen waren. Der Inhaber freundete sich mit ihnen an und wir wurden quasi deren Hauptgeschäftsstelle um die Mittagszeit. Viele sind jetzt wegen der steigenden Mieten woanders hingezogen. Aber uns sind sie treu geblieben und dementsprechend behandeln wir sie auch.«

Unauffällig lenkte sie meinen Blick mal mit dem Kinn, mal mit einem Zucken der Augenbraue zu verschiedenen Tischen im Raum. »Die Lektoren sind in der Regel gepflegte Leute auf der mittleren Hierarchieebene im Verlag. Auf die solltest du achten. Oft bitten sie um dieselben Tische, die auch ihre Vorgesetzten reservieren, aber dieser Bitte können wir nicht immer nachkommen. An der 37 Richard LeBlanc. Er war einer der ersten Investoren, hat seine eigene Risikokapitalgesellschaft. Auf dem College hat er sich mit dem Inhaber ein Zimmer geteilt, deshalb ist er wichtiger als andere. 38, der Architekt Byron Porterfield mit Paul Jackson, einem Architekturkritiker vom *New Yorker*. 39 ist so eine Art Sammelsurium von Condé-Nast-Leuten, heute sind es *GQ*-Mitarbeiter. Der Mann mit der Sonnenbrille an Tisch 31 ist der Fotograf Roland Chaplet, und der, dessen Augen immer wieder in seinem Kopf zu verschwinden scheinen, ist sein Galerist Wally Frank. 33, Robert und Michael. Siehst du den Vieux Télégraphe auf ihrem Tisch? Der gehört Michael. Schenk niemals Robert ein, er trinkt nicht. Sie haben gerade ein kleines Mädchen aus Indien adoptiert, sie bringen sie immer sonntags mit. Sie ist ein Engel. 34, Patrick Behr, war früher mal Redakteur beim *Saveur*, er kennt sich wahnsinnig gut mit Essen aus. Ich hoffe, Parker hat Chef mitgeteilt, was sie da trinken …« Sie hielt inne, als Patrick ihren Blick erwiderte und verschwand. In meinem Kopf drehte sich alles.

»Und jetzt die Serviette«, sagte sie, als sie wieder zurückkam. Sie führte mich zu Tisch 36. »Guten Nachmittag, Deborah und Clayton. Was für eine Freude. Ich bin froh, dass wir Sie nicht an Kalifornien verloren haben.«

»Es ist immer schöner, LA wieder zu verlassen, als dort anzukommen«, sagte Clayton, ein fetter Typ mit orangefarbenem Teint. Seine Frau hatte einen langen Hals und ein scharfes Kinn. Sie trug eine große Sonnenbrille.

»Sagen Sie, Simone, wäre es möglich, den Burger ohne das Brötchen zu bekommen? Oder haben Sie mittlerweile eine glutenfreie Alternative gefunden?«

»Lassen Sie mich sehen, was ich machen kann, Deborah. Letztes Mal haben wir Ihnen Ihren Burger im Salatblatt serviert.«

»In LA nennen sie das ›Protein-Style‹«, sagte sie.

»Darf ich Ihnen von unseren Tagesgerichten erzählen, bevor Sie sich entscheiden?«

Während Simone die Tagesgerichte nannte, nahm Deborah ihre Serviette und legte sie in ihren Schoß. Ohne ihren Vortrag zu unterbrechen, gab Simone ihr eine weitere.

»Ich kapier's nicht«, sagte ich, als wir zurück in unserer Nische waren.

»Sie isst nicht. Nach der Schicht werden wir beide Servietten im Mülleimer bei den Toiletten finden. Vollgestopft mit Essen.«

»Ich fass es nicht.« Ich schaute mich nach der Frau um. »Aber … ich meine … warum kommt sie dann hierher? Warum gibt sie das Geld aus?«

»Hörst du mir nicht zu?«, fragte Simone, während sie die Bestellung in den Computer eingab. »Alle sind wegen der anderen hier. Man zahlt den Preis, um im Geschäft zu bleiben.«

SIMONES TOUR machte mir noch deutlicher bewusst, dass ich mich auf einem Podest im Zentrum des Universums bewegte. Möglicherweise war die Extraserviette von Deborah Erikson das erste Geheimnis einer Fremden, das ich zu bewahren lernte. Das Leben dieser Frau war absolut verkorkst, aber auf eine sehr hintergründige Art und Weise. Und eine ganze Riege von Leuten, zu denen nun auch ich gehörte, dienten ihr als Puffer. Nach der Schicht ging ich in die winzige Toilette beim Gastraum und wühlte mich durch den Müll. Pommes, vier Gnocchi, verwelkter Salat und ein kompletter, englisch gebratener Burger, der Blutflecken auf der Serviette hinterlassen hatte.

ICH BEGANN, Briefe zu schreiben. Ohne Adressat. Ich hatte das Gefühl, einer Art Kern entgegenzuschreiben, einem Ort, der nur dazu diente, das zu empfangen, was ich mitzuteilen hatte. Nachdem ich die Briefe in meinem Kopf verfasst hatte, ließ ich sie zur Brücke schweben und dort niedersegeln, damit der Wind den Rest übernahm. Sie waren nicht interessant genug, um sie tatsächlich niederzuschreiben. Ich wollte mich bloß unterhalten.

LEISE VERFLUCHTE ICH Nicky, während ich die Wasserkisten, die wir aus Italien geliefert bekamen, wegräumte. Die Flaschen waren wohlgeformt, grün, exotisch und verdammt schwer. In den Büros war es still, die Tür zu Chefs Zimmer halboffen.

Er schlief mit weit geöffnetem Mund. Sein Kopf hing von der Stuhllehne herab. Ein Glas mit braunem Likör lag in seinem Schoß, es kuschelte sich an seinen Bauch und zitterte mit jedem Atemzug. Sein Gesicht war rot, und selbst beim Nichtstun schwitzte er. Sein Schreibtisch war übersät mit blauen und gelben Schreiben – Rechnungen. Eine halbleere Flasche George T. Stagg Bourbon stand daneben, nicht mal das Geschenkband hatte er vorher abgemacht.

Neben ihm lag ein Stapel veralteter Speisekarten. Jeden Tag gab es neue Gerichte, jeden Morgen wurde gedruckt, geändert und gefeilt. Hinter ihm stand ein Reißwolf, der überquellende Eimer darunter war halb weggezogen. Hier schredderte er also, was er den Tag über geschaffen hatte. Sein Schlaf rührte mich, ich begriff das Ausmaß seiner Arbeit, sie erfüllte den ganzen Raum. Ich beugte mich weiter in das Zimmer hinein und sah noch mehr: in Fetzen gerissene Abendkarten, überall kleine Nester, wie Salzkraut, wie wirr verknotetes Haar.

»Ich finde es wirklich gut«, sagte ich und schloss die Tür.

ICH SAH DEN STURZ nicht kommen. Manche Stürze wenden sich direkt an einen: Du, junge Frau, du hast gleich die Arschkarte. Die Warnung gibt dir die Möglichkeit, noch eine kleine Korrektur vorzunehmen. Aber dieser Sturz verweigerte mir dieses Geschenk. Er war exakt so vorgesehen, eine Tatsache.

Ich fiel die verdammte Treppe runter. Mein Fuß schnitt durch die Stufe, als wäre sie Luft. Ich war voller Elan, Teller in beiden Händen, Tischwäsche unter die Achseln geklemmt. Ich glaubte, die Treppe voll im Griff zu haben, bis sie verschwand. Meine Clogs flogen hoch und dann durch die Luft, und da ich die Hände voll hatte, hatte ich keine Chance, den Sturz abzufedern oder gar zu verhindern.

Ich schlug hart auf und polterte bis zur untersten Stufe. Eine ganze Etage. Es wurde dunkel. Das komplette Restaurant schnappte nach Luft, Stühle schabten über den Boden. Als ich meine Augen öffnete, trafen mich Blicke von Tisch 40. Ein Pärchen. Mitleid, ja, aber auch unverkennbarer Unmut. Ich störte.

»O fuck«, sagte ich. »Diese verfluchte Treppe.« Später erzählten sie mir, ich hätte das gebrüllt. Ich versuchte aufzustehen, aber meine linke Körperhälfte war völlig taub. Atemzüge gingen in Schluchzer über, ich steigerte mich wie ein Kind in das Schluchzen hinein, bis Selbstmitleid und Wut eins miteinander wurden.

Um mich herum: Heather, Parker, Zoe, Simone. Selbst Jakes Abwesenheit war mir kein Trost. Hände auf meinem Rücken. Santos mit dem Besen und dem Kehrblech. Auf mich einprasselnde Fragen. Jemand forderte mich auf, leiser zu sein. Als Simone begann, die Linguine aus meinen Haaren zu ziehen, stand ich auf und humpelte zur Gästetoilette. Ich schlug die Tür zu, legte mich auf den Boden und sagte unter Tränen: »Es reicht.«

»TERROIR?«, wiederholte Simone. Schläfrig sah sie von ihrem Glas auf und blickte zu den Flaschen, die hinter der Bar aufgereiht standen. »Erde. Wörtlich übersetzt, bedeutet es Land.«

»Aber es bedeutet auch etwas anderes. Immer, wenn ich es nachschlage, heißt es, es sei so eine Art magischer Terminus.«

»Im Englischen gibt es kein Wort dafür. Es ist wie mit *tristesse*, *flâneur* oder *la douleur exquise*. Wörter wie Grauzonen. Die Franzosen gehen mit der Vieldeutigkeit so viel besser um als die Amerikaner. Unsere Sprache sucht die Eindeutigkeit, denn genau das wünscht der Markt. Eine Ware muss identifizierbar sein.«

»Wir *verkaufen* Wein, Simone«, sagte Nicky. Er schien es für seine Pflicht zu halten, sie hin und wieder von ihrem hohen Ross herunterzuholen. »Das kann man schon als Ware bezeichnen.«

»Wein ist eine Kunst, Nick. Ich weiß, dass große Worte dich verunsichern, aber dieses hier hat bloß fünf Buchstaben«, antwortete Simone. Wie immer, wenn er sie infrage stellte, watschte sie ihn ab.

»Geht das schon wieder los«, sagte er. Er übergoss das Eis mit kochendem Wasser, machte ein großes Gewese, um zu verdeutlichen, dass er ihr nicht weiter zuhörte.

»Okay, also, was bedeutet es?«

»Nick, wo ist der Billecart? Nehmen wir ihn uns noch mal vor.« Sie inspizierte die Champagnerflöten, hielt sie gegen das Licht und schob sie grob beiseite. Mit der vierten war sie dann einverstanden. »Will, die müssen noch mal poliert werden.«

Er saß neben mir, ich sah ihn an. Er bewegte sich nicht. Ich stand auf, nahm ein frisches Poliertuch und machte mich an die Arbeit.

»Champagner ist der Dreh- und Angelpunkt der Terroir-Debatte. Er unterstreicht zwei verschiedene Standpunkte. Zunächst beweist er die Existenz von Terroir: der Kreidegehalt der Erde, das kühle nördliche Klima, die langsame Flaschengärung. Diese Weine können nur an einem einzigen Ort auf der Welt gemacht werden. Du kostest ihn« – sie nahm einen Schluck – »und weißt sofort, dass es Champagner ist.«

Ich hörte auf zu polieren und nahm einen Schluck aus dem Glas, das sie mir einschenkte. Es war wie Funken küssen. Jake kam in Straßenklamotten aus der Küche und setzte sich auf den Stuhl, auf dem zuvor ich gesessen hatte. Er schlug Will auf den Rücken. Der Champagner war bissig, anregend.

»Und doch«, fuhr sie fort, »was repräsentiert er? Es handelt sich um einen millionenschweren Konzern, was du schmeckst, ist eine Marke. Es gibt keine Lagen, keine Jahrgänge. Was kann dir dieser Wein über die unterschiedlichen Orte erzählen? Was sagt er über die Unterschiede des Bodens zwischen Reims und Aube aus? Was erzählen diese Champagner über die verschiedenen Pflege- und Erntetechniken einzelner, lokaler Weinbauern?«

»Warum machen die Bauern nicht ihren eigenen Champagner?«

»Ganz genau!« Sie schien stolz auf mich zu sein. »Nur wenige Bauern machen Champagner auf ihren eigenen Gütern und füllen ihn dann selbst ab. Sie produzieren kleine Mengen und haben nicht die Mittel, um mit Moët und Veuve zu konkurrieren. In Amerika sind sie bislang schwer zu finden, aber« – sie goss uns etwas nach – »es ist nur eine Frage der Zeit, bis die Qualität für sich selbst spricht. Also bis das Terroir für sich selbst spricht.«

Jake, Will, Sasha und Nick sahen uns an. Simone lächelte Jake zu und sagte: »Champagner ist eine Mogelpackung. Du glaubst, die Essenz eines Ortes zu schmecken, aber sie verkaufen dir bloß eine vortreffliche Lüge.«

»Worüber redet ihr beide? Scheißegal, keinen interessiert's«, sagte Sasha und blies perfekte Rauchringe. Mit Fistelstimme sagte er: »Hallo, guck mal mich an, ich bin die Königin mit kleiner Prinzessin und wir flüstern über Terror.«

»Glaubst du, dass Menschen Terroir haben?«, fragte ich. Ich dachte dabei an sie und Jake, an Cape Cod und die Austern, die ich probiert hatte. Dann hörte ich einen Schluckauf und drehte mich um.

»Oje«, sagte sie.

»Stopp«, sagte Jake und hob die Hand. War es Jake gewesen? Hatte er Schluckauf? Unmöglich, dachte ich. Das war zu menschlich, zu unkontrolliert. Finster starrte er auf das Bier, das vor ihm stand, und die Stimmung kippte merklich.

»Hey, ich weiß da was«, sagte Will und legte eine Hand auf seine Schulter. Sofort schüttelte Jake sie ab. Er starrte weiterhin auf sein Bier.

»In Russland nehmen wir –«

»Nein«, sagte er. Ich schaute Simone an, um herauszufinden, ob es ein Witz war. Es war doch bloß ein verdammter Schluckauf. Sie beobachtete ihn. Er hickste wieder und schloss die Augen.

»Nein, Mann, hör zu, es ist ganz einfach. Erst hältst du die Luft an.«

»Ich krieg das schon hin«, sagte Jake ernst.

»Soll das ein Witz sein?«, fragte ich.

»Es ist bloß Schluckauf, Jake, mein Kind hat das ständig«, sagte Nick.

»Ich kann das einfach nicht ab.«

Ich wandte mich zu Simone und flüsterte: »Er mag das nicht?« Sie schüttelte den Kopf und flüsterte zurück: »Es hat mit seiner Kindheit zu tun. Es geht darum, dass er seinen Atem nicht kontrollieren kann.«

Es war offensichtlich, dass er Schwierigkeiten damit hatte, den Atem anzuhalten. Wir warteten. Sasha griff hinter den Tresen und sagte: »Hey, alter Mann, gib mal den Saft von den Gürkchen. Meine Großmutter hat mir gezeigt.«

»Einfach drei Mal schlucken.«

»Nein«, sagte Nick und ließ Zucker auf einen Teelöffel rieseln. »Nimm das hier.«

»Du musst kopfüber ein Glas Wasser trinken«, sagte ich kaum hörbar.

»Jake«, sagte Simone. Wieder hob er die Hand. Er hickste, sein ganzer Brustkorb vibrierte. Sie biss sich auf die Lippe.

»Sei nicht so 'ne Heulsuse«, sagte Will.

Jake schlug mit der Hand auf den Tresen. Wir erstarrten. Dann packte er die Kante mit beiden Händen, schloss die Augen und atmete tief ein und aus. Nicky ging weg. Wieder hickste er.

Ich nahm mein Glas und stand auf, als wolle ich in die Küche gehen. Doch sobald ich an ihm vorbei war, drehte ich mich um. Mein Verstand hatte sich verabschiedet, mir war egal, was sich gehörte. Während ich mich von hinten an ihn heranschlich, sah ich Simone den Kopf schütteln. Aber ich dachte: Vielleicht ist dein Weg doch nicht der richtige. Vielleicht seid ihr beide einfach zu ernst, wenn er schon mit einem Schluckauf nicht zurechtkommt.

Ich bewegte mich mit Bedacht, mit List. Ich hockte mich hin. Langsam näherte ich mich seinem Hocker. Als ich ihm so nah war, dass ich die Härchen auf seinen Armen erkennen konnte, sprang ich.

»BUH!«, rief ich und ließ meine Hände auf seine Schultern fallen. Ich lachte, hörte aber damit auf, als er seinen Kopf ein wenig drehte. Er lachte nicht. Sein Blick war mörderisch.

»Sorry«, sagte ich. Ich ging zurück in die Küche, um mein Glas wegzubringen. Mit jedem Schritt schämte ich mich mehr. Während ich mich umzog, tröstete ich mich mit dem Gedanken, dass ich eines Tages weit weg sein würde von diesem Restaurant und dass ich mich dann nicht mehr daran erinnern würde, wie kindisch ich mich verhalten hatte. Er sollte sich schämen, sagte ich mir. Ein verfluchter Schluckauf, was für ein narzisstischer kleiner Junge. Eigentlich sollte *er* davonlaufen. Aber nein, ich war diejenige, die sich im Umkleideraum versteckte, bis sie sich beruhigt hatte.

Als ich wieder runterkam, waren er und Simone gegangen. Erleichterung. »So eine launische kleine Tussi, oder?«, sagte Sasha und schüttelte den Kopf.

»Willst du noch einen?«, fragte Will und drehte den Stuhl neben sich herum.

»Das war dumm«, sagte ich.

»Machen wir dicht«, sagte Sasha und sammelte die Teller mit der Zigarettenasche ein. »Park Bar?«

Ich zögerte.

»Komm schon, Fluff, diese Runde ging an dich.« Nicky machte

die Lichter aus und sagte: »Er hat kein einziges Mal mehr gehickst. Du hast ihn kuriert.«

DIE FOLGEN meines Sturzes wurden sichtbar. Auf meiner linken Hüfte, meinem unteren Rücken, meiner Wange – da, wo mich der Vorspeisenteller getroffen hatte, blubberten die Blutergüsse an die Oberfläche. Erst später nahmen sie Farbe an. Meine Haut war die einer überreifen Nektarine, in der das Fruchtfleisch unter der Oberfläche hin- und herschwabbelte. Biss man hinein, explodierte das ganze Ding.

V

Und dann kam der Tag, an dem ich begriff, dass es eine unsichtbare Schlucht gab, die quer durch die Stadt verlief. Sie war so tief wie der Grand Canyon, oben allerdings schmaler. Man lief direkt neben einem Fremden auf dem Gehweg entlang, ohne zu bemerken, dass derjenige sich nicht auf derselben Seite der Schlucht befand.

Auf der einen Seite waren die Leute, die hier in der Stadt lebten, auf der anderen jene, die hier zu Hause waren.

Das erste Mal betrat ich ein Zuhause an einem Altweibersommertag, und zwar, als ich bei Simone den *Weinatlas* abholte und noch einige andere Bücher auslieh, von denen sie glaubte, dass sie mir den Weg zu meinem Ziel ebnen konnten. Ich wollte über die Unterschiede zwischen Neuer Welt und Alter Welt diskutieren können und wissen, wann Brettanomyces-Hefen einen Wein bereicherten und wann sie einen Weinfehler darstellten. Sie lebte im East Village, auf der Neunten, zwischen der Ersten und der A-Street.

Ich war lange genug in der Stadt, um zu wissen, dass die Kellner, selbst die etablierten, nicht genug Geld verdienten, um sich im East Village allein eine Wohnung leisten zu können. Simone lebte seit zwölf Jahren in derselben Wohnung. Ich wusste nicht genau, wie die Mietpreisbindung funktionierte, aber ich nahm an, dass man nur lange genug im Ghetto leben musste, um irgendwann quasi umsonst zu wohnen. Oder so ähnlich.

Ein altes, aufwendig mit Feuertreppen verziertes Gebäude.

Vier Stockwerke rauf. Ich registrierte jedes Detail, als zöge ich in Erwägung, hier einzuziehen, stellte mir vor, wie ich den Müll runterbrachte oder meine Wäsche. Ich nahm an, dass Simone und ich heute den entscheidenden Schritt machen würden, schließlich war es endlich einmal mitten am Tag, noch dazu hatten wir frei – und ich stellte mir all die Einladungen vor, die sie von nun an aussprechen würde: Lass uns in die russischen Bäder gehen und über Leute lästern. Oder lass uns eine Pediküre buchen und Klatschmagazine lesen. Oder, noch besser: Sie fragte mich, ob ich schon gegessen hatte – was ich absichtlich nicht getan hatte –, und dann sagte sie: Lass uns zusammen was zu Mittag essen. Sie würde mich in so einen winzigen Laden im Alphabet-Viertel bringen, wo alle Französisch sprachen. Dann würde sie Couscous bestellen, wir würden billigen Weißwein trinken, und sie würde mir noch einmal die Unterschiede zwischen den zahlreichen Crus des Beaujolais erklären. Aber im Grunde würde sie von ihrem Leben sprechen. Im Gegenzug würde ich Geschichten zu meinem eigenen Terroir erfinden, und im Angesicht ihrer Worte würde sich alles, was ich erlebt hatte, plötzlich zu einem logischen Ganzen zusammenfügen.

»Oh, hallo, du«, sagte sie sanft. Sie schien überrascht, als habe sie mich nicht erwartet. Sie trug einen kurzen Morgenmantel, darunter eine Männerunterhose und ein Feinripp-Unterhemd. Simones Beine, Simones Brüste ohne BH, sie hingen ein wenig. Es überraschte mich immer wieder, wie klein sie war, wenn sie nicht bei der Arbeit war. Simones Gerüche: Kaffee, pudrige Nachtblüten, ungewaschenes Haar und nicht mehr als ein Hauch von Zigarettenrauch. Konzentriert, beinahe atemlos, passierte ich die Türschwelle. Von hieraus konnte ich alles überblicken. Es war eine winzige Einzimmerwohnung mit Fenstern zur Neunten, die jetzt, mitten am Tag, bereits wieder im Schatten lagen. Vor diesen Fenstern war ihr

Wohnbereich, wobei Arbeitsbereich wohl der passendere Ausdruck gewesen wäre. Es gab kein Sofa, keinen Sofatisch, keinen Fernseher. Es gab Bücherregale, die die halbe Wand heraufreichten, und horizontal darauf gestapelte Bücher. In der Mitte, eingerahmt von den Fenstern, dominierte ein massiver, runder Holztisch den Raum. Darauf lagen weitere Bücher gestapelt. Leere Weingläser daneben. Blumenvasen, darin Blumen in verschiedenen Stadien der Blüte und des Verfalls. Ein Mörser und ein Stößel, umringt von weißen Stumpenkerzen. Ein kunterbunter Mix von Stühlen umgab den Tisch, in der Ecke stand ein rissiger Ledersessel, auf dem zwei Decken lagen, eine davon mit einem indigenen Muster bedruckt, die andere aus einer Art grobem Baumwollstrick, wie man ihn in den Läden der Amish findet. Neben dem Sessel Papierstapel in Mappen, metallene Ablagebehälter voller Ausrisse aus Magazinen und Zeitungen. Die Wände waren hellgrau gestrichen, daran hingen unzählige gerahmte Kunstdrucke. Der bemerkenswerteste davon zeigte eine ruhende Nackte. Instinktiv bewegte ich mich darauf zu, fragte mich, ob es wohl Simone war, und war mir doch darüber bewusst, dass sie keine Frau war, die ein Bild von sich selbst aufhängen würde. Sie ließ die Nadel des Plattenspielers herunter und Jazz katapultierte den Raum in die Gegenwart.

Sie deutete auf meine Bluse. »Bist du gerannt?« Mein Hemd war komplett nass geschwitzt.

»So ähnlich. Ich bin gegangen.«

»Das ist schön.«

Ich wollte, dass sie wahrnahm, dass ich über die Brücke gelaufen war, dass ich von meiner Wohnung aus nur den Fluss hatte überqueren müssen. Ich wünschte mir, dass sie fragte, wie ich wohnte, wünschte mir, dass meine Wohnung, nun, da sie in Bezug zu ihrer gesetzt worden war, real wurde.

»Wasser? Kaffee?«

»Gern beides. Kein Sofa?«

»Sofas lassen Menschen faul werden. Hätte ich eins, würde ich überhaupt nichts schaffen, da bin ich mir sicher.«

Was genau schafften Menschen an ihren freien Tagen? Sie wirkte wie eine Schriftstellerin – die Wohnung hatte diese verlebte Atmosphäre einer Schriftsteller-Bude. Es hätte auch die einer Malerin sein können, wenn da denn Leinwände gewesen wären. Aber Simone sprach nie von einzelnen Projekten. Und sie sprach auch nie vom Schreiben, von Stift und Papier. Bei der Arbeit schien sie nie abwesend, niemals mit den Gedanken woanders. Oft sprach sie von Kunst, von Essen oder Büchern.

»Schreibst du?«

»Hm. Schreiben. Ich versuche mich daran, ein wenig Wahrheit aufs Papier zu bringen. Aber wenn du die Kunst zu ernst nimmst, bringst du dich irgendwann um. Weißt du, was ich meine?«

Ich liebe dich, wollte ich sagen, grunzte aber nur. Sie schlappte in die winzige Küche. Die Decke war abgehängt, weil sich darüber ein verborgenes Hochbett befand. Alles andere schien geschrumpft zu sein, um ihm den nötigen Raum zu geben. Der Kühlschrank war ebenfalls zwergenartig, daneben hing eine Reihe mitgenommener Kupferpfannen.

»Wow. Du hast echt Glück«, sagte ich, während ich an ihr vorbei zu einer großen gusseisernen Wanne ging, die unter einem, dem Luftschacht zugewandten, Fenster am anderen Ende des Raumes stand. Die Luft war feucht, dennoch schien Simone nicht verschwitzt zu sein. Über der Wanne hing eine mit Unterwäsche behängte Wäscheleine, zwischen Spül- und Reinigungsmitteln stand auch ihr Shampoo und Dr.-Bronner-Seife. Die beiden Duschvorhänge waren zurückgezogen und ein beweglicher Duschkopf war an der Wand befestigt. Ich betrachtete die raffinierte, aber amateurhafte Konstruktion, wusste, dass er hier gewesen war, und wünschte mir, seine Fingerabdrücke würden sich zeigen, plötzlich in der ganzen Wohnung sichtbar werden.

»Ach ja, ich muss zugeben, ich liebe es noch immer. Bei der Besichtigung meinte der Vermieter, er könne das alles noch umbauen, ein richtiges Bad installieren und die Wanne rausreißen. Aber ich habe darauf bestanden, sie zu behalten. Ich war damals sehr romantisch. Ich dachte, ich würde darin Wein und Kaffee trinken, sozusagen Hof halten. Ich wusste, dass ich diese Wohnung haben musste. Sie ist die einzige hier im Gebäude, die sich noch im ursprünglichen Zustand befindet. Der Vermieter entschuldigt sich jedes Mal bei mir, wenn wir uns begegnen.« Sie lachte und reichte mir ein Glas Wasser. »Vielleicht ist es auch etwas traurig, dass mir das immer noch so viel Freude bereitet.«

»Trinkst du wirklich Wein in der Badewanne?«

»Ich hatte viele stürmische Nächte in dieser Wanne. Stürmische Nächte, stürmische Nächte, unser Luxus.«

»Ist das nicht gefährlich? Was, wenn du ohnmächtig wirst?«

»Ich trinke nicht so viel wie du, Liebes.«

»Haha«, sagte ich und spürte das Echo der Arbeit. Das Echo derer, die wir dort waren. Unser Geplänkel. Ich wusste, dass sie magisch war. Ich hatte es vom ersten Wort an gewusst. Und ich hatte recht behalten. Ihre Lippen waren noch immer sehr rot, obwohl sie keine Schminke trug.

»Du wirkst so aufgeregt, Kleine – willst du mal reinsteigen?«

Ich war mir nicht sicher, was sie meinte, aber ich sprang in die leere Wanne, über mir die Girlande aus Spitzenunterwäsche. Ich legte mich hin und betrachtete den Raum. Simone füllte den Kessel, vollkommen versunken in eine Art persönliches Kaffee-Ritual.

»Diese Wohnung ist der Wahnsinn. Du darfst niemals ausziehen«, sagte ich. Es kam mir so vor, als wäre nichts in dieser

Wohnung jemals eine Übergangslösung gewesen – alles schien genau hier in die Welt getreten zu sein. Die grauen Wände waren wie ein Vorhang, die Stadt schien weit weg, wie eine Stadt in Europa, nicht wie jene, in der mein täglicher, banaler Kampf stattfand. Mein Geist kam zur Ruhe. Plötzlich war ich erschöpft, sämtliche Lichter in mir erloschen, meine Lider zitterten, dann fielen sie zu.

ICH ÖFFNETE SIE nach gefühlten Sekunden, aber in einer Chemex-Maschine auf der Arbeitsfläche stand bereits eine Kanne Kaffee, und ich hörte Simone leise in ihr Telefon sprechen. Sie saß auf dem Fensterbrett. Ich setzte mich auf. Mein Kopf pochte, und ich fühlte mich, als würde ich jeden Moment ohnmächtig werden. Sie legte auf, und ich sah, dass sie mir einen Becher Kaffee eingeschenkt hatte. Daneben befand sich ein kleiner Krug mit Milch, dazu ein Schälchen mit braunem Zucker und einem Löffel. Der Becher war grelltürkis, darauf stand *Miami*.

»Es tut mir leid. Das war etwas seltsam.«

»Nein, gar nicht. Es ist eine schöne Wanne. Bist du nicht froh, dass ich sie behalten habe?« Mit Augen und Händen betastete sie ihre Bücher, als zeichnete sie irgendein Muster nach. Sie trug jetzt Jeans, aber immer noch das Unterhemd. Dazu ihre Brille. Der Kaffee war heiß, das Licht hatte sich verändert. Ich hatte keine Ahnung, wie lange ich hier gelegen hatte, aber das Licht machte deutlich, dass ich zu lange geblieben war. Die zarte Magie war gebrochen. Sie zog Bücher aus dem Regal und stapelte sie auf dem Tisch.

»Miami?«, sagte ich hoffnungsvoll und hielt den Becher hoch.

»Wie viele kannst du tragen?«

»Zurück nehme ich die L, gib mir also so viele du magst.« Ich stand da wie im Nebel. »Es ist bloß eine Haltestelle.«

»Hm …«

»Hast du Lust, Mittagessen zu gehen?«, fragte ich. Zu laut. »Ich meine, hast du Lust, zusammen mittagessen zu gehen? Ich meine, ich würde dich gern einladen, als Dank für die Bücher und dafür, dass ich hier sein durfte.«

»Das klingt schön, aber ich habe heute leider schon was vor. Ein anderes Mal.«

Ich wollte weinen. »Na ja. Also, ich werde was essen gehen. Gibt es hier was Gutes? Also irgendwas, wo ich jetzt allein hingehen kann?«

»Äh …« Sie wirkte abgelenkt. Mittag, Simone!, wollte ich schreien, Essen! Nimm mich ernst.

»Life Café könnte dir gefallen. Es liegt direkt am Park, du kannst draußen sitzen – es ist schön draußen, nicht wahr? Ach Gott, es ist spät geworden.«

Sie nickte in Richtung des Stapels. Sechs Bücher, zwei davon größer als jedes Lehrbuch, das ich im College besessen hatte. Sie ging in die Küche, holte Einkaufstüten aus Plastik, tippte sich an die Lippen und sah sich konzentriert im Zimmer um.

»Und das hier.« Sie sprang zu einem Regal und zog ein dünnes Buch heraus.

»Emily Dickinson?«

»Ja, es ist Zeit, sich die Schutzpatronin der stürmischen Nächte noch einmal anzusehen.«

»Emily Dickinson?«

»Genieß es einfach. Und schau dir die französischen Landkarten ganz genau an. Nichts wird dir so viel über Wein erzählen wie das Land. Du musst nach Geschichten suchen – bei Wein geht es um Geschichte, also halt die Augen offen und finde den roten Faden.«

»Okay.« Ich konnte mich nicht bewegen. Ihre Energie lenkte mich Richtung Tür, aber ich wollte nicht gehen. Ich sah mich im Zimmer um, suchte nach irgendetwas. »Tja, also danke für den Kaffee. Welche Bohne verwendest du?«

»Er ist exzellent, nicht wahr?« Sie öffnete die Tür und trat zur Seite. Ich ging in den Flur hinaus.

»Kann ich wiederkommen?«

»Aber natürlich. Klar«, sagte sie etwas zu enthusiastisch. »Bald. Und zwar zum Essen.« Das »bald« klang wie »niemals«.

»Bis morgen.«

Und schon schloss sie die Tür. Ich hielt bis zur untersten Treppe durch, dann fing ich an zu weinen.

Manchmal reichte meine Schwermut so tief, dass ich meinte, es müsse sich um eine Art Vermächtnis handeln. Sie hatte einen Refrain, und obwohl ich meinen Atem wieder unter Kontrolle hatte, als ich die First Avenue erreichte, wollte dieser Refrain mich nicht loslassen. Er war kehlig, irrational, und er wiederholte sich wie ein endloses Mantra: Verlass mich nicht, bitte, verlass mich nicht, bitte, verlass mich nicht, bitte, verlass mich nicht, bitte. Den ganzen Weg nach Hause, an alle und alles gerichtet: an die gelangweilten, magersüchtigen Kids auf der Bedford Avenue, an die Musik, die aus den Bodegas drang, und an das stumpfe Grollen der J-Linie auf der Brücke. Als ich in mein Zimmer kam, hörte ich mich selbst diesen Refrain sprechen. Laut. Ich trat gegen die Matratze, die am Boden lag. In diesem Augenblick wurde mir klar, wie weit es mit mir gekommen war. Ich sah die Schlucht. Ich war weit gereist und doch nur eine U-Bahnhaltestelle weit gekommen. Verlass mich nicht, bitte. Wahrscheinlich war das gar nicht so irrational, denn ich hatte mich noch nie so allein gefühlt.

AM MONTAGMORGEN kam das Blumenmädchen. Sie war mit Zimtstangen bewaffnet, mit Lorbeerblättern und glänzenden Äpfeln. Die Köche stahlen sich unter Vorwänden aus der Küche, um sie betrachten zu können. Sie begrüßte mich in der Tonlage einer Prinzessin aus einem Disney-Film. Ein Stimmchen wie Vogelgezwitscher. Aber die Gestecke wurden dezent, und obwohl es mich schmerzte, das zuzugeben, waren sie wunderschön.

Während meiner Pause spazierte ich über den Markt. Die Blätter leuchteten in allen Farben, aber es gelang mir nicht, mich darauf zu konzentrieren. Ich sah nur Äpfel. Ganze Berge davon, bereit zu stürzen. Empire, Braeburn, Pink Lady, Macoun. Frauen in Strumpfhosen, Männer mit Schals. Fässer mit dampfendem Apfelwein. Ich kaufte einen Apfel und aß ihn.

Verstand ich seinen Duft, sein Gewicht? Dieses übersüße, weiche Fruchtfleisch? Hatte ich die Unabwendbarkeit des Herbstes jemals bis in die Knochen hinein gespürt, so wie an diesem Tag, während ich die nachdenklichen Fußgänger beobachtete, die in Strömen an mir vorüberzogen? Eine gedämpfte Hoffnungslosigkeit kam über mich, und ich legte mich einfach darunter. Zu diesem Zeitpunkt konnte ich mich schon nicht mehr an die Obstwiesen oder die Apfelblüten erinnern. Das Leben des Apfels außerhalb der Stadt war mir fern. Mir war bloß bewusst, dass es sich um eine bescheidene Frucht handelte, eine Frucht für alltägliche Momente. Es ist nur Essen, dachte ich, während ich ihn komplett verzehrte, mit Gehäuse und allem. Und doch ist es der Apfel, der uns sicher in den Winter führt.

GLEICH ZWEI MAL überprüfte Jake, ob er die Lichter ausgeschaltet hatte. Er taumelte ein wenig, als er sich aufrichtete und seine Lederjacke überwarf. Dumpf landete sie auf seinen Schultern. Eine Seite des Revers war mit einer dicken Brosche versehen. Ein goldener Anker. Dann, nahezu gleichzeitig, zogen alle anderen ihre Lederjacken über. Ich stellte mir vor, wie sie einander anriefen: Heute ist Lederjackentag, sagten sie. Wo hatten sie die bloß her?

»Kommst du noch mit auf einen Drink?«, fragte ihn jemand. »Einer klingt machbar«, sagte er. Wir gingen raus. Die Luft schmeckte nach Stahlmessern und gefiltertem Wasser. Ein kühler Luftzug, eine Warnung. Das Publikum war heute anders – laut, nichtssagend, adrett. Hauptsächlich jüngere Collegestudenten standen an dem breiten Tresen. Über allem hing eine Schweißwolke. Ich trennte mich von Will und Ariel, schlug mich in die hinterste Ecke des Ladens durch. Gliedmaßen berührten mein Gesicht, meine Hände gruben sich wie Keile in die Menge. Jemand fasste nach meinen Fingern. Ich riss meinen Arm zurück, warf meine Tasche zu Boden und rief: »Ich kann nicht atmen!«

Ich vergaß immer, wie groß er war. Als ich mich umdrehte, stand Jake dicht vor mir, als befänden wir uns mitten im Feierabendverkehr in der U-Bahn, meine Nase auf der Höhe seines Schlüsselbeins. Das Leder nahm mir die Sicht, jemand schubste ihn von hinten und meine Nase berührte seine Brust. Bergamotte und Tabak. Ich sah zu ihm auf. Verdammt.

»Hey«, sagte ich.

»Hallo, du«, sagte er. Ich saugte an meiner Unterlippe. Er bewegte sich nicht. Schien nirgendwohin zu wollen. Nicht zur Bar, nicht zur Toilette, er zog nicht mal seine Jacke aus.

»Entschuldigung«, sagte jemand. Wieder wurde er geschubst. Er hielt seine Arme über meinen Kopf. Sein Schweiß, sein Geruch.

»Behaupte nie, ich hätte nie was für dich getan«, sagte Ariel, drängte sich zu mir durch und gab mir ein Bier. »Danke«, sagte ich und drückte es gegen meine Stirn. »Ich glaube, hier halte ich es heute nicht aus.«

»Wie du meinst, Skip. Sag mir Bescheid, bevor du gehst.« Sie schaute zwischen Jake und mir hin und her. »Also dann. Immerhin weiß ich, dass du in Sicherheit bist. Wie auch immer. Vivian kommt da drüben fast um.«

Ich kippte das Bier hinunter. Die Stille ertragen. Warten. Das war mein Plan. Irgendwas würde er sagen.

»Wir können teilen«, sagte ich.

Er nahm die Flasche, neigte sie. Ich beobachtete seinen Adamsapfel, bis er mir das Bier zurückgab. Seine Augen stellten mir eine Frage. Ich nickte.

»Du sprichst nie mit mir«, sagte ich.

»Ist das so?«

»Ja. Du scheinst mich nicht zu mögen.«

»Ist das so?«

Seine Augen farblos, sein Blick verschleiert, konzentriert. Seine Zähne blau vom Wein. Er kam näher. »Die Dinge tangieren dich zu sehr. Eine Windbö reißt dich um. Du nimmst alles zu ernst.«

Sein Atem: Malz und Veilchen. Berauschend. »Ja, das tue ich«, sagte ich.

»Ich mag das.«

»Aber du scheinst überhaupt nichts ernst zu nehmen.«

Er blickte im Raum umher, doch alle paar Sekunden, immer dann, wenn uns jemand anrempelte, kehrten seine Augen zu mir zurück.

»Manchmal«, sagte ich, »denke ich, dass wir uns unterhalten. Aber das stimmt nicht.«

Er nahm eine Haarsträhne von mir und wickelte sie um seinen Finger. Ich hielt den Atem an.

»Wie geht's der Beule?«

»Alles gut«, sagte ich. Ich drehte meine Wange weg, obwohl der Bluterguss fast vollständig verblasst war. Er ließ die Strähne fallen.

»Ich werd die verklagen. Diese Treppe ist echt bescheuert.«

Er nickte geduldig. Die Wangenknochen eines Wolfs, ein eckiges, asketisches Gesicht. Ringe an den langen Fingern, eine Rose, ein halber Schädel, ein goldenes Freimaurer-Siegel.

»Ist das Yorick?«, fragte ich und deutete auf den Ring mit dem Totenkopf.

»Da liegt das Problem«, sagte er. Er nahm mir das Bier weg. »Ich flirte nicht mit Mädels, die lesen.«

Er lächelte. Er wusste, dass er mich hatte. Er war geschickt. Irgendetwas Sadistisches an ihm wickelte mich ein, dann wieder aus. Ich sah weg. Ich sah ihn an. Ich sagte etwas und unterbrach mich. Ich wandte mich Richtung Toilette, aber ich bewegte mich nicht. Er gab mir das Bier zurück und ich nahm einen Schluck.

»Du bist durcheinander«, sagte er. »Das steht dir ins Gesicht geschrieben.«

Was sollte ich sagen? Ach nee? »Ich versuche bloß, alles richtig zu machen.«

»Im Leben?«

»Ja, im Leben.«

Er nahm das Bier zurück, trank es in einem Zug aus und musterte mich. Lag es an meinen zerrissenen Jeans und dem grauen T-Shirt? An den Converse? Wo waren die anderen?

»Ich will … also, ich will mehr als bloß alles gut machen. Ich will jeden einzelnen Moment in mir pulsieren fühlen.«

»Ha!« Er schlug gegen die Wand über meinem Kopf. »Sie hat dir Keats zitiert, nicht wahr? Du bist echt zu leicht zu beeinflussen, um Zeit mit ihr zu verbringen.«

»Ich bin kein Kind mehr«, sagte ich, fühlte mich aber irgendwie veräppelt.

»Du bist kein Kind«, wiederholte er. »Etwas erfahren wollen und tatsächlich etwas erfahren – verstehst du den Unterschied?«

»Du kennst mich nicht«, sagte ich und wünschte doch, dass es anders wäre. Ich wollte einen Schluck trinken, aber das Bier war leer. Schweißperlen kribbelten unter meinem Haaransatz, ich zog meinen Schal aus, verfing mich darin, würgte mich einen Moment lang. Endlich Luft. Plötzlich hob ich leichtfertig das Kinn, ließ den Kopf nach hinten fallen und schlug die Augen auf.

»Deine Augen. Man kann es ganz klar in deinen Augen sehen.« Mit dem Daumen betastete er meine Wange. »Ach, die Schwermut, ihr Geheimnis birgt sie im erhabnen Schrein.«

Seine Hand bewegte sich die Wange aufwärts, in mein Haar. Nonchalant zog er daran. Seine Finger waren trocken. Die andere Hand drückte gegen den blauen Fleck an meinem Oberschenkel, als könne er das Blut unter der Haut regelrecht orten.

Als er mich küsste, sagte ich: »O Gott« in seinen Mund hinein, aber die Worte wurden verschluckt, wie alles andere auch.

IN DIESEM MOMENT gab es ihn nicht. Es gab auch kein Restaurant, keine Stadt. Nichts existierte, nur mein Begehren, das schamlos, wie von seiner Macht berauscht, durch die Straßen zog. War ich ein Monster, oder fühlte es sich genau so an, ein Mensch zu sein? Er küsste mich nicht nur mit diesen absurd weich gezeichneten Lippen, sondern auch mit Zähnen, Zunge und Kiefer. Mit beiden Händen hielt er mich fest, schnappte sich schließlich meine Handgelenke, drängte mich. Ich wehrte mich. Ich knurrte. Ich fauchte.

Ich glaube nicht, dass es schön anzusehen war. Danach fühlte ich mich, als sei ich verprügelt worden. Als würde ich im Nebel stehen, wütend und noch immer gierig. Er verschwand in der schwitzenden Menge, um ein Bier zu holen, und kam nicht zurück. Ich stand einfach da, starrte die Boxer auf dem Bild an. Ich weiß nicht, wie lange ich da stand, aber als Scott kam und fragte, ob ich hungrig sei, sagte ich: »Am Verhungern.«

WIR DRÄNGTEN durch die Tür des Sichuan Restaurants am unteren Ende von Midtown. Ich suchte die Wände nach einer Uhr ab. Glücklicherweise entdeckte ich keine, nichts, was den Zauber der Plastiktischdecken hätte verpuffen lassen, nichts, was mich daran hätte erinnern können, dass auch diese Nacht ihr Ende finden würde.

Der Laden war relativ voll, gemischtes Publikum, obwohl es so spät war. Einige sahen seriös aus, andere wirkten genau wie wir: verbraucht und überdreht. Die Gäste sahen einander nicht an, sie respektierten die Anonymität, die am Ende einer Nacht an so einem hellerleuchteten Ort herrschte.

Ja, wir waren am Verhungern. Scott winkte ab, als sie uns die Karte bringen wollten – er bestellte geradezu perverse Mengen an Essen von der »echten«, nicht gedruckten Karte.

Bier für zwei Dollar, das wie kaum vergorenes, hefiges Wasser schmeckte. Wir sabberten. Es gab keine Gänge – innerhalb von zehn Minuten schlugen die Teller auf der rotierenden Scheibe in der Mitte des Tisches auf, und wir balgten uns um das Essen. Mollusken in Sichuan-Öl, das die Sinne benebelte, ein Nest kalter Sesamnudeln, ein wüster roter Eintopf, den Scott Ma-po-Tofu nannte, kalte Kutteln (»Iss sie einfach«, sagte Scott, und ich aß), knusprige Ente, kräftig gebratene, grüne Bohnen, schlanke, regelrecht flüssige Auberginen, Gurken in Öl mit Frühlingszwiebeln …

Wir schwitzten, atmeten immer schneller, unsere Augen tränten. Mehr Servietten. Die Saucen flossen. Mehr Reis. Ich berührte meine Lippen: taub, wie unter Strom. Mein Magen wölbte sich wie eine fremde, harte Kugel. Ich erwog, mich zu übergeben, um weiteressen zu können.

»Was wäre eure Henkersmahlzeit?«, fragte ich plötzlich.

Es war so eine Nacht: Wenn mein Leben in diesem Moment zu Ende gewesen wäre, ich hätte es nicht schlimm gefunden.

»Ein wirklich langes Omakase-Mahl, mindestens vierunddreißig Gänge, nicht von mir kuratiert, sondern vom Koch.

Und zwar von keinem anderen als Yesuda selbst. Er trägt die Sojasauce mit einem Pinsel auf.«

»Lachs-Pastrami von Russ and Daughters. Eine Menge Bagels, drei mindestens.«

»Ein Double Double von In-N-Out Burger.«

»Ich muss an Barolo denken. So was pervers reifes, irgendein Jahrgang aus den Achtzigern.«

»Ein ShackBurger, dazu ein Milchshake.«

»Die Kalbsschnitzelchen von meiner Mutter und dazu eine Cola Light.«

»Die Bolognese von meiner Nonna. Acht Stunden lang kocht sie die. Die Pappardelle macht sie von Hand.«

»Ein Brathähnchen – von vorn bis hinten mit den Händen gegessen. Und dann wahrscheinlich ein Rotwein aus der Domaine de la Romanée-Conti – wann sonst hätte ich die Gelegenheit, so einen Burgunder zu kosten?«

»Nur Blinis, Kaviar und Crème Fraîche. Versprochen. Dazu irgendeinen Wahnsinnschampagner – Krug oder Selosse – natürlich direkt aus der Flasche.«

»Toast«, sagte ich, als ich an der Reihe war. Ich hatte versucht, mir etwas Glamouröseres einfallen zu lassen, aber Toast war die Wahrheit. Ich erwartete Spott. Dummes, phantasieloses Vorstadtmädchen.

»Und darauf?«

»Äh. Erdnussbutter. Die ›ohne alles‹ aus dem Reformhaus. Ich salze selber.«

So unbeholfen, so einfallslos. Aber alle nickten, begegneten meinem Toast mit Respekt, und das war genau das, was ich auch tat, wenn ich ihn mir morgens zubereitete. Ich aß ihn stehend in meiner schmalen Küche, in der es nur eine Pfanne, Papierteller und einen Toaster gab. Ein kleines Fenster an der Stirnseite, von dem aus ich die Häuser überblicken und die Tauben auf den Telefondrähten beobachten konnte. Manchmal aß ich gleich zwei. Manchmal nackt und ans Fensterbrett gelehnt.

»Ich glaub, ich muss kotzen.« Darüber waren sich alle einig.

»Absacker?« Alle waren einverstanden.

Die Rechnung war lächerlich, der Tisch ein Schlachtfeld. Wir hinterließen einen Haufen Bares auf der rotierenden Platte und rollten uns ins großzügige Licht des frühen Morgens.

VI

Jake tat so, als sei nichts passiert, also tat ich das auch. Und noch mehr als das. Eines Abends waren wir allein im Weinkeller. Hinter einem Stapel Kisten, größer als ich selbst, irgendwo in diesem Labyrinth aus Glas und Pappe. Ich konnte ihn hören. Er bewegte sich, knurrte ungeniert. Mit dem Messer durchtrennte er Klebeband, Pappe kratzte über Zement, Glas berührte Glas.

Wie leicht es wäre, einfach Hi zu sagen. Hi, erinnerst du dich an mich? Oder: Kannst du mir helfen, den Bricco Manzoni zu finden? Oder auch: Was für ein Chaos hier. Oder: Küss mich noch einmal. Genau so. Genau jetzt.

Schritte über unseren Köpfen ließen Staub herunterrieseln. Ich hielt inne und lauschte. Er verließ den Keller mit sechs Flaschen Wein in den Händen, duckte sich unter dem niedrigen Türrahmen. Vorsicht vor herabfallenden Steinchen, hätte ich gesagt, wenn er mich angesehen hätte.

Jeden Morgen erwachte ich mit einem Gefühl von Hysterie – die bloße Möglichkeit einer Begegnung mit ihm rief es hervor, und es war ein echtes Vergnügen, diese Hysterie im Zaum zu halten. Ich übte mich in Geduld. Er lehrte mich eine Art von Gelassenheit, die mir neu war. Es ging um ihn, aber dann auch wieder nicht. Ich sehnte mich nach Befriedigung, obwohl ich sie auch fürchtete. Ich wollte diesen Moment des Dazwischen, die bloße Vorstellung so lange wie möglich auskosten. Mein Körper war in Aufruhr, ja besessen, aber endlich fand ich den Bricco und zertrat den Karton. Noch gelang es mir, sie zu halten – jene gefährliche Balance zwischen dem alltäglichen und dem echten Wahnsinn.

»NUR DILETTANTEN HIER«, schrie Ariel. Die Park Bar war voller speckiger Frauen, die sich in Polyesterkleider gequetscht hatten. Dazu erwachsene Männer mit verschmierter Schminke im Gesicht. Ein Vampirgebiss in einem leeren Glas mit Limettenschalen. Ein mit Goldketten behängter Zuhälter saß in Clownsschuhen in einer Ecke, umringt von den üblichen, etwas angeschlagenen Huren. Will, der Peter Parker des Restaurants, hatte sich in Spider-Man verwandelt. Er hatte mich gebeten, seine Halloween-Schicht zu übernehmen, weil das sein liebster Feiertag sei, und ich hatte angenommen, er meine das sarkastisch. Ich hatte da schon als Kind nicht mitgemacht – Erwachsene, die sich für Halloween begeistern, fand ich besonders seltsam. Aber Will besaß tatsächlich ein komplettes Kostüm und trank schon seit dem frühen Nachmittag mit seinen Freunden Batman, Robin und Wolverine. Er kauerte auf einem Barhocker und bewarf mich mit Netzen, ohne wahrzunehmen, wie unvorteilhaft der rote Stoff an seinem Bierbauch klebte.

Vivian war ordinär. Nächtelang hatte ich sie gemeinsam mit Ariel taxiert, die zwar stets kritisch, aber eben auch verknallt war. Manchmal vergaß ich, dass Vivian auch nur ein Mensch war – voller Lebensfreude vielleicht oder ehrgeizig oder irgendwas anderes. Heute Abend war sie »Tittensuppe« – ihre Worte. Sie quoll nur so über. An allen Ecken und Enden. Sogar die Netzstrumpfhose schnitt ihr oberhalb der kleinen, schwarzen Shorts ins Fleisch.

»Was bist du, Liebes?«, fragte sie über den Tresen hinweg.

»Ich bin harmlos«, schrie ich zurück. Sie verstand mich nicht, aber sie tat so, als ob, und sagte: »Cool.«

»Alles irgendwie traurig, oder?« Aber auch Ariel hörte mir

nicht zu. Sie warf eine Cocktailkirsche nach Vivian, die mitten im Gespräch mit einem Ritter und einer Prinzessin war. Sie fing sie, steckte sie in den Mund und zwinkerte Ariel zu.

»Fotze!«, brüllte Ariel und lachte. Vivian servierte Tequila und eine Schüssel Candy Corn. Mein Magen begann zu gurgeln, sobald ich den Tequila gekippt hatte, seit meiner letzten Mahlzeit waren Stunden vergangen. Ich war verloren.

»Ja, totale Dilettanten heute«, sagte ich und kaute an einer klebrigen Handvoll Candy Corn. »Besorgt jemand ein Tütchen, oder was?«

»Ich glaube, Spidey hat jede Menge.«

Will stand jetzt mit Scott und den anderen Küchenjungs in einer Ecke und unterhielt sich. Dabei knetete er seine Hände. Wir alle hatten unsere Ticks, wenn wir drauf waren: Will knetete seine Hände, Ariel blinzelte ständig, und ich sagte andauernd: »Nein, warte.« Immer und immer wieder. Ständig äfften sie mich nach – »nein, wartet, Leute« –, und so, wie sie das sagten, klang ich wie ein zurückgebliebenes Kind.

»Schickes Kostüm«, sagte Scott. »Was bist du? Ein Junge im Teenageralter?«

»Davon träumst du also, Scott.« Ich tippte Will auf die Schulter. »Willy, Liebster, hast du Leckereien für mich?«

»Süßes, sonst gibt's Saures«, rief er und legte seinen Arm über meine Schulter. Plappernd folgte er mir zur Schlange bei den Toiletten.

»Was sagst du?« Ich knipste das Licht an und verschloss die Tür. Es roch nach Scheiße. »Mann, hier hat jemand ganze Arbeit geleistet.«

Will schwitzte, im Kontrast zu seinem roten Anzug wirkte sein Gesicht beinahe grün. Seine Augen jagten das Licht durch den Raum. Er sah beängstigend aus.

»Setz dich, Süßer«, sagte ich und schob ihn auf die Toilette.

»Du hast noch nie diesen Film gesehen.«

»Werd ich schon noch.« Ich streckte meine Hand aus und wieder knetete er seine.

»Du bist zurzeit zu beschäftigt.«

»Bin ich nicht, Will. Ich mach's noch. Willst du jetzt mit mir teilen oder nicht?«

»Ich teile immer«, sagte er. »Ich hab fünf Geschwister.« Als er in seinen Socken griff, fiel sein Kopf gegen das Waschbecken. »Aua.«

Ich umfasste seine Stirn und richtete ihn auf. »Ich weiß. Du hast fünf Geschwister und bist genau in der Mitte. Du bist der, der alles zusammenhält.« Ich küsste seine Stirn und nahm das Tütchen.

»Die meisten Männer führen ein Leben in stiller Verzweiflung.«

Ich sah das Tütchen an – es war fast leer. »Ja, ja, Thoreau. Du bist raus.«

»Du solltest dir diesen Film ansehen.«

»Hast du dir das alles allein reingezogen?«

»Nee, ich bin großzügig.«

»Das stimmt, du Lieber. Niemand würde das bestreiten. Ich werd das hier leermachen.« Ich nahm meine Puderdose heraus – es reichte gerade so für eine einzige richtige Line. Als ich mich wieder aufrichtete, betrachtete ich mich selbst im Spiegel. In Wahrheit spürte ich oftmals überhaupt nichts. Ich nahm das Kokain und sagte mir, dass ich nun drauf sei, aber meistens fühlte ich mich bloß taub. Deshalb schaute ich in den Spiegel. Wenn ich wirklich abhob, dann konnte ich nicht aufhören, mir selbst in die Augen zu schauen. Ich fand mich dann schön, fand meine Augen geheimnisvoll. An diesem Abend sah ich banal aus. Ich fummelte an meinen Wimpern herum, bis ich bemerkte, dass Will mich aus hervorquellenden Augen anstarrte.

»Alles in Ordnung mit dir? Brauchst du frische Luft?«

»Ich liebe dich.« Die Worte verhedderten sich ineinander,

als er das sagte, aber es war einer dieser Sätze, die man einfach verstand. Sie waren so gebaut, dass man sie nie wieder zurücknehmen konnte.

»Wie bitte?«

»Ich liebe –«

»Du lieber Gott, nein. Sag es nicht noch einmal.« Er legte die Hand auf den Mund und kippte rückwärts auf die Klospülung. Sie spülte dröhnend. »Sei nicht blöd, Will.« Meine Stimme klang wütend. Ich sah in den Spiegel und meine Augen zitterten. »Du bist echt ein Albtraum, wenn du so redest.«

»Es tut mir leid«, sagte er. Sein Kopf hing welk herab.

»Entschuldige dich nicht«, sagte ich. Natürlich würde ich morgen so tun, als sei nichts geschehen. Das hatte ich von Jake gelernt. Ich würde freundlich sein. Aber als ich ihm auf den Rücken schlug, wurde mir klar, dass ich tatsächlich wütend war. »Du brauchst dich nicht zu entschuldigen. Sei einfach nicht so blöd, okay?«

Ich führte ihn raus und setzte ihn auf einer Bank nahe der Tür ab. Er blieb ruhig sitzen und drehte seinen Kopf hin und her, als wäre er gerade aufgewacht. Ich saß auf einem Barhocker neben Ariel und schaute zu, wie meine Fingernägel sich in den hölzernen Tresen gruben.

»Ich kann mich nicht mehr erinnern – hast du jemals Djuna gelesen?«, fragte sie, während sie auf dem Stengel einer Kirsche herumkaute. Sie wirkte vollkommen nüchtern.

»Ja.«

»Ich habe Vivi *Nachtgewächs* gegeben. Ich versuche, sie dazu zu bringen, mehr zu lesen.«

»Das ist gut.« Vor mir stand ein Tequila und ich kippte ihn hinunter. »Das wird sie wohl eine Weile durcheinanderbringen.«

Ariel lächelte. »Du hast die Tüte leergemacht, oder?«

Ein Stethoskop auf dem Tresen. Ein Umhang über einem

Hocker. Die Kostüme fielen auseinander und wurden schließlich zurückgelassen, als sich ein neuer harter Morgen anbahnte. Ich lauschte den Gesprächen der anderen, während ich den schwarzen Lack in Streifen vom Tresen abzog. Ich konnte es schaffen, wenn ich nur wollte. Das dachte ich. Ich konnte mich über Billy Wilder und Djuna Barnes unterhalten. Auch über das neue Knochenmark-Gericht im Gastropub im West Village konnte ich reden, konnte fragen, ob mein Gegenüber soundso von dieser Uni kannte. Also von dieser verfickten kleinen Uni namens Harvard. All diese Unterhaltungen. Ist es nicht schade, dass es jeden Tag schlimmer wird in dieser Stadt? Ja, natürlich sind radikale Bewegungen die einzige Möglichkeit, Veränderungen herbeizuführen, und ja, natürlich gehen Revolutionen grundsätzlich mit Gewalt einher, aber was soll das überhaupt sein? Gewalt? Uns treiben doch bloß die Pheromone an, wir sind nichts weiter als chemische Verbindungen, aber wenn du dann diesem *einen* Menschen begegnest, *weißt* du es einfach, verstehst du?

»Betrügerin«, brüllte ich. Niemand sah mich an. Vielleicht hatte ich es gar nicht laut gesagt. »Wir warten eh alle bloß darauf, echte Menschen zu werden – tja, Vivian, weißt du was? Das tun wir eben nicht. Erinnerst du dich an die Blender?« Sie nickte, ihr Gesicht eine einzige glänzende Paillette. »Nein, tust du nicht. Du solltest mehr lesen.«

»Fick dich«, sagte ich zu einem Mann, den ich nicht erkannte. »Was bist du? Einer, der immer alles wiederholen muss? Willst du rummachen?«

Der Typ verschwand. »Ich bediene Leute«, brüllte ich über die Musik hinweg. »Sasha, du glaubst doch, mein Leben sei einfach, weil ich hübsch bin, oder? Ist es aber nicht. Hin und wieder macht mir einer die Tür auf. Hübsch sein … tja …«

»Ich würd diesen Scheiß hier ja gern mal aufnehmen.«

»Es ist scheiße.«

»Kleines Monster, wie wär's, wenn du einfach mal die Fresse hältst, bevor ich sie dir poliere.«

»Ich hasse dich«, sagte ich zu Will, aber er lag auf einem Haufen Jacken und schlief. Vielleicht lag es an dem, was er auf der Toilette zu mir gesagt hatte. War das jetzt ich? Die Toilette hier mit der einen trostlosen Glühbirne und mit dem zerkratzten Spiegel, mit den schäbigen Armaturen und den Wänden, an denen die Geschlechtskrankheiten nur so klebten? Eine Toilette, auf der ich so oft das Wasser hatte laufen lassen und mich übergeben hatte? Liebe?

Aber eigentlich lag es an Jake. Will und Jake waren Freunde. Oder kamen gut miteinander aus. Freunde, soweit Jake überhaupt mit irgendwem befreundet sein konnte. Sie soffen zusammen, benahmen sich wie alte Kameraden, unterhielten sich über unverfängliche Themen (seltene Dylan-Aufnahmen und Kreuzworträtsel-Wissen über den Vietnamkrieg). Aber Will tratschte wie ein Teenager. Alle im Restaurant taten das. Es war durchaus möglich, dass Jake und Will über diese »Liebe« gesprochen hatten. Das Wort würde ich nun für immer und ewig mit der Toilette in der Park Bar assoziieren. Vielleicht war es Jake gewesen, der Will geraten hatte, seine Gefühle mir gegenüber in Worte zu fassen. Vielleicht hatte Jake ihm gesagt, dass ich es nicht wert war. Was er ganz sicher nicht gesagt hatte, war: Halt, *ich* mag sie.

»Ari«, schrie ich. Sie wandte sich von ihrem Gesprächspartner ab.

Ich kippte noch mehr Tequila und tastete hinter dem Tresen nach der Flasche. Ich hörte Glas zerbrechen, als ich sie zu mir zog. »Schau! Totenköpfe.« Ich zeigte auf die Flasche. »Total gruselig. Verstehst du? Tod.«

Ariel kniff mich heftig in den Unterarm, aber sie schrie mich nicht an. »Was ist nur los mit dir?«

»Können wir uns ein Taxi teilen? Ich werd jeden Moment

so richtig betrunken sein.« Ich schloss meine Augen, und sie streichelte meinen Kopf. »Na klar, Skip. Alles, was du willst.«

Ich hob meinen Kopf und sah zur Tür. Geh einfach, dachte ich. Es war bitterkalt in dieser Nacht und der Wind drückte gegen die geschlossenen Fenster. Statt meines Spiegelbildes schwebte ein boshaft glitzerndes Gesicht in der dunklen Scheibe. Die Zähne fest aufeinandergepresst, sah es mich an und urteilte über mich.

MIT JEDEM Verkäufer, der nicht mehr kam, wurde der Park ein wenig trostloser. Die Bauern wetteten auf den ersten Frost. Ich hielt die Fenster in meinem Zimmer geschlossen, stopfte alte T-Shirts in die Ritzen, klopfte gegen den klapprigen, kalten Heizkörper, schaute ihn an wie ein Orakel. Aber die wahren Boten des Jahreszeitenwechsels waren die Insekten. Als Erstes kamen die Fruchtfliegen. Sie kreisten um die Deckel der Spirituosen an der Bar und um das Waschbecken und den Abfluss. Sie flogen in alle Richtungen auf, wenn man einen feuchten Lappen aufhob, und bedeckten die cremefarbenen Wände wie ein schwarzer Sprühregen. Bei der Teambesprechung sprach Zoe das Problem an, und jeder bekam eine Extraaufgabe zugewiesen.

»Fruchtfliegen sind ein ernstzunehmendes Problem«, sagte sie und unterstrich ihre Worte mit einer ausgestreckten Faust.

So kam ich zu gelben Handschuhen, die mir bis zum Ellenbogen reichten, einer Rolle Küchenpapier und einer unbeschrifteten blauen Sprühflasche. Ich schlurfte zum Waschbecken an der Bar, wo Nicky stand.

»Du siehst toll aus, Fluff. Jetzt runter auf alle viere.«

»Was meinst du?«, fragte ich, aber eigentlich wollte ich sagen: Warum ich?

»Du bist eine Frau, ich denk, Putzen liegt euch im Blut.« Er goss den verwässerten Rest eines Cocktails in ein Glas und gab es mir. »Hier! Trink dir ein bisschen Mut an.«

»Was erwartet mich?« Ich kippte den Drink hinunter.

»Denkst du, das wüsste ich? Das letzte Mal habe ich in den späten Achtzigern unter diesem Waschbecken saubergemacht.«

Ich seufzte und kniete mich hin. Die Luft veränderte sich, je weiter ich vordrang. Feucht, stickig, nur ein Hauch von Citrus. Ich wagte einen Blick unter das Waschbecken. Dunkel. »Ich kann nichts sehen.« Nicky gab mir eine Taschenlampe. »Ein Abfluss besteht eigentlich aus zwei Abflüssen«, hatte Zoe mir erklärt. Der erste war im Waschbecken, der zweite im Boden. Dazwischen eine Lücke. Sie verhinderte, dass Wasser, Abwasser, und was sich sonst noch in den Rohren befand, zurück ins Waschbecken gedrückt werden konnten.

Ich richtete das Licht ins Dunkle: Stifte, Korken, Alufolie, Papierfetzen, Gabeln und Münzen. Auf der Suche nach dem Bodenabfluss, bewegte ich das Licht. Als ich ihn fand, schnappte ich nach Luft und schaltete das Licht aus.

Nicky lehnte auf dem Tresen und schaute mich an. »Was hast du gefunden?«

»Nicky, das ist wirklich übel.«

SEIN »HINTER DIR« bekam etwas Dämonisches. Im besten Fall begann er am späten Nachmittag seine Schicht, dann war er noch ein bisschen groggy und grummelig, vermied jeglichen Augenkontakt, und ich konnte so tun, als ignorierte ich ihn. Schlimmer war es, wenn er schon Koffein intus oder etwas Crémant getrunken hatte. Dann war sein Appetit geweckt.

»Hinter dir«, sagte Jake. Ich erstarrte hinter der Bar, wo ich gerade die Flaschen mit den Aperitifen abstaubte. Der Staubwedel verharrte auf dem Suze, mein Blick auf dem Lillet. Kaskaden aus Staub glitzerten unter den Lampen.

Erst seine Schulter, dann sein Brustkorb, der mir jeglichen Raum nahm. Mit dem Daumen strich er über meinen Ellenbogen. Ich hielt den Atem an, bis es vorüber war.

»Hinter dir«, sagte er. Ich erstarrte am Pass. Ich war dabei gewesen, saubere Ein-Liter-Behälter zu stapeln. Es war eng. Vor mir klickten die Butangas-Flammen, hinter mir lärmten stakkatoartig Messer und Plastikbretter. Ich hatte den Arm erhoben, nahm ihn herunter, drückte ihn an meine Seite und wartete.

Er legte seine Hand auf meine Hüfte, weit unten auf meine Hüfte, man könnte auch sagen, dass er sie auf das obere Ende meines Oberschenkels legte. Jedenfalls berührte seine Hand die untere Naht meiner Unterhose. Mit einer Hand schob er mich beiseite, mit der anderen schnappte er sich meine Hüfte. Jeder andere hätte mir erlaubt, beiseitezutreten, jeder andere hätte gewartet. Er drängte sich grob an mir vorbei.

»Entschuldige«, sagte er. Mir fehlten die Waffen für die Gegenwehr.

»ERWÜRG SIE NICHT, Liebes«, sagte Simone. Sie saß an einem leeren Tisch im Zwischengeschoss, die Haare offen, ein Rest Burgunder in einem Glas vor sich. Einer ihrer Tische hatte ihr das zukommen lassen. Ich hatte ihr bei einigen kleinen Aufgaben geholfen, jetzt öffnete ich eine Flasche Wein, und sie sah mir dabei zu. Ich lockerte meinen Griff.

»Du drehst das Etikett weg. Halt die Flasche so, dass ich es sehen kann.«

»Ich drehe es nicht weg.«

»In Sizilien sagt man, dass es den Menschen Unglück bringt, wenn du das Etikett von ihnen abwendest. Hör auf, auf die Flasche zu starren. Sieh mich an.«

»Dieses Mal habe ich die Flasche kaum bewegt. Das war besser als vorher.«

»Besser als vorher ist mir egal. Ich will, dass du es richtig machst.«

Ich nahm eine weitere Flasche und schnitt den Rand rundherum mit dem Kellnermesser ein.

»Ich kann es kaum erwarten, dass sie komplett auf Schraubverschlüsse umstellen.«

»Schäm dich! Du bewegst sie schon wieder.«

»Wie soll ich denn mit dem Messer einmal ganz rumkommen, ohne sie zu bewegen?«

Sie nahm mir die Flasche aus der Hand und zeigte es mir. Im Uhrzeigersinn zog sie das Messer durch, öffnete dann das Handgelenk, bewegte die Klinge von innen nach außen und schloss den Schnitt. Der obere Teil der Folie löste sich. Sie nahm eine weitere Flasche Bourgueil Cabernet Franc. Von jedem der Hausweine stand uns einer zur Verfügung, damit wir richtig üben konnten.

»Warum weißt du so viel?«

»Ich mache das schon lange.«

»Nein, alle hier machen das schon lange. Du weißt, was ich meine.«

»Ich kann unmöglich etwas tun, ohne mich einzubringen. Nicht mal kellnern.«

»Dabei soll der Job doch leicht sein.«

»Jeder Job ist leicht für all jene, die nicht gern ihr Hirn einschalten. Ich bin Teil einer kleinen, aber stolzen Minderheit, die daran glaubt, dass Speisen eine Kunst ist, genau wie das Leben.«

Der Schnitt war mir gelungen. Der obere Teil der Folie ließ sich in einem einzigen, intakten Stück entfernen. Erwartungsvoll sah ich sie an.

»Noch mal«, sagte sie bloß.

»Nicht nur der Job ist schwierig. Mein erster Gedanke am Morgen ist meistens: Mir fehlt ein Erwachsener.«

»Das bist du. Du bist deine Erwachsene.«

»Nein, du bist meine Erwachsene«, sagte ich, und sie lächelte. »Ich weiß nicht. Seit ich hierhergezogen bin, hab ich keine Wäsche mehr gewaschen. Kein Witz.«

»So etwas kann anfangs passieren. Bring sie weg und dann hol sie wieder ab.«

»Früher habe ich mal Sport gemacht. Zumindest bin ich gejoggt.«

»Auch das kann passieren. Melde dich im Fitnessstudio an.«

»Und ich geh nie zur Bank, mein ganzes Trinkgeld verschwindet einfach.«

»Das liegt bloß an der Park Bar, Kleine. Balance«, sagte sie und deutete auf die Flasche, die ich fast horizontal hielt. Ich brachte sie wieder in Position, ließ sie »frei schweben«, wie Simone sagte.

»Du könntest mit Howard reden.«

»Wie bitte?«

»Du kannst einen persönlichen Termin mit Howard vereinbaren. Die Manager müssen das regelmäßig tun, aber Howard erlaubt es auch den Kellnern. Du kannst mit ihm über deine Fortschritte sprechen oder dich einfach über die Arbeit auskotzen. Oder ihm Fragen über das Leben stellen.«

»Äh …« Ich sah sie an, um herauszufinden, was sie meinte. Ich hatte das Gefühl, mich an der Schwelle zu etwas zu befinden. Oder auch mit dem Rücken zu etwas. Ich erinnerte mich daran, was Will über Simone und Howard gesagt hatte. Ich dachte an die magersüchtige Rebecca. Ich konnte mich nicht einmal an ihr Gesicht erinnern, vor meinem inneren Auge sah ich nur ihren Namen auf dem Schichtplan.

»Das wäre aber ein bisschen seltsam, oder? Außerdem habe ich dafür doch dich.«

»Ich meine es ernst. Er kann dir Ratschläge geben, die ich dir nicht geben kann.«

»Warum nicht?« Ich stellte die Flasche ab. »Ich will nicht mit ihm reden.«

»Ich weiß, wie schwer es für dich ist, dich zu öffnen, aber Howard könnte dir wirklich helfen.«

»Wobei soll er mir helfen? Dabei, alle meine Freunde reinzureißen? Oder einen Nervenzusammenbruch zu haben und zurück nach Hause zu ziehen? In ein anderes Restaurant versetzt zu werden?«

Howard war gar nicht so schrecklich. Aber seine Gleichgültigkeit gegenüber Rebecca, die Art, wie er sie quasi ausradiert hatte, regte mich auf. Und ich hatte das Gefühl, dass Simone mich wegschickte.

»Oh«, sagte sie und wirkte nun deutlich kühler. »Ich würde auf den Klatsch nichts geben. Er hat vielen Mädchen wie dir geholfen.«

»Mädchen wie mir?« Ich sah auf meine Hand. Ein Schnitt an meinem Zeigefinger war wieder aufgeplatzt.

»Jungen Frauen, entschuldige. Jungen Frauen wie dir, die in die Stadt gekommen sind und …« Sie wedelte mit der Hand in der Luft herum.

»Und was?« Ich sagte es lauter, als ich wollte. Will sah von unten zu uns herauf, und ich winkte. Und was?

»Hör zu, ich regele das für dich und dann kannst du mit ihm reden, während ich weg bin.«

»Simone, ich will nicht«, sagte ich. Mein Tonfall hatte sich verändert, und ich sah, dass er Wirkung zeigte. Ich sagte ihr, dass ich es nicht tun würde. Sie fasste sich ins Haar.

»Verstehe«, sagte sie. »Nun, du wirst weiter an deinem Umgang mit Wein arbeiten müssen. Darf ich dich wenigstens darum bitten?«

»Du fährst weg?« Ließen sie das tatsächlich zu?

»Ja, es ist mal wieder so weit.«

»Was ist so weit?«

»Kleine, bald ist Thanksgiving. Jake und ich fahren nach Hause.«

Jake und ich, Jake und ich, Jake und ich verschwinden.

»Jake hat mich geküsst«, hörte ich mich sagen, als sei ich eine Fremde, die mich gerade verpetzte. Ich hatte mich so zurückgehalten. Natürlich hatte ich es ihr sofort erzählen wollen, hatte wissen wollen, ob sie es bereits wusste. Aber wie bei den Feigen und den Austern wollte ich vor allem die Momente bewahren, die nur uns beiden gehörten – nur Jake und mir.

»Ja, das hat er.« Teilnahmslos nahm sie meine Worte auf. Ich wusste nicht, welche Gründe es für die wachsende Spannung zwischen uns gab, aber sie hing im Raum und färbte alles.

»Ich weiß nicht«, sagte ich. Halt verdammt noch mal die Fresse, sagte ich mir. »Ich weiß nicht, was es zu bedeuten hat.«

Simone seufzte. Eine Zeit lang sah sie mich bloß an. »Was denkst du, was es zu bedeuten hat?«

Ich zuckte die Achseln. Was mir auch einfallen mochte – sobald ich es ihr gegenüber laut aussprach, würde es kindisch klingen.

»Eine Frau muss ihre Sinne beisammen haben, um geküsst zu werden. Ich sage ihm das ständig. Sonst ist die Hölle los.«

Menschen hören, was sie hören wollen. Ich hörte: Ich sage ihm das ständig. Ständig, ständig, Jake und ich. Mein Finger blutete und ich steckte ihn in den Mund.

»Na dann, gute Reise«, sagte ich. Ich umfasste das Geländer und begann, die Treppe hinunterzugehen.

»Schöne Feiertage«, antwortete sie, als ich schon halb unten war.

VERSUCHEN WIR, es noch einmal anders zu formulieren: Manchmal, wenn er mit dir sprach, dann nuschelte er. Du musstest näher kommen, um ihn zu verstehen. Er wiederholte sich oft. Wir tranken die Reste aus den geöffneten Flaschen des Cabernet Franc. Jake goss sie auf Eis, es schmeckte nach Thymian und Cranberries. Ich sagte: Wann fährst du für Thanksgiving nach Hause? Und er sagte: Bald. Ich fiel beinahe von meinem Stuhl, als ich mich vorbeugte: Wann? Wir sollten was unternehmen, bevor du weg bist. In seinem kalten Blick las ich bloß: Baby, ich bin schon längst weg.

ICH POLIERTE gerade die Messer in der vordersten Nische, als ich meinen Namen hörte. Es gab mir einen Stich – seit Monaten hatte ich niemanden mehr meinen Namen sagen hören. Plötzlich sah ich mich selbst, also die, die ich gewesen wäre, wenn ich nie in die Stadt gekommen, nie die Treppe heruntergefallen wäre, wenn ich nie etwas Dummes gesagt hätte. Sie war in Sicherheit, und sie war so gut wie tot.

Es war ein Typ aus dem College. Ich konnte mich nicht an seinen Namen erinnern. Er trug einen Anzug. Sie trugen immer einen Anzug, wenn sie mit ihren Eltern kamen. Oder wenigstens ein Sakko und eine Krawatte. Mein Instinkt befahl mir, in die Küche zu laufen und so zu tun, als hätte ich ihn nicht gehört. Aber ich hatte das Gefühl, dass Simone mich vielleicht beobachtete. Ich lächelte freundlich.

»Du arbeitest hier?«, fragte er ungläubig.

»Ja. Ja, tue ich.« Ich versuchte, ein Bild von meinem neuen Selbst zu gewinnen. Aber ich sah bloß die roten und weißen Streifen auf meinem Hemd. Warum trug ich das rote, das mich immer an Waldo erinnerte und an Clowns. Ich entfernte mich innerlich und beobachtete uns vom oberen Ende der Treppe aus, von der Decke, ja vom anderen Ende des Landes.

»Das ist so witzig!«, sagte er.

»Ja, wahnsinnig witzig.«

»Lebst du hier?«

»Nicht im Restaurant.«

»Ha! Ja, klar. So cool, dass du hierhergezogen bist. Lebst du in der Stadt?«

»In Williamsburg. Das ist ein Viertel. In Brooklyn.«

»Ah, davon habe ich gehört. Hip, oder?«

Nicht der Teil, in dem ich wohne, dachte ich. Aber ich wusste, welche Antwort von mir erwartet wurde. »Ja, viele ...« – die Worte widersetzten sich – »Künstler. Es ist grad sehr ... im Kommen.«

»Was machst du sonst so?«

Unvermeidbar. Warum hatte ich mich auf diese Situation nicht vorbereitet? Hatte ich in der U-Bahn tatsächlich wie eine Verrückte die Speisekarte heruntergebetet, aber nie eine Zusammenfassung meines Lebens hier entworfen? Hatte ich die Welt außerhalb des Restaurants wirklich vollkommen ausgelöscht?

Was machte ich sonst so? Ich lernte alles über Essen und Wein, darüber, wie man Terroir schmeckt und im Allgemeinen aufmerksam ist.

»Das hier«, sagte ich. Ich hielt inne. Seine Erwartung klebte regelrecht an mir. »Außerdem arbeite ich an verschiedenen Projekten.«

»Was für Projekte?«

Du lieber Gott, seine Neugierde war verwirrend. Leute aus der Gastronomie wussten, wann man es gut sein ließ, sie kapierten die unterschwellige Botschaft.

»Medien. Intermediale Projekte, weißt du? Ähm. Fragmente. Die menschliche Existenz. Das Scheitern der Sprache. Liebe. Im Augenblick sammele ich noch Material.«

»Faszinierend«, sagte er und erstickte mich mit seiner Treuherzigkeit. »Dafür bist du hier ja sicher am richtigen Ort.«

Ich wollte sagen: Mein Leben ist prall. Ich habe es mir ausgesucht, weil es ein andauernder Sturm aus Farbe, Geschmack und Licht ist. Weil es roh und hässlich ist. Und schnell. Und weil es meins ist. Und du wirst es niemals verstehen. Bevor du es nicht selbst gelebt hast, wirst du es nicht verstehen.

Stattdessen nickte ich und sagte: »Ja, es ist perfekt hier.«

»Ja … das ist toll.« Und als er »toll« sagte, klang es wie »traurig«. Ich wappnete mich. Mein einziger Ausweg war Freundlichkeit.

»Werdet ihr bei uns essen?«

»Ja, ich sitze hinten mit meinem Vater und meinem Onkel. Ich hab die Toilette gesucht. Wir sind nur für den Nachmittag in der Stadt. Aus Philadelphia. Hier kommt er am liebsten her. Wusstest du, dass dieses Restaurant total berühmt ist?«

Ich lächelte. »Nun, ich werde vorbeischauen und hallo sagen. Und ich werde Chef sagen, dass du hier bist. Lass mich dir zeigen, wo die Toiletten sind.«

Ich brachte ihn hin, und er schien zu verstehen, dass es langsam Zeit wurde, dass ich mich wieder meinem glamourösen Leben als Künstlerin widmete, eine Künstlerin, die gerade bloß ganz zufällig Messer polierte und dabei eine gestreifte Piratenbluse trug.

Er wandte sich ab, wollte gehen, dann drehte er sich noch mal um und sagte: »Hey, wäre es vielleicht möglich, dass du uns bedienst? Das wäre so lustig!«

So lustig! Wenn ich bloß gewusst hätte, wie ich ihm hätte erklären sollen, dass ich noch nicht mal eine beschissene Kellnerin war.

ICH HÄTTE ihn niemals erkannt. Ich gehörte nicht mehr zu seiner Welt. Wir nannten sie die »Geregelten«. Sie arbeiteten täglich von neun bis siebzehn Uhr. Geregelte Arbeitszeiten. Sie lebten im Einklang mit der Natur, wachten und schliefen mit der Sonne. Essenszeiten, Geschäftszeiten – die Welt richtete sich nach ihrem Tagesablauf. Die besten Märkte, die Top-Konzerte, die Straßenfeste, ja, die schönsten Feiern überhaupt waren an Samstagen und Sonntagen. Die »Geregelten« füllten die Kinos, Vernissagen und Töpferkurse. Sie schauten Fernsehserien genau dann, wenn sie ausgestrahlt wurden. Sie hatten ganze Abende totzuschlagen. Sie schauten den Super Bowl und die Oscars, sie reservierten Tische zum Abendessen, denn sie aßen zu normalen Zeiten. Skrupellos brunchten sie und lasen die *Sunday Times* am Sonntag. Sie bewegten sich in Gruppen durch überfüllte Museen, U-Bahnen und Bars, die ganze Stadt war ausgestattet mit Komparsen für den Film, in dem sie selbst die Hauptrolle spielten.

Sie dinierten, sie gingen einkaufen, sie konsumierten und entspannten sich. Sie breiteten sich aus, während wir arbeiteten, verblassten und Teil der Kulisse wurden, in der sie sich bewegten. Deshalb waren wir – die Gastro-Leute – so gierig, wenn die »Geregelten« ins Bett gingen.

»TJA, JETZT biste am Rand angekommen«, sagte Sasha. Er hatte die komplette Unterhaltung mit unverhohlener Begeisterung belauscht. »Was? Denkste etwa, du bist wie deine Freunde? Du wirst nix mehr sein wie sie, Zuckerschnecke. Schau dich an – denkst wohl, dass du bloß eben den Fuß ins Wasser steckst. Nein, Mäuschen, drin bist du. Im Wasser. Ersaufen tust du drin.«

»Ich bin mittendrin.«

»Ja, mittendrin. So, wie die Bräute und die Tunten und die Freaks und der Typ auf der Parkbank mittendrin sind.«

»Du willst sagen, ich sei am Rand der Gesellschaft angekommen?«

»Ja, was zur Hölle denkste, was ich meine. Na ja, egal. Bist auch nur eine alte Hexe, genau wie ich.«

AN DIESEM ABEND sah ich ihn in der Park Bar. Als ich einen Blick auf den Schichtplan warf, bemerkte ich, dass sie die nächsten zwei Wochen beide frei hatten. Das Blumenmädchen war auch da. Sie trug ein Kleid mit Rollkragen, Strumpfhosen und Reitstiefel. Sie sah aus, als käme sie direkt von einem Poloturnier. Andererseits wirkte sie genau wie wir. Alle klebten, Öl und Staub auf der Haut. Ich ignorierte ihn, wie er, an die Wand gelehnt, dastand, im Gespräch mit Will. Ich ging zu Ariel und Vivian, die an der Bar waren, und sobald ich mich hingesetzt hatte, spürte ich es: Er war weg. Jedes schöne Tier hat ein Gespür dafür, wann es gejagt wird.

Ich setzte mich neben Terry – der Laden war nicht voll genug für zwei Barmänner. Ariel und Vivian zofften sich, also wandte ich mich ihm zu. Er war besoffen. Er kam mir nahe, er zwinkerte. Seine Stimme war ebenso fusselig wie sein ausgeleierter Baumwollpulli.

»Hey, Neue. Weißt du – der Tropfen, der das Fass zum Überlaufen bringt? Ist das derselbe wie der auf dem heißen Stein?«

Er berührte meine Finger mit seinen. Ich wusste nicht, ob er das absichtlich tat. Ich legte meine Hände in den Schoß. Mein Bier war schal, aber ich wusste, dass ich es trotzdem austrinken würde.

»Absolut. Natürlich ist das derselbe Tropfen.« Er nickte. Beeindruckt, dass ich das wusste.

DU SCHAFFST es nicht, deine Karte durch den Automaten am U-Bahn-Eingang zu ziehen, hinter dir bildet sich eine Schlange. Du wartest an der Bar auf ihn. Du lässt deine Handtasche offen auf einem Barhocker liegen, jeder kann die herausquellenden Scheine sehen. Du sprichst die Namen von französischen Weinen falsch aus, deine Clogs rutschen auf dem gebohnerten Fußboden. Immer, wenn du beinahe stürzt, fliegen deine Arme nach vorn, dein Gesicht verkrampft sich. Du nimmst deine Arbeit ernst, schaust dir die Sexszene aus *Dirty Dancing* in Endlosschleife an, während du an deinem freien

Tag eine Packung Ingwerkekse anstelle eines Abendessens isst. Du vergisst dein Arbeitshemd, deine Hose, deine Socken. Im Geiste zeichnest du einen Grundriss der Bar, auf dem du die Orte markierst, an denen du ihm allein begegnen könntest. Du bist schneller betrunken als alle anderen. Du weißt nicht, was Foie gras ist. Du weißt nicht, was du von Abtreibung hältst. Du weißt nicht, was eine Feministin ist. Auch nicht, wer der Bürgermeister ist. Du übergibst dich direkt zwischen deine Füße, auf der Treppe zur U-Bahn. An einem Dienstag. Beim Teamessen holst du dir eine dritte Portion. Quälender Durchfall auf der Toilette für die Angestellten. Du stößt dich an dem tiefhängenden Rohr. Du weigerst dich, die Bar zu verlassen, obwohl es längst vorbei ist, total vorbei. Du blutest auf jede erdenkliche Art. Bierflecken auf deinem Hemd, Fettflecken auf deiner Jeans, in allen Formen. Du sagst, du wüsstest, wo etwas ist, obwohl du nicht den leisesten Schimmer hast.

Irgendwann pegelte ich mich ein. Nichts war mehr peinlich.

WINTER

I

Du wirst den Falschen küssen. Keine komplizierte Prophezeiung. Sie waren alle der Falsche. Am Abend vor Thanksgiving wurde das Saufen gefeiert. Das erfuhr man aber erst, wenn man in die Stadt zog. Die Straßen im East Village waren voller Leute – alles Kellner. Die Läden hatten geschlossen, die Fenster waren mit gelbem und orangefarbenem Papier verhängt. Niemand wusste, wohin. Nichts zu tun. Eine leicht destruktive, leicht gelangweilte Feierei – eine Nacht des Treibens, eine Nacht des Nichts.

KOTZEN und weitertrinken. Du hast den Abzug entschärft, du hast ihn gedrückt. Kotzen war leicht, es war nichts. Küssen, nichts. Dein Kopf voll, dann leer, bereit, geküsst zu werden.

DU HAST auf Wills Schoß gesessen und auf seine weichen Wimpern gestarrt. Dir war klar, dass du da nicht sein solltest, aber er umarmte dich, während er dir von seinem neusten Drehbuch erzählte. Du warst das Vorbild für die Superheldin. Du: in roten Lackstiefeln. Du: die von Häusern springen und Blitze aus ihren Augen abfeuern kann. Der Sonnenaufgang kam wie ein noch nicht verkündeter Schuldspruch. Der Wind war beißend, unnachgiebig, und du hast gezittert. Du warst voll auf Kokain, auf einem Dach, und er schmeckte malzig. Jedes Mal, wenn du dich von ihm losgemacht hast, glänzten seine feuchten Augen wie Pfützen in seinem Gesicht. Du hast ein Bier aufgemacht, wärmer als die Luft, und es kleckerte auf dein Hemd. Der Himmel stürzte voran. Ungeduldig. Klar, du warst dabei, etwas Falsches zu tun. Mehr Küssen. Fester. Der Himmel zog sich zurück. Du warst vollkommen trocken, als ihr dann Sex hattet, und es brannte. Einen Augenblick lang entfiel dir jedes Gesicht, in das du je geblickt hattest.

Kleine, immer kleiner werdende Gruppen von Tauben, die zwischen niedrigen Häusern herumflatterten. Die Sonne ging auf. Sie sagte: Jetzt, da du das getan hast, kannst du das andere niemals haben. Jetzt, da ich so geworden bin, kann ich nie wieder zurück.

ALS ICH DAS erste Mal wirklich verkatert zur Arbeit kam – elendig verkatert, wie *krank* –, waren meine Schuhe verschwunden. Dahinter steckte eine krude Logik, die ich hinnahm. Beim Aufwachen hatte mein Kopf gebrummt und ich hatte gewusst, dass mir jeder einzelne Schritt an diesem Tag schwerer fallen würde als sonst. Es war der Tag nach Thanksgiving. Ich war für drei Uhr nachmittags als Hilfskellnerin eingeteilt, aber die Bahn fuhr unregelmäßig. Eine Bahn seufzte sich in den Bahnhof, als ich gerade die Treppe runterrannte, doch meine Karte war leer. Soll heißen, ich kam zu spät.

An diesem Tag hatte ich den Sonnenaufgang gesehen. Genau genommen sogar an zwei Tagen hintereinander. In Echtzeit hatte ich beobachtet, wie die Nacht schwächer wurde und das machtvolle Blau des Morgens sich flach wie ein Laken über den Himmel im Osten legte. Man kann den Sonnenaufgang aus romantischen Gründen betrachten. Hatte er einmal begonnen, war es schwer zu gehen. Ich wollte ihn besitzen. Ich wollte, dass er mir bewies, dass ich am Leben war. Meistens traf er mich aber eher wie ein Urteil.

Die Tür der Umkleide ging auf, aber ich sah nicht hoch. Auf allen vieren suchte ich nach meinen Clogs. Kellner-Clogs waren unzerstörbar und auf eine pragmatische Art und Weise hässlich. Sie waren für die Arbeit gemacht, für tägliches Stehen auf harten Fliesen. Vierzehn Stunden lang. Sie waren nicht billig.

»Du bist zu spät«, sagte er. Ich drehte mich nach Will um, und er sah genauso krank aus, wie ich mich fühlte. Obwohl das auch am trostlosen Licht der Umkleide liegen konnte.

»Will, ich kann jetzt nicht reden. Meine Schuhe sind weg.«

»Ich kann nicht, ich kann nicht, ich kann nicht.«

»Bitte.«

»Wann hast du das mit dem Verschwinden gelernt? Das kannst du richtig gut.«

»Will. Die Sonne war aufgegangen. Ich hatte dir schon lange vorher gesagt, dass ich eigentlich losmüsste.«

»Du hast gesagt, du würdest aufs Klo gehen.«

»Ich meinte das Klo in meiner Wohnung.«

»Es sah eigentlich so aus, als ob du Spaß hättest.«

»Bitte, lass uns jetzt nicht darüber reden.«

»Ich hatte Spaß.«

»Ja.«

»Es ist komisch, im einen Moment lachst du wie ein kleines Mädchen und im nächsten –«

»Will, hör auf.«

»Ist dein Telefon kaputt?«

Ich fing an, jeden unverschlossenen Schrank zu öffnen.

»Ich hab dir gestern geschrieben. Wir hatten ein großes Abendessen. Mit Truthahn und allem Drum und Dran.«

»Ich war beschäftigt.« Ich hatte Thanksgiving mit Schlafen und Masturbieren verbracht und dabei alle Anrufe meiner entfernten Verwandten ignoriert. Wahrscheinlich wussten die nicht einmal, dass ich umgezogen war. Ich sah mir alle drei Teile des *Paten* an. Zum Abendessen aß ich Pad Thai. Als nette Geste zum Feiertag hatten sie die Heizung im Haus in Betrieb gesetzt. Alle zehn Minuten knallte die Heizung wie ein Feuerwerkskörper, und innerhalb von einer Stunde musste ich sämtliche Fenster aufreißen. Mein Mitbewohner hatte mich gefragt, ob ich mit zu seiner Mutter nach Armonk fahren wolle. Eine bemitleidenswerte Szene. Soll heißen, er bemitleidete mich genug, um mich einzuladen, und ich bemitleidete ihn, weil er familiäre Verpflichtungen hatte. Wahrscheinlich hätte ich einen guten Puffer abgegeben und wir hätten endlich mal eine echte Unterhaltung führen können. Aber diese ganze Show, diese uralten, banalen Familiendramen, diese stundenlangen Höflichkeiten – ich ließ ihn gern ziehen.

Dann schrieb mir Scott, dass die Köche in Williamsburg um die Häuser ziehen wollten. Es war schon zehn, aber er versprach mir, das Taxi für den Heimweg zu bezahlen, wenn ich käme. Also kämmte ich mir die Haare. Sie waren bereits außer Rand und Band, als ich ankam. Sie kippten Whiskey, als würden sie Geschosse direkt in ihre Kehle abfeuern. Ich kam kaum mit. Ich kam mit. Um sieben Uhr morgens packte Scott mich in ein Taxi.

»Meine Schuhe sind verschwunden«, sagte ich ungläubig.

»Lass uns doch ein Bier trinken heute Abend. Stress dich nicht.«

»Ich trinke nie wieder. Niemals.«

»Du brauchst bloß einen Konterdrink. Frag doch Jake, ob er was Gutes für dich hat. Ach nee, der ist ja weg.«

»Reizend«, sagte ich leise.

Will hockte sich neben mich, während ich ins Dunkle unter den Schränken schaute. Ich wollte ihn schlagen. Das hast du dir selbst zuzuschreiben, sagte ich mir, und meine Augenlider zuckten.

»Aber der Abend vorgestern hat dir gefallen. Oder?«

Ich antwortete nicht. Würde ich eine Verwarnung für die Verspätung bekommen? Es wäre nicht das erste Mal, dass ich meine Converse bei der Arbeit trug, aber im Gastraum ging das auf keinen Fall. Ariel und Heather würden später auch kommen, ihre konnte ich also nicht nehmen, und Simones waren mir zu groß.

»Im Ernst, es ist erst zwei Tage her, dass ich sie das letzte Mal anhatte«, sagte ich. »Ich habe sie da in die Ecke gelegt. Unter die Jacken.«

»Da gehören sie aber nicht hin, Süße, sie gehören in deinen Schrank.«

»Aber da machen sie alles schmutzig.« Meine Zähne schmerzten. In meinem Rücken schien auch irgendwas kaputt zu sein. »Ich packe sie eigentlich immer zu den Jacken.«

»Du warst gestern mit den Köchen aus?«

»Woher weißt du das?«

»Scott hat mir erzählt, dass du total zu warst. Er sagte, du seist mitten auf einer Kreuzung hingefallen.«

»Er war zu«, sagte ich. Ich wusste nicht, ob das tatsächlich passiert war. Konnte schon sein. Als Will Scotts Namen gesagt hatte, hatte ich mich vage daran erinnert, dass ich mit ihm rumgemacht hatte. Ich fühlte mich verletzt.

»Du bist süß, wenn du verkatert bist.«

Ich atmete tief ein. »Will, es tut mir sehr leid. Alles, was da falsch rübergekommen sein mag. Also, falls du einen falschen Eindruck bekommen hast. Es tut mir leid, falls du da was reininterpretiert hast. Es war einfach eine sehr … betrunkene Woche.«

»Was soll das heißen?«

»Das heißt, dass ich gerade das Gefühl habe, mein Leben nicht ganz unter Kontrolle zu haben. Ich hab's ein bisschen übertrieben, weißt du?«

»Okay«, sagte er. Dann dachte er darüber nach. »Ich kann für dich da sein.«

»Nein, das meine ich nicht. Es tut mir leid, falls ich irgendwas getan haben sollte.«

»Was genau tut dir leid? Welcher Teil der Nacht?« Offenbar glaubte er, wir flirteten. Ich wusste nicht, wann genau meine Schutzmauer angefangen hatte zu bröckeln, vor seinem Geständnis in der Toilette der Park Bar war sie noch intakt gewesen. Es musste das Kokain und das Bier gewesen sein, beides zusammen hatte die Mauer langsam mürbe gemacht. Und dann die Arbeit. Sie war so stumpf gewesen, seit sie nicht mehr da waren.

»Ich habe keine Ahnung, Will. Ich kann mich an gar nichts erinnern.«

»Ah«, sagte er. Er stand auf.

»Chef hat sie weggeschmissen.«

»Was?«

»Gestern. Das passiert jedes Jahr. Alles, was über die Feiertage noch hier ist, wird weggeschmissen. Es gibt einen Aushang am Schwarzen Brett. Schau mal in die Mülltonnen draußen. Vielleicht ist der Müll noch nicht abgeholt worden.«

Ich starrte ihn an, er wandte sich ab. »Sorry«, sagte er. »Du hättest es der Putzfrau mitteilen müssen.«

Und da waren sie tatsächlich. Ich durchsuchte drei Säcke, dann fand ich sie zwischen saurer Milch und Essensmatsch und zerfledderten Papierhandtüchern.

DER BODENABFLUSS unter dem Waschbecken war der Ursprung allen Übels. Verrottendes Obst, Brotrinden, Weinreste und der übliche Rückfluss hatten sich zu einem matten, grauen Brei verdichtet. Es schien fast lächerlich, dass wir nicht eher was davon gemerkt hatten, eigentlich ging kaum noch Wasser durch. Dieser Brei, dieser Urschleim, war das Basislager für alle möglichen Insekten, die es in einem Restaurant nicht geben sollte. Vor allem für die Fruchtfliegen.

An sich waren sie gar nicht so bedrohlich, aber sie waren auf eine verstörende Art und Weise blind. In großen Trauben schwärmten sie fort, wenn man nach ihnen schlug, nur um sich gleich darauf wieder an exakt dieselbe Stelle zu setzen. Sie kamen in meinen Albträumen vor, darin setzten sie sich in mein Haar und bedeckten mein Gesicht.

Ich sagte es Zoe. Sie nickte und nichts geschah. Dann war ich wieder dran mit dem Abfluss. Ich ging zum Büro, wo sie gerade an einem Thunfischfilet nibbelte.

»Zoe, ich kann diesen Abfluss nicht reinigen.«

»Welchen Abfluss?«, fragte sie.

»Den Abfluss. Den, von dem ich dir erzählt habe. Dieser widerliche Abfluss, in dem die Fruchtfliegen leben.«

»Du hast mir nichts dergleichen erzählt.«

»Doch, habe ich. Es ist schon ein paar Wochen her.«

»Mir hat keiner was gesagt.« Ärgerlich stand sie auf und richtete ihren Blazer. »Wir können die Probleme nicht lösen, wenn wir nicht zusammenarbeiten. Ich muss mich darauf verlassen können, dass du deine Extraaufgaben erledigst. Wenn du dazu nicht in der Lage bist, muss ich das Management informieren.«

Noch nie hatte ich sie als eine echte Autorität wahrgenommen. Sie war die Marionette von Howard und Simone, eine arme Sklavin, die sicherstellte, dass die Bar-Abrechnung stimmte, und die jede Woche den Schichtplan der Kellner erstellte. Was bedeutete, dass alle sie hassten.

»Tut mir echt leid, aber ich habe dem Management Bescheid gegeben. Für kein Geld der Welt fasse ich da noch einmal rein.« Ich legte die Handschuhe ab. »Du solltest dir das mal mit eigenen Augen ansehen.«

Vielleicht lag es daran, dass Simone nicht da war, oder daran, dass ich etwas dünnhäutig geworden war, aber eine Sekunde lang glaubte ich, dass sie mir eine Abmahnung schreiben würde. Sie zuckte jedoch bloß die Achseln und lockerte ihre Schultern, als mache sie sich warm für die Aufgabe. Sie nahm die gelben Handschuhe.

»Das Waschbecken an der Bar?«

Als wir runterkamen, wusch Nicky gerade das Abtropfgitter, einer seiner letzten Arbeitsschritte am Ende des Abends. Er sah die Handschuhe in Zoes Händen und sagte: »Ich würde sie grad nicht stören. Kann das vielleicht fünf Minuten warten?«

»Nein, ich wurde gerade über eine ernste Angelegenheit in Kenntnis gesetzt.«

»Ja, so vor ungefähr einem Monat, Zoe –«

»Genug.« Sie hob eine Hand, ging hinter die Bar und nahm sich eine Taschenlampe und eine Gabel. Keine Ahnung, wozu die Gabel dienen sollte – als Schutz? Sie beugte sich runter. Zwei Sekunden später kreischte sie und bedeckte ihr Gesicht mit den Händen. Eine ganze Wolke von ihnen schoss in die Höhe. Ich rannte zurück in die Küche.

AN MANCHEN ABENDEN, wenn Terry besonders locker drauf war, ließ er Ariel ihre Musik auflegen, während wir auf dem Tresen Lines zogen und ihm dabei halfen, die Barhocker hochzustellen.

»Hab ich dir den mit den Polarbären erzählt?«, fragte er. Ich schnupfte meine Line und gab ihm die Kugelschreiberhülse.

»Ja, das mit den Dosenerbsen.«

»Scheiße, ich glaub, du musst dir eine neue Bar suchen.«

»Nee, alter Mann, du brauchst neue Witze.«

Er gab Sasha die Hülse. Ariel stand am Fenster und sah hinaus. Ihr Körper war angespannt. Vivian hätte bereits vor zwei Stunden hier sein sollen. Ich wischte meine Nase ab. Jeder Muskel meines Körpers krampfte und erschlaffte gleich darauf wieder. Meine Beine gaben unter mir nach. Ich sank zu Boden und blieb sitzen.

»Holla«, sagte ich. »Das ist echt stark.«

»Wer kümmert sich? Um kleines Monster hier? Ich nicht. In zwanzig Minuten hab ich ein Date.«

»Du hast um vier Uhr morgens ein Date?«, fragte Terry.

»Hab ihm Viertel nach vier gesagt«, meinte Sasha und sah auf die Uhr. »Findeste zu früh?«

»Terry, kriegen wir noch einen?«, fragte Ariel. Ihr Lidstrich schlug schwarze Kerben in ihr Gesicht.

»Ari, bitte. Es ist schon alles sauber.«

»Ich mache die Drinks. Und ich mach's auch sauber. Bitte, Skip ist total drauf. Wir müssen doch alle noch runterkommen.«

Terry sah zur Straße hinaus, dann wechselte er einen vielsagenden Blick mit Ariel.

»Ich bin überhaupt nicht drauf. Mir geht's super«, sagte ich vom Boden aus. Meine Handflächen waren feucht, es fühlte sich köstlich an, sie über die kalten, zerfurchten Fliesen gleiten zu lassen.

»Negronis!«, forderte Ariel und drängte sich hinter die Bar.

»Wartet, Leute. Wartet. Ihr müsst mir das zeigen.« Ich schnellte hoch, hob einen der Stühle vom Tresen. Er fühlte sich ganz leicht an.

»Das ganze Leben funktioniert nach dem Prinzip des Drittels«, sagte sie, während sie Campari in einen Messbecher goss.

Sie lachten.

»Hört auf, sie auszulachen. Drittel *sind* entscheidend! Beim Cappuccino zum Beispiel«, sagte ich. »Der perfekte Cappuccino besteht zu einem Drittel aus Espresso, einem Drittel aus Milch und einem weiteren Drittel aus Schaum. Andererseits sollte die Milch sich im besten Fall mit dem Schaum verbinden, äh, also von Luft durchsetzt sein –«

»Da ist sie ja wieder«, sagte Will. Er nahm einen Hocker vom Tresen und setzte sich neben mich. Großzügig umarmte ich ihn. Tief in mir drin gab es Liebe im Überfluss, aber ich brauchte die Drogen, um sie fassen zu können.

»Jetzt hat sie Mund-Durchfall«, sagte Sasha.

»Nein, Leute, wartet. Man kann da was lernen –«

»Eine Vorlesung über Drittel«, sagte Terry. »Hab ich euch schon mal von den drei deutschen Mädels erzählt, die ich mit nach Hause genommen habe? Es war nicht so toll, wie man meinen könnte. Selbst vor dem Tripper nicht.«

»Einmal hab ich zu viel Special K genommen und bin bei zwei fetten, hässlichen Arschlöchern gelandet, das war kein Spaß«, sagte Sasha und zeigte auf mich. »Fass das Zeug bloß nicht an.«

»Dreier, Dreier, die drei Amigos«, sagte ich. »Ach nee, fünf Amigos.«

»Du liebe Güte, Skip, wirst du wohl mal die Fresse halten und eine schöne Line machen?« Ariel scrollte sich durch ihren iPod. »Dann sind wir hier fertig.«

»Bist du high?«, fragte ich Ariel. Ich wandte mich an Will und Sasha. »Wartet mal, seid ihr high? Irgendjemand hier high?« Ich machte die Line, wie sie es mir beigebracht hatte, ungefähr so lang wie eine Zigarette, gleichmäßig und mit spitz zulaufenden Enden. »Ich bin *high.*«

Ariel gab mir einen Negroni. Er schmeckte wie Hustensaft. »Medizin. Hey, Leute, ich glaube, ich hasse meinen Job.« Sie lachten. »Nein, im Ernst. Ist es da drin nicht irgendwie deprimierend und schmutzig in letzter Zeit?«

»Was denkste? Schaut mal her, Alice ist aufgewacht und – o Scheiße – kein Wunderland.«

»Vielleicht solltest du hin und wieder mal den Pause-Knopf drücken«, sagte Will, und ich wandte mich ab.

»Ich mach dein Lieblingslied an, Skip.«

Wenn es um Musik ging, war Ariel streitlustig. Sie hatte mir ein paar Mix-CDs gemacht. Ein Zeugnis meiner Ahnungslosigkeit in Form von sechzehn Liedern. Es endete niemals gut. Sie konnte Musik nur genießen, wenn kaum jemand außer ihr sie kannte. Sobald andere sie entdeckten, legte sie sie ab und fand etwas Neues. Trotzdem versuchte sie, mich zu erziehen.

Und jedes Mal, wenn ich ihr sagte, dass mir eines der Lieder, die sie mir gezeigt hatte, gefiel, setzte sie dieses enttäuschte Grinsen auf und sagte: »Aber *natürlich.*« Ich glaube, sie tat das alles nur, um am Ende genau das sagen zu können.

»Du kennst mein Lieblingslied nicht«, sagte ich. Als ich ihren Blick einfing, wirkten ihre Augen wie Fenster hinter einer Wand aus Regen. Es gelang mir nicht, durch sie hindurchzusehen. Ein Gefühl von Sorge durchzuckte mich und ich nahm noch einen Schluck.

»Kein LCD«, sagte Terry und schlug auf den Tresen, um seinen Worten Nachdruck zu verleihen.

»Dann erschieß ich mich, Ari«, meinte Will.

»Fickt euch, fickt eure Mütter. Verdammt, wenn ihr anfangt, über James Murphy irgendeine Scheiße zu reden, werd ich euch umbringen.«

Dann kam der Song: »Heartbeats«. Ich klatschte in die Hände. »O ja, ich liebe diesen Song.«

»Warum quiekst du wie kleines Schweinchen?«

»Komm schon, Sasha, es ist *mein* Lied.« Ich bewegte meine Schultern, schloss die Augen und sah weißen Platzregen auf der Innenseite meiner Lider. Mir wurde schwindelig. Ich zerrte Sasha vom Stuhl, schüttelte mein Haar vor meinem Gesicht, wie Ariel es mir beigebracht hatte, und mein Körper dehnte sich aus unter dem synthetischen Bass, der wie Wasser auf mich herunterbrach. Apathischer Tanz. Ich hörte Ariel singen, und als Will meine Hand nahm und mich herumwirbelte, da lächelte ich und bewegte die Lippen zum Text:

To call for hands of above, to lean on … wouldn't be good enough for me, oh.

Plötzlich hielt alles an, und ich schaute Richtung Tür. Da stand Vivian. Wackelig, zaghaft. Ich winkte und sah zu Ariel. Sie hatte ein Glas in der Hand. Es flog an meinem Gesicht vorbei, dann krachte es gegen die Wand neben Vivian.

Das Geräusch kam Sekunden später. Nach der Explosion und einem Glashagel, der auf den Boden niederging. Kein glatter Bruch, keine saubere Angelegenheit, kompletter Zerfall. Für den Augenblick, der zwischen Bild und Ton lag, bedeckte ich meine Augen.

»Verdammte Scheiße, wo bist du gewesen?«

»Raus, Ari«, schrie Terry. »Verflucht noch mal!«

Vivian sah gelangweilt aus. Ariel nahm noch eine Handvoll Strohhalme und warf sie, bevor Will sie an den Schultern packte.

»Es tut mir leid, es tut mir leid«, hörte ich jemanden über die Musik hinweg rufen. Das Lied endete, und ich realisierte, dass ich es gewesen war. Vivian ging zur Bar, ohne Ariel anzusehen. Seufzend holte sie den Handfeger hervor.

»Tut mir leid, Terry«, sagte sie.

»Ah, sie entschuldigt sich also bei *Terry*?« Ariel wehrte sich gegen Will, der ihre Arme herunterdrückte.

»Lass gehen, Bohnenstange. Die Party ist vorbei.« Sasha packte ihre Tasche und Will hob sie hoch und trug sie zur Tür. Durch das Fenster hindurch winkte Sasha jemandem. »Ach, und da schau: Victorlein ist hier.«

»Ich kenne dich«, brüllte Ariel Vivian an. Dann, mit angeschlagener und kehliger Stimme: »Ich weiß alles über dich.«

ES WAR SCHON FAST fünf Uhr morgens. Wir waren im Park. Eine eisige Nacht, die vom Schlaf hätte ausgelöscht werden sollen. Leere Flaschen klapperten im Rinnstein, Dunkelheit lag sämig wie Wachs auf den Bäumen. Ariel weigerte sich, irgendetwas anderes zu tun, als auf und ab zu laufen, zu schimpfen und zu rauchen. Sasha und Victor verzogen sich sofort. Ich dachte: Was hält mich davon ab zu gehen? Warum kann ich mir kein Taxi nehmen? Müssen denn Singles immer alle gemeinsam bis zum Ende durchhalten?

Vivian sei sexsüchtig – eine verkappte Nymphomanin –, ohne offizielle Diagnose bisher, aber Ariel kannte die Symptome. Vivian sei Analphabetin. Nichts als Titten und Arsch, kaum lesbisch. Ariel schäme sich, mit ihr gesehen zu werden. Vivian habe sie benutzt. Wofür, war unklar.

»Nimm die Pille, Liebes«, sagte ich. Aus Solidarität rauchte ich mit, aber mir war übel, ich war verschwitzt und zittrig. Die Wirkung des Koks ließ nach, und ich begann bereits tief zu fallen.

»Sie hat recht, Ari. Wo ist das Xanax?«

Ariel nahm zwei Pillen, ohne ihre Wutrede zu unterbrechen. Sie zündete sich eine weitere Zigarette an, noch bevor sie die andere zu Ende geraucht hatte. Aber als ich mich schon auf einer Bank auf dem Union Square elendig erfrieren sah, taten die Drogen endlich ihre Wirkung. Sie stolperte. Will packte sie, ihr Kopf fiel auf ihre Brust.

»Sie hat zu viel genommen«, sagte er. Ariel schlug ihn mit der offenen Hand und lachte.

»*Zu viel* zu viel? Also so viel, dass wir jetzt ins Krankenhaus fahren müssen?«

»Nee, bloß zu viel im Sinne von schwer zu handhaben.« Er schob sie auf die Bank und wir setzten uns links und rechts neben sie.

Ihre Augen waren geschlossen, ihr Kopf war zur Seite geneigt. Ich setzte ihr die Kapuze auf und Will und ich sahen einander an. Ich erinnerte mich daran, wie sanft er mein Gesicht berührt hatte, als wir uns geküsst hatten. Kurz ekelte ich mich, dann wurde ich traurig.

»Danke, dass du so lieb zu mir bist«, sagte ich.

Er zündete sich eine Zigarette an und blickte in den Park. Den Köder fraß er nicht.

»Passiert das öfter?«, fragte ich.

»Ist schon mal vorgekommen. Nicht andauernd. Sie nimmt lauter Medikamente. Manchmal ist das alles etwas viel.«

»Verstehe. Glaubst du, Vivian betrügt sie?«

»Nein«, sagte er laut in Ariels Ohr. Aber als er mich ansah, zuckte er die Achseln.

»Was für ein Scheiß.«

Wir sahen sie an, sahen einander an, dann auf den Park vor uns. Ich hob die Füße, als ich die Ratten hörte. Keiner von uns wollte sich damit befassen. Aber dank Will war ich mehr als einmal sicher nach Hause gekommen. Wir alle verdankten Will einiges. Im Grunde passte er ständig auf uns auf.

»Ich nehm sie mit. Meine Wohnung ist näher an ihrer, da kann sie morgen früh nach Hause laufen.«

»Wohnst du nicht im fünften Stock oder so?«

»Sie wird laufen müssen.« Ich tippte sie an. Sie bewegte sich nicht. »Du wirst laufen müssen, Ari.«

Wind kam auf, ich hörte, wie die Bäume sich neigten und ächzten.

»Das habe ich so lange nicht gehört«, sagte ich leise und sah auf. »Sie sprechen wie echte Bäume.«

Ariel lief, aber die Augen hielt sie geschlossen. Wir gingen eingehakt, ich führte sie. Dann tauchte auf der westlichen Seite des Union Square ein Taxi auf. Es war Richtung Süden unterwegs, ein Fanal der Hoffnung. Der Fahrer sah uns und rollte sein Fenster herunter.

»Keine Kotzerei«, sagte er. Er hatte ein schlaffes, aschefarbenes Gesicht, es wirkte, als habe er gerade noch geschlafen. Ich versuchte, die Tür zu öffnen, aber sie war verriegelt.

»Komm schon, ihr geht es gut.«

Er begutachtete sie, und sie sagte: »Fick dich.«

»Siehst du, ihr geht es gut«, sagte ich. »Bitte, ich hab Bares. Dickes Trinkgeld, versprochen. Bitte!«

Ariel rutschte durch und nahm gleich zwei Plätze in Anspruch. Sobald wir es uns bequem gemacht hatten, fiel ihr Kopf auf meine Schulter. Ich hielt ihre Hand und küsste sie.

Die beleuchteten Schaufenster ließen SoHo zur Mondlandschaft werden, kein menschliches Leben weit und breit. Ich sah die Blöcke an mir vorbeiziehen und fragte mich: Wer lebt hier eigentlich?

Als wir auf die Delancey fuhren, fiel Ariels Kopf auf meine Brust. Ich hob ihn an, und sie küsste mich. Sie war so weich, ihr Kuss fühlte sich an, als würde ich versuchen, auf einem moosbewachsenen Stein mitten in einem Fluss zu stehen. Unsere Lippen glitten übereinander hinweg, ohne Halt zu finden. Ihre Haare schwebten, als wären wir unter Wasser. Nach einer Minute wurde ich mir darüber bewusst, dass wir uns küssten, und versuchte, ihren Kuss zu erwidern. Ich machte mit, ich fragte mich, ob es mir gefiel. Aber in den ersten Sekunden des Kusses hatte ich nichts als ihren Mund wahrgenommen.

Jetzt gelang es mir nicht mehr, mich darin zu verlieren. Ich ließ es geschehen. Da gab es kein Forschen und Drängen, bloß feine Schneidezähne und eine federweiche Zunge, die so unglaublich nachgiebig war. Ich senkte mein Gesicht und bat den Fahrer, die erste Ausfahrt zu nehmen. Seine Augen fixierten uns im Rückspiegel.

»Du hast wunderschöne Lippen«, sagte ich und zupfte einige Strähnen ihres Haares aus meinem Mund. Sie hielt die Augen geschlossen.

»Deine sind auch Wahnsinn.«

Der Fahrer nahm die Kurve zu schnell, und ihr Kopf schlug gegen das Fenster. Den Rest der Fahrt stöhnte sie. Auf der Treppe war ich geduldig mit ihr. Es gelang mir nicht, sie zum Zähneputzen zu überreden. Sie schlief und nahm dabei das gesamte Bett in Anspruch, noch bevor ich selbst meine Zähne zu Ende geputzt hatte. Ihre schwarzen Haare verteilten sich wie Spinnenbeine auf meinem Kissen. *Wer lebt hier eigentlich?*

II

Im Schlaf hörte ich den Regen, hörte die vorbeifahrenden Autos, wie Scheren, die Papier schneiden. Es war mein freier Tag. Außer Atem erwachte ich, meine Lunge wund von der Heizungsluft. Irgendjemand hörte bei geöffnetem Fenster Édith Piaf. Die Musik waberte durch den Regen, den klaustrophobischen Himmel entlang, dann brach sie durch mein geöffnetes Fenster und traf mich mitten in die Brust, genau so, wie die gute alte Édith es sich gedacht hatte. Ein anderes Leben konnte ich mir nicht vorstellen.

Heute arbeiteten sie beide. Ihre erste Schicht, seit sie wieder da waren. Er sollte gegen drei Uhr nachmittags anfangen, allerdings ging ich davon aus, dass er eher um halb vier aufschlagen würde. Mir fiel kein guter Grund ein, zur Arbeit zu gehen, aber zum ersten Mal seit Wochen war ich ganz ruhig. Die kaputten Nächte ihrer Abwesenheit lagen nun entschieden hinter mir.

Ich masturbierte. Dabei stellte ich mir vor, wie er auf mir lag, mir den Atem nahm. Jedes Mal, wenn ich kurz davor war, zu kommen, packte er mein Gesicht und sagte: Sei aufmerksam. Wenn mein Körper sich dann anfühlte wie ein Sandsack, schlief ich wieder ein.

Als ich endlich aufstand, schlossen die meisten Geschäfte gerade. Ich rannte die Bedford Avenue runter zum Vintage-Laden, das Pflaster unter meinen Füßen war glatt. Ich kaufte die erste, die ich anprobierte – das Mädchen hatte mich perfekt eingeschätzt. Eine schwarze Motorradjacke, so gut wie neu. Als ich mich darin sah, dachte ich: Mit der wäre ich gern befreundet. Ich zog den Reißverschluss bis zum Hals, als der Wind vom Fluss heraufkam und in die Zweige griff. Und als ich so die Straße runterlief – ich schwöre es –, da sahen mich die Leute bereits anders an.

WER HÄTTE GEDACHT, dass der Winter Gemüse bringen würde. Niemand außer Chef. Kein Spargel aus Peru, keine Avocados aus Mexiko, keine Auberginen aus Asien. Was ich für die Saison der Wurzelgemüse und Zwiebeln gehalten hatte, war in Wahrheit die Zeit des Chicorée. Chef hatte seine geheimen Quellen, und morgens kam Scott mit unbeschrifteten braunen Papiertüten oder Kisten ins Restaurant.

Er erklärte mir, dass der Chicorée sich erst mit dem ersten Frost voll entfalten werde. Eigentlich war er bitter, erst der Frost verlieh ihm etwas Süße. Ich kam kaum hinterher. Der gelockte Wust des Frisée schien nicht der gleichen Gattung anzugehören wie die edelsteinartige Radicchio-Kugel oder auch die weißlichen Läppchen der Endivie. Was sie gemeinsam hatten, war der Biss – sie bissen zurück. Scott sah das genauso. Er sagte, wir müssten ihnen ordentlich zusetzen. Eier, Anchovis, Sahne und ein Hauch Zitrus.

»Den Franzosen darfst du kein Gemüse anvertrauen«, sagte Scott. »Aber die Italiener wissen, wie man die Dinge atmen lässt.« Ich half ihm, den Frisée zu waschen, bis meine Hände steif wurden vor Kälte. Scott ließ mich auf der Salatschleuder sitzen, während das Gerät, fast genauso groß wie ich, unter mir schleuderte. Ich war mir ziemlich sicher, dass wir rumgemacht hatten, aber er schien an einer Wiederholung nicht interessiert zu sein. Kurz meldete sich mein Stolz, doch eigentlich war ich erleichtert, mit einem Mann befreundet sein zu können. Ich wusste, dass er mit einer Barfrau aus Williamsburg ausging, dass er sich gerade von einer Hostess getrennt hatte und zurzeit auf eine asiatische Patissière stand.

»Was ist das hier für einer?«

»Der Beste.« Erst schälte er die äußeren Blätter ab, die dunkelgrün und ein wenig ramponiert waren, dann gab er mir eines von den innenliegenden. Ich benutzte es als Schippchen für die Tapenade.

»Glatte Endivie«, sagte er.

»Und was ist mit den äußeren Blättern?«

»Suppe. Warts ab.«

Ihr abwesender, besorgter Gesichtsausdruck, als sie die Kellnerutensilien hinter der Bar inspizierte. Diese roten Lippen. Sie schien erstaunt, mich beim Teamessen zu sehen. Ich umarmte sie.

Ich hab dich vermisst, wollte ich sagen. Stattdessen sagte ich: »Hi.«

»Hallo, Kleine.« Reserviert, aber auch irgendwie erfreut. Ich spürte, dass sie mich ebenfalls vermisst hatte. »Hast du die Stellung gehalten, während ich weg war?«

»Ach, Simone, es war schlimm. Überall Fruchtfliegen, und Zoe wollte nicht auf mich hören. Alle haben sich schrecklich betrunken.«

»Braunes Essen, Winteressen, Bauernessen«, sagte sie, während sie die Suppe betrachtete. Sie nahm nur eine Schale – er würde nicht kommen. Ich beobachtete sie, als wüsste sie mehr als der Schichtplan. »Eine Suppe aus den bitteren Resten und Stückchen. Das alles zusammen schmeckt besser als jede einzelne Zutat für sich.«

»Ja, ja, glaube ich dir«, sagte ich. Weiße Bohnen, glatte Endivien, Hühnerbrühe, so lange abgeschöpft, bis sie regelrecht samten war. Darin Würstchen. Ich nahm eine zweite, dann eine dritte Portion.

ABFLÜSSE BEGANNEN Panik in mir auszulösen. Ich sah schnell weg, wenn ich sie an der Abwaschstation vor mir hatte, ich sah nicht einmal in meinem eigenen Bad nach unten, wollte selbst die Rohre nicht sehen. Mir war, als würde ich jeden Moment einen Riss darin entdecken, einen Luftschlitz, durch den alles aus der Unterwelt an die Oberfläche kriechen, sich fortpflanzen und gedeihen würde.

ES WAR NICHT EINFACH, Ariel außerhalb der Arbeit zu erwischen. Sie schien über ein großes Netzwerk zu verfügen, das sich über die ganze Stadt spannte. Wahrscheinlich, weil sie mal an der NYU studiert und die Stadt nie verlassen hatte. Oft fragte ich sie, wie es gewesen war, in der Stadt zu studieren, denn immer wenn ich mir das ausmalte, fragte ich mich: Aber wo zieht man denn dann hin, wenn die Uni vorbei ist?

Als sie erwähnte, dass ich sie ja irgendwann mal zu einem Konzert begleiten könne, machte ich mir keine allzu großen Hoffnungen. Auch als sie sagte: »Willst du diesen Donnerstag mit zu einem Konzert?«, versuchte ich meine Aufregung zu zügeln.

Dann aber fand ich mich in einem ehemaligen Bürogebäude auf der West Side unterhalb der Vierzehnten wieder. Angesichts der öden, grauen Fassade bereitete ich mich auf eine Enttäuschung vor. Grünes und rotes Licht ergoss sich auf Ariel und mich, als wir in einen Keller hinunterstiegen. Die Trommeln klangen wie Rohrstöcke, Echos und Doppelklänge trafen auf die Wände.

Ein grauhaariger Typ mittleren Alters lief auf der Bühne auf und ab. Er wirkte abgerissen, zog immer wieder Lines von einer alten Schallplatte, die ihm eine kleine Elfe wie ein Serviertablett entgegenhielt. Wenn ich elektronische Musik hörte, dachte ich normalerweise an jemanden, der sich in einem Raum voller Computer verschanzte – nicht an Musiker. Aber hier war ich direkt dabei. Es gab Instrumente, eine Band, die einen Sog entwickelte, der die Musiker und die Zuschauer gleichermaßen erfasste. Ihr Song war eine regelrechte Flutwelle.

Es war nicht das New York der Siebzigerjahre. Nicht die Dekadenz des Disco-Zeitalters, keine Drag Queens, niemand war nackt oder besonders androgyn. Und doch wurde ich mir plötzlich darüber bewusst, dass ich wichtig war, mitten im Jetzt, ein Teil des Jetzt, genau hier in diesem Keller, der so wenig Glamour hatte. Hier waren Kids mit banalen Gesichtern und übergroßen Brillen, Mädchen in derben Fellwesten und Stiefeln. Sie waren launisch, apathisch, unaufmerksam, und die kommenden zehn Minuten lagen ihnen weit mehr am Herzen als die nächsten zehn Jahre. Sie – nein, wir – wollten auf einer Messerklinge tanzen, zu Musik, deren ironische Texte sich bloß versehentlich ins Aufrichtige verirrten. Versehentlich, aber doch immer mal wieder. Alle waren halbnackt im grünlichen Licht, man scherte sich nicht darum, wie man aussah, während man pogte.

Ariel trug unter ihrem Pulli ein winziges, abgeschnittenes Hemdchen, das ihre blassen Rippen betonte. Darauf stand *Disco for Assholes*, und ich fragte mich, ob ich so etwas tragen könnte. Sie war wie Konfetti, überall im Raum. Immer wieder kamen Leute zu ihr, küssten sie und schrien. Ein mageres, anämisch wirkendes Mädchen küsste sie auf die Lippen. Ariel biss sie und fauchte. Sie lächelte mir zu, und ich rief: »So hast du mich aber nicht geküsst.«

»Weil du noch klein bist, Kleine!« Sie wirbelte herum. »Wahnsinn?«

»Wahnsinn!«, rief ich zurück. Selbstironische, sentimentale, sarkastische Musik, mir war, als würde ich ein Korsett abstreifen. Ich würde die ganze Nacht lang tanzen.

Die Menge überschattete meinen sechsten Sinn. Ich hatte Jake nicht kommen gespürt, er tauchte plötzlich auf, direkt neben mir. Er war derjenige, in dessen Arme Ariel gesprungen war. Der, der ihren Hals unter den ganzen Haaren freilegte, während sie miteinander sprachen. Ihre Nähe war überraschend, aber nicht so überraschend wie sein Auftauchen. Jake in der echten Welt. Eigentlich hätte er an das Restaurant gefesselt sein müssen, denn da stellte ich ihn mir vor, wenn ich nicht bei der Arbeit war. Ariel formte ihre Hände zu einem Trichter und sprach in sein Ohr. Die Augen auf mich gerichtet, nickte er. Ich hörte auf zu tanzen. Sie nahm seine Hand und zog ihn mit sich, doch er winkte mir noch. Eine winzige, herablassende Geste, nur ein paar Finger. Er war zurück.

Und ich wusste, dass er nicht gehen würde. Nicht wie an den anderen Abenden im Restaurant oder in der Park Bar, an denen die Nacht ihn absorbierte, sobald ich mich umdrehte. Nein.

Ungeplant und unmittelbar, an einem ganz normalen Donnerstagabend, ohne eine vor oder hinter mir liegende Schicht. Jake und ich waren am selben Ort. Ein cooler Ort, wo coole Leute hingingen. Der Druck ließ nach, ich begann, wieder zu tanzen, wandte mich schreiend zur Band, denn das hier war *mein* Song. Ich hatte den Ursprung der adrenalingeladenen, fatalen Energie dieser Stadt gefunden. Ich selbst war es.

»Du schwitzt ganz schön«, sagte er, als ich zur Bar kam. Und: »Eine ziemlich abgedrehte Tänzerin bist du.«

»Bin ich«, sagte ich tonlos. Was ich eigentlich hatte sagen wollen, war: Bin ich?

»Stehst du auf die?«, fragte er. Er zeigte auf die Band. Ich nickte und zuckte die Achseln – eine subtile Geste, die entweder besagte, die sind total überschätzt, oder, sie sind Götter. Es hing viel davon ab, was Jake von ihnen hielt.

»Was machst du hier?«, fragte ich dann.

Er antwortete mit dem gleichen nichtssagenden Achselzucken und Nicken. So, als wolle er sagen: Ich bin mal hier, mal da. Und ich wollte fragen: Wo?

»Hast du heute gearbeitet?« Banal. Mir fiel nichts anderes

ein. Ein neuer Song begann, ich wandte mich wieder der Bühne zu.

»Lass uns gehen.«

»Was?«

»Lass uns gehen. Komm schon. Wenn du so weitertanzt, verletzt du entweder dich selbst oder jemand anderen.«

»Lass uns gehen?« Ich hielt die Hand ans Ohr. Alles, was ich hörte, war, dass er mich beim Tanzen beobachtet hatte.

»Ari ist versorgt, ihre Leute sind jetzt da.«

»Ihre Leute?«, rief ich. Er schüttelte den Kopf, als wäre ich eine totale Idiotin. Und das war ich. Eine taube Wackelfigur, die versuchte, ihn zu verstehen und einen Blick auf das Tattoo auf seinem Schlüsselbein zu erhaschen. Er hatte seine Brille auf den Kopf gesteckt, die Haare darunter zurückgeschoben, ein Wissenschaftler direkt aus dem Labor. Er packte mich im Nacken und drängte mich zum Ausgang.

Draußen prasselte der Regen. Durchsichtiger, spitzer Regen, der mir in die Wangen biss, sich auf meinen Handgelenken sammelte und im Licht glitzerte wie Quarz. Unser Atem, kalte Wolken.

»Hast du keinen Schirm?«

»An Schirme glaube ich nicht«, sagte er. Er ging zu seinem Fahrrad, das er an einen Baum geschlossen hatte. Über dem Sattel lag eine Plastiktüte.

»Aber an Regenschutz für deinen Sattel glaubst du, ja?« Fast hätte ich ihn gehabt, fast hätte er gelacht. »Ich wusste nicht, dass man sich aussuchen kann, ob man an Schirme glaubt oder nicht.«

»Jede Überzeugung ist eine Entscheidung«, sagte er. Er schob sein Rad, ich ging nebenher.

»Sehr tiefsinnig, Jake.« Ich legte viel Sarkasmus in meine Stimme, aber im Grunde genommen dachte ich: Du bist romantisch.

Regentropfen hockten auf seinen Augenbrauen, den Gläsern seiner Brille, auf seinen Ohren. Plötzlich war ich sehr nüchtern und ängstlich.

»Gehen wir in die Park Bar?«

»Ist das die einzige Bar, in der du bisher gewesen bist?«

»Äh, nein.« Ja, so ziemlich.

»Ich führ dich zum Essen aus.« Er führt mich zum Essen aus. Ich sah auf meine Füße, bis ich vor Lachen nicht mehr konnte. Ich legte die Hand auf den Mund.

»Das tue ich«, sagte er. »Warum lachst du?«

»Du führst mich zum Essen aus?«

»Bist du ein Scheißpapagei? Wiederhol nicht ständig, was ich sage.«

Aber es gelang ihm nicht, den Satz ernsthaft zu Ende zu bringen. Er lachte. »Jake, ich gehe wiiiiirklich gern mit dir essen.« Gesenkte Köpfe, überall Regen. Wir krümmten uns vor Lachen. Es war eigentlich nicht lustig, aber es dauerte eine Weile, bis es nicht mehr lustig klang. Als es vorbei war, sahen wir einander nicht an, ich blickte durch die Fenster der Wohnungen im Erdgeschoss, ich stieß gegen das Fahrrad.

Ich fragte mich, ob wir ins Restaurant gehen würden. Alle Kellner bekamen Gutscheine, ein monatliches Extra, das man ausgeben oder sammeln konnte. Auch ich würde einen bekommen, sobald ich sechs Monate da war. Es fühlte sich irgendwie verkehrt an, Mitarbeiter an der Bar sitzen zu sehen. Sie verhielten sich wie Könige, bestellten alles auf der Karte, saßen bei den Stammgästen und teilten ihren Burgunder. Mir machte die Vorstellung Angst, von der anderen Seite aus zuzuschauen. Zu sehen, wie die Bons sich an der Bar anhäuften, zu wissen, dass Chef wegen meiner Vorspeise gerade irgendjemanden zusammenfaltete, Howard oder gar Simone dabei zuzusehen, wie sie meine Bestellung mit dem Kellner besprachen. Und das alles, während ich mit vollem Mund trank oder sprach.

Aber wäre das nicht auch etwas, wenn Jake mir die Tür öffnen würde? Die Augen der Empfangsfrau würden blitzen, sobald sie ihn sah, dann auf mir ruhen bleiben. Wie wäre das? Ihre Enttäuschung wäre so befriedigend. Ich würde Jake bestellen lassen. Austern würden auf dem Tisch landen, Nicky würde Negronis bringen. Dann der Endiviensalat mit Anchovis, von dem sie alle sprachen. Chef würde uns wahrscheinlich die Foie-gras-Pastete schicken – die, zu der er die kandierten Kumquats servierte. Simone würde wollen, dass wir dazu Sauternes tranken, den besten Tischen brachte sie eigentlich immer ein halbes Glas davon. Ein Hilfskellner würde jedes Mal, wenn ich aufstand, meine Serviette neu falten, und Jake würde phantastisch aussehen. Ungekämmt und ohne seine Uniform gäbe er glatt einen reichen, missratenen Sohn ab und ich wäre –

»Mit mir und den schlechten Imbissen ist das so eine Sache …«, sagte er. Er blieb vor einem Laden mit dünnen Scheiben und kitschiger Leuchtschrift stehen. Irgendwo auf der Sechsten Straße. Er öffnete die Tür. »Ich liebe sie einfach.«

Ein leuchtend gelber Halbmond drehte sich über unseren Köpfen, aber das Schild war so knallig, dass ich den Namen nicht entziffern konnte. Es waren noch andere Menschen im Raum, ein unauffälliger Mann im Trenchcoat an der Bar, ein älteres Pärchen in einer Sitzecke. Jake nahm mich mit zur Bar. Er sprang auf einen der Hocker, während ich versuchte, mein Haar zu bändigen. Er zog seine durchnässte, grüne Militärjacke aus. Seine Ärmel waren kurz, sodass ich seine Tattoos sehen konnte. Da war der Schlüssel auf der Innenseite seines Bizeps, der, wie ich erst jetzt erkannte, ziemlich vernarbt war. Dann war da der untere Teil eines Büffels, der Rest, so nahm ich an, bedeckte seine Schulter. Auf der Rückseite seines rechten Arms erkannte ich Schwanzflossen, wahrscheinlich eine Meerjungfrau.

»Das da sieht nicht aus wie die anderen«, sagte ich und zeigte auf den Schlüssel.

»Ja, das löst sich zum Teil schon auf.« Er zog den Ärmel herunter.

»Der Schlüssel zu deinem Herzen?«, fragte ich spielerisch. Dumm.

»Klar, Prinzessin«, sagte er. Er überflog die Getränkekarte, und ich war still. Rechts von uns saß ein Pärchen, kaum älter als ich. Sie hatte langes, glattgeföhntes, platinblondes Haar mit dunklen Ansätzen, dazu trug sie ein Krönchen aus künstlichen Blumen. Der Typ hatte überall Haare, man konnte sein Gesicht kaum erkennen. Ein Bart, lange Haare, die unter einer Wollmütze hervorlugten, dazu ein schwarz-rotes Flanellhemd. Irgendwie kamen sie mir bekannt vor, wahrscheinlich wohnten sie in meinem Viertel.

»Ich glaube, die waren eben bei dem Konzert«, sagte ich.

Jake wirkte gequält. »Die sind überall.«

»Sagt der Typ mit den American-Spirit-Zigaretten und dem Fahrrad.«

Ein knappes Lächeln. »Hat da jemand gelernt, was ein Hipster ist? Sehr gut, Neue.«

Ich wusste, dass Hipster in Williamsburg lebten und dass diese Bezeichnung abwertend war. Außerdem wusste ich, dass ich selbst nie dazuzählen würde. Selbst in meiner Lederjacke nicht. Mich bewegten einfach die falschen Dinge. Die Kellnerin warf uns zwei riesige Speisekarten zu, dann ging sie weg.

»Keine Tagesgerichte?«

Jake studierte die Karte. Als sie zurückkam, bestellte er schwarzen Kaffee und Coors Light für uns beide.

»Steak und Eier«, sagte er. Er wartete. Ich hatte noch nicht einmal in die Karte geschaut.

»Was ist lecker?«, fragte ich sie.

»Nichts«, sagte sie und lächelte. Sie war Mitte, Ende fünfzig, weich, und hatte sich mit schwarzem Lidstrich ägyptische Katzenaugen auf die Falten gemalt.

»Ein Clubsandwich mit Pute«, sagte ich. »Ist das eine gute Wahl?«

Sie nahm unsere Speisekarten. Jake sah mich nicht an, glaubte er plötzlich, einen Fehler gemacht zu haben? Ich befahl mir, mich normal zu verhalten, ungezwungen, zwei Freunde in einem Imbiss. Völlig unkompliziert.

»Die war ja enthusiastisch. Wie war es zu Hause?«, fragte ich, ohne ihm in die Augen zu sehen.

»Zu Hause?«

»Na, Thanksgiving?«

»Grausam, wie immer. Die Selbstmordrate ist da im Winter nicht ohne Grund so hoch.«

»Aber du konntest deine Familie sehen.«

»Ich habe keine Familie. Ich gehe mit zu Simone.«

Ich hatte zig Fragen: Was heißt das? Was ist mit deiner Familie passiert? Wie ist Simones Familie? Warum bist du nicht hiergeblieben? Endlich sagte ich: »Ich habe auch keine Familie.«

»Soll ich dir das glauben? Eine kleine Jane Eyre, ganz allein auf der Welt?«

»Ich dachte, du flirtest nicht mit Mädels, die lesen.«

Er hustete, dann sagte er: »Tue ich auch nicht.«

Vor einem Monat hatte ich Jake ein Steak mit Foie gras darauf essen sehen. Hinter seinem Rücken machten die Köche sich über ihn lustig, weil er so dünn war. Als eine Art Mutprobe ließen sie ihn ekelhaft dekadente Sachen essen. Bei der Arbeit aß er eigentlich ständig, aber ich glaubte an seinen Geschmack. Wegen Simone. Erst jetzt, als ich ihn dabei beobachtete, wie er um Mitternacht ein verkohltes Steak mit Eiern herunterschlang, wurde mir klar, dass er schlicht ein Tier war, das ständig Hunger hatte. Er war ein Meister der Gleichgültigkeit, Simone eine Meisterin der Aufmerksamkeit.

»Also«, sagte ich und drückte das pappige Sandwich auf den Teller, »wann bist du hierhergezogen?«

»Vor sieben oder acht Jahren? Ich weiß nicht. Ich kann mich nicht erinnern.«

»Und du warst die ganze Zeit im Restaurant?«

»Ungefähr fünf Jahre zu viel.«

»Es gefällt dir nicht?«

»Solche Orte haben ein Verfallsdatum.«

»Aber keiner geht.«

Traurig schüttelte er den Kopf. »Keiner geht.«

Er schob den Kaffee in meine Richtung und ich nippte daran – er war schwach und wässerig.

»Zimt – nicht wahr, Nancy?«, sagte er zur Kellnerin. Sie ignorierte ihn. »Sie tun Zimt in ihren Kaffee.«

»Ich glaube nicht, dass sie Nancy heißt.« Ich schob den Kaffee von mir.

»Und schon ein Snob, ja? Das ging schnell.«

»Nein.« Ich nahm das Weißbrot vom Sandwich, tunkte es in die Mayonnaise und zerkrümelte den Speck zwischen meinen Fingern. Ungenießbar, aber wahrscheinlich hätte ich es eh nicht angerührt. Wie oft hatte ich mir das hier vorgestellt, doch jetzt, wo es geschah, fand ich einfach keinen Platz für mich in dieser Szene. Ich schaute zu Blumenkrönchen und Holzfäller, sie wollten gerade los. Ich versuchte, uns mit ihren Augen zu sehen, versuchte, uns als Pärchen zu sehen. Ein Pärchen, das immer auf genau diesen Hockern saß und aß. Ich setzte uns in ein Bild von Edward Hopper.

»Also«, sagte ich. Seine Augen ruhten auf seinem Teller, der immer leerer wurde. »In welchem Viertel wohnst du? Gefällt es dir?«

»Ist das ein Vorstellungsgespräch?«

»Äh, ich wollte nicht –«

»Nee, ist schon okay. Lass mich bloß kurz meinen Anzug

anziehen, wenn du Vorstellungsgespräch spielen willst.« Er schob die Haare hinter die Ohren und räusperte sich. »Der Augenblick in meinem Leben, der meine Knastfreundlichkeit – äh, ich meine, meine Gastfreundlichkeit – am besten zum Ausdruck bringt, ist wohl der, in dem ich die betrunkene, alte Neely getragen habe –«

»Okay, ich verstehe. Du willst mir nicht sagen, wo du wohnst.« Er wandte sich wieder seinem Teller zu. »Du hast Mrs Neely getragen?«

»Oft, sehr oft. Sie ist leicht wie eine Feder.« Er aß seinen Teller bis auf den letzten Krümel leer, dann schob er ihn von sich. Er rülpste und sah mich an. Endlich. »Chinatown.«

»Das ist cool. Ich hab gehört, dass es da unten wirklich cool ist.«

»Cool?«

»Ich weiß nicht. Ist das nicht das richtige Wort? Ist das etwas, was ein Hipster sagen würde?«

»Nein, cool ist schon okay«, sagte er. »Ja, es ist ein cooler Ort. Vor sieben Jahren war es noch um einiges *cooler* und so richtig cool war es wohl vor zehn Jahren, bevor ich überhaupt hergekommen bin. Die Kids da drüben« – er zeigte auf die leere Sitzecke –, »die verstehen nicht, dass cool immer nur in der Vergangenheit lebendig ist. Die Leute, die das gelebt, die jene Standards etabliert haben, die diese Typen jetzt nachzuahmen versuchen, die kannten kein Cool. Für sie war es einfach die Gegenwart: Rechnungen, Freundschaften, wüster Sex, verfluchte Langeweile, eine Million banaler Entscheidungen darüber, wie man seine Zeit verbringen möchte. Selbsterkenntnis zerstört das. In dem Moment, in dem du etwas als cool bezeichnest, drückst du einen Stempel drauf. Und dann – puff – ist es verschwunden. Nichts als Nostalgie.«

»Verstehe«, sagte ich. Obwohl ich mir nicht sicher war, ob ich das wirklich tat.

»Um noch einmal auf unsere zwei Anschauungsobjekte zurückzukommen – die machen einen auf Aussteiger. Sie wollen ›La Vie Bohème‹ leben, wollen in den Imbissen der Arbeiter essen, Radfahren wie ein Affe auf dem Schleifstein, ihre Klamotten zerreißen und über Anarchie diskutieren. Und bei J.Crew einkaufen. Sie laden gern Leute zum Abendessen ein, servieren freilaufende Bio-Hühner, lieben Südostasien und ihre Scheißurlaube da. Und arbeiten tun sie bei American Express. Die kommen hierher und können nicht mal ihre Teller leeressen.«

Ich nahm einen weiteren, bleischweren Happen. »Du meinst, man kann nicht all diese Dinge auf einmal haben?«

»Süße, jede ästhetische Entscheidung geht immer mit einer ethischen einher. Darum sind sie Heuchler.«

Ich würgte das Sandwich herunter.

»Mach dir keine Gedanken, du bist nicht wie sie.«

»Ich weiß.« Es klang, als wolle ich mich verteidigen.

»Keiner von uns ist wie sie. Selbst wenn du in irgendeinem elitären Golfclub aufgewachsen wärst – was ganz sicher der Fall ist, wenn du mich fragst –, du hast Mami und Papi hinter dir gelassen und rackerst dich jetzt genauso ab wie wir anderen.«

»Du denkst, ich sei in einem Golfclub aufgewachsen?«

»Ich weiß es.«

Er laugte mich aus. »Du kennst mich nicht.«

»Möglich. Und du, du kennst mich auch nicht. Keiner von uns beiden weiß irgendetwas über den anderen.«

»Nun, ich halte das nicht für sinnvoll. Manchmal gehen Leute … ich weiß nicht … sie gehen gemeinsam was essen oder Kaffee trinken oder sonst was … und dabei lernen sie sich kennen.«

»Und dann passiert was genau? Leben sie dann glücklich und zufrieden bis ans Ende ihrer Tage?«

»Keine Ahnung, Jake. Ich würd's gern mal herausfinden.«

Mein Kopf schmerzte, ich stützte mich mit dem Ellenbogen ab, legte den Kopf in die Hand und nahm einen großen Schluck schales Bier.

»Betrink dich nicht.«

»Wie bitte?«

»Du lässt dich gehen, wenn du trinkst.«

Das genügte. Ich setzte die Flasche an und ließ das ekelhafte Bier in einem Zug meine Kehle hinunterlaufen. Es rann aus meinen Mundwinkeln und über meinen Hals. Als ich fertig war, sagte ich: »Gute Nacht und fick dich.«

»Hey, Kratzbürste, gib mir noch einen Augenblick.«

Selbst in dieser holprigen Inszenierung eines Dates hätte ein normaler Mann jetzt seine Hand auf meine gelegt und sich entschuldigt. Er hätte sich gerade verletzlich genug gezeigt, um mich zum Bleiben zu bewegen. Dann hätte er weitergemacht. Aber Jake aus Chinatown, Jake, der die fettigen Imbisse liebte, Jake mit den wilden Haaren in einer Stadt ohne Schirme – er schob seine Hand unter mein Hemd, legte sie direkt auf meine Rippen und schubste mich zurück auf den Hocker. Trotz seiner eiskalten Finger fühlte ich mich gebrandmarkt, als er seine Hand wieder wegnahm.

»Aber du leuchtest auch, wenn du trinkst.«

Ich atmete aus. »Welch ein Trost.«

»Es ist die Wahrheit. Du verträgst was.«

»Na, wenigstens etwas.«

Meine Tasche lag in meinem Schoß, aber als die Kellnerin zurückkam, bestellte ich ein weiteres Bier. Meine Rippen, mein Leben, mein Güterzug.

»Du liest zu viel Henry Miller«, sagte ich zu ihm. »Darum glaubst du, Frauen so behandeln zu können.«

»Du hast dich um ein Jahrzehnt vertan, aber ja, früher habe ich tatsächlich zu viel Henry Miller gelesen.«

»Und welchen Autor liest du jetzt zu viel?«

»Ich lese nicht mehr.«

»Im Ernst?«

»Man könnte es als eine Art Glaubenskrise bezeichnen. Seit zwei Jahren habe ich kein Buch mehr gelesen. Nicht mal eine Zeitung.«

»Hast du deshalb deine Promotion hingeschmissen?«

»Wer hat dir das erzählt?«

»Weiß nicht. Simone?«

»Nein, Simone war es nicht.«

»Doch.« Das hatte sie zwar nicht, aber plötzlich war er hellwach, und ich wusste, dass es stimmte.

»Aber du bist ja auch eher der Anaïs-Nin-Typ, nicht wahr?«

»Nicht wirklich.« Das war ich, oder ich war es einmal gewesen oder ich würde es immer sein.

»Wir zwei sind schon ein unvollkommenes Pärchen.« Er lächelte sanft.

»Du hast mich vermisst«, sagte ich und mochte es nicht ganz glauben. Doch ich wusste, dass es stimmte.

»Du willst, dass ich dir sage, dass ich dich vermisst habe?«

»Nein, eigentlich will ich bloß, dass du nett zu mir bist.«

»Ich bin gemein zu dir, weil du jung bist und ein bisschen Disziplin vertragen könntest.«

»Das macht mich krank«, sagte ich. »Jung, jung, jung. Den ganzen Tag lang höre ich nichts anderes. Aber soll ich dir mal ein Geheimnis verraten?« Ich senkte meine Stimme und rückte näher an ihn heran. »Ihr habt alle eine Mordsangst vor jungen Leuten. Wir erinnern euch daran, wie es sich angefühlt hat, Ideale zu haben, Glauben, Freiheit. Wir erinnern euch an die Niederlagen, die ihr eingesteckt habt. Ihr seid zynisch geworden, taub, und ihr seid enttäuscht. Ihr habt das Leben verraten, das ihr euch mal gewünscht habt. Ich muss noch keine Kompromisse eingehen. Ich muss nichts tun, was ich nicht tun möchte. Deshalb hasst ihr mich.«

Er sah mich an, und ich wusste, dass er darüber nachdachte, mich zu maßregeln.

»Unterschätzen dich die Leute?«

»Keine Ahnung. Ich bin viel zu beschäftigt damit, keine Scheiße zu bauen.« Noch immer betrachtete er mich: meine Schultern, meine Brüste, auch meinen Schritt. Ich fühlte mich unter seinem abtastenden Blick wie gelähmt.

»Weißt du«, sagte er und beugte sich vor. Unsere Knie berührten sich. Ich konnte seine Poren erkennen, die winzigen schwarzen Punkte um seine Nase herum, und ich erinnerte mich daran, wie es sich anfühlte, seinem Gesicht so nah zu sein. »Ich kriege immer mehr das Gefühl, dass du sehr … stark bist. Ich hab das gespürt, als wir uns geküsst haben und auch, als du gerade eben geredet hast. Als gäbe es da eine elektrische Spannung, an der ich teilhaben könnte. Aber dann beobachte ich dich und sehe, dass du die meisten nüchternen Stunden deines Lebens damit verbringst, diese Spannung im Zaum zu halten. Vielleicht musst du tatsächlich noch keine Kompromisse eingehen, aber eines Tages wirst du dich zwischen deinem inneren Anspruch und deinem Äußeren entscheiden müssen. Tust du es nicht, wirst du immer und immer weniger die Wahl haben, bis da eines Tages gar nichts mehr ist, was du entscheiden kannst. Irgendwann hast du beschlossen, dass es sicherer ist, hübsch zu sein. Du sitzt auf dem Schoß von Männern, lässt dir idiotische Witze erzählen und kicherst. Du lässt dir den Rücken massieren, lässt dir Drogen und Drinks ausgeben, lässt die Jungs in der Küche spezielle Sachen für dich kochen. Begreifst du nicht, dass du, während du das tust, eigentlich die ganze Zeit …« Mit einer Hand packte er meine Kehle. Ich hörte auf zu atmen. »… am Ersticken bist?«

Ich hielt den Kopf still wie eine Vase, wie irgendetwas Zerbrechliches, das bereits einen Riss hatte, der sich immer weiter ausdehnte. Ich sagte: »Ich habe es auch gespürt. Als wir –«

Sein Telefon klingelte. Ich konnte mir im Moment kein aufdringlicheres Geräusch vorstellen. Selbst Jake wirkte genervt, aber er sah auf die Nummer, sprang von seinem Hocker und ging Richtung Toilette. Ich hielt noch immer vollkommen still.

Die Kellnerin kam, um die Teller abzuräumen. Sie stapelte sie auf die unordentlichste, willkürlichste Art und Weise. Selbst ich konnte das besser. Dann warf sie die Teller grob in die Wanne mit dem schmutzigen Geschirr. Es knackte, als die Teller aufschlugen, und es spritzte ein wenig, als das Besteck in den Saft am Wannenboden rutschte. Beim Reinkommen hatte sie mir leidgetan, aber jetzt wurde mir klar, dass wir den gleichen Job hatten.

»Debbie.« Er rief nach der Kellnerin. »Nancy? Sandra?« Er setzte sich nicht wieder hin. Er lehnte an der Theke, und ich wusste, dass unser Abend vorbei war. »Ich muss gehen«, sagte er. »Ich bin verabredet und schon zwanzig Minuten zu spät dran.«

Ich nickte gleichgültig, hörte aber heraus: an all diesen Abenden, an denen ich quasi darum gebettelt hatte, hatte ihn nicht irgendeine Regel davon abgehalten, mich mit nach Hause zu nehmen. Er war interessiert. Ihn hielt eher die Tatsache ab, dass ich nicht alles aus mir rausholte, mein Potential nicht verwirklichte.

»Das hier geht auf mich. Ein verspätetes Feiertagsessen. Ich hab gehört, dass du ein wildes Thanksgiving hattest. Schade, dass ich nicht dabei sein konnte.«

Er nahm ein paar Scheine aus seinem Portemonnaie. Er schickte eine SMS ab, während er von seinem Bier trank. Ich drehte mich auf meinem Hocker herum und beobachtete die Menschen draußen, die vor dem durchscheinenden Regen in Hauseingänge flohen.

»Ich bin anders«, sagte ich, und es war mir egal, wie einfältig das klang. Ich wusste, wie er mich sah – suchend, verloren. Ich konnte noch nicht sagen, inwiefern er da falsch- oder richtiglag. Aber was er nicht wusste, war, dass ich entkommen war. Dass ich mich selbst hierhergebracht hatte. Ich trank von seinem Bier. »Ich muss mich nicht zwischen Aussehen oder sonst irgendwas entscheiden. Ich werde alles haben. Hast du nicht selbst gesagt, dass das Ästhetische und das Ethische miteinander einhergehen?«

Ich stieß ihn mit dem Knie an. »Also gut, wo zur Hölle bin ich und wie komm ich nach Hause?«

III

Wusstest du, dass das Gedächtnis von Fischen nur vier Sekunden umfasst?«, fragte Terry. Ich tat so, als läse ich im Kerzenlicht eine alte Ausgabe des *New Yorker*. Meine Augen wanderten immer wieder über dieselbe Zeile eines Gedichts – *was wird sich Bahn brechen in dir, wenn dein Sturm kommt* –, aber in Wahrheit dachte ich an das Kokain in meiner Tasche, spürte sein angenehmes Gewicht. Der ganze Abend lag noch vor mir. Kurz dachte ich darüber nach zu gehen, bevor die anderen kamen, aber draußen war das reinste Matschwetter, und es gelang mir nicht, mir auszumalen, was dieser Abend wohl bringen mochte. Selbst die nächsten fünf Minuten lagen noch im Dunklen. Die Bar war leer, was bedeutete, dass Terry mit mir sprach.

»Was?«

»Daran muss ich immer denken, wenn ihr nach eurer Schicht hier reinkommt. Verstehst du?«

»Ja, Terry, das verstehe ich. Wir sind die Fische und das hier ist das beschissene Wasser.«

DAS HEUTIGE MODELL hatte Mrs Neelys Mutter gehört: ein weinroter, samtener Glockenhut mit goldenen Verzierungen, die sich schon fast gänzlich aufgelöst hatten. Er schmiegte sich an ihren winzigen Schädel. Seine Krempe war leicht hochgebogen, sodass sie mich mit einem Augenaufschlag bedenken konnte. Ihre Mutter, so erzählte sie uns, sei eine sagenumwobene Schönheit gewesen, die bei keinem künstlerischen Salon gefehlt, ja sogar einen eigenen Salon unterhalten hatte, zu dem auch W. E. B. DuBois und Langston Hughes gekommen waren. Sehr fortschrittlich. Sie hatte keine Zeit gehabt, selbst Kunst zu machen, sie hatte für ihre Kinder sorgen müssen. Also hatte sie geschneidert, nachdem ihr Mann gestorben war, aber sie hatte ein künstlerisches Gespür für das Leben besessen.

»Ich verstehe das einfach nicht«, sagte sie. Emphatisch nahm sie meine beiden Hände in ihre. »Früher verließ man das Haus niemals ohne einen Hut. Wir waren keine feinen Leute, meine Mutter machte Kleider aus Vorhängen, aber auf einen Hut zu verzichten – das wäre unschicklich gewesen. Mit diesen Kleidern hätte meine Mama dich so lange gehauen, bis du nicht mehr gewusst hättest, wo oben und unten ist.«

»Ich weiß«, sagte ich. Ich ermunterte sie stets, mich zu rügen, und sie teilte gern aus. »Die Mädchen heutzutage tragen Leggins. Als Hosen. Es ist peinlich.«

»Ja, wie die ihre Muschis spazieren tragen. In der ganzen Stadt.«

»Holla! Aber ja. Das tun sie wirklich.«

»Was ist mit den Normen? Wie soll ein Mann wissen, was er mit dir anfangen soll?« Sie schlug mir auf den Handrücken. »Du ziehst dich an wie ein Junge, versteckst deine Figur. Du haust noch immer die Jungs auf dem Spielplatz, damit sie dich ansehen.«

Ich nickte. Entlarvt.

»Weißt du, Stil ist nichts Albernes. Zu meiner Zeit war es ein Zeichen deiner Integrität. Ein Zeichen dafür, dass du wusstest, wer du bist.« Ich nickte, aber sie sah an mir vorbei. »Oh, da ist ja mein Prinz.«

Sasha schritt auf uns zu, als befände er sich auf dem Laufsteg. Mrs Neely applaudierte mit tränenden Augen.

»Neely, meine Liebe, Sie sind eine Augenweide, aber sagen Sie, warum sprechen Sie mit Gesindel wie das hier?«

»Herrschaftszeiten noch mal, gibst du mir jetzt einen Kuss?« Schüchtern bot sie ihm ihre Wange, und er küsste sie links und rechts.

»So haben sie es damals auch in Paris gemacht«, sagte sie.

»Wie ist das Lamm, meine Liebe?«

»Schrecklich, absolut schrecklich.« Sie wirkte aufgewühlt und bedeutete uns, näher zu treten. »Ich schwöre es euch. Es wird jedes Mal schlimmer.«

»Fabelhaft«, sagte Sasha und zeigte seine strahlenden Zähne.

»Sasha, würdest du diese schöne junge Frau einmal ausführen? Sie braucht einen echten Gentleman in ihrem Leben.«

»Ja, Sasha.« Ich wandte mich zu ihm. Vor ein paar Wochen war ihm ein Stück Pizza auf den Boden gefallen. Er hatte mir fünfzig Dollar angeboten – dafür, dass ich es aß. Und das hatte ich getan. Und er hatte mich bezahlt. Wie ein Gentleman. »Wann führst du mich aus?«

Wir krümmten uns beide, während wir versuchten, unser Lachen zu unterdrücken. Auch Mrs Neely lachte. Majestätisch saß sie auf ihrem Stuhl und lachte.

ICH WUSSTE, dass er da unten war. Eben gerade hatte er Nicky gesagt, dass er runtergehen würde, um eine Flasche Scotch zu suchen, obwohl ich ihm bereits vor einer Woche gesagt hatte, dass der Scotch aus war. Ich hatte sogar mit Howard gesprochen, der mir versichert hatte, dass der Scotch bereits beim Großhändler bestellt war. Jake interessierte das nicht. Ich fragte mich, ob er ihn suchte, weil er meiner Information nicht traute oder weil er dieses kleine Duell zwischen uns in die Länge ziehen wollte.

Als Simone also fragte, ob jemand den Opus 2002 für sie aus dem Keller holen könne, weil sie soeben für zwei Tische gleichzeitig gebucht worden sei, sagte ich: »Selbstverständlich.«

Ich richtete meinen Pferdeschwanz und rannte los. Er drehte sich nicht um, als ich hereinkam.

»Er ist nicht hier«, sagte ich, während ich zielgerichtet auf den Bereich mit den kalifornischen Rotweinen zusteuerte.

»Wer den Worten einer Frau vertraut, ist ein Narr.«

»Charmant.« Ich ließ den Blick über die Wand wandern, obwohl ich bereits wusste, wo der Opus stand. Ich wünschte mir, nichts zu wissen, wünschte mir, dass ich falschlag, was den Scotch anging, und dass wir den Rest der Schicht im Keller würden verbringen müssen, auf der Suche nach Flaschen, die es nicht gab.

Er grummelte. Ich nahm den Wein, ging zu ihm und blickte über seine Schulter hinweg auf das Durcheinander aus verirrten Flaschen, das ich schon tausendmal durchsucht hatte.

»Hey«, sagte ich. »Du blutest.«

Er hatte eine Wunde am Unterarm. Er blickte darauf, verwirrt. Instinktiv fasste ich seinen Arm, zog ihn an meinen Mund und leckte die Wunde. Metall auf meiner Zunge, Salz, ein Funke. Als mir klar wurde, was ich getan hatte, schob ich seinen Arm weg. Ich atmete aus, er atmete ein, seine Nasenflügel blähten sich. Mit meinen Augen sagte ich ihm: Du traust dich nicht. Ich spürte Tränen kommen. Der Boden verschwand, ich wurde flüssig.

»Entschuldigung«, sagte Simone von der Tür aus. Ich blinzelte in ihre Richtung und fragte mich, was ich da sah. »Was ist mit dem Opus?«

Ich sah auf meine Hand, brachte ihr die Flasche und erwartete irgendeinen sarkastischen Spruch. Tja, das hätte ich auch selber machen können – das hätte Heather gesagt. Ariel hätte gesagt: Was zum Teufel, Skip, du verdammte Fotze. Beides wäre angemessen gewesen. Simone sagte nichts. Sah uns nur an. Sie sagte nichts, und ich wusste, dass ich versagt hatte.

»WILLST DU ein Pfirsich-Leckerchen?« Stumm sah ich Heather an. Ich hatte komplett versagt, was bedeutete, dass es meine Schuld sein würde, wenn der Rest des Abends im Chaos mündete. Einige Tische waren zu lange belegt, die Gäste nippten zufrieden an ihrem Wasser, während die wartenden Gruppen mit den Füßen scharrten. Ungeduld und Anspannung formierten sich zu einer gereizten Wolke. Tische, die normalerweise zu den beliebtesten zählten, wurden abgelehnt. Zu nah an der Service-Nische, zu nah an den Toiletten, zu klein, zu weit ab vom Schuss, zu laut. Kellner nahmen falsche Bestellungen auf. Nervös standen sie vor der Küche, versuchten, ihre Beichte bei Chef so lange wie möglich hinauszuzögern, um dann umständliche Geschichten zu erfinden, die von ihrer Unschuld zeugten. Theatralisch donnerte Chef Essen in den Müll, bis Howard ihm Einhalt gebot und anfing, diese Fehlbestellungen einfach an die Gäste zu verschenken.

Tja, der Opus? Ich wollte ihm die Schuld geben, aber das ging nicht. Aus *irgendeinem* Grund hatte ich den 1995er und nicht den 2002er aus dem Regal gezogen. Aus *irgendeinem* Grund hatte Simone ihn präsentiert, geöffnet und verkosten lassen. Und aus *irgendeinem* Grund hatte Howard das während einem seiner Gänge durch den Gastraum bemerkt. Er sagte: »Ah, der ’95er, was für eine unglaubliche Flasche. Wie trinkt er sich heute Abend?«

Der untersetzte Mann am Tisch lachte dämonisch: »Besser als der 2002er, den ich bestellt hatte. Danke dafür.«

»Hast du gehört?«, fragte Ariel, während sie mit einem Stapel Teller an mir vorbeirauschte. Einen Augenblick später kam sie mit leeren Händen zurück und sagte: »Simone hat so richtig Scheiße gebaut.«

Ich sah sie und Howard in der Nische stehen. Seine Stimme war ruhig, keine Spur von der gewohnten Neugierde, nur scharf: »Unglaublich schwer zu bekommen … Riesenverlust … so kenne ich dich gar nicht.«

Nein, wollte ich sagen, so kennst du sie nicht, ich war das. Aber ich schaute zu, wie sie nickte, auf ihrer Unterlippe war der Lippenstift bereits fast nicht mehr zu sehen, weil sie so vehement darauf herumbiss. Mir wurde übel. Als Heather zu mir kam, um einen Kaffee abzuholen, beichtete ich.

»So was passiert«, sagte sie und winkte ab.

»Aber Simone –«

»Es ist ihre Schuld. Sie hat ihn präsentiert, sie hat den Jahrgang genannt, das Etikett gezeigt. Sie hätte das bemerken müssen. Deshalb ist sie Kellnerin und du bist bloß Hilfskellnerin.«

Ich war nicht überzeugt.

»Willst du eine Pfirsich-Leckerei?«

»Was ist das?«

»Bloß Xanax.« Sie zog eine pfirsichfarbene Pille aus der Tasche.

»Glaubst du, dass ich damit meine Arbeit noch gebacken kriege?«

»Liebchen, auf Xanax könnte ein Affe deine Arbeit für dich erledigen. Und wahrscheinlich weniger Scheiße bauen. Es ist keine richtige Droge.«

Und auch kein richtiger Job, dachte ich, als ich sie nahm. Simone näherte sich der Kaffeestation.

»Meine Cappuccini für die 43?«

»Sind schon raus«, sagte ich eifrig. Höchstens fünf Minuten, nachdem sie die Bestellung eingegeben hatte, hatte ich sie bereits eigenhändig serviert. Fünf andere Bestellungen hatte ich dafür hintenangestellt.

Sie wandte sich an Heather: »Hast du noch eine?« Sie warf die Pille in den Mund und schluckte sie ganz ohne Wasser hinunter.

»Simone«, sagte ich. »Es tut mir leid.«

»Ist gut«, sagte sie freundlich.

»Heather, dieser '95er Opus an der 86 – das war die letzte Flasche.« Die Pille steckte in meiner Kehle fest. Ich schluckte immer wieder, aber sie blieb dort, bis sie sich an Ort und Stelle auflöste. Sie schmeckte wie Jakes saures Blut. Den Rest des Abends sprach er nicht mehr mit mir.

DIE ESPRESSOMASCHINE war schon immer ein Risikobereich gewesen. Die Hilfskellner sollten sie besonders gründlich reinigen. Und ich nahm an, dass die anderen das auch taten. Aber nachdem mir in einem Siebträger, den ich gerade zurhand genommen hatte, eine Kakerlake begegnet war, nachdem ich das ganze Ding an die Wand geschmissen hatte – Kaffeesatz überall, eine Delle in der Wand –, nachdem das Vieh dann trotzdem unbeschadet davongekrabbelt war, nun ja, von da an nahm ich die Reinigung der Kaffeemaschine auch nicht mehr so genau.

In diesem Krieg kam Zoe eigentlich die Rolle des Generals zu. Sie bestellte ständig neue Reinigungsmittel und schrie, wenn sie mit den Kammerjägern telefonierte. Jede neue Lieferung versprach die Vernichtung innerhalb von Stunden, jede neue Flasche, dekoriert mit dem Totenkopf, versprach den Tod. Zoe versah Sprühflaschen mit beschriftetem Kreppband. Darauf war zu lesen, wo sie eingesetzt werden sollten: *Espresso. Barwaschbecken Nr. 1. Barwaschbecken Nr. 2.* Zoe schrieb die Listen mit den Extraaufgaben um, sie bestellte spezielle Tücher für die Reinigung der Eismaschine und spezielle blaue Papierstreifen, die wir nur mit Handschuhen berühren durften, wenn wir sie in den Fruchtfliegen-Problemzonen aufhängten.

Doch es gelang Zoe nicht, die Viecher zu beseitigen. Ich erfuhr, dass jedes einzelne Restaurant in New York Probleme damit hatte, egal ob es Uptown oder Downtown lag. Trotzdem hätte ich in der Küche vom Fußboden gegessen – er war makellos. Zu unserem Job gehörte es, die Unwissenheit der Gäste zu bewahren. Sie hätten die harte Realität der Stadt nicht ertragen. Wir sagten: »Es ist bloß der Winter.« »Das liegt bloß am Park.« »Es gibt einfach gerade eine Baustelle in der Straße.« »Es liegt bloß an den Nachbarn.« Und all das entsprach der Wahrheit.

Trotzdem – als Will eine vorsintflutlich aussehende, in einen Eiswürfel eingeschlossene Kakerlake fand, musste sogar ich würgen. Es war ein Stieleis der besonderen Art. Er hatte es im Eiseimer entdeckt und wir reichten es mit vor Staunen geöffneten Mündern herum, bis es zu schmelzen begann.

Dazu sagten wir: »*Unend*lich. *Wider*lich.«

Ich erledigte meinen Teil. Ich unterschrieb Zoes Prüflisten, die oberhalb der Stationen an Klemmbrettern hingen. Aber dann wollte ich eines Tages meine Schürze an einen Haken hängen, und sie fiel in die Ritze zwischen Wand und Kühlschrank. Als ich sie wieder herausholen wollte, sah ich, dass die Wand vollständig mit ihnen bedeckt war. Wirklich *bedeckt.* Familien, ganze Generationen von Kakerlaken pflanzten sich in der Wärme der Kühlschrankabluft fort, aßen und starben dort. Ich hörte auf, so hart zu kämpfen. Wir waren in der Unterzahl.

»SEEIGEL!«, rief Simone, als sie in die Küche kam. Ich arbeitete weiter. Mit gesenktem Blick, kratzte ich abgebrannte Kerzen aus den Kerzenständern. Irgendwer hatte nicht genügend Wasser hineingetan, denn sosehr ich auch daran herumhackte, die Wachsreste blieben an den Rändern kleben. Ich wusste es nicht mehr genau – möglicherweise war ich es selbst gewesen.

»Wie bitte?«, fragte ich, nur für den Fall, dass sie mit mir redete. Wir hatten in letzter Zeit immer weniger miteinander gesprochen.

»Chef, *ils sont magnifiques*«, murmelte sie. Die beiden standen über eine Kiste gebeugt da, vollkommen in Bann gezogen von irgendeinem wunderbaren Ding, das darin lag. Es nagte an mir, wenn sie mit Chef, Howard oder Jake ins Französische wechselte. Dann senkte sie die Stimme, sodass ich nichts anderes hörte als die Melodie einer romanischen Sprache. Sie schloss mich aus. Für den Opus hatte ich mich mehr als einmal bei ihr entschuldigt. Einen Tag später hatte ich sogar Howard meinen Fehler gestanden und selbst er hatte es bereits vergessen. Mir blieb keine Wahl, ich musste einfach warten, bis sie mir wieder ihre Aufmerksamkeit schenkte, bis sie mich wieder ansah, als sei ich genauso interessant wie das, was sich da in der Kiste befand.

Bei der Schichtbesprechung sagte Chef: »Heute haben wir einen Meeresfrüchteteller. Sehr traditionell. Austern, Muscheln, Venusmuscheln, Garnelen – wie üblich – und die kleinen Schnecken. Was ihn so besonders machen wird, sind diese außerordentlich frischen Seeigel in der eigenen Schale.«

Irgendjemand pfiff, es gab ein paar begierige Seufzer.

»Siebzehn Portionen. Wir drucken das nicht, das verkauft ihr direkt. Jeder Turm zu 175 Dollar.«

»Pro Turm?«, rief ich laut. Alle sahen mich an.

Howard fuhr fort: »Es ist wieder diese spezielle Jahreszeit. Die Leute feiern. Sie freuen sich schon lange darauf, bei uns zu essen. Ihr seid hier, weil ihr einen guten Blick habt, also bitte ich euch, eure Tische zu lesen. Findet heraus, was sie dazu bringen wird, von unserem Restaurant zu schwärmen. Natürlich sollt ihr das selbst entscheiden, aber ich würde Champagner empfehlen oder einen Chablis …«

Ich folgte ihr nach oben in die Umkleide, wo sie mit an Besessenheit grenzender Beharrlichkeit in einem Haufen sauberer Schürzen wühlte. Sie suchte nach einer der kürzeren, die trug sie lieber. Ich wollte das Tauwetter herbeizwingen, das wusste ich, aber ich hatte genug von der Warterei.

»Also, erzähl.«

»Wovon?«

»Der Seeigel …«

»Wie bitte?«

»Ich meinte, *bitte* erzähl mir was über den Seeigel.«

»Vom Seeigel isst man die Keimzellen, er krönt den Meeresfrüchte-Turm, den wir heute anbieten.«

»Aber warum ist er so etwas Besonderes?« Mit den Händen deutete ich an, dass sie weitersprechen sollte.

»Kann es sein, dass du mittlerweile ein bisschen verwöhnt bist?«

»Nein!« Ich richtete mich auf. »Ich möchte einfach nicht um entsprechendes Wissen betteln müssen. Kann es sein, dass du sauer auf mich bist?«

»Nun übertreib mal nicht. Solltest du dich nicht auf deine Arbeit konzentrieren?«

»Das versuche ich ja.«

Sie band sich eine neue Schürze um und zog sie bis zur Taille hoch, was ihr für einen Augenblick eine mütterliche, fürsorgliche Ausstrahlung verlieh. Sie zog sich die Lippen nach. In ihrem groben Haar sah ich silberne Strahlen, um ihren Mund die Spuren der Jahre, zwischen den Brauen die tiefe Falte eines von Zynismus geprägten Lebens. Sie hatte die Haltung einer Frau, die auf eine beiläufige Art bislang jeden Raum dominiert hatte. Nicht weil sie so strahlte oder so perfekt war, sondern weil sie über eine solche Selbstbeherrschung verfügte. Alles, was sie anfasste, wurde aufgewertet.

»Es ist schon ein wenig gespenstisch«, sagte sie, während sie ihr Gesicht begutachtete und die Wangen ein wenig heraufzog, »wenn du anfängst, deine eigene Mutter im Spiegel zu sehen.«

»Ich werde wohl nie erfahren, wie das ist«, sagte ich.

»Nein, wirst du nicht. Du wirst im Spiegel immer einer Fremden begegnen.«

Mitleid war nicht ihr Ding. Ich wusste nicht, was ich sagen sollte.

»Deine Mutter muss hübsch sein«, sagte ich endlich. »Du bist hübsch.«

»Meinst du?« Unbeeindruckt sah sie mich durch den Spiegel an.

»Warum willst du keinen Freund?« Bevor ich wusste, was sich tat, hatte ich zwei Annahmen formuliert. Erstens, dass sie keinen Freund hatte, und zweitens, dass sie auch keinen wollte.

»Ein Freund? Das ist ein süßes Wort. Ich befürchte, dass ich in Bezug auf die Liebe bereits in Rente bin, Kleine.«

Sie wurde weicher. Kaum spürbar, aber doch ein wenig.

»In Marseille konnte man am Morgen runter zum Hafen gehen. Da hatten sie Seeigel, die noch lebendig waren. Ein unkomplizierter Handel, ein paar Francs gegen diese Delikatesse. Da gibt es überall Geröll. Man öffnet die Schalen einfach mit einem Messer, spült sie mit Salzwasser und lutscht sie an Ort und Stelle aus. Männer bringen ihr Mittagessen zum Hafen, dazu Flaschen groben Hausweins. Sie essen, während sie das An- und Ablegen der Schiffe beobachten. Man kann sagen, dass es die Eierstöcke sind – die Eierstöcke der Korallen. Man erzählt sich, dass sie große Stärke auf denjenigen übertragen, der sie isst. Ihre Textur ist üppig. Ihr Geschmack nachhaltig. Ein Leben lang wirst du dich daran erinnern.«

Sie ging zur Tür und band ihre Haare zurück. Nachdenklich blickte sie mich an.

»Es gibt so viele Dinge, auf die man sich etwas einbilden kann: Jugend, Gesundheit, eine Arbeit. Aber echtes Essen – nicht weniger als ein Geschenk des Meeres – gehört nicht dazu. Es zählt zu diesen Dingen, die dich, selbst an diesem heruntergekommenen, unglücklichen Ort, rundum glücklich machen können.«

»ES IST STRAPAZIÖS«, sagte Howard, während er seinen schieferfarbenen Mantel, seinen Hut und seine ledernen Handschuhe anzog. Er sah aus, als käme er direkt aus den Vierzigern. Er schaute Richtung Tür, dann lächelte er mich an. »Man muss es wirklich lieben.«

»Ja«, sagte ich. Ich schwenkte die Milch und kleckste sie dann auf den Espresso. Ich wusste genau, wie er seinen Macchiato mochte. »Natürlich ist es körperlich ermüdend, aber da gibt es noch etwas anderes, das mich jeden Abend fertigmacht. Ich kann gar nicht genau sagen, was es ist.«

»Entropie«, sagte er. Als wäre ich bereits die Sechste, die ihm diese Frage stellte. Er hob die Augenbrauen, als wolle er mich fragen, ob ich wisse, was das Wort bedeutete. Ich hob ebenfalls meine Augenbrauen und bedeutete ihm, dass ich seine Verwendung des Begriffs in Zweifel zog.

»Oder sagen wir es so: Begehrlichkeiten prallen aufeinander. Das Restaurant ist ein eigenständiges System. Wir existieren außerhalb davon. Und doch sind wir es, die es erschaffen. Die Begehrlichkeiten des Restaurants nennen wir Service. Was ist Service?«

»Strapaziös?«

»Es ist Ordnung. Service ist eine Struktur, mit deren Hilfe das Chaos bezwungen wird. Aber die Gäste, die Kellner – auch sie haben Bedürfnisse. Leider untergraben wir selbst regelmäßig die Ordnung. Unsere Beliebigkeit, unsere Unberechenbarkeit führen zu Chaos. Nun« – er nahm einen Schluck, und ich nickte, um ihm zu bedeuten, dass ich ihm noch immer folgte – »wir sind Menschen, nicht wahr? Du bist einer, ich bin einer. Aber wir sind auch das Restaurant. Also müssen wir ständig den Kurs korrigieren. Ständig kämpfen wir darum, die Kontrolle zu behalten.«

»Aber kann man Entropie kontrollieren?«

»Nein.«

»Nein?«

»Wir versuchen es bloß. Und ja, das ist ermüdend.« Plötzlich hatte ich das Restaurant vor Augen. Als Ruine. Ich stellte mir vor, wie der Inhaber es aufgab. Wie er in einigen Jahrzehnten die Tür abschloss und sich dann Staub, Fett und Fruchtfliegen vermehrten. Niemand, der rund um die Uhr arbeitete, um Geschirr, Tischtücher und Servietten sauber zu halten. Das Restaurant wäre reduziert auf seine primitivsten Elemente, auf all jene, die keinerlei Gebrauchswert besaßen.

»Danke«, sagte er und stellte seine Tasse ab.

»Und du bist jetzt ein freier Mann?«

»Allerdings«, sagte er. »Ich muss mich noch um einige sehr männliche Aufgaben kümmern. Weihnachtsdekoration.« Ich nickte. Das alles hatte mich irgendwie überrumpelt, die Feiertagsdekorationen im Park, das lächerliche Gesteck, das das Blumenmädchen auf der Bar aufgebaut hatte. Daran echte Kekse aus unserer Küche. Selbst bei Clem's hatten sie Lichterketten aufgehängt. Ich erinnerte mich daran, wie warm New York in den Weihnachtsfilmen immer gewirkt hatte, wie großzügig und üppig die Schaufenster ausgesehen hatten. Alle hatten gerade noch rechtzeitig ihre Menschlichkeit entdeckt, als der Moment der Vergebung, das Erwachen des Glaubens nahte. So fühlte es sich aber nicht an, während ich zur Arbeit lief. Es fühlte sich kalt an und erzwungen.

»Wahrscheinlich sollte ich mir mal diesen Baum ansehen oder so.«

»Bist du hier über die Feiertage?«, fragte er.

Ich dachte: Äh, ja, du hast mich für den Tag davor und für den Tag danach eingeteilt, was denkst du, wohin ich in der Zwischenzeit gehe? Aber ich sagte: »Ja, ich bin hier. Einfach ein bisschen entspannen. Ich hab gehört, dass es sehr ruhig ist.«

»Tja, wenn du doch was unternehmen möchtest: Ich gebe jedes Jahr ein Weihnachtsfest für die Waisen. Und keine Sorge –

Simone übernimmt den Großteil des Kochens, meine Kochkünste würde ich keinem zumuten. Es ist eine Tradition, und du bist herzlich eingeladen. Außerdem ist es nicht so langweilig, wie es klingt.«

»Bist du eine Waise?«

»Ah.« Er lächelte mich an. »Irgendwann sind wir alle mal Waisen. Das heißt, wenn wir Glück haben.« Er winkte jemandem an der Bar, der ihn entdeckt hatte, dann zwinkerte er mir zu, bevor er sich aus der Umklammerung des Restaurants löste und sich in den Abend fallen ließ.

»WARTE NUR, bis die Trüffel im Gastraum sind – der totale Sex«, sagte Scott.

Als die Trüffel dann kamen, neigten sich sogar die Bilder von den Wänden, bloß um ihnen näher zu sein. Sie waren ein Fanfarenstoß des Winters, inmitten der kargen Landschaft kündeten sie von Überfluss. Zuerst kamen die schwarzen. Die Köche legten sie in Halbliter-Plastikboxen und bedeckten sie mit Arborio-Reis, um sie trocken zu halten. Sie versprachen, aus dem aromatisierten Reis ein Risotto für uns zu kochen, sobald die Trüffel verbraucht waren.

Die weißen kamen später, sie sahen aus wie galaktische Pilze. Und sie wurden auf der Stelle in Chefs Büro gebracht. In den Safe.

»In einen Safe? Echt?«

»Wir betreiben genau den Aufwand, den sie verlangen. Sie sind kapriziös«, sagte Simone leise, während Chef die Tagesgerichte besprach.

»So schlimm kann es doch gar nicht sein, wenn sie trotzdem auf den Speisekarten der ganzen Stadt stehen.« Ich fing ihren Blick auf. »Ich mach bloß Spaß.«

»Man kann sie nicht kultivieren. Früher haben die Bauern Säue ins Land hinausgeführt, zu den Eichen. Dann haben sie gebetet. Heute nehmen sie dafür keine Säue mehr. Stattdessen haben sie abgerichtete Hunde. Aber sie folgen noch immer der gleichen Strategie: Sie laufen mit den Hunden herum und hoffen.«

»Und was war mit den Säuen?«

Simone lächelte. »Für die Säue riechen Trüffel wie Testosteron. Es macht sie ganz wild. Sie sind dann so außer sich, dass sie den Boden ruinieren und die Trüffel gleich mit.«

Ich wartete am Servicetresen auf Drinks, als Sasha plötzlich neben mir auftauchte. Er hatte eine kleine Holzkiste bei sich, und als er sie öffnete, sah ich, dass sich darin ein weißlicher, bösartig wirkender Trüffel befand. Daneben lag etwas, das aussah wie ein Rasierer und genau für diesen Zweck gemacht worden zu sein schien. Der Geruch kroch in jede Ecke des Raumes, er war so berauschend wie Opium und machte uns schläfrig. Nicky nahm den Trüffel in seine bloße Hand, brachte ihn zu Platz elf an der Bar und raspelte ihn hoch über dem Teller des Gastes.

Frisch umgegrabene Erde, gedüngte Felder, der Waldboden nach dem Regen. Ich roch Beeren, Aufruhr, Schimmel, tausendmal durchgeschwitztes Bettzeug. Totaler Sex.

Deshalb bemerkte ich den Schnee erst nach einer Weile. Er fiel hinter dem Fenster am Ende der Bar zur Erde. Die Gäste begannen zu flüstern, sie deuteten auf die Straße. Der Reihe nach drehten sie die Köpfe. Ehrfürchtig. Dünne Raspel fielen vom Trüffel herab und verschwanden in den Tagliatelle.

»Endlich«, sagte Nicky und legte den Trüffel weg. Er lehnte sich mit einem schönen, selbstzufriedenen Lächeln im Gesicht gegen den Tresen: »Deinen ersten Schnee in New York vergisst du nie.«

Die ersten Flocken schienen vor dem Fenster innezuhalten. Wie eingerahmt. Einen Augenblick lang glaubte ich, dass sie wieder zurück zu den Straßenlaternen fliegen würden.

MEINE LIEBE für die Williamsburg Bridge entdeckte ich erst, als ich begriff, wann und wie man sie überqueren musste. Ich war meistens allein, bis auf ein paar Radfahrer, die bei jedem Wetter fuhren, und einige dick eingemummelte chassidische Frauen. Ich ging entweder umgeben vom grauen Licht der Dämmerung dorthin oder an schmuddeligen, baumwollartigen Nachmittagen. Es berührte mich jedes Mal, ausnahmslos. In der Mitte machte ich eine Pause. Ich starrte auf den Müll, der von der Strömung verwirbelt wurde und an den Uferbegrenzungen klebte wie Weinhefe am Glas. Simone hatte mich auf das Abendessen bei Howard angesprochen. Jetzt stellte ich sie mir alle bei Howard auf der Upper West Side vor. Ich stellte mir Jake vor, im Weihnachtspulli. Ich hatte ihnen gesagt, dass ich beschäftigt sei. Erinnere dich daran, sagte ich mir selbst. Erinnere dich daran, wie ruhig es heute ist.

Ich hatte die Zeitung bei mir, die ich noch jahrelang aufheben würde, und ich war auf dem Weg nach Chinatown zum Mittagessen. Allein. Und als ich so die Skyline betrachtete, verschmolzen zwei unterschiedliche Gefühle zu einem einzigen Gedanken. Von beiden Seiten der Brücke her drangen sie auf mich ein, und es war unmöglich, sie miteinander in Einklang zu bringen: *Wer hier lebt, muss wahnsinnig sein,* und: *Ich kann hier niemals weg.*

IV

Manchmal verdichteten sich alle Schichten zu einer einzigen. So, als hätte ich nur einen Abend gearbeitet, der sich über Monate erstreckte. Mit der Spitze meines Clogs schubste ich die Tür auf, dann lief ich die Treppe hinauf, wo Jake und ich uns in die Augen sahen. Dynamisch durchquerte ich den Gastraum, mein Bizeps und meine Handgelenke angespannt. Ich sah mich ohne Zeitverzögerung, die Bilder standen still, sie waren bloß übereinandergelegt. All die Teller mit Thunfischfilet wurden zu einem einzigen ikonischen Thunfischfilet, dem Thunfischfilet schlechthin. Alle Servietten, die ich je gefaltet hatte, waren eine einzige mystische Skulptur. Quer durch diese Stillleben verlief ein einzelner, unübersehbarer roter Faden. Es war der Blick, mit dem ich all das betrachtete. Manchmal gemeinsam mit Jake oder mit Simone. Nur daran erinnerte ich mich – an diese paar Bilder und an die Tatsache, dass ich auch den beiden wie aus der Ferne zusah. Die Stille war von gewaltigem Ausmaß, ein ausuferndes Innehalten. In diesen Momenten war mein Job der einfachste und schönste der Welt. Aber eigentlich war es nie so still, irgendwo gab es immer einen Makel, einen Irrläufer, etwas, das dieses Ideal kompromittierte. Es zu romantisieren war reiner Selbstbetrug.

Vom Weinkeller aus hörte ich es oben Mitternacht werden. Ein fordernder Lärm drang durch die Decke. Trommelnde Füße auf den Dielen, Pfeifgeräusche. Ich rannte die Treppen hinauf. Sie hatten sich am Servicetresen versammelt, vor sich eine Reihe Sektflöten. Die Stammgäste hatten ihre Plätze verlassen, um gemeinsam mit uns zu jubeln. Simone brachte mir ein Glas des Cuvée Elisabeth Salmon Rosé Champagners. Ich schloss die Augen: Pfirsich, Mandeln, Marzipan, Rosenblätter, ein Hauch Schießpulver, und schon hatte ein neues Jahr in New York City begonnen.

»DU. In einem Kleid.« Ich wünschte mir, dass er das sagen würde. Letztlich sagte er es nicht, aber ich sagte es mehr als einmal zu mir selbst, immer dann, wenn mir mein Spiegelbild in den Schaufenstern auf dem Weg zum Broadway begegnete. Auf meinen Absätzen lief ich so wackelig wie auf Rollschuhen, in meine aufwendig geföhnten Haare fuhr der Wind. Ich war plötzlich verwundbar. Das Wetter, ein unebener Gehweg – auf einmal konnten mir diese Dinge etwas anhaben. Ich nickte dem eisernen Keil, dem Flatiron Building, zu. So, wie man einem geschätzten Bekannten zunickt. Für das Kleid war ein halber Monatslohn draufgegangen. Eine kurze, schwarze Seidentunika. Die Macht von Kleidern verwirrte mich noch immer – niemand hatte mir beigebracht, mich richtig anzuziehen. Als ich es anprobiert und in den Spiegel geschaut hatte, war mir plötzlich ein reiferes Ich begegnet. Jahrzehnte älter und unbesiegbar. All das nur durch ein Kleid. Ich hätte es beinahe umgetauscht. Gleich zwei Mal. Ich entdeckte mein Spiegelbild im dunkelgrünen Glas einer geschlossenen Bank und wandte mich ihm zu: Du. In einem Kleid.

AM NEUJAHRSTAG blieb das Restaurant geschlossen. Der Inhaber mietete eine Bar und lud uns ein, auf seine Kosten zu trinken. Eine gigantische, schier unendliche Getränkerechnung. Alte Geschichten wurden aufgewärmt, anscheinend benahm man sich an diesen Abenden auch ordentlich daneben. Irgendwer würde zu besoffen sein. Obwohl Will und Ariel beide auf mich wetteten, nahm ich mir vor, bei aller Besoffenheit einen klaren Kopf zu behalten. Um das sicherzustellen, hatte ich mein eigenes Tütchen Koks dabei.

Ich hatte vergessen, dass dort Erwachsene sein würden. Der Inhaber und seine Frau standen am Eingang, sie strahlten Autorität und Wärme aus. Selbst sie mussten eigentlich verkatert sein, aber dennoch schienen sie makellos. Eine kleine Schlange hatte sich gebildet, um sie zu begrüßen, und während er jedem Einzelnen die Hand schüttelte, schweifte sein Blick nicht im Raum umher. Seine Frau sah freundlich aus, ihr Lächeln war echt und ermutigend.

Ich schlich um die Schlange herum. Ich konnte nicht hallo sagen. Was, wenn er sich nicht an mich erinnerte? Was, wenn ich zu weinen anfing? Ich erinnerte mich an den Tag der Einführung und konnte immer noch nicht glauben, dass sie mich ausgewählt hatten.

ES LIEF MEHR oder minder alles nach Plan. Mini-Blinis mit Kaviar, Foie-gras-Crostini, überbackene Muscheln in der Schale, Krabbendip, Austern-Shots – das dekadente Fingerfood kam direkt vom neuen Catering-Unternehmen des Inhabers. Zaghaft begrüßten wir einander, begutachteten einander und staunten über die Verwandlungen, die die festliche Garderobe bewirkte. Ariel trug einen Minirock und einen Pulli, den sie zu einem kurzen Top zurechtgeschnitten hatte, Will ein lavendelfarbenes Hemd. Sasha war ganz in Schwarz, dazu trug er eine Sonnenbrille. Nervös hielten wir uns am Tresen fest, versuchten, uns einen leichten Schwips anzutrinken. Wir wussten nicht, wie wir mit diesen Fremden ins Gespräch kommen sollten. Nach etwa einer Stunde entspannte sich jeder im Raum. Raues Gelächter drang aus allen Ecken, und der DJ drehte die Musik auf. Dann ging es los mit den Superlativen.

Natürlich hatte ich gewählt. Zoe hatte die Wahlzettel bei der Schichtbesprechung verteilt und sichergestellt, dass wir alle sie ausfüllten. Es gab die üblichen Kategorien: »schönste Augen«, »süßestes Paar«. Und dann natürlich auch branchenspezifische Auszeichnungen wie »wird mit größter Wahrscheinlichkeit sein eigenes Restaurant aufmachen«. Ich vermutete, dass das Ganze auf einem weiteren Code basierte, den es für mich zu knacken galt – jede dieser Kategorien entsprach einer bestimmten Person. Ein Restaurant eröffnen – das musste Nicky sein, denn er sprach ständig darüber, uns alle hier zurückzulassen und seine eigene Bar zu eröffnen. »Der Mensch, der deine Mutter bedienen sollte« – das war Heather, denn sie sah aus wie eine Puppe und sie sprach auch so. Während sie die Gewinner verkündeten, schaute ich vom Rand aus zu. Wie am Anfang. »Größter Witzbold« war Parker – ich hatte für diese Auszeichnung ebenfalls Nicky ausgewählt, denn ich war mir nicht sicher, ob Parker überhaupt sprechen konnte. Angeblich spielte er denen, die er mochte, schon seit Jahren Streiche. Ich gehörte wohl noch nicht dazu. »Wird es am ehesten an den Broadway schaffen« war Ariel. Sie steckte sich den Finger in den Hals und würgte. Will ging nach vorn und nahm die Auszeichnung für sie entgegen. Dann sagte Howard, der tatsächlich einen Zylinder trug: »Und »der Mensch, mit dem du am liebsten im Aufzug steckenbleiben würdest« … ist … Tess!«

Vereinzelter, höflicher Applaus, ein einzelner Pfiff. Auch ich klatschte. Alle starrten mich an. Und dann tropfte die Erkenntnis aus irgendeinem vergessenen Hahn in mein Bewusstsein, ein dicker, ein schmerzhafter Tropfen: Ich war Tess.

Nach reiflicher Überlegung hatte ich mich für Simone entschieden. Hier geht es um deinen Aufzugmenschen, hatte ich mir gesagt. Du hast mit diesem Menschen nicht gerechnet, du hast dir diesen Ort nicht ausgesucht, aber bums – der Aufzug bleibt stecken. Eine sinnliche Pause von deinem Leben, vom Zufall diktiert. Alle Aufgaben des Tages werden hinfällig. Du kannst nicht wissen, wann du rauskommst, aber anders als im bekannten Einsame-Insel-Szenario kannst du dir sicher sein, dass du den Aufzug irgendwann wieder verlassen wirst.

Natürlich hatte ich an Jake gedacht. Da wäre er dann, ich hätte ihn ganz für mich. Ich dachte daran, wie er mich mit seinem Körper an die Wand pressen würde. Aber der Sex stand gar nicht im Mittelpunkt meiner glühenden Phantasie. Nein, ich war scharf auf das, was danach kommen würde. Wir wären noch immer im Aufzug gefangen und er würde mich ansehen. Es gäbe keine Bar-Bons, keine Menschenmengen, keine Anrufe, keine Uniform. Er wäre gezwungen, mich zu verstehen. Ich wusste, wenn ich ihn nur dazu bringen konnte, mich zu *erkennen*, dann wäre keiner von uns beiden mehr einsam.

Aber dann hatte ich es mir anders überlegt. Mit großer Wahrscheinlichkeit würde er launisch sein. Ich ahnte, wie er auf das Eingesperrtsein reagieren würde. Was, wenn er plötzlich gar nichts mehr sagte? Oder gemein wurde? Oder schlimmer noch: Was, wenn ich ihn langweilte? Die Blöße, die mit diesem Szenario einherging, machte mir Angst, also strich ich ihn von meiner Liste.

Mit Simone wechselte die Stimmung im Aufzug von erotisch zu intellektuell, und das erleichterte mich. Simone rezitierte Wordsworth, William Blake oder – falls mir nach etwas Modernem sein sollte – Wallace Stevens oder Frank O'Hara. Simone würde mir erklären, wie sie damals, im 19. Jahrhundert, im Jura Wein gekeltert hatten und welchen Bezug der Wein zum Käse hatte, den sie dort ebenfalls herstellten. Sie würde sich an Details irgendwelcher Bilder, die sie zehn Jahre zuvor in Florenz gesehen hatte, erinnern und auch an die Trattoria, in der sie danach zu Mittag gegessen hatte. Vielleicht würde sie mir sogar eine Geschichte aus ihrer gemeinsamen Kindheit erzählen, eine Geschichte von Dünengras und Salz.

Ich würde Witze auf meine Kosten machen und sie zum Lachen bringen. Ich würde ihr Geschichten aus meiner Heimat erzählen, aus dieser debilen Mitte Amerikas. Und ich würde ihr davon erzählen, wie ich, nachdem ich zum ersten Mal den *Fänger im Roggen* gelesen hatte, einen Rucksack gepackt hatte und von zu Hause weggelaufen war. Wie ich dann, nachdem die Nachbarn mich schlafend in ihrem Gartenhäuschen gefunden hatten, zurückgekehrt war. Simone würde das Universum auseinandernehmen und mir erklären, warum es in unserer technologisierten Welt so schwer war, etwas von Bedeutung zu finden, warum Städte erst groß wurden, dann scheiterten, warum wir dazu verdammt waren, alles immer wieder zu durchleben. Nachdem ich ihr so lange ausgesetzt gewesen wäre, wäre ich eine andere, wäre ich mehr wie sie, und das, was ich von ihr gelernt hätte, würde mich für immer begleiten.

»Tess?« Howard winkte mit etwas, das wie ein typisches Zertifikat aussah. Eine der Empfangsfrauen hatte es mit goldenen Sternchen dekoriert. Ich erhob mich wackelig auf meinen Absätzen. Ich drehte mich nach irgendjemandem um.

Ich bedankte mich und setzte mich wieder. Vorher sah ich alle Kollegen noch einmal an, versuchte, so vielen wie möglich in die Augen zu schauen, um zu fragen: Ich?

»ALSO HAST DU auch für mich gestimmt, oder was?« Ich schob mich am Tresen entlang auf ihn zu – glühend, verwundbar und high. In meinen hohen Schuhen war ich fast auf Augenhöhe mit ihm. Jake trug ein gedecktes, abgetragenes Flanellhemd und eine wollene Hose. Sein Haar lag dicht am Kopf und es war fettig. Er wirkte unbehaglich und irgendwie in sich zusammengesunken.

»Ich hasse solche Sachen. Jedes Jahr sage ich mir: »Nie wieder.«

»Was gibt es denn da zu hassen? Häppchen, ganz umsonst.« Ich sah mich im Raum um, betrachtete die seltsame Gruppe, die das Restaurant auserwählt hatte. Der fremde Kontext war anfangs ein Schock gewesen, doch allmählich fanden die üblichen Cliquen wie Magnete wieder zusammen. Die Aushilfen und Tellerwäscher trugen Sportsakkos und saßen mit ihren stark geschminkten, aufgeregten Frauen zusammen. Die Köche hatten eine Ecke der Bar in Beschlag genommen und schlürften Añejo Tequila, zwischendurch kippten sie Mezcal. Der Boden war feucht von überschwappenden Drinks, und die Empfangsfrauen und die Mädchen von der Dessertstation waberten wie eine Art Schutzatmosphäre um sie herum.

Die echten Erwachsenen saßen gemeinsam an einem Tisch. Howard hatte eine Frau in seinem Alter mitgebracht, die alles halb so schnell tat wie alle anderen. Sie kaute jeden Bissen gründlich, setzte dann die Gabel ab, griff nach der Serviette in ihrem Schoss und drückte sie an die Lippen, gerade so leicht, dass ihr Lippenstift nicht verschmierte. Sie hatte definitiv nichts mit Gastronomie am Hut. Dann waren da Chef und seine Frau, die ziemlich schön war. Außerdem Nicky und Denise. Sie hatte das Handy auf dem Tisch liegen – es blinkte, übermittelte Updates vom Babysitter.

Simone hatte sich ihnen angeschlossen und unterhielt sich mit Denise. Sie saßen einander zugewandt, Knie an Knie. Ich dachte darüber nach, wie sie wohl Mitte zwanzig gewesen sein mochten – Denise ohne Kinder, bloß die Freundin eines Bartenders, eine etwas gelöstere Simone, die öfter einmal lachte. Parker und Sasha saßen an unserem Tisch und spielten ein Trinkspiel, Ariel und Will waren wahrscheinlich auf der Toilette, und Heather versuchte, Santos zum Tanzen zu bewegen.

All das war so vorhersehbar und so entzückend, mein Herz wollte es festhalten.

»Als ob ich diese Leute nicht oft genug sehen würde«, sagte er düster. »Und dann auch noch an meinem freien Tag. Eine absolute Zeitverschwendung.«

»Warum bist du hergekommen?«

»Ich will keine Abmahnung für Nichterscheinen kassieren. Außerdem« – er kippte seinen Whiskey hinunter und nickte dem Barmann zu für einen weiteren – »sind die Drinks umsonst.«

Misha, eine der Empfangsfrauen, über die wir uns wegen ihrer gemachten Brüste noch immer lustig machten, lief vorbei und streckte mir die Hand entgegen.

»Tess, herzlichen Glückwunsch! Die große Auszeichnung!« Sie kicherte. Ich sah auf mein Zertifikat. Ich hatte es mitgenommen, nur für den Fall, dass ich damit vor Jake angeben wollte. Doch neben ihm wirkte es kindisch.

»Eigentlich total peinlich«, sagte ich und faltete es zusammen.

Ich nickte dem Barmann zu. »Ein Weißwein? Nicht zu viel Holz bitte, kein Chardonnay.«

»Das hast du dir echt verdient«, sagte er, nahm einen weiteren Schluck und wandte den Blick ab.

»Irgendwie ist es nett, oder?«, sagte ich. »Die Leute wollen Zeit mit mir verbringen. Sie lassen mich nicht in irgendwelchen Imbissen sitzen. So nervig bin ich gar nicht.«

Als er sich mir wieder zuwandte, traf mich ein schneidender, vom Alkohol entfesselter Blick. Ich bekam Angst, wusste, dass er irgendwas vorhatte. Er sagte: »Damit wird die geilste Schlampe ausgezeichnet. Das weißt du schon, oder?«

»Schlampe?«

»Komm schon, Neue, tu nicht so blöd. Deine Küchenjungs vergeben sie immer an diejenige, die sie flachlegen wollen. Aber klar, Glückwunsch! Die große Auszeichnung!«

»Äh …« Ich versuchte zu lachen, aber es blieb mir im Hals stecken. Scott zwinkerte mir vom anderen Ende des Tresens aus zu. Ich hatte so viel geweint – auf Toiletten, hinter der Klimaanlage bei der Dessertstation, hinter der Eismaschine, in mein Kissen, in meine Hände. Manchmal hatte ich meinen Kopf einfach in meinen Spind gesteckt und geweint. Aber dieses Mal floh ich nicht. Ich blieb, und die Tränen kamen.

»Du …« Ich brachte nichts heraus. Die herbeigesehnten bösen Worte verloren sich im Strudel der Scham. Wieder einmal. Wie immer. »Du bist gemein, Jake. Zu gemein für mich.«

Seine Augen leuchteten auf, ein blaues Strahlen, dann kollabierten sie. »Es tut mir leid«, sagte er. »Tess.«

Ich nickte. »Entschuldige mich.« Ich ging weg und rammte die Absätze in den Boden. Das Weinglas brannte in meiner Hand. Simones Blick streifte mich, dann schoss er zur Bar. Ja, dachte ich, geh zu ihm. Tröste ihn, weil die Neue, die als geilste Schlampe ausgezeichnet worden ist, ihn gemein genannt hat.

»TESS?«

Ich hob die Füße vom Boden, damit sie mich nicht fand, aber ich hatte gerade eine Line genommen und schniefte. Sie klopfte an die Tür.

»Du kannst nur reinkommen, wenn du auch was nimmst. Drogenpflichtige Zone.« Ich öffnete. Sie kam herein. Wir waren uns unangenehm nah. Wir hätten auch zu den Waschbecken gehen können, aber sie schloss die Tür hinter sich ab und setzte sich auf den Klodeckel. Sie hielt mir ihre geöffnete Hand hin und ich legte mein Tütchen hinein. Sie streute ein winziges Häufchen auf die Haut zwischen ihrem Daumen und ihrem Zeigefinger und sah mich ununterbrochen an, während sie es einatmete.

»Ich bitte dich«, sagte sie als Reaktion auf meinen Gesichtsausdruck, »ich bin auch mal jung gewesen.«

Nachdenklich berührte sie ihre Nasenspitze, und ich tat es ihr gleich.

»Ich dachte, das wäre was Gutes«, sagte ich. Meine Hände

zitterten. »Im Ernst, ich hab gedacht: Mensch, hier bin ich und stecke im Aufzug fest. Da wähle ich am besten jemanden, den ich wirklich … ich … ich hab dich gewählt.«

»Ich fühle mich geehrt.«

Ich presste Toilettenpapier gegen meine Wangen. »Es ist wie ein Schlagabtausch, ein Hin und Her, bloß ein Spiel. Und dann schlägt er plötzlich richtig hart zu. Gespielter Schmerz wird zu echtem Schmerz.«

»Ich weiß.«

»Simone, mache ich irgendwas falsch? Alles fühlt sich an wie eine Strafe.«

»Wofür wirst du bestraft?«

»Ich weiß es nicht, verdammt – für meine Dummheit?«

»Hör auf damit.« Mitleidlos packte sie meine Hände. »Niemand hat Lust darauf, dass du hier das Opfer spielst. Hör auf zu grübeln. Tust du das nicht, wirst du immer wieder enttäuscht werden. Sei aufmerksam.« Ich zog meine Hände weg und sie faltete ihre im Schoß. »Ist es zu spät?«, fragte sie.

»Wofür?«

»Dass du dich von diesem Flirt verabschiedest?«

»Simone, ich glaube, es ist mehr als nur ein Flirt.«

»Ist es nicht, es ist bloß ein Hirngespinst. Jake weiß das, und du weißt es auch. Kannst du dich davon verabschieden?« Gelassen sah sie mich an.

»Okay … ich meine … wir arbeiten halt zusammen … also.« Ich hielt inne. »Was meinst du mit, ›Jake weiß es‹?«

»Ich meine, dass Jake es auch wahrnimmt. Diese Schwärmerei.«

»Ihr redet über mich?« Vielleicht würde ich mich übergeben müssen.

»Wir *reden* nicht über dich. Es war halt Thema.«

»*Es*? Ich dachte, wir wären Freunde. Bin ich so was wie ein beschissener Witz für euch?«

»Du lässt dich hinreißen.« Sie sagte das so sachlich, dass ich nickte.

»Also. Kannst du dich davon verabschieden?«

Scheiß auf die, dachte ich. Ich schmeiße den Job hin. Dann wurde mir klar, dass Simone recht hatte. Niemand hatte mich irgendwo hingelockt. Ich hatte mir diesen düsteren, verwilderten Pfad, auf dem ich keinen Meter weit sehen konnte, selbst ausgesucht – die Drogen, das bedingungslose Saufen, die Scham, das Durcheinandersein. Ich hatte mir die beiden tatsächlich ausgesucht – sie bildeten das unwegsame Gelände. Ich begriff, was sie damit meinte, als sie mir sagte, ich solle mich davon verabschieden. Ich musste den Job nicht hinschmeißen. Die ganze Zeit hatte mir ein anderer Weg offengestanden – ein gut beleuchteter, sauber gepflasterter, ehrlicher Pfad. Ich sagte mir: Kehr um, du musst nicht jede Erfahrung tief in dir drin pulsieren spüren. Es ist bloß Abendessen. Ich sah den stillen Aufzug, darin war niemand außer mir. Eine andere Stimme sagte: Dann bist du aber nichts als eine Hilfskellnerin.

»Ich kann nicht«, sagte ich. »Es loslassen, meine ich. Ich will das nicht.« Frustriert atmete sie aus. »Erinnerst du dich denn nicht daran, wie es war?«

Ihre Miene war wie Granit, dann flackerte etwas Durchlässiges und Verletzliches in ihr auf.

»Nein«, sagte sie. »Ich erinnere mich nicht und ich habe auch kein Interesse daran, es zu tun.«

»Du musst dich auch schon mal so gefühlt haben. Bist du wirklich aus Stein, wie alle sagen? Ich glaube das nicht. Ich sehe dein Herz.« Ich deutete auf ihre Brust, aber sie wirkte zornig.

»Also gut, Tess. Du willst alles? Die Konsequenzen sind dir egal? Dann ist es zu spät. Ich könnte dir sagen, dass du dich von ihm fernhalten sollst. Dass er kompliziert ist, aber nicht auf eine attraktive, sondern auf eine kaputte Art und Weise. Du bist noch jung genug, um zu glauben, dass jede Erfahrung dich auf lange Sicht weiterbringen wird, aber das stimmt nicht. Was glaubst du, wie sich das alles – der Schmerz, dieses Kaputte –, was glaubst du, wie sich das von einem Menschen auf den anderen überträgt?«

Von ihr ging eine starke Hitze aus und ich spürte die Drogen. Mein Blut floss leichter durch meine Venen. »Du klingst etwas verbittert.«

»Verbittert.« Sie presste das Wort durch ihre zusammengebissenen Zähne. Sie straffte ihre Schultern, als läge sie am Boden und würde versuchen, die angenehmste Position zu finden. »Wir werden sehen. Ich werde mit ihm sprechen.«

»Nicht!«, sagte ich. Irgendwo in mir hörte ich, wie Will mich vor Simone warnte. Man könne ihr nicht trauen. Ich hatte mich ihr bereits als Schülerin angedient, aber ich hatte ein wenig Angst davor, ihr auch das hier zu überlassen. Brauchte Jake wirklich ihren Segen? Hatte das die ganze Zeit über gefehlt? War das die Bedingung? Dann akzeptierte ich sie. Oder etwa nicht?

»Ach, ich weiß nicht. Mach, was du willst. Es ist eigentlich keine große Sache.«

»Kleine, es ist eine große Sache. Du vergisst, wie wichtig er mir ist. Und offensichtlich bedeutest auch du mir etwas.«

»Ich weiß.« Ich sah auf unsere Füße und scharrte mit dem Schuh auf den Fliesen. »Ich hatte einen Traum, in dem du vorkamst. Wir hatten ein Geheimnis. Du warst meine Mutter. Und du hast mir zugestanden, zu spät zur Arbeit zu kommen. Dann bist du in meiner Wohnung aufgetaucht und hast mein Bett gemacht. Aber du hast mir auch gesagt, dass das niemand außer uns verstehen würde und dass du mich bestrafen würdest, wenn ich davon erzähle.«

»Sonderbar.« Mehr sagte sie nicht dazu.

»Ich will nicht sagen, dass du alt genug bist, um meine Mutter zu sein. Das meinte ich nicht. Also mit meinem Traum.«

»Du solltest Howard davon erzählen. Er kennt sich aus mit Träumen. In einem anderen Leben wäre er wohl Psychoanalytiker geworden.« Sie stand auf, lehnte sich zurück, dehnte ihren Rücken, bis es knackte. »Ich hätte nichts dagegen, in einem Aufzug mit dir festzustecken. Da hätten wir mehr Platz als in so einem engen Toilettenverschlag.« Sie gab mir ein Stück Toilettenpapier: »Ab jetzt wird bei der Arbeit nicht mehr geweint.«

ICH WOLLTE sie fragen, ob das Liebe war. Die Blindheit, das Schlittern und Stürzen, der unsichtbare Engtanz, die Sehnsucht nach echtem Schmerz, die Gebundenheit, aber ich hätte keine Antwort erhalten. Sie sprach nie aus eigener Erfahrung über die Liebe. Liebe war eine Theorie, die leblose, konservierte Form von etwas, das einmal lebendig gewesen war. »Liebe wird *xy* in dir bewirken, wenn du es zulässt.« Oder: »Liebe ist eine notwendige Bedingung für x*y*.« Oder: »X*y* ist eine bestimmte Art von Liebe, die dir an Orten wie *z* begegnen wird.«

Vielleicht blieb sie deshalb so ungerührt. Sie erinnerte sich nicht. Sie fiel niemals mitten auf dem Asphalt auf die Knie wie wir anderen, nein, sie konnte mir nichts von den unaussprechlichen Realitäten der Dinge erzählen. Da musste ich selbst durch.

ER PACKTE mein Handgelenk, entriss mich der Gruppe, mit der ich gerade die Bar verlassen wollte. Wills fragendes Gesicht: Kommst du? Ich hielt meine Hand hoch: Einen Moment.

»Schreibst du mir?«, rief Will, als sich die Aufzugtüren vor ihm schlossen.

Ich wandte mich an Jake: »Was? Hat Simone dir aufgetragen, dich zu entschuldigen?« Er sah auf den Teppich hinunter. Nachdenklich. »Erbärmlich«, sagte ich. Ich drückte den Knopf.

»Es tat mir schon in dem Moment leid, in dem ich es gesagt habe.«

»Im Ernst, du machst mich fertig.« Wieder und wieder drückte ich den Knopf. Ich sah diesen zweiten Weg, den Weg des Friedens und des Lichtes. Ich sah die Bar, das Bier und die Wärme echter Freunde. All die Dinge erloschen, sobald er in meiner Nähe war. Und ich war diejenige, die ihm erlaubte, das zu tun. Eine Glocke ertönte und die Türen öffneten sich. Jake ging in die Ecke, ich stellte mich vor ihn und hielt die Tür auf, während die anderen hereinkamen.

»Geht ihr noch einen trinken, Denise?«, fragte ich Nickys Frau. Nicky hatte mir erzählt, dass sie die erste Frau gewesen sei, die ihm jemals Kontra gegeben hatte. Da habe er sofort gewusst, dass er sie heiraten müsse. Sie war eine stilvolle Brünette, noch immer hübsch, bloß ihre Wangen waren jetzt ein wenig eingefallen.

»Nein, nein. Wir gehen nach Hause. Im besten Fall weckt uns der Kleinste um fünf Uhr früh.«

»Im besten Fall!« Nicky klatschte und wandte sich an mich: »Fluff kommt vor fünf gar nicht heim, stimmt's?«

»Was bedeutet Fluff?«, fragte Denise.

»Ist bloß ein alter Spitzname«, sagte ich und atmete blitzschnell aus. Mit dem Finger fuhr Jake meinen Rücken herunter. »Noch aus der Schule.«

Meine Wirbelsäule glich einer brennenden Kerze, die überall tropfte, wo er sie berührt hatte.

»Ich habe für dich gestimmt«, sagte er so leise, dass nur ich es hören konnte. Und wieder waren wir mittendrin: die Nacht lebendig, die Zeit dehnbar, mein Körper bereit zur Vergebung. »Denise«, sagte ich und trat näher an ihn heran, »wie alt war euer Jüngster noch mal?«

AUF DEM RÜCKSITZ des Taxis setzte ich mich rittlings auf ihn. Die Ledersitze gaben ächzend nach, während er seine Finger in mich hineinsteckte. Sie bewegten sich in mir, drückten sich fest auf die glühende Stelle in meinem Bauch, und durch die vielen Schichten meines Rausches hindurch erreichte mich die Erkenntnis, dass ich ganz plötzlich einfach kommen würde. Er bewegte den Daumen, und ich schreckte zurück, war sicher, dass ich überhaupt nicht kommen würde. Eine Weile lang rangen wir, pressten und zogen, ganze Strähnen meiner Haare in seinen Händen. Ausgerissen. Der Kragen seines Hemdes. Er hielt mich fest, zog mich tiefer in seinen Schoß, bis das Taxi ein Schlagloch mitnahm. Ich atmete aus.

Als ich auf ihn kletterte, dachte ich einen Moment lang an den Fahrer. Wie lang arbeitete er bereits? Ich wollte ihm sagen: Auch ich arbeite bis in die Nacht hinein. Manchmal benehmen sich die Menschen mir gegenüber absolut rücksichtslos. Ich malte mir aus, dass der Taxifahrer eine kleine Tochter hatte, die ihn während der Arbeit anrief. Er stellte sie auf Lautsprecher, und das Telefon leuchtete im Auto. Ein Hochglanzfoto seiner Frau baumelte vom Rückspiegel. Jedenfalls nahm ich an, dass es sich um seine Frau handelte. Sie hatte eine Hand hinter das Ohr gelegt und den Kopf geneigt. In der anderen Hand hielt sie eine Rose. Ihr Lippenstift und die Blume waren farblich aufeinander abgestimmt. Ich fragte mich, ob er an Neujahr gutes Geld verdiente. Ich fragte mich, ob er alles gesehen hatte. Mit einem Knall schloss er die Trennwand zwischen uns, dann drehte er die Musik auf. Jake schob den Stoff meines Kleides hoch und ich vergaß, dass der Taxifahrer ein Mensch war.

Ich biss in seine Lippen, seine Ohren, sein Kinn, versuchte, dem Zittern in meinem Bauch Raum zu geben, damit es sich ausdehnen konnte. Fast, wollte ich sagen, während bunte Lichter die Scheibe befleckten, ich bin fast da.

Jake packte mein Gesicht und sagte: »Weißt du, wie du schmeckst?« Dann zog er seine Finger aus mir heraus und stopfte sie in meinen Mund.

Ich würgte nicht. Im ersten Moment war ich zu erstaunt, um überhaupt etwas zu fühlen. Ich bin salzig, dachte ich. Ich schmecke nicht schlecht. Ich stöhnte und drückte mich tiefer in seinen Schoß. Nicht mein Geschmack machte mich an, sondern Jakes Selbstsicherheit. In meinem Leben war ich mir bisher nur in wenigen Momenten absolut sicher gewesen. Ständiges Überlegen, ständiger Zweifel. Als er seine Finger in meinen Mund und dann wieder in mich hineinsteckte, begriff ich, dass in New York überhaupt keine Regeln existierten. Bis zu dem Augenblick, in dem Jake es in meinen Mund sagte – »Komm für mich« –, bis zu diesem Moment hatte ich diese kolossale Freiheit nicht fassen können. Und dann kam ich – auf dem Rücksitz eines Taxis. Die Stadt war voller Menschen, die verflucht noch mal taten, was sie wollten, sie war furchteinflößend, barbarisch und atemlos.

V

Manche Männer widmen sich dem Essig mit Genuss. Sie ergötzen sich am Bitzeln der Fermentation. Seine Finger im Gurkenglas, in den sauren Kirschen, die wir für unsere Manhattans aus Italien importieren. Seine Fingerknöchel ganz aufgeweicht vom Saft der Oliven, ein Dirty-Martini nach dem anderen, seine Finger in mir, sirupartig, sauer und, warte, warte, da ist es: salzig.

EINE SCHWARZBLAUE, winterliche Dämmerung kroch über die flachen Dächer Brooklyns, als ich mich auf den Weg in meine Wohnung machte. Ich war im Taxi, es flog über den East River, die Brücke im Nebel, das Auto schwerelos.

In meinem Bad gab es einen kleinen Spiegel, aber er hing hoch und ich konnte nicht sehen, was sich unterhalb meines Kinns befand. Ich kletterte ins Waschbecken, quetschte mich hinein. Da waren Spuren. Ein blauer Fleck auf meiner Brust, über dem Busen, ein geheimnisvoller Fingerabdruck. Etwas abgeriebene Haut an meinem Hals und an meinem Kinn. Eine Art Ausschlag auf der Innenseite meines Arms, rot und oval. Ein blauer Schatten unterhalb meiner Unterlippe. Rote Streifen auf der Innenseite. Meine Unterwäsche fühlte sich feucht an, und ich schaute runter – da war sie, meine Periode, einige Tage zu früh, als hätte er eine Art Abzug betätigt.

Meine Augen benebelt vom Wein. Die Haut unter meiner Nase trocken und schuppig von der Heizungsluft. Ich konnte nicht aufhören, mein Gesicht zu berühren, diese leere Leinwand, auf die alle ihre Vorstellungen projizierten. Worin auch immer meine Schönheit bestehen mochte, sie kam nicht von innen, sie war wurzellos. Sie war durchlässig. Aber darunter, ich konnte es gerade so erkennen, lag das Gesicht einer Frau.

Es war mein Mund, der sich veränderte. Dieser trostlose, lilafarbene, pralle Mund. Und mein linkes Auge. Es wurde immer kleiner, schwoll an und öffnete sich nicht mehr so weit wie vorher. Müde, würde eine Freundin sagen. Ich sah nicht mehr unverbraucht aus.

Ich würde mir die blauen Flecken tätowieren lassen. Dann wäre er überrascht. Wie nannte er seine Tattoos? Momente der Hingabe. Schau, Jake, mein Körper gibt sich hin. Ich lag auf meiner Matratze und zählte die Schläge meines Herzens. Ich wusste, dass sie sich niemals wiederholen würde. Diese Nacht. Nie wieder würde es genau so sein. Nie mehr so überraschend und machtvoll. Also bewahrte ich es in mir, ohne es zu begutachten, ich hielt es einfach ganz fest. Die Wände meines Zimmers waren in milchiges Licht getaucht. Ich lauschte den letzten Puerto-Ricanern, die gerade lautstark nach Hause torkelten.

DIVERSE SCHNEESTÜRME, wie dichter Verkehr. Einer nach dem anderen. Schneewehen, die sich auf den Gehweg legten, daraus emporwuchsen wie neue Häuser. Und drinnen immer wieder Suppe – das Allheilmittel. Sonntagmorgens kochte Santos heimlich Menudo aus den weggeworfenen Rinderteilen. Der Rindermagen war süß, die Brühe war ölig. Sie schmeckte nach Eisen, Oregano und Limetten. Alles bekam ein wenig Sriacha ab, eine scharfe, thailändische Chilisauce, selbst die Notfallsuppen aus Hühnerbrühe und Frühlingszwiebeln. Geschwollene Lymphknoten, Nebenhöhlenentzündungen, wir steckten uns an mit unseren Leiden.

Will, Ariel und ich saßen schweigend über unsere Suppe gebeugt da, als die ersten Ausläufer eines Sturms die Sechzehnte

Straße erreichten. Scott hatte für das Teamessen eine Pho gekocht, nach einem Rezept, das er von einem alten Mann an einem Marktstand in Hanoi bekommen hatte. Sie war ein üppiges, dampfendes Geschenk, und sie roch nach Sternanis.

»Du bist einfach verschwunden nach der Party«, sagte Will zu mir. Ariel rollte ihre Nudeln auf. Ich schlürfte mit gesenktem Blick.

»Ich bin nach Hause gegangen.«

»Das ist schräg. Normalerweise gehst du nie einfach nach Hause.«

»Ich war müde«, sagte ich.

»Wie war es zu Hause?« Er lehnte sich mit verschränkten Armen in seinem Stuhl zurück. »War es schön?«

»Ja, es war herrlich.« Ich widmete mich wieder meiner Suppenschale. Als ich aufsah, bemerkte ich, dass er verletzt wirkte, und ich schämte mich. »Will, kannst du dich vielleicht wie ein Freund verhalten?«

Er blickte in seine Schale. »Ich weiß es nicht.«

Er stand auf und ging. In der Hoffnung auf ein wenig Mitgefühl wandte ich mich an Ariel. Sie war vollkommen konzentriert auf ihre Suppe.

»Es war unglaublich«, sagte ich leise.

»Widerlich.«

»So was habe ich noch nie erlebt. Normalerweise habe ich Schwierigkeiten …«

»Zu kommen?«

»Nun, ja, also, ich meine – allein geht es. Aber in anderen Momenten ist es schwer. Mit Leuten. Doch dieses Mal war es nicht … schwierig.«

»Na prima. Er hat ja auch ausreichend geübt.«

»Sei nicht gemein.«

»Bin ich nicht, aber du willst, dass ich so tue, als sei Sex das ultimative Ziel.«

Es ist das ultimative Ziel, dachte ich. »Nein, aber es fühlt sich groß an. Ich kann es nicht erklären … ich fühle mich … wie eine Frau oder so.«

»Du denkst, eine Frau wird dadurch zur Frau, dass sie gefickt wird?«

Sie hatte den kratzigen Tonfall aufgelegt und ich zog mich zurück. »Ich will keine Debatte über Genderforschung mit dir vom Zaun brechen. Ich habe einfach das Gefühl, dass da was Echtes stattgefunden hat. Und ich wollte mit jemandem darüber sprechen. Mit einer Freundin zum Beispiel.«

»Lass mich raten«, sagte sie und schlug mit dem Löffel auf das Tischtuch. »Er hat dich ein bisschen grob angefasst, dich eine Schlampe genannt, und du fandest das so richtig abgefahren. Noch so ein verwöhntes, weißes Mädchen, das rumgeschubst werden will, weil es immer alles gekriegt hat, was es wollte.«

»Scheiße, Ari.« Ich schüttelte den Kopf. »Es muss echt hart sein, wenn man die Welt bereits kategorisiert, ja, sie bereits vollkommen abgeschrieben hat. Ist es wirklich immer dieselbe langweilige Leier?«

»Meistens ja, Skip.«

»Ich lass mich lieber von ihm als Schlampe bezeichnen, als mich mit dem Mist auseinanderzusetzen, mit dem mich die Frauen hier konfrontieren.« Ich nahm meine Schüssel. »Außerdem bist du auch weiß, verdammt. Nur so nebenbei. Und du kriegst auch keine Medaille dafür verliehen, dass du lesbisch bist.«

»Hör zu«, sagte sie ruhiger. Sie schob die Unterlippe nach vorn. »Ich passe auf dich auf. Du solltest Sex nicht eine solche Bedeutung beimessen. Das ist gefährlich. Toller Sex ist keine große Sache.«

Ich setzte mich wieder hin. »Was ist denn dann eine große Sache?«

»Intimität. Vertrauen.«

»Okay«, sagte ich. Die Begriffe schwebten über mich hinweg, fort von mir. Sie waren abstrakt, ja romantisch, und ich fragte mich, wo sie sich im Alltag wiederfanden. Vielleicht gehörten sie zum Sex, vielleicht waren sie längst Teil meines Lebens. Nachdem ich mich jahrelang gefragt hatte, ob mit mir etwas nicht in Ordnung war. Nachdem ich mich jahrelang gefragt hatte, warum Sex die Menschen so irre machte. Nachdem ich jahrelang Pornodarstellerinnen nachgeahmt und versucht hatte, möglichst schmeichelhaft auszusehen, den Rücken immer schön durchgebogen. Nachdem ich jahrelang leeren, flüchtigen Sex gehabt hatte.

»Ist denn Sex nicht auch schon etwas?«

Sie zuckte die Achseln. Mir wurde klar, dass sie keine Ahnung hatte, wovon ich redete. Als wir zur Abwaschstation gingen, stellte ich meine Schale ab und umarmte sie von hinten. Ich fragte mich, wie da überhaupt Platz sein konnte für die Gäste neben unseren hoffnungsvollen Gesichtern und dieser überwältigenden Einsamkeit.

FORMULIEREN wir es noch mal anders: Es glich einer Staffelübergabe. Er kam für die Abendschicht, und ich assistierte tagsüber der Bar. Es hatte immer mal wieder geschneit, spinnenartige Flocken strichen über die Fenster, Salzränder auf den Gehwegen, eine schwache Sonne tauchte alles in getöntes Licht. Ich machte Macchiatos, aber eigentlich schaute ich Enrique zu, der einen riesigen Parka trug und draußen die Fenster wischte. In seinen behandschuhten Händen hielt er einen Gummiwischer. In langen Zügen zog er das Seifenwasser vom Fenster, schillernde Muster flossen gen Erde.

An der Tür hielt Jake inne, um seine Mütze abzunehmen und seine Haare auszuschütteln. Wenn er seine kühlen Wangen berührte, empfand ich Demut. Jede noch so gedankenlose

Geste wirkte an Jake irgendwie exotisch. Wenn er seine Haustürschlüssel aus der Tasche zog, wenn er sie – ganz präzise – an einen Haken in seiner Wohnung hängte. Heute schien er verändert, und zwar nicht nur, weil wir einander nackt gesehen hatten, schließlich war es zwei Uhr morgens gewesen und dunkel in seinem Zimmer. Keine Ahnung, ob man da überhaupt behaupten konnte, dass wir einander nackt gesehen hatten. Nein, plötzlich war er mehrdimensional, jeder Eindruck von ihm legte sich über den anderen, ein durchscheinendes Blatt über das nächste. Er glich der Sammlung orientalischer Teppiche in seiner lichtlosen Wohnung. Ein Teppich überlappte den nächsten, ein unebenes Gelände, Teppich auf Teppich auf Teppich, den Boden berührte man bloß in Gedanken. Der Boden glich seinen Tätowierungen, die sich nicht wirklich berührten, seine Haut ein Bild aus weißer Fläche zwischen den Bildern, eine Art persönliches Mosaik, der Klang seines Atems in die Enge gedrängt, seine schiefen Zähne, seine Ausdünstungen und die Gerüche, die sich von der Haut lösten. Noch immer roch ich ihn in meinem Haar.

Ich machte ihm einen Espresso. Er blieb bei Howard stehen, um mit ihm zu reden. Direkt vor mir, ohne mich anzusehen. Aber als er fertig war, drehte er sich um.

»Für mich?«

»Ja.«

Er kippte ihn runter und ging weg. Zufriedenheit erfüllte mich, und ich beobachtete Enrique dabei, wie er die Fenster wischte, bis sie vollkommen unsichtbar waren.

SECHS-MONATS-RÜCKBLICK: Ich hatte bei der Heilsarmee, Ecke North Seventh und Bedford, eine Kommode gekauft und zwei starke Jugendliche dafür bezahlt, dass sie sie für mich die Treppe hinauftrugen. Ich hatte meine Koffer ausgepackt und einen Waschsalon gefunden, in dem zwei koreanische Damen arbeiteten. Auch eine übergewichtige Katze wohnte dort. Ich gab ihnen Trinkgeld. Ich bekam die Samstagabendschicht als Hilfskellnerin der Bar und arbeitete mit Jake und Nicky zusammen.

Nach Mitternacht saßen wir in Restaurants. Wir sangen in Midtown Karaoke, wenn Ariel danach zumute war. Ariel sang alle möglichen Lieder, aber für Alanis Morissettes »Ironic« war sie einfach bestimmt. Will sang »China Girl«. Einmal kam Jake mit. Ich war mir sicher gewesen, dass er bloß in der Ecke sitzen und mir Kopfzerbrechen bereiten würde, aber dann stand er auf und sang »Born to Run«. Er sang es leise und er nuschelte, ich kreischte wie ein Teenager.

Ich konnte sogar mit geschlossenen Augen bei SriPraPhai bestellen. Nicky wusste, dass ich am Ende der Schicht als Erstes ein Glas Pouilly-Fuissé haben wollte. Simone sagte, dass ich besonders »breite« Weißweine, also jene, deren Geschmack sich über die ganze Breite der Zunge erstreckte, am liebsten mochte. Ich kaufte mir einen Kaschmirschal, war auf dem besten Weg, sechzigtausend Dollar im Jahr zu verdienen, und nahm jede Menge Taxis.

ICH DURCHQUERTE den Park mit kurzen, tauben Schritten. Ich würde auf Jake warten. In diesem kitschigen Irish Pub, wo sonst keiner von uns hinging. Da trafen wir beide uns. Paulie, der Barmann, kannte uns bereits. Ich war immer einen Tick eher da als Jake. Wenn ich nicht mit in die Park Bar geschleppt werden wollte, musste ich das Restaurant direkt nach der Schicht verlassen. Dann saß ich mit Paulie da und nuckelte an meinem Bier, bis Jake kam. Meistens waren wir auch dann noch dort, wenn bereits die Kakerlaken aus den Zapfhähnen krochen.

Wir klatschten sie weg, und Paulie schlug wie ein Matador mit Handtüchern nach ihnen.

Diese Nacht war die kälteste, die ich bisher in New York erlebt hatte – Nicky erzählte mir, dass er auf dem Gehweg seinen Kaffee hatte fallen lassen. Er war auf der Stelle gefroren. Wie Glas habe das ausgesehen, sagte er. Ich trödelte nicht, als ich durch den Park lief, aber ich hielt inne, als ich Robert Raffles auf einer Bank schlafen sah. Will kaufte ihm auf dem Weg zur U-Bahn immer Bier und Chips.

Im ersten Moment glaubte ich nicht, dass es sich bei dem Umriss auf der Bank um einen Menschen handelte. Doch obwohl ich versuchte, nicht zu genau hinzuschauen, als ich vorbeilief, empfing ich menschliche Schwingungen. Dann sah ich Roberts Schuhe beziehungsweise die zerfledderten, mit Gaffer-Tape geflickten Fußkleider, die ihm als Schuhe dienten. Ich dachte an den Kaffee auf dem Gehweg.

Also ging ich hin und weckte ihn. Gab ihm fünfzig Dollar. Brachte ihn in eine Obdachlosenunterkunft.

Nein, tat ich nicht.

Ich wurde schneller, eilte voran, ein wenig durcheinander, bis ich an ihm vorbei war. Ich sagte mir, dass er schlafe. Ich sagte mir, dass ich die Polizei rufen würde, falls er noch immer da wäre, wenn ich aus dem Pub kam. Aber was würden die tun? Ihn in ein Krankenhaus bringen? In eine Obdachlosenunterkunft? Wenn ich ihm jetzt Geld gab, würde er es dann dafür verwenden, sich aufzuwärmen? Will meinte, Robert lebe schon seit dreißig Jahren im Park. Er musste sich seiner Möglichkeiten doch bewusst sein – die Ambulanzen, die U-Bahnstationen.

Ich erreichte das andere Ende des Parks und blieb stehen. Meine Zehen waren so taub, als stünde ich auf Eis. Ein Mülleimer versperrte mir die Sicht auf ihn, sofern er noch da war oder jemals da gewesen war. Den Rest der Strecke rannte ich, kleine Atemwölkchen hinter mir herziehend. Ich rannte. Hinein in das mattgelbe Licht, als habe mich jemand verfolgt.

»Ich weiß nicht«, sagte ich. »Sollte er immer noch da sein,

wenn ich gehe, dann mache ich was. Vielleicht … sag mal, habt ihr eigentlich Decken? Vielleicht haben wir noch Decken im Restaurant. Aber an einem Abend wie heute …« Ich zuckte die Achseln. »In so einer Nacht braucht man nicht bloß eine Decke, weißt du, was ich meine?«

Paulie nickte. Er war ein kleiner, freundlicher Mann im fortgeschrittenen mittleren Alter, flink auf seinen Füßen, dazu ein charmanter irischer Akzent. Er war genau das, was man wollte, wenn man in einen Laden kam, in dem Kleeblätter über den Sitzecken baumelten.

»Die Welt da draußen ist eine Löwengrube«, sagte er und zapfte sich ein Bier. »Die Küche schließt gleich – willst du noch was?«

»Kann ich ein paar Pommes haben? Bloß ein Körbchen voll.«

Ich hatte keinen Hunger. Aber ich hatte Krämpfe im Bauch, kleine Alarmglocken. Die Fritten waren feucht und benötigten zwei Extraladungen Salz, aber sie beruhigten mich.

»Scheiße«, sagte Jake und warf die Tür hinter sich zu. »Verfluchte Scheiße, ist das kalt.«

Wir nickten. Er zog einen Stuhl zu mir heran und ich fühlte mich schuldig wegen Robert Raffles. Aber auf eine reflektierte Art. Die Welt *war* eine Löwengrube. Ich musste auf mein Leben achtgeben, mein Konto im Griff haben, mich auf dem Weg zur Arbeit sicher fühlen, meinen Barhocker verteidigen. Ein paar froren, damit anderen warm war – ich hatte mir dieses System nicht ausgedacht, sagte ich mir. Möglicherweise unterstützte ich es, vor allem dann, wenn ich diese schnellen, kleinen Schritte machte.

»Hast du Robert Raffles gesehen? Im Park?«

»Wen?«

»Robert Raffles, der Obdachlose, mit dem Will befreundet ist.«

»Will, dieser Drecksack.« Jake nahm sich zwei meiner Fritten und aß sie ganz intuitiv. Er bemerkte, dass ich ihn immer noch ansah, und drückte seine Finger gegen meine Schläfen. »Da war niemand im Park.«

Er ließ seine kalten Finger mein Gesicht hinunterwandern und begann, meinen Schal zu lösen.

»Ich sehe gerne deinen Hals«, sagte er schlicht.

Niemand war im Park. Problem gelöst. Ich hob mein Kinn, während ich einen Schluck Bier nahm, ich streckte meinen Hals. Was geschieht mit mir?, fragte ich. Aber nicht laut. Er bestellte ein Bier und fütterte mich mit kalten Pommes, bis wir beide rote Wangen hatten.

WIR WURDEN LANGSAMER. Allianzen wurden geschlossen und gelöst. Nach den Feiertagen, mitten in einem schier endlosen, stumpfen Winter, war vor allem Letzteres der Fall. Wir waren gemein, unser Tonfall war knapp, wir intrigierten, planten den Niedergang von Kollegen und steigerten uns in kleine Triumphe hinein. Man hätte ziemlich sicher annehmen können, dass wir einander hassten.

VESELCA, drei Uhr morgens. Allmählich begann ich, das Essen des Ostblocks zu lieben. Zum einen, weil mir plötzlich aufging, dass ich in einer Stadt lebte, in der es einmal Immigranten gegeben hatte, die nicht aus Asien kamen, sondern aus Ländern von unendlicher Kälte. Vor allen Dingen aber, weil das Essen billig war und Jake es hasste, Geld für Essen auszugeben.

Schalen mit Borschtsch vor uns auf dem Tisch. Das Gegenteil von dünn. Eine kräftige, magentafarbene Suppe, die am Löffel haftete. Gekochte Pierogi, überhäuft mit saurer Sahne und Meerrettich. Rouladen, aus denen der Saft in die Tomatenbrühe sickerte. So nährte man die Winterseele.

Als ich Jake einen Marxisten nannte, sagte er, dass er das

Wort nicht verstehe. Als ich ihn einen Proleten nannte, lachte er. Wenn ich den Finger in die Löcher seines Wollmantels steckte, der ihm formlos bis zu den Knöcheln reichte, oder auf die Sohlen seiner Schuhe deutete, die sich bereits abzulösen begannen, dann lachte er ebenfalls. Stunden meines Lebens, die sich nicht mehr wiederholen ließen. Wintertage, die bitter waren, Tage, denen jeglicher Zucker fehlte. All diese Tage verbrachte ich mit dem Versuch, ihn zum Lachen zu bringen.

»Ich kauf dir eine Burka«, sagte ich und wieder lachte er.

Am Anfang erwähnte ich sie nicht. Fast so, als wollte ich seine Gefühle schonen, ihn glauben lassen, dass ich nur an ihn dachte, wenn wir zusammen waren. Aber wann immer ich eine neue Regung seines Körpers, eine neue Krümmung seiner Augenbrauen sah, fühlte es sich an, als bekäme ich etwas zu sehen, was eigentlich Simone gehörte. Es war ein wenig pervers. Ein seltsames Vergnügen. Aber meine Bindung zu ihnen war so frisch, dass ich nichts anderes tun wollte, als sie zu stärken. Und dann irgendwann, in einer dieser Nächte, setzte er sich neben mich und sagte, Simone würde ihn noch wahnsinnig machen. Ständig nörgele sie herum, er solle sich Gedanken darüber machen, in welchem Zustand er abends die Bar hinterlasse. Er testete mich, und ich sagte: »Deine Feierabendgepflogenheiten sind dein kleinstes Problem. Glaubst du etwa, Howard weiß nicht, dass du in den letzten Jahren zu jeder einzelnen Schicht zu spät gekommen bist?« Er lachte. Und dann war sie bei uns. Unsichtbar. Gutmütig.

»Und dann sagt sie zu mir: ›Du musst nur ein Gefühl für Licht und Schatten entwickeln.‹ Äh, was?«

»Wieder Keats!« Er stopfte sich eine Pierogge in den Mund. »Sie kann nicht anders. Sie hat so viele Jahre mit diesen Dichtern verbracht, sie weiß gar nicht mehr, was von ihr ist.«

»Was von ihr ist?«

»Ihre eigenen Worte, ihre eigenen Gedanken. Sie war Lyrikerin – ist noch immer Lyrikerin. Ich weiß nicht. Sie war mit sechzehn mit der Schule fertig. Hatte ein Vollstipendium für die Columbia.«

»Sie hat an der Columbia studiert?«

»Nein, hat sie nicht.«

»Wo dann?«

»In Cape Cod am staatlichen College.«

Mir blieb das Essen im Hals stecken. »Nie im Leben!«

»Ja, du elitäre Ziege. Schluck dein Essen runter.«

Ich schluckte. »Im Ernst?« Simone am staatlichen College, nichts als glatte Einsen – gelangweilt, still, ernst. »Aber warum?«

»Nicht jeder genießt das Privileg, weglaufen zu können.« Er sah mich an und lenkte ein: »Außerdem musste sie sich ja um mich kümmern.«

»Simone hat auf die Columbia verzichtet, um sich um dich zu kümmern?«

»Ich habe auch eine Menge für sie aufgegeben. Es ist ein Geben und Nehmen. Ich kümmere mich ebenfalls um sie.«

»Und was passiert, wenn sich einer von euch beiden um jemand anderen kümmern will?« Die Worte waren heraus, bevor ich sie aufhalten konnte, und ich dachte: Bitte antworte nicht darauf. Er ignorierte mich. »Wie sind ihre Eltern?«

Er lehnte sich in seinem Stuhl zurück. »Sie sind kein bisschen wie sie.«

»Wie ist sie so geworden?«

»Sie denkt gern, sie sei bereits vollkommen fertig Zeus' Kopf entstiegen.«

»Aber in Wirklichkeit …«

»Ihr Vater hatte eine Bar. Und ihre Mutter war eine Grundschullehrerin, die auf eine naive, mädchenhafte Art besessen von Frankreich war, aber sie besaß nicht mal einen Reisepass.«

Ich bemerkte, dass ich mit dem Löffel in der Hand auf halben Weg zu meinem Mund innegehalten hatte. Eher hätte ich geglaubt, dass Simone in voller Rüstung aus einem Schädel gesprungen war, als dass ich hätte glauben mögen, sie sei von einer Frau großgezogen worden, die niemals das Land verlassen hatte. Ich legte den Löffel ab und lachte etwas unbehaglich.

»Wie alt ist sie?« Das fragte ich mich bereits seit meinem ersten Arbeitstag. Ich hatte kein Gefühl für die subtilen Unterschiede zwischen dreißig, dreiunddreißig oder vierzig.

»Sie ist siebenunddreißig. Wie alt bist du?«

»Zweiundzwanzig. Das wusstest du«, sagte ich. Ich lächelte ihn an, aber innerlich rechnete ich bereits nach. »Das ist schon relativ alt, oder? Es ergibt aber keinen Sinn. Hat sie nicht mit zweiundzwanzig im Restaurant angefangen? Ich meine, sie hätte mal gesagt, dass sie seit zwölf Jahren da sei, dann wäre sie aber vierunddreißig, oder? Wann war sie in Frankreich? Und was hast du gemacht, als sie weg war?«

»Ich bezeichne diese Zeit als meine Jahre in der Wildnis.«

»Wie lange wart ihr voneinander getrennt?«

»Ein paar Jahre. Du liebe Güte, das Thema wird langsam langweilig.«

»Glaubst du, dass sie glücklich ist? Damit, bloß im Restaurant zu arbeiten? Sie wirkt glücklich, nicht wahr? Ihr Leben ist so reich.«

»Du bist richtig verknallt, was?« Jake widmete sich den Rändern seines Roggentoasts. »Was, glaubst du, ist Glück? Es ist eine Art Konsum. Kein Zustand, kein Ort, den du mit dem Taxi aufsuchen kannst. Simones Vater hatte nachts um eins ein Hirn-Aneurysma, als er gerade die Abrechnung machte. Er war nicht unglücklich. Simone hat hinter der Bar geholfen, seit sie neun Jahre alt war. Ich glaube nicht, dass sie sich über das Glück irgendwelche Illusionen macht.«

Ich versuchte mir vorzustellen, wie sie als kleines Mädchen

Gläser abgeräumt hatte. Wie aufmerksam sie dabei gewesen war. Im Alter von neun Jahren waren meine intensivsten Begegnungen die mit meinen Puppen gewesen. Mit ihnen spielte ich »Familie«, aber es endete fast immer schlecht, ja gewalttätig. Diese Puppen mussten das ganze Ausmaß meiner gerade erwachenden emotionalen Welt ausbaden. Sie konnten nicht weg und vergaben mir stets am nächsten Tag, wenn wir wieder von vorn anfingen. Keine unrealistische Reaktion, wenn ich mir andere Familien ansah. Allerdings hatte ich überhaupt keinen Zugang zur Welt der Erwachsenen. Ich wurde nicht gesehen, nicht gehört oder auf sonst irgendeine Art wahrgenommen. Es schien logisch, dass Simone sozusagen direkt in diese Welt hineingeboren worden war, sie hatte sich auf ihre Regeln eingelassen. Schon als Kind hatte sie die Ernsthaftigkeit erlernt, ebenso die Scheinheiligkeit und das Ausweichen. Sie hatte das alles gelernt, noch bevor sie sich darüber bewusst werden konnte, dass sie in Wirklichkeit gar keine von ihnen war.

Ich versuchte mir vorzustellen, wie Jake als kleiner Junge langsam immer größer geworden, irgendwann so groß gewesen war wie sie und sie schließlich überragt hatte. Es war das erste Mal, dass ich ihn mir als Kind vorstellte. Über den Tisch hinweg sah ich ihn an, und plötzlich hatte ich das Gefühl, dass er und Simone – mit ihrer ganzen Geschichte, mit ihren kaputten Eltern und ihrer nordischen Kälte und Härte – die ersten echten Menschen waren, denen ich begegnete.

»Was ist mit mir?«, sagte ich ernst, »glaubst du, dass ich mir Illusionen mache?«

»Ich glaube, du bist die Illusion.« Er rückte seinen Stuhl neben meinen. Ja, da war ein Schalter in ihm, er konnte plötzlich voller Energie sein – ich durfte nie zur Ruhe kommen. Er drückte seine Gabel gegen meine Lippen.

»Wem gehören diese Lippen?«

»Diese Lippen?« Ich küsste die Gabel. »Meine Lippen?«

Ohne zu zögern, biss er mich in die Unterlippe. Zog daran, dehnte sie. Wir ließen die Augen offen. Beide. Seine Zähne fixierten mich an Ort und Stelle. Er biss noch etwas fester zu, ich atmete heftiger. Dann ließ er los und küsste meine Lippe ein wenig sanfter. Blut und Jod auf meiner Zunge.

»Meine Lippen«, sagte er, »meine.«

ER BEGEGNETE MEINER Aufrichtigkeit mit Gleichgültigkeit, und der freie Fall begann. »Du liebst es zu vögeln«, sagte er oft.

Und ich: »Tut das nicht jeder? Was soll das überhaupt heißen?« Obwohl ich natürlich sehr wohl wusste, wovon er sprach, denn meine Schenkel zitterten noch immer.

»Nein, die Frauen in New York, die sind alle immer hier oben.« Er klopfte gegen meinen Schädel. Dann presste er seine Hand zwischen meine Beine. »Die können nicht hier sein. Es gelingt ihnen einfach nicht.«

»Du hast viel Erfahrung, nicht wahr?« Ich war über die Art gestolpert, wie er »Frauen in New York« gesagt hatte. »Schließlich bin ich ja keine Nymphomanin oder so etwas.«

»Nein.« Er bewegte seine Hand weiter nach oben und presste sie auf meine Haut. »Schäm dich nicht. Sag: Ich liebe es zu vögeln.«

»Nein«, sagte ich und zog mich zurück. Seine Augen glänzten wie Wasser kurz vorm Siedepunkt.

»Sag es«, forderte er und packte mich am Hals. Er presste den Daumen auf meine Luftröhre. Schwindel. Am Höhepunkt meiner Orgasmen mit Jake war es nicht ich, die stürzte, es war die Welt, die aufwärts strebte. Manchmal tat er mir weh. Er roch meine Angst und sagte dann: »Lass los.« Wenn ich der Angst begegnete, das Gesicht tief in das Kissen hineinpresste, war mein Orgasmus intensiver. Die Stahlgitter, die die Chinesen draußen hochzogen, ihre schnellen Unterhaltungen, während sie die Fischabfälle rausschleppten, das Piepen der LKWs im Rückwärtsgang. Kein Knochen mehr in meinem Körper.

»Ich liebe es zu vögeln.«

»Du bist unersättlich.«

»Du bist ein Fleischfresser.«

»Du bist eine geile Schnecke.«

»Ein Wolf.«

»Eine Rose.«

»Ein Steak, ganz blutig.«

»Das, was du hast, ist unheilbar.«

»Du bist quasi im Endstadium.«

Auch wenn er Fehler hatte, in seinem blauen Zimmer existierten sie nicht. Mit Worten konnte er umgehen, er spielte sie wie ein Instrument. Er spielte mich. So ruhig, so einfach. Wir gaben totalen Schwachsinn von uns, aber … aber was? Es war eine vertrauliche Sprache. Nur schmutzig, wenn man sie wiederzugeben versuchte.

VI

Warte mal, wenn etwas ein Klischee ist, stimmt es dann oder nicht?
Jeder hat seinen Preis.
Du hast gegähnt.
Ja, und meiner liegt oberhalb der zwanzig Prozent.
Warum riech ich nichts mehr?
Die sind alle zu Monstern geworden.
Jetzt schneit es nur noch.
Also hab ich gesagt, dass ich keine Miete zahle, bis die Drecksheizung wieder funktioniert.
Wann hört es auf?
Es ist ein rassistischer Spruch. Aber ist es so *richtig* rassistisch?
Er ist vollkommen verbittert.
Heute Abend sind es die Garnelen.
Die richtige Zeit für Bourbon, mein Lieber.
Ist Venedig eigentlich eine Insel?
Aber da drinnen riecht es nach Abfall und Fernet.
Es heißt, Bier sei der neue Wein.
Du hast das zweite Glas an der 19 vergessen.
Ich krieg eigentlich gar kein Tageslicht mehr zu sehen.
Du hast nicht nach einem Altersnachweis gefragt?
Das ist mal ein Husten.
Garnelen sind nicht dasselbe wie Crevetten.
Und wirklich jung ist sie auch nicht mehr.
Aber ich schlafe gar nicht mehr.

Sollten wir seine Frau anrufen? Er schläft am Tisch.
Ja, du lutschst die Köpfe aus.
Der ist nie um eine Ausrede verlegen.
Die kleinen Vampire?
Es ist alles so verflucht pasteurisiert und homogenisiert.
Hier gibt es keine Geheimnisse.
Widerlich.
Nein, Sherry ist der neue Wein.
Ich brauch ein Taschentuch.
Ich brauche Steakmesser.
Als hätte sie blaue Flecken unter den Augen.
Niemals selbst zu kaufen, das ist meine Taktik.
Und dann haben sie mich gefragt, ob wir
Gelbflossen-Thunfisch haben.
Die sind direkt auf meinen Wangen gefroren, auf dem
kurzen Weg von hier zur U-Bahn.
Wo ist die Grenze?
Sei nett.
Weidmannsheil.
Die Crevetten auf der 86.
Alles, was komplett von Wasser umgeben ist, ist eine Insel.
Wie lange dauert es, bis wir uns zu Tode gefroren haben?
Was glaubt ihr?
Wie wäre es mit: *Wein* ist der neue Wein?
Verdammte Genies.
Es soll wieder stürmen. Dieses Mal noch schlimmer.
Schon wieder?
Und dann hab ich gekotzt.

ES IST NICHT schwer, bestimmte Dinge zu mögen, wenn man sich einmal auf sie eingelassen hat: Anchovis, Schweinefüße, Schweinekopf-Terrine, Sardinen, Makrelen, Seeigel, Leber-Mousse und Confits. Sobald man sich auf die Intensität des Geschmacks einlässt, darauf, *intensiver* zu schmecken und *bessere* Qualität zu erkennen – sobald man Geschmack als seinen Gott akzeptiert hat –, kommt der Rest wie von allein. Es fing damit an, dass ich immer mehr Salz brauchte. Meine Zunge bekam eine Art Hornhaut, sie wurde zu sehr in Anspruch genommen. Der Fisch sollte nach Fisch schmecken, aber eben nach Fisch hoch Tausend. Hoch eine Million. Fisch auf Crack. Gut, dass ich nie Crack genommen habe.

»WIE-ONN-JEE.«

Ich hatte sie nicht verbessern wollen. Ich hatte bloß gerade an Tisch 30 das Wasser nachgefüllt, als ich hörte, wie Heather sich verhaspelte. Es war ein klassischer Trick – beim Weinöffnen einfach weiterzusprechen. Egal, wie gut man auch war, es war einfach einer der langsamen Momente in einem ansonsten eher rasanten Prozess. Er begann ohne Umschweife und endete mit flotten Scherzen und klugen Bemerkungen. Doch während man mit der Weinflasche kämpfte, waren alle Blicke auf einen gerichtet: gelangweilt, erwartungsvoll. Man redete über kleine Fehler hinweg, eine natürliche Reaktion.

Heather hatte die Gäste davon überzeugt – und zwar auf eine sehr virtuose Art, wie ich fand –, anstelle des kalifornischen Chardonnay einen Weißwein aus dem Rhône-Tal zu nehmen. Er besitzt die gleiche Viskosität, die gleiche Wucht, inklusive der Honig- und Steinfruchtnote, aber ohne die dominanten Vanille- und Butter- Aromen, die eine so lange Zeit im Holz bei einem Chardonnay mit sich bringt.

Ein solches Manöver stellt eine einzigartige Service-Erfahrung unter Beweis. Sie vertrauten Heather, und die belohnte dieses Vertrauen, indem sie ihnen etwas beibrachte, ihnen eine Tür zu einem bisher unbekannten Geschmackserlebnis öffnete. Darüber hinaus konnten sie nun den Rest der Woche ihre Freunde fragen, ob sie gewusst hätten, dass an der Rhône auch Weißwein produziert werde, wenn auch in geringer Menge. Weißwein von der Rhône?, würden ihre steifen Freunde sagen. Ja, ob sie denn noch nichts vom Châteauneuf-du-Pape Blanc gehört hätten? Nein? Und dann würden unsere Gäste ihren Freunden Wort für Wort vortragen, was Heather ihnen gesagt hatte: »Dieser Wein ist relativ unbekannt, fast so etwas wie ein Geheimnis ...«

Wir hatten einen ähnlichen Vortrag über die Weißweine aus dem Bordeaux oder Rioja in petto, eigentlich über alle Regionen, die über renommierte Rotweinlagen verfügten. Und wenn unsere Gäste dann überrascht waren, nickten wir, sehr weise und gelassen. Die Tatsache, dass die Weine teuer waren und sich gut auf der Rechnung machten, war eine Art Dreingabe für uns, denn es stimmte tatsächlich – diese Weißweine waren kräftig, üppig und dazu noch Schnäppchen.

Während Heather dem Mann auf Platz eins einschenkte, fragte eine Frau, die wie ein aufgegangenes Soufflé aussah, um welche Trauben es sich denn ganz genau handele. Heather fing gut an, erzählte von Roussanne und Marsanne, aber das waren die offensichtlichen. Sie hielt inne, sah an die Decke. Das Vertrauen der Gäste hing über ihr wie eine bedrohliche Wolke.

»Viognier«, sagte ich. »Wie-onn-jee.« Die Aussprache hatte ich mir aus Simones Lehrstunde gemerkt. Der Raum blinkte, die Lichter begannen zu funkeln.

»Wissen Sie«, sagte ich und atmete ein. »In den Sechzigern war diese Rebe kaum der Rede wert. Nach der großen Reblausplage im 19. Jahrhundert wollte sie in Frankreich niemand mehr pflanzen. Sie ist eine ...« Auf der Suche nach dem richtigen Wort rieb ich die Finger aneinander. »... *launische* Rebe.«

In meinem Kopf wurden permanent neue Bons gedruckt, an der Bar schlugen Gläser aneinander. Eigentlich wollte ich gar nicht fortfahren, aber jetzt hatte ich Blut geleckt. Wenn die Gäste sich einem ganz und gar anvertrauten, stellte sich dieses Gefühl von Autorität ein.

»Aber dann wurde sie in Kalifornien angepflanzt. Die komplette Central Coast entlang. Und da haben dann plötzlich alle gesagt: Augenblick mal, was ist das für ein unglaublich aromatischer Wein? Daraufhin haben sich natürlich die Franzosen gemeldet: Moment mal, das ist unserer. Sie wissen ja, wie die Franzosen sind.«

Sie schmunzelten. Die Frau an Platz zwei steckte ihre Nase in das Glas und bewegte den Wein. Ich beugte mich zu ihr und sagte: »Ich rieche da immer Jasmin. So merke ich mir den Wein.«

»Ich rieche es auch! Jasmin«, sagte sie zu der Frau an Platz drei. Ich erkannte mich in ihr wieder – sie erlebte diesen wunderbaren Schauer, der solche Offenbarungen begleitete.

Ich reagierte auf Heathers Blick mit einem Achselzucken. Als wäre das nichts als ein Zufallstreffer gewesen. Ich wandte mich ab, um den Wasserkrug wiederaufzufüllen, dachte aber nur: Was soll die Scheiße? Ich habe gelernt. Sieh zu, dass du dranbleibst.

DAS GRAUESTE, nebligste, wirklich schlimmste Wetter. Schneematsch sammelte sich im Rinnstein. Über den Gullis bildeten sich kleine Seen, eine Mischung aus Schnodder und Tränen lag auf den Gesichtern. Die Luft fuhr einem wie ein Bohrer in den Kopf. Wann hört das auf? Was kommt als Nächstes?

Zum ersten Mal fragte er, ob ich Frühstück wolle. Ein wenig unbeholfen. Keiner von uns beiden musste an diesem Tag zur Arbeit, und eigentlich wollte ich immer Frühstück. Draußen war es zu kalt zum Reden, meine Lippen so kühl und schwer wie Marmor.

Er brachte mich zu Cup & Sauce Ecke Eldridge und Canal

Street, eine kleine Snackbar, die sich zwischen den stummen Schildern in chinesischer Sprache eingerichtet hatte. Draußen klebte ein alter, kursiv gesetzter Coca-Cola-Schriftzug am Fenster, drinnen lag eine Schicht Speck- und Frittierfett auf der Scheibe. Jake kannte hier jeden. Wir bestellten grauenvoll bitteren Kaffee, ich drückte Ketchup auf meine Eier, und plötzlich sah ich seine Falten, kleine graue Einschnitte. Auch seine goldenen Augen waren plötzlich grau wie Kiesel. Meine eigenen Haare in der Schaufensterscheibe: abwaschwassergrau. Die Ringe unter meinen Augen: lavendelgrau. Und dann küsste er mich im ergrauten, zerfaserten, groben Tageslicht und er schmeckte nach Ei, eingelegt in Tabak und Salz. Und ich dachte mir: Du lieber Gott. Verdammt noch mal, ist mein Leben jetzt wirklich ein einziges Festmahl? Ein ganzer Monat in Grau, und trotzdem die schönsten Tage meines Lebens.

»DU ENTWICKELST dich wirklich gut«, sagte Howard zu mir. Sein marinefarbener Anzug glänzte. Sein Tonfall war freundlich, aber zu direkt, automatisch zog ich die Brust ein.

»Was entwickele ich?«

»Welchen hast du zurzeit am liebsten?« Er blickte auf die ledergebundenen Weinkarten, die ich gerade abwischte.

»Am liebsten?«

»Welchen findest du aufregend?« Er hielt inne. »Auf der Karte.«

»Ach so.« Simone musste mit ihm geredet haben. Unsere Gespräche wurden immer intensiver, außerdem hatte ich in meiner Freizeit gelernt. Ich hatte ein Ritual und das klang so erwachsen, dass ich jedem davon erzählte, sogar den Stammgästen. An meinen freien Tagen stand ich spät auf, ging zum Coffee Shop, trank einen Cappuccino und las. Dann, so gegen fünf, wenn das Licht langsam schwächer wurde, nahm ich mir eine Flasche trockenen Sherry und goss mir ein Glas ein.

Dazu ein Glas grüne Oliven, Miles Davis und der *Weinatlas*. Ich weiß nicht, warum sich das so großartig anfühlte, aber eines Tages wurde mir klar, dass ich aus diesem Grund nach New York gezogen war – um bei Sonnenuntergang Oliven zu essen, mir einen Schwips anzutrinken und über den Nebbiolo zu lesen. Ich hatte mir ein Leben geschaffen, das sich all meinen persönlichen Gelüsten anpasste. Jetzt, während ich Howard so ansah, fragte ich mich, ob ich tatsächlich die Frau mit den Einkaufstüten geworden war, die ich mir während meines Bewerbungsgesprächs vorgestellt hatte. Und ich fragte mich, ob Howard – mit seinen wachsamen, unverfrorenen Augen – noch vor mir selbst erkannt hatte, was ich wollte, ob er mich genommen hatte, weil er gewusst hatte, dass dieser Job mir genau das geben würde.

»Der Manzanilla, glaube ich. La Gitana«, sagte ich.

»Ha!« Er klatschte in die Hände. Ernsthaft überrascht. »Der Manzanilla, wie zur Hölle bist du denn darauf gekommen?«

»Tatsächlich war es Mrs Neely. Sie bittet immer um Sherry für ihre Suppe, und ich dachte, es sei Sherry-Essig, aber dann habe ich gesehen, wie Simone ihn von der Bar geholt hat. Da glaubte ich noch, dass es ein süßer Wein sei.«

»Und?«

»Er ist nicht süß.«

»Nein, das ist er nicht. Er ist einer der ältesten, komplexesten und am meisten unterschätzten Weine der Welt.«

Ich nickte. Plötzlich, viel zu aufgeregt: »Ganz genau! So etwas habe ich noch nie geschmeckt. Er ist nussig und üppig, aber auch so leicht. Eigentlich knochentrocken, regelrecht salzig.«

»Das liegt an der Meeresluft – in dieser Gegend von Spanien kommen der Atlantik, das Mittelmeer und der Fluss zusammen. Sherry kann nirgendwo anders gemacht werden, aber ich bin mir sicher, dass Simone dir das bereits erklärt hat. In dieser Hinsicht ist Sherry wie Champagner, besonders in Bezug auf den Kalkanteil der Erde. Es gibt auch einen Namen dafür …«

»Albariza. So nennt sich diese Erde.« Es gefiel mir, Antworten zu haben. Und natürlich hatte er Ahnung von Sherry. Vielleicht fühlte ich mich deswegen unbehaglich, ebenso wie Simone formulierte er Werturteile. Dennoch war ich mir die ganze Zeit darüber bewusst, dass er ein Mann war. Es gab keine Gemeinsamkeiten zwischen uns. Nie schien er eine echte Frage zu stellen, also eine, die von mehr als bloßer Neugierde getrieben war, niemals stellte er eine dieser pulsierenden, existentiellen »Warum ist es so«-Fragen. Im Grunde schien er zu jedem Warum bereits die passende Antwort zu kennen.

Und doch war er der Einzige, der mich gesehen hatte, bevor ich den blanken Horror der Einarbeitung durchlebt hatte, bevor ich stumm geworden war, nur um dann mit einer neuen Stimme zu sprechen. Er war der Einzige, der Bescheid wusste. Und er hatte nicht nur die Abläufe dieses Restaurants fest im Griff, er dirigierte uns auch wie ein Puppenspieler und zog an Fäden, die an unseren unzähligen Sehnsüchten und Ängsten festgezurrt waren.

»Es war klug von dir, ihre Nähe zu suchen«, sagte er. Dann ging er um den Tresen herum und holte den La Gitana aus dem Kühlschrank. Er füllte zwei kleine Gläser damit. »Eigentlich geht sie mit neuen Mitarbeitern nicht so um. Im Gegenteil, ich kann dir gar nicht sagen, wie viele potentielle Kellner sie bei der Einarbeitung links liegen gelassen hat. Die mussten wir dann rausschmeißen.«

Ich zuckte die Achseln und roch an dem Wein, der ebenso süchtig machte wie alte Bücher. »Ich habe nichts getan. Sie hat mich ausgesucht.«

»Warum, glaubst du, hat sie das getan?«

Ich dachte an unsere ersten Begegnungen, bei denen sie abweisend, kühl wie eine Statue gewirkt hatte. Ich wollte sagen, dass ich sie um den Finger gewickelt hatte, aber eigentlich hatte ich viel zu lange fast gar nichts gesagt.

»Zwischen uns ist irgendwas«, sagte ich endlich. Unhörbar. Ich sprach nicht von Jake, aber das würde ich Howard jetzt nicht sagen. »Wir haben etwas gemeinsam, ich weiß nicht, ob ich das erklären kann.«

»Ich glaube, bei unserer ersten Begegnung war sie bloß wenige Jahre älter als du.«

»Gab es damals überhaupt eine Park Bar?«

»Da gab es wirklich nicht viel Auswahl. Du lieber Gott, Simone und ich sind immer in diesen Laden gegangen – Art Bar? Gibt es die noch?«

»Die liegt so weit im Westen! Wie war sie so?«

»Ja, damals musste man reisen. Barfuß durch den Schnee, den Berg rauf auf dem Hin- und auf dem Rückweg.«

Howard trank seinen Sherry mit dem Rücken zur Tür, ich sah die ersten Abendgäste hereinkommen. Ich beobachtete, wie sie sich lebhaft aus ihren Mänteln schälten, und dachte, dass ich eigentlich alles vorbereiten musste, aber unsere kleine Happy Hour würde ich auf keinen Fall unterbrechen.

»Würdest du mir glauben, wenn ich dir sage, dass sie im Grunde dieselbe war?«, fuhr er fort. »Innerhalb von sechs Monaten ließ der Inhaber sie Leute einarbeiten, die doppelt so alt waren wie sie. Alle waren geschockt, als sie den Geschäftsführer-Posten ablehnte. Ein Glück für mich natürlich.«

»Warum wollte sie den Job nicht?«

»Ich weiß, meine Arbeit sieht mühelos aus.« Er zupfte an seinen Manschettenknöpfen. »Tatsächlich ist es aber ein harter, ausufernder Job. Es ist eine andere Form von Verbindlichkeit. Wenn ich mich recht erinnere, dachte sie damals darüber nach, noch mal zurück an die Uni zu gehen. Und dann hieß es auf Wiedersehen, auf nach Frankreich. Ihre erste Flucht.«

»Ihr habt alle so viel zusammen erlebt«, sagte ich. »Wahnsinn, oder? Ihr seid alle schon so lange hier.«

»Bist du hier glücklich?«, fragte er. Nicky kam von hinten, rückte seine Fliege zurecht und hob beim Anblick meines Sherryglases eine Augenbraue. Dann dimmte er das Licht an der Bar.

»Ja«, sagte ich. Howard konnte nicht wahrnehmen, was ich wahrnahm. Die Bar, die unter den tiefhängenden Lampen zu leuchten begann, die langsam anschwellende Musik. Nicky, der schwungvoll den Rotwein des Hauses öffnete. Leute drängten sich durch die Tür, und das Restaurant entfaltete eine Magie, als wäre es aus einer besseren Welt, einer Welt der perfekten Formen hervorgegangen.

»Vorhang auf, Kinder«, rief Nicky, und die Kellner kamen aus ihren Verstecken hervorgekrochen, die Arme hinter dem Rücken verschränkt. Wenn Howard mich fragte, ob ich hier glücklich war, meinte er dann glücklich *hier* im Restaurant oder *hier* in meinem Leben?

»Ich bin mehr als zufrieden hier«, sagte ich.

»Hast du schon mal über die Zukunft nachgedacht?«

Hatte ich schon mal über die Zukunft nachgedacht? Klar. Ich wollte, dass mein Leben im nächsten Jahr genauso aussah wie jetzt. Ich wusste, dass ich zu viel trank, und ich hatte mir auch durchaus Gedanken darüber gemacht, als ich anfing, meine eigenen Drogen zu kaufen, anstatt mir kleine Häufchen von den Drogen der anderen geben zu lassen. Aber ich nahm an, dass das auf keinen Fall so bleiben würde, dass es schlicht Teil einer Entwicklung war, aus der ich geschliffen hervorgehen würde. Außerdem: Ich trank weniger, kokste weniger und ich vögelte auch weniger als achtzig Prozent der Menschen, die mir begegneten. Obwohl ich ehrlich zugeben musste, dass mich diese Dinge auch etwas mehr tangierten, mich mehr ins Vulgäre driften ließen als andere.

Wollte er hören, welche Ziele ich hatte? Manchmal schrieb ich Listen, auf denen stand: *Erkunde Manhattan jenseits der Dreiundzwanzigsten, kauf dir eine Dauerkarte für das MoMA und ein Bücherregal und/oder Vorhänge, geh zum Yoga, lern kochen, kauf dir eine elektrische Zahnbürste.* Ich glaubte, dass ich irgendwann weitere Freunde finden würde, urbane, talentierte, tätowierte Freunde. Und dass wir dann Abendessen veranstalten würden, zu denen auch ich etwas würde beitragen können, weil ich bis dahin einen perfekten Coq au Vin würde zaubern können. Tja, und ich glaubte, dass all die hysterischen Böen, diese verheißungsvollen Möglichkeiten und Chancen, die mich während meiner Fahrten mit der L-Linie beschäftigten, eines Tages einfach nachlassen würden.

Ich hatte gerade angefangen, über das Reisen nachzudenken. Manchmal verglich ich mein Leben mit dem von Simone. Ich glaubte, dass meine Flucht, mein Abenteuer im Ausland noch kommen würde. Jenes Abenteuer, das mich nachdenklich und sinnlich werden ließe. Ich war noch nie in Europa gewesen. Vielleicht konnten Jake und ich … vielleicht konnten wir ein »Wir« werden. Diesen Gedanken hatte ich mir bisher immer verboten – noch vor zwei Monaten hatte ich ihn nicht einmal dazu bewegen können, mir hallo zu sagen –, aber plötzlich glaubte ich an diese Worte. Ich glaubte, dass wir gemeinsam irgendwo hinziehen und uns auf ein echtes »Wir« zubewegen würden. Ein »Wir«, das auf der Straße Händchen hielt und zu den Stammgästen des Les Enfants Terribles, gleich um die Ecke der Wohnung, zählte. Es schien ein bisschen seltsam, dass wir beide noch nie zu einer normalen Zeit zusammen zu Abend gegessen hatten – sprich vor Mitternacht –, aber jetzt, da wir zusammen gefrühstückt hatten, war der Rest nur eine Frage der Zeit. Ein »Wir«, das Wochenendausflüge machte, ein »Wir«, das zusammen nach Europa reiste – ohne Simone, mehrere Tage am Stück, nur wir beide. Wir konnten nach Paris fliegen, ein Auto mieten, die Loire herunterfahren, bis wir den Atlantik erreichten. Ich hatte bemerkt, wie er mich manchmal ansah. Bei anderen Gelegenheiten gab er mir das Gefühl, überhaupt nicht zu existieren, aber dann, manchmal …

Ich musste ausgesehen haben wie eine selbstvergessene Idiotin, bevor Howard mich zurück in die Gegenwart holte: »In gewissen Lebensphasen ist es gut, nicht zu wissen, wohin es geht. Man sollte sich erlauben, einfach zu leben, ohne eine genaue Ahnung davon zu haben, was man tut. Das ist total in Ordnung. Es ist halt eine Phase des Sammelns.«

Mir kamen die Tränen. Er nahm mir das leere Glas aus der Hand und schob es auf das Abtropfgestell.

»Es würde mich freuen, wenn du hier als Kellnerin arbeiten würdest. Der Inhaber sieht das genauso. Du wirst an Kollegen vorbeiziehen, die schon länger darauf warten, deshalb wärst du für eine gewisse Zeit nicht die Beliebteste. Könntest du dir das trotzdem vorstellen?«

Ich nickte.

»Wunderbar. Ich werde sehen, wann in den kommenden Monaten etwas frei wird, und dann wirst du mit der Einarbeitung beginnen. Danke für deine solide Arbeit.«

Ich betrachtete meine Hände, die nicht besonders sauber waren: *Sie* waren es gewesen, die diese solide Arbeit geleistet hatten. Ich erinnerte mich daran, wie ängstlich ich während meiner ersten Fahrt Richtung Union Square gewesen war, und daran, wie ich meinem Spiegelbild mein altes Mantra vorgesagt hatte: Es ist mir egal. Ich weiß nicht, wann genau es geschehen war, aber Howard hatte eine Veränderung angestoßen, als er mir dieses Leben geschenkt hatte: Es war mir nicht mehr egal.

ICH ENTWICKELTE eine gewisse Faszination für ein Paar alte Turnschuhe, die von einem Baum herunterbaumelten. Eines Tages, als ich zugeschaut hatte, wie bei den Baustellen unten am Fluss langsam die Lichter angingen, waren sie einfach da gewesen. Ich hatte sie nicht bemerkt, bis auch das letzte Blatt vom Baum gefallen war, der ganze Baum endlich ein kahler Kopf. Plötzlich waren sie zum Vorschein gekommen, diese vergammelten braunen Schuhe. Es schien, als hätten sie da schon lange festgehangen. Sie sahen uralt aus. Die Schuhe beschäftigten mich. Was war mit dem Menschen geschehen, dem sie gehört hatten? Wie war derjenige nach Hause gekommen? Wer um alles in der Welt würde sie da runterholen? Der Gedanke, dass sie da jahrzehntelang vor sich hin gammeln würden, löste ein seltsam apokalyptisches Gefühl in meinem Magen aus.

Frühling

I

Du wirst es kommen sehen. Nicht wirklich *du*, denn du siehst eigentlich noch gar nichts. Alle anderen sehen für dich. Unerbetene Ratschläge, abgedroschene Warnungen, jeden Tag. Du hörst sie nicht, du willst nicht, dass sie deinen Enthusiasmus trüben. Ja, sie hatten es definitiv genau so kommen sehen, wie es kam.

Wenn du dann älter bist, wirst du wissen, dass du es tief in deinem Unterbewusstsein nicht nur hast kommen sehen, sondern dass du es sogar selbst herbeigeführt hast. Obwohl du eigentlich das Gefühl hattest, nur blind vorwärts zu stolpern. Du tröstest dich damit, dass es keinen Unterschied gemacht hätte, es kommen zu sehen. Du warst ein Schwamm, hast alles in dich aufgesogen. Vielleicht tun das alle in ihrer Jugend, aber dann erinnern sie sich nicht mehr an das Gefühl, alles so waghalsig und undifferenziert in sich aufzusaugen. Niemand tut das.

Wenn du nicht sehen kannst, was vor dir liegt, besteht das ganze Leben aus Überraschungen. Im Rückblick aber kamen die wenigsten Dinge wirklich überraschend.

NACH DER ARBEIT gingen wir spazieren, weil der Winter die totalitäre Faust, mit der er das Wetter regiert hatte, endlich ein wenig lockerte. Mit jedem Schritt, den wir uns vom Union Square entfernten, schien Jake sich mehr mit seiner Umgebung zu identifizieren. Sobald wir die Houston in Richtung Süden oder die A im Osten überquerten, wurde er eins mit seiner Welt.

Er nahm mich mit in seine Bars. Er wurde immer geduldiger, sentimentaler und nervöser.

Er hasste Lokale mit jungem Barpersonal. *Seine* Barleute hießen Buddy, Buster oder Charly – Namen, die man auch einem loyalen Hund geben würde. Er hasste Bars mit Tischen oder Lampen, die dem Laden einen antiken Touch verleihen sollten. Er mochte Bars, die tatsächlich alt waren, deren Glanz vollkommen verblasst war. Abblätternde Farbe, zerbrochene Fliesen. Keine DJs. Keine Cocktailkarten. Natürlich besuchte er hin und wieder auch die anderen Bars, aber er richtete sich dort niemals ein.

Wenn wir ins Milady's gingen, rief Jake vorher die Barfrau Grace an, und wie aus dem Nichts erschienen Hocker für uns. Im Milano's lag ein Pittbull unter dem Tisch und an der Tür standen die Profiskater und ihre Model-Freundinnen Schlange. Die Wände der Mars Bar waren uringetränkt, ich war das einzige Mädchen dort und niemand beachtete mich. Ein fragiles Ökosystem, bestehend aus alten Männern, Death Metal, Saufen und genügsamer Anarchie.

Im Sophie's, auf der East Fifth, machte sein Freund Brett die Dienstage. Er war ein »sehr alter« Freund von Jake. Da keiner von beiden weiter darüber sprechen wollte, nahm ich an, dass sie entweder Kleinkriminelle oder gemeinsam auf Entzug gewesen waren. Brett trank ebenso maßvoll wie grimmig, mit einem Auge sah er stets zum Fernseher über der Bar, wo die Simpsons liefen. Jake gab mir einen Vierteldollar nach dem anderen, um die Jukebox zu füttern, und jedes Mal, wenn ich einen Song auswählte, legte er die Hände über den Kopf und stöhnte.

»Ist das etwa genetisch? Sind Frauen einfach nicht dazu in der Lage, Musik zu verstehen? Das hier ist Scheiße, totale Scheiße. Gefällt dir das etwa?«

»Das ist ein gutes Lied. Dazu könnte man glatt zum Altar schreiten.« Der Altar und Jake. Er bedeckte seine Ohren.

»Du bist vollkommen irre. Am liebsten würde ich einfach sterben.«

Sobald der Song vorbei war, legte er einen weiteren Vierteldollar neben mein Bier, und ich nahm mir vor, einen Song auszuwählen, den er zumindest nicht kommentieren würde. Denn einen Song zu finden, den er tatsächlich mochte, schien vollkommen unmöglich.

»Wusstest du, dass Ian diesen Song vor seinem Tod für Joy Division geschrieben hat?«

»Wer ist Ian? Die Band heißt New Order.«

»Brett! Brett, hörst du das? Wer ist Ian, sagt sie! Die Band heißt New Order!«

Einen Augenblick lang wandte Brett seinen Blick vom Bildschirm ab und betrachtete mich. Er war enttäuscht.

»Wer ist Joy Division?«

»Fuck!«, sagte Jake. Die ganze Bar war in Aufruhr, erwachsene Männer schlugen mit den Fäusten auf den hölzernen Tresen, jemand zeigte mit einem Billardkö auf mich. Als der Song zu Ende war, lag ein weiterer Vierteldollar neben meinem Bier.

»Willst du mich quälen?«

Er lehnte sich zu mir, eine Locke fiel ihm ins Gesicht. Ich schob sie zurück. Das war aus mir geworden: das Mädchen, das Jake die Haare richten durfte. Allmählich war er ein bisschen angetrunken, locker, und er zeigte seine Zähne. Ich spürte, wie er sich bereit zum Angriff machte.

»Es gefällt mir«, sagte er.

»Mich zu demütigen?«

»Nein.« Er legte seine Hand auf meine Wange und unsere Stirnen berührten sich. »Es gefällt mir, wie sehr du dich konzentrierst, wenn du da drüben bist. Du beißt auf deinen Lippen herum, als ginge es um Leben oder Tod. Und es gefällt mir, wie du auf deinem Hocker rumhüpfst, wenn alle dich anschreien.«

»Du magst mein Hüpfen?« Ich hüpfte ein wenig, bis seine Hände mich fanden und vom Hocker zogen.

»Bist du so weit?«, fragte er. Ich nickte und biss ihn in den Hals. Ich glaube nicht, dass mich irgendetwas so sehr mit Befriedigung erfüllte wie der Moment, in dem er mich fragte, ob ich bereit sei, nach Hause zu gehen. Zu wissen, dass wir diese Orte gemeinsam verlassen, die anderen die letzte Runde allein trinken lassen würden.

»Brett, wir zahlen«, sagte er. Mit einer Hand zog er Bares aus dem Portemonnaie – Trinkgeld. Die andere Hand kroch in meinen BH und kniff mir in die Brustwarze. Brett zuckte die Achseln. Es war immer das Gleiche – keine Rechnung, keinerlei Konsequenzen.

›Hier haben mal Künstler gelebt‹ lautete ein Graffiti auf dem Sperrholz, mit dem der Maschendrahtzaun verkleidet war. Er führte um ein gigantisches Loch im Boden herum. Drinnen Abrissteams, die Beton zerlegten und Erde und Schutt hin- und herschoben. Neben dem Graffiti waren auf dem Sperrholz auch einige Baugenehmigungen und eine Werbung für Eigentumswohnungen angebracht. Darauf war eine computergenerierte Frau zu sehen. Sie befand sich in einer weißen Box, weit oben im Himmel, schaute auf Manhattan herunter und trug einen Anzug und hohe Absätze. In der Hand hielt sie ein Glas Wein. Sie hatte dunkle Haare und Augen, deren ethnischer Ursprung nicht ganz eindeutig auszumachen war. Möglich, dass hier mal Künstler gelebt hatten, aber diese Frau war ganz sicher keine Künstlerin. Und obwohl sie nach Westen schaute, hieß es auf dem Werbeplakat: *In Williamsburg dämmern die Tage des Luxus herauf.*

Der Wind ließ das Wasser des Flusses auf den Steinen schäumen. Das Gras war braun, der Boden nackt. Die Beete waren voller kleiner Zweige. Ich saß auf einer Bank, schaute auf die

Brücke und spürte einen Stich. Wer würde diese Apartments kaufen? Wer würde unsere Studienkredite bezahlen? Würde unser Gefühl für Stil uns vor alldem bewahren können? Und wenn hier mal die Armen gewohnt hatten und von jetzt an die Reichen hier leben würden, wo würden *wir* dann hingehen?

Zwei Obdachlose schliefen auf Picknicktischen. Ich war mittlerweile sehr gut darin, den Blick von den unangenehmen Dingen abzuwenden. Auf mein Geheiß hin übersprangen meine Augen jede Kotzelache, jeden kaputten, gebückten Junkie, jede Frau, die ihr Baby anschrie, selbst die Pärchen, die sich bei uns im Restaurant stritten. Frauen, die in ihre Fettuccine weinten und dabei ihre Eheringe am Finger hin- und herdrehten – eine Einundfünfzig-Prozentlerin, so hatte ich gelernt, ließ sich durch nichts aus der Ruhe bringen, verlor niemals die Haltung. Einer der Obdachlosen, eingewickelt in mehrere Schichten farbloser Kleidung, lag von mir weggedreht auf der Seite. Seine Hose war halb heruntergezogen, ein Stück mit Scheiße beschmiertes Klopapier stak aus seiner Arschritze, wie eine Flagge, die Kapitulation signalisierte. Einer seiner Turnschuhe war heruntergefallen und neben dem Tisch liegen geblieben.

Ich sah ihn an, bis ich nicht mehr konnte. Die Sonne schien unentschlossen, nicht ganz bereit unterzugehen, und statt des transzendenten Gefühls, das so ein Wechsel des Lichts normalerweise in mir auslöste, bemerkte ich, wie die Ratten sich zwischen den Steinen zu regen begannen. Ich fange an, mir Sorgen zu machen, sagte ich an den Fluss gewandt. Ich sah auf mein Telefon und ging zurück nach Hause.

DIE EINLADUNG wirkte zunächst etwas vage. Zurückhaltend wartete ich darauf, dass sie sie noch einmal bekräftigte. Aber sie meinte es so – sie wollte mich zum Abendessen einladen. Jake und mich gemeinsam. Wir drei. Ich sollte um acht da sein. Als ich meine Bücher durchging, um zu sehen, ob ich sie mit irgendwas überraschen konnte, nahm ich die Emily-Dickinson-Ausgabe heraus, die sie mir bei meinem ersten Besuch geliehen hatte. Ich hatte sie viele Male gelesen, aber mit dem Buch in meiner Hand kam der ganze Nachmittag wieder zurück und mit ihm eine Flut von Scham. Nicht Scham über diesen Nachmittag, sondern Scham darüber, wie leicht man ganze Nachmittage vergaß. Unzählige Wunden und Triumphe wurden auf die bemerkenswertesten Momente reduziert und selbst die blieben nicht dauerhaft im Gedächtnis. Die Männer am Fluss hatte ich bereits vergessen. Auch wie der Herbst sich anfühlte, hatte ich vergessen. Die Trauer, die ich beim Verlassen ihrer Wohnung damals empfunden hatte – sie existierte bloß in dem kleinen Buch und selbst dort war sie nur ein Relikt.

Tja, sagte ich zu meinem Spiegelbild, als ich meine Augen mit schwarzem Lidstrich umrandete. Ich würde nicht einfach so zu Simone gehen, ich war zu einem Abendessen eingeladen. Und ich war nicht allein eingeladen, Jake und ich würden gemeinsam hingehen. Ich trug einen schwarzen Pullover mit Zopfmuster, hohe schwarze Stiefel und eine hautenge schwarze Hose. Ich verwischte meinen Lidstrich ein wenig und wickelte mir einen übergroßen grauen Schal um den Hals. Lauter Überraschungen.

»UND DANN TANZT sie sich zu Tode. Nur so lassen sich die Götter besänftigen. Absolut außergewöhnlich. Ich versuche immer hinzugehen, wenn sie es irgendwo aufführen«, sagte Simone und zog ein Brathähnchen aus dem Ofen. Ich hielt einen Stapel Bücher in der Hand, den ich von dem runden Tisch genommen hatte. Es gab keine andere Möglichkeit, als ihn auf den Boden zu legen.

»Wirklich? Das klingt cool.«

»Die und ihr ›cool‹«, sagte Jake und schüttelte den Kopf. Er blätterte sich durch einen Gedichtband von Frank O'Hara und beobachtete uns. Sein Lächeln gab mir das Gefühl zu strahlen.

»Sicher habe ich Strawinsky schon mal gehört«, log ich.

»Natürlich.«

»Aber so genau kann ich mich nicht erinnern.«

»Nun«, sagte sie und legte die Topfhandschuhe weg. »Ich würde das Ballett empfehlen – die Musik ist bewegend, sicher, aber Nijinskys Choreographie, ihre Brutalität, *das* hat 1913 die Massen in Rage gebracht. Das war der Skandal. Würdest du den Chenin aus dem Kühlschrank holen?«

In ihrer Wohnung hatte sie die künstlerische Leitung inne. Als ich kam, war Jake bereits da, es brannten Kerzen. Dazu Bessie Smith auf dem Plattenspieler und ein Geruch von schmelzendem Hühnerfett und Kartoffeln. Sie öffnete die Fenster zur Straße, weil der Ofen die ganze Wohnung volldampfte. Sanfte Geräusche krochen von draußen herein, eine Schwingung, die sowohl unsere Zugehörigkeit zu dieser Welt als auch unser Getrenntsein von ihr verdeutlichte. Sobald ich eintrat, goss sie mir ein Glas Fino Sherry ein und bat mich, am Tisch Platz zu nehmen, während sie in der Küche herumfuhrwerkte.

In der Tischmitte hatte sie Oliven und Marcona-Mandeln in gemusterten Schalen angerichtet (»Tangier«, sagte sie, als ich sie fragte, woher sie sie habe). Doch sie hatte nichts weggeräumt. Auf dem Tisch lagen Bücher, Grapefruit-Hälften, ausgekratzte Avocado-Schalen, Stifte, Bons, kaleidoskopische Kerzenwachsskulpturen, die an der Tischplatte hafteten. Und dann er: Er pirschte herum wie ein Delinquent im Museum. Er nahm Dinge in die Hand – Bücher und Zettel – und bewegte sie von da nach dort. Als ich hereinkam, spürte ich an der Art, wie er an mir rauf- und runtersah, dass ihm auffiel, dass ich mir zehn Minuten mehr Zeit zum Schminken genommen hatte als sonst. So entspannt wie hier hatte ich ihn in seinem eigenen Zuhause noch nie erlebt.

»Die Geschichte ist heidnischen Ursprungs … aber was mich schon immer viel mehr interessiert hat als das, ist der Mythos, der sich um die Nacht der Erstaufführung rankt. Ihr Verlauf spiegelt den Bogen des Balletts, das ebenso sehr ins Brutale und Primitive abdriftet. Ihre Inbrunst löst im Betrachter die gleiche Inbrunst aus. Jetzt mal im Ernst: Kannst du dir Randale bei einer Ballettaufführung vorstellen?«

»Mit wem hast du es dir angesehen?«

»Hm?«, sang sie, abgelenkt. Sie trug eine Schürze, hoch auf den Hüften, als wäre sie bei der Arbeit, aber ihre Haare waren offen. Sie wirkte elegant in ihrem weißen T-Shirt, das sie in ausgewaschene Baggy-Jeans gesteckt hatte. Ich dachte: Wie mutig, in einem weißen T-Shirt zu kochen. Ihr Gesicht war ungeschminkt, bis auf ihren Lippenstift, von dem ich annehmen wollte, dass sie ihn nur für mich aufgetragen hatte.

»Mit wem bist du zum Ballett gegangen?«

»Mit einem Freund«, sagte sie.

»Howard«, sagte Jake im selben Moment.

»Ich würde lieber nicht über die Kollegen sprechen«, sagte sie zu Jake.

»Kein Kollege, ein Chef, Simone.«

»Klar, Jake, würdest du vielleicht die Platte umdrehen, oder erwartest du, dass wir dich von vorne bis hinten bedienen? Das ist doch dein Traum, oder nicht?«

»Du und Howard, ihr seid zusammen ins Ballett gegangen?« Ich betrachtete ihre Messer. Die Griffe waren aus Zinn. »Die sind schön.«

»Na ja, es ist mir seit der Jahrtausendwende nicht mehr gelungen, Jake ins Ballett zu kriegen, also war Howard so nett.«

»War es ein Date?«

»Was für eine dumme Frage. Natürlich nicht.«

»Sie sind gute Freunde«, sagte Jake und drehte eine Sanduhr um.

»Wir alle haben unsere guten Freunde, nicht wahr, Jake?«, erwiderte sie prompt. »Also, Tess, würdest du bitte das Dressing an den Salat geben? Jake kann den Tisch zu Ende decken.«

Stattdessen nahm er ein silbernes Schmuckkästchen und öffnete es. Er nahm eine weiße Pille heraus. »Willst du das Siebenhundertfünfziger?«

»Ja, Liebster«, sagte sie, ohne hinzusehen. Er schnippte die Pille in seinen Mund und nahm einen Schluck von seinem Wein. Er und Simone waren zu einem Chenin Blanc von der Loire übergegangen. Ich konnte mich nicht daran erinnern, ihn jemals dabei beobachtet zu haben, wie er eine Line oder eine Pille nahm, aber es schien so natürlich, so rundherum charmant, dass ich auch eine wollte, ohne überhaupt zu wissen, worum es sich handelte.

»Sind das Leckereien?«

»Für meinen Rücken«, sagte er und nahm eine kleine Büste von ihrem Bücherregal. Er stellte das ausdruckslose, griechische Gesicht neben mir auf die Arbeitsfläche. »Simone glaubt, dass sie Aristoteles lesen wird, während sie stirbt, sie hat das einmal geträumt.«

»Eines von Jakes schöneren Geschenken. Du darfst auch gern eine ›Leckerei‹ haben, oder wie auch immer du das nennst«, sagte sie und bewegte das Blech mit dem Wurzelgemüse im Ofen.

»Eines von Simones süßen Gerichten. Fast wie Nachtisch, ziemlich pervers eigentlich.«

»Sei lieb«, warnte sie ihn.

»Ich kann nicht«, sagte ich und nahm einen verantwortungsbewussten Schluck von meinem Sherry. »Ich kann sonst nicht mehr trinken.« Mit zwei Gabeln begann ich, das Dressing unter den Salat zu heben, aber die Blätter fielen immer wieder aus der Schüssel heraus.

»Sei nicht so zaghaft«, forderte sie. »Benutz deine Hände.« Dann griff sie in die Schüssel und rieb die Blätter sanft mit der Vinaigrette ein.

»Endivien?«, fragte ich.

»Dein Lieblingssalat«, sagte sie. Ich nahm ein Blatt aus der Schüssel und steckte es in den Mund.

»Stimmt, aber ich mag alles«, sagte ich.

»Was bedeutet, dass du nichts magst.« Jake nahm einen Haufen Besteck und ließ ihn in der Mitte des Tisches fallen.

»Anchovis?«, fragte ich, während ich die Vinaigrette probierte.

»Vielleicht hast du deinen Geschmack gar nicht entwickelt, Kleine«, sagte Simone, »sondern ihn wiederentdeckt.«

Wir brachten die Teller zum Tisch und Simone zog den vierten Stuhl beiseite. Darauf Schals, Bücher, Werbesendungen und alte Ausgaben des *New Yorker*. Jake legte eine neue Platte auf und stellte die Hülle neben den Plattenspieler – Charlie Parkers Saxophon stürmte das Zimmer. Mir hatte mal jemand erzählt, dass er durch Auslassungen auf die Melodie verwies, die Melodie selbst deutete er bloß an. Es klang genau so, wie New York sich anhören musste.

»Tess.« Simone schnippte in Richtung einer Flasche Wein, die auf der Arbeitsfläche stand. Ich hatte bereits darauf geschielt, es war der Puffeney Arbois, einer der exzentrischsten Weine auf unserer Karte, einer jener Weine, die Simone gern unseren etwas intellektuelleren Weintrinkern empfahl. »Ein Wein, der im Gedächtnis bleibt«, so formulierte sie das.

»Jura!«, sagte ich. »Den wollte ich schon lange mal probieren!«

»Der Trousseau ist der König.«

»Wo hast du den denn gefunden, Moni?«, fragte Jake skeptisch und nahm mir die Flasche aus der Hand. *Moni*?

»Ich hab einen Freund bei Rosenthal«, sagte sie.

»So viele verdammte Freunde!«, sagte er und dann zu mir: »Der ist köstlich.«

»Bist du mal dort gewesen, Simone? Im Jura?«

»Natürlich.«

»Ich würde gern mal hinfahren«, sagte ich und ging die Flaschen auf der Arbeitsfläche durch. Es war eine bescheidene Auswahl, aber ich nahm an, dass sie noch mehr im Kühlschrank hatte.

»Wo zum Teufel willst du hin?«, sagte Jake, die Lippen an meinen Hals gepresst. Er hatte sein Kinn auf meiner Schulter abgelegt, und ich wollte mich nie wieder bewegen.

»Ich weiß nicht, ins Jura? Ich hab so viel Zeit damit verbracht, mir die ganzen Landkarten anzusehen, jetzt will ich das Land selbst sehen.«

»Bist du etwa schon fertig mit New York? Jetzt geht's weiter nach Europa?«

»Ich lerne schnell«, sagte ich und wollte mich an ihn lehnen, aber er war weg.

»Du solltest auf jeden Fall hinfahren«, sagte Simone.

»Ich könnte niemals allein fahren«, sagte ich und sah die beiden an. Jake kniete vor dem Ofen, blickte hinein und drückte verschiedene Knöpfe. Sie schwebte über ihm.

»Moni, das Licht hier drin ist schon wieder kaputt.«

»Liebster, was soll ich dazu sagen? Mit deiner, wenn auch laienhaften, Begabung für Elektroinstallation bin ich nicht gesegnet.«

»Ich mach's morgen«, sagte er.

»Wo ist dein Weinöffner?«, fragte ich und winkte mit der Flasche.

»O nein, du musst heute Abend nicht arbeiten, Jake wird sie für uns aufmachen.«

Ich setzte mich, Jake legte ein Küchenhandtuch über seinen Arm und kam auf mich zu. »Mademoiselle, der Puffeney Arbois, 2003.« Er öffnete sie grob, auf eine Art, die ich mir nicht hätte erlauben dürfen. Ein Bartender, der ganz nebenbei billige Flaschen öffnete. Er und Nicky waren in der Lage, eine Flasche innerhalb von Sekunden aufzumachen.

Er goss einen Probierschluck in mein Glas, und ich ließ ihn kreisen. Der Wein hatte die Farbe trüber Rubine, er rieb sich am Glas, war von kühnem Duft und kristalliner Struktur.

»Wein ist so schön, wenn er ungefiltert ist … er ist perfekt«, sagte ich, und die Konturen ringsum lösten sich auf. Das Glas, meine Haut, die Wände – über alles legte sich ein Schleier von Zufriedenheit, der mir vollkommen fremd war. Es war, als hätte ich einen Raum betreten, der mein ganzes Leben lang auf mich gewartet hatte, und dann war sie da, die Stimme in meinem Kopf. So fühlt sich Familie an, flüsterte sie.

»Ein Toast«, sagte Simone mit erhobenem Glas. »Darauf, wie wundervoll das Leben ist, wenn man sich zur Hingabe entschließt.«

»Emerson«, flüsterte Jake mir zu, aber er machte bloß Spaß. Auch er hatte sein Glas erhoben.

»Auf unsere Kleine, auf Tess. Schön, dass du bei uns bist.«

Ich lachte darüber, wie sie sich die Sprache des Restaurants zu eigen machte, den Satz verwendete, den wir sowohl zur Begrüßung als auch zum Abschied sagten. Ich fragte mich ständig, was es mit diesem festlichen »Wir« auf sich hatte, warum genau wir uns bei den Gästen bedankten, als hätten sie uns einen Gefallen getan, einen Beitrag geleistet. Ich fragte mich, wie es sich für sie anfühlte, in diese verbitterte, schlechte Welt da draußen zurückgeschickt zu werden.

»Danke für die Einladung.«

Schweigend reichten wir die Teller herum. Ein Teil von mir hatte damit gerechnet, unterhalten zu werden, dieses Mal würde mich diese Wohnung nicht zurück auf die Straße spucken. Ich war wichtig geworden.

»Ich hatte heute ein komisches Gefühl«, sagte ich zaghaft, während ich mich noch fragte, wie Menschen Gespräche anfingen. Würde es mir denn für immer so vorkommen, als störte ich, als redete ich irgendeinen Unsinn?

»Wirklich? Worauf bezog sich das?«

»Ich bin in Williamsburg rumgelaufen, und es fühlte sich irgendwie … ungut an.«

»Waren es die Eigentumswohnungen?«, fragte Simone besorgt.

»Ich kann da eigentlich gar nicht mehr hingehen«, sagte er mit vollem Mund, ein Hühnerbein in der Hand. Er würde seinen Teller leergegessen haben, bevor ich überhaupt einen ersten Bissen nehmen konnte.

»Es passiert viel schneller, als ich erwartet hätte«, sagte Simone. »Als sie 2005 die Gesetze zur Flächennutzung in der Stadt geändert haben, wussten wir, dass das Ende bevorstand. Links und rechts haben Freunde ihre Wohnungen verloren, aber die Schnelligkeit, mit der das alles verschwunden ist …«

»2005. Also habe ich es gerade so verpasst«, meinte ich. »Das dachte ich mir schon.«

»New York verpassen wir immer. Ich habe es an diesem Viertel hier beobachtet. Als ich hierhergezogen bin, haben alle um das SoHo der Siebziger getrauert. Um das Tribeca der Achtziger auch. Und für das East Village haben sie bereits damals die Totenglocken läuten lassen. Jetzt romantisieren sie das Alphabet-Viertel zu Jonathan Larsons Zeiten. Wir alle bewegen uns ständig in einer Wolke aus Trauer um das New York, das gerade verschwunden ist.«

»Okay, okay, aber ich liebe *Rent*, ist das schrecklich?«

»Diese Bemerkung werde ich bis in alle Ewigkeit ignorieren«, sagte Jake.

»Tückisch«, sagte Simone. »Diese Art von geträllerter Nostalgie.«

»Ich glaube, ich habe mich einfach gefragt, ob es jemals aufhören wird.«

»Aufhören?«

»Ich weiß nicht – die Stadt?«, sagte ich. »Ob sie wohl jemals aufhört, sich zu verändern? Also, ob sie je zur Ruhe kommen wird?«

»Nein«, sagten sie gleichzeitig. Dann lachten sie.

»Also tanzen wir uns einfach zu Tode?«, fragte ich.

»Ha!« Simone lächelte mich an. Jake lächelte auf seinen Teller hinunter. »Das ist so lecker, Simone.«

»Man erinnert sich immer an die einfachen Dinge, wenn sie denn gut gemacht sind. Wenn ich Gäste habe, halte ich mich nicht mit komplexen Rezepten auf.«

»Wie war es, als du hierhergezogen bist?«, fragte ich sie.

»Wie war was? Die Stadt?«

»Nein, ich weiß nicht.«

Ich wandte mich an Jake: »Wie war sie, als sie zweiundzwanzig war?«

Sie seufzte. »Er erinnert sich nicht, er war ein Kind.«

»Sie war eine Herzensbrecherin«, sagte Jake. »Und ich war kein Kind mehr. Du hast deine Haare damals lang getragen.« Er beobachtete sie, und ich fragte mich, ob ich die Art Frau sein würde, über die man irgendwann sagte: Sie war eine Herzensbrecherin.

»Du lieber Gott, Jake, fang nicht damit an. Als Jake ein Baby war, ließ er mich niemals die Haare zusammenbinden. Hysterische Tränen, Panik. Schneiden war gar keine Option.«

»Tränen?«

»Ich hatte besondere Ansprüche an die Frauen, selbst damals schon«, sagte er und deutete mit dem Kinn auf meine Haare, die ich offen trug. »Ich finde immer noch, dass sie zu kurz sind.«

»Meine?«, fragte ich, aber er sah wieder zu Simone.

»Langes Haar ist für Mädchen, Jake«, sagte Simone und berührte ihres, das auf ihren Schultern ruhte. Meines war viel länger.

»Ich wusste es. Du bist mal ein Mädchen gewesen. Du musst dich doch daran erinnern können.«

»Genau, Moni, erzähl ihr davon.«

»Ich erinnere mich an viel Vergesslichkeit.«

»Komm schon«, sagte ich.

»In den frühen Neunzigern griff in der Stadt das Verbrechen um sich. Alle waren noch vollkommen fertig wegen AIDS, ganze Bekanntenkreise waren ausgelöscht worden, und die Viertel wurden für die kommende Stadtentwicklung umgemodelt. Gentrifizierung hat es schon immer gegeben, aber das waren massive, von der Regierung geförderte Umstrukturierungen. Nicht bloß ein Kaffeeladen oder eine sanierte Straße. War es damals so viel besser? Vermisse ich es, in dieser Nachbarschaft nachts nicht auf die Straße gehen zu können? Ich kann es nicht sagen. Aber so banal das auch klingen mag, es war eine sehr freie Zeit. Und mit frei meine ich, dass ich mich frei fühlte, nach dem Leben zu streben, das ich führen wollte. Und ich konnte es mir leisten. Es gab noch unberührte Flecken in der Stadt, Randbezirke und Spielräume, und ich glaubte, also ich glaube immer noch, dass erst solche Gegenden die Städte florieren lassen. Aber zweiundzwanzig zu sein … das war verwirrend.«

»Verwirrend?«, fragte ich. Hätte ich das Wort »verwirrend« gewählt?

»Scheint das Alter zu sein, in dem die Damen von zu Hause weglaufen«, meinte er. »Dreiundzwanzig ist komplett an mir vorbeigegangen.«

Ich hatte noch nicht realisiert, dass Simone und ich zur gleichen Zeit in unserem Leben in die Stadt gekommen waren. Die erste Flucht unseres Lebens.

»Du hast es überlebt«, sagte Simone zu ihm. Zu mir sagte sie: »Es war verwirrend, weil ich noch nicht wusste, wer ich war.«

»Wird es besser?«, fragte ich. Kann es das überhaupt?, wollte ich eigentlich fragen.

»Älter zu werden ist eigenartig«, sagte sie und schob mit der Gabel ein Stück Pastinake auf ihrem Teller herum. »Ich glaube nicht, dass man dir darüber Lügen erzählen sollte. Es gibt dieses Zeitfenster, in dem du relevant bist – wenn Bücher, Klamotten, Bars und der ganze Technikkram, wenn das alles direkt an dich gerichtet ist, genau dich meint. Du bewegst dich auf den Rand des Kreises zu und dann, ganz plötzlich, stehst du außerhalb. Und was machst du jetzt damit? Bleibst du und schaust ständig zurück? Oder gehst du einfach?«

»Bist du denn nicht in einem neuen Kreis?«

»Natürlich. Aber dieser Kreis ist nicht einfach für eine Frau.«

»Nicht einfach?«

»Dieser Kreis besteht aus Ehe, Kindern, Errungenschaften, Rentenvorsorge. Da sollst du mitmachen. Aber … wenn du das ablehnst?«

»Dann bist du in deinem eigenen Kreis«, sagte ich. In dieser Aussage verbarg sich eine Ahnung von ihrer Einsamkeit, aber ich spürte auch die Furchtlosigkeit, die mit einem solchen Leben einherging.

»So schlimm ist es nicht.« Sie lächelte. »Irgendwann kehrt Ruhe ein im Geist. Sieh es als Handel – Inspirationsschübe gegen konstante, andauernde Konzentration.«

»Glaubst du nicht, dass du etwas waghalsig warst?«, fragte Jake scharf. Ich war mir nicht sicher, an wen von uns beiden sich das richtete.

Einen Moment lang sagte sie nichts, dann antwortete sie: »Ich glaube, ich habe mein Bestes gegeben.«

»Gehört das nicht dazu? Waghalsig zu sein?«, fragte ich.

Sie antworteten nicht. Sie starrten einander an. Die Platte war zu Ende, und ich stand auf, um sie umzudrehen. Simone stand ebenfalls auf und begann, die Teller abzuräumen. Als ich nach der Weinflasche greifen wollte, packte Jake meine Hand.

»Komm her«, sagte er. Er zog mich auf seinen Schoß. Ich sah zu Simone in der Küche, aber dann legte ich mein Gesicht in seine Haare und hielt seinen Kopf an meine Brust gedrückt. Niemand hatte je so nach mir gegriffen, als bräuchte er mich gerade einfach in seiner Nähe.

»Wir werden niemals müde, über die Liebe zu reden, oder?« Mit einem Küchenhandtuch über der Schulter, sah sie uns an. Sie lächelte.

»Sex und Essen und Tod«, sagte Jake. »Die einzigen Themen.« Er ließ mich los und ich stand auf. Ein bisschen beschwipst und durcheinander.

»Sie hat ›Liebe‹ gesagt, nicht ›Sex‹ – typisch Junge.« Ich drehte mich um. »Simone, das war so lecker. Danke.«

Sie brachte eine weitere Flasche Wein zum Vorschein, und mir wurde klar, dass wir uns jetzt betrinken würden. Ich fragte mich, ob ich jemals zurück in meine Wohnung gehen würde.

»Lass uns jetzt mal den Poulsard probieren.«

»Flüssiges Dessert – perfekt«, sagte ich.

»Das ist noch nicht alles.«

»O nein, ich bin total vollgegessen.«

»Mach die Augen zu«, sagte Jake. Er schob mich von der Küche weg in Richtung der Fenster zur Straße.

»Was?«

»Tess, mach die Augen zu«, sagte Simone. Ich schaute auf die Neunte Straße. Unter mir liefen die Menschen, ohne etwas zu bemerken. Hinter erleuchteten Fenstern sah ich Menschen, die dabei waren, ihr Leben zu leben. Das echte. Ich sah Minuten, die zählten, ich wurde größer. Es war nicht mehr bloß der Job, nicht mehr bloß das Restaurant – ich war dabei, meinen Platz im Leben zu finden. Irgendjemand stellte den Plattenspieler ab und es wirkte, als atmete die Straße. Dann machte einer von beiden das Licht aus, und ich schloss meine Augen.

»Du kannst dich jetzt umdrehen«, sagte sie. Ich tat, wie mir geheißen, und da stand sie, einen Schokoladenkuchen in den Händen. Darauf eine einzige brennende Kerze. Jake stand neben ihr, in seiner Hand ein Strauß weißer Tulpen. Meine Hand flog zu meinem Mund. Ich dachte: Nein, das halte ich nicht aus. Ich wusste nicht, woher sie das wussten, warum ich nicht daran gedacht hatte, es ihnen zu erzählen. Ich hatte nicht gewusst, wie sehr ich sie brauchte, wie sehr ich auf sie gewartet hatte, aber ich ertrug sie, diese Freude. Niemals darfst du diesen Moment vergessen. Dann sagte Simone: »Happy Birthday, Kleine.«

II

Ach so? Denkst also, du kannst auf allen Hochzeiten gleichzeitig tanzen, was?«, fragte Sasha gleichmütig.

»Heißt das so viel wie: Ich hab dich vermisst?«, fragte ich. Ich wusste nicht, wie viel Zeit vergangen war, seit ich das letzte Mal nach der Arbeit in der Park Bar gewesen war. Niemand fragte mich, wohin ich verschwunden war, als wüssten sie, dass es mir viel zu viel Freude machen würde, über Jake zu sprechen. Stattdessen blieben sie distanziert, als ich hereinkam. Hier hatte sich nichts verändert. Ariel und Vivian waren wieder zusammen, sie sprachen über eine gemeinsame Wohnung, Will flirtete ganz bewusst mit einer anderen Frau unter vierzig. Terry war ein bisschen fetter geworden, aber seine Witze waren immer noch schlecht.

Sobald ich jeden von ihnen auf die Toilette bekommen hatte, würden wir uns wieder lieb haben, aber der Einzige, der an diesem Abend Lust darauf hatte, war Sasha. Ich nahm eine Line. Das Koks hinterließ eine Furche in meiner Nase, und ich kniff die Augen zusammen. Hatte es schon immer so wehgetan? Ein echter Schmerz jenseits dieser stechenden Hitze?

»Oh, jetzt, ganz ohne Schwanz im Mund, haste jede Menge Zeit für Reden, ja? Glaubste etwa, dass mich Scheißdreck interessiert, ob du lebst oder stirbst?« Er schnupfte das Friedensangebot, das ich ihm bereitet hatte. »Siehst allerdings rosig aus.« Er kniff mir in die Wangen, und ich wusste, dass er mir vergeben hatte.

SIMONES »FASTENZEITEN« waren berüchtigt unter den Kollegen – offenbar war sie währenddessen nicht sehr nett. Jake sagte, es sei die traurigste Zeit des Jahres, und Will bat darum, nicht im Gastraum arbeiten zu müssen, wenn sie die Leitung innehatte. Ich war vor allen Dingen beeindruckt von der Tatsache, wie oft und mit welcher Lässigkeit sie das Wort »Darm« in den Mund nahm.

»Frühjahrsputz«, sagte sie. Sie schien mir gar nicht gemein. Sie schien sogar sehr glücklich zu sein, und ihre Augen leuchteten tatsächlich stärker.

»Darf ich mich zu dir setzen?« Ich hatte einen Teller Spaghetti mit Chefs Sauce in der Hand. Dazu drei Stücke Knoblauchbrot. Simone hatte eine Thermoskanne vor sich stehen.

»Natürlich. Nach dem ersten Tag habe ich gar keinen Appetit mehr.«

»Sind deine Augen größer geworden?«

»Das liegt am Wein. Die Schwellung verschwindet in den ersten drei Tagen. Wann hast du zum letzten Mal eine Weile lang nicht getrunken?«

»Schon klar, wir sprechen aber nicht über mich«, sagte ich.

»In deinem Alter lässt dich dein Stoffwechsel selbst mit Mord davonkommen, aber hin und wieder braucht dein Körper eine Pause. All die Milchprodukte, der ganze Zucker, die ganze Säure – in deinem Darm bilden sich schleimige Ablagerungen, sie sind schwarz, und man kann sie tatsächlich sehen, wenn sie herauskommen. Fasten ist eine Möglichkeit, diese Ablagerungen abzubauen und auszuscheiden.«

»Simone«, sagte ich mit vollem Mund. »Du lieber Gott. Bitte warte noch zwanzig Minuten, bevor wir weiter über ›Schleim‹ und ›Ausscheidungen‹ reden.«

Sie nahm einen Schluck von ihrem Tonikum.

»Wie lange?«, fragte ich zwischen zwei Bissen. »Und heißt das, dass du auch Jake keinen Teller machst?«

»Ich fange mit sieben Tagen an, ich habe aber auch schon dreizehn Tage gefastet.«

»Sieben!«

»Tess«, sagte sie, die Hand auf meiner Schulter. »Dein Körper muss nicht dauernd etwas verlangen. Es gibt eine Art Ruhepol in deiner Mitte.«

»Du bist verrückt!«, sagte ich. Der Gedanke, sieben Tage lang nicht zu essen, machte mich gefräßig, obwohl ich wusste, dass ich eigentlich keinen Nachschlag nehmen sollte. Misha, eine der Empfangsfrauen, zählte die Gäste auf, die wir heute erwarteten, aber ich hörte nicht wirklich zu. Ich dachte darüber nach, wie viele Nudeln wohl noch da waren und ob ich welche für Jake sichern sollte. Trotzdem hörte ich Misha sagen, dass Samantha und Eugene kommen würden und dass sie um Simone als Kellnerin gebeten hatten. »Auf keinen Fall«, sagte Simone.

Alle drehten sich zu ihr um. Misha schaute zu Howard, der ihr mit einem Nicken bedeutete, weiterzusprechen.

»Also muss ich Simone in den Bereich eins bewegen, weil Eugene an Tisch 7 sitzt.« Sie zögerte, wohl um abzuwarten, ob das genehmigt wurde. »Also … Simone … Bereich eins.«

»Auf keinen Fall«, sagte Simone noch einmal, nahm ihre Thermoskanne und ging in die Küche. Alle sahen Howard an.

»Misha, fahr fort«, sagte er, während er sich abwandte und Simone folgte. Er kam an Jake vorbei, der sein Hemd noch nicht geknöpft hatte und gerade auf dem Weg zum Teamessen war. Erwartungsvoll sah er auf den Tisch, und ich zuckte die Achseln. Keine Simone, kein Teller für ihn. Er wirkte durcheinander, als er sich selbst auftat.

»Wer ist Samantha?«, fragte ich ihn, als er sich hinsetzte und anfing, sein Essen in sich hineinzuschaufeln.

»Samantha – wer?«, sagte er abwehrend.

»Samantha und Eugene, sie wollen von Simone bedient werden.«

»Samantha kommt?«

»Das hat Misha jedenfalls gerade gesagt.«

»Verflucht.« Er griff sich mein letztes Stück Knoblauchbrot und biss davon ab, bevor ich es ihm wieder wegnahm. »Samantha und Simone waren Freundinnen. Sie war hier Kellnerin.«

»Okay.« Simones »Freunde« wurden in der Regel indirekt erwähnt, keiner von ihnen hatte sie jemals bei der Arbeit besucht. Weswegen ich davon ausgegangen war, dass sie nicht existierten.

»Okay ...« Ich wartete darauf, dass er weitersprach. »Sie hat also hier aufgehört, und das war das Ende ihrer Freundschaft? Es gab das totale Drama, und Simone will sie nicht bedienen?«

Er wischte sich den Mund ab und warf die Serviette auf meinen Teller. »Ich werd sie suchen. Bist du heute Abend im Gastraum? Sie könnte dich da draußen brauchen.«

SAMANTHA WAR akribisch. Dieses Wort fiel mir als Erstes ein. Ich konnte nicht glauben, dass sie je in einem Restaurant gearbeitet hatte. Ihre Haare waren zu einer perfekten Außenwelle geföhnt, ihre Wangenknochen glänzten. Ihre Finger mit den langen, blasspinken, ovalen Fingernägeln trugen all das Platin und die Edelsteine mit Leichtigkeit. Darüber hinaus hatte sie offenbar tolle Gene – sie war wunderschön. Und ich war bekennendes Mitglied jener Sekte, die Schönheit mit Tugend gleichsetzte.

»Das sind neue Zähne«, sagte Simone, während sie sie von der anderen Seite des Raumes aus betrachtete. Samanthas Zähne schienen uns zuzublinzeln. Simone atmete aus, dann ging sie auf den Tisch zu. Ich folgte ihr mit der Wasserkaraffe, obwohl es mindestens sieben Tische gab, die gerade besetzt wurden und Wasser hätten brauchen können. Ich nahm Jakes Befehl ernst.

»ICH WÜRDE KAUM behaupten, dass wir frisch aussehen. Vielleicht wie frisch gelandet. Ich bin sicher, ich sehe fürchterlich aus.«

»Ach, du warst schon immer gut darin, alles Kaputte zu verbergen.« Simone straffte die Schultern. »Lebt ihr beide immer noch in Connecticut?«

»Es ist ein ständiges Hin und Her«, sagte Eugene und deutete die Bewegung mit den Händen an. In puncto Genetik war er schlecht weggekommen. Er hatte raupenartige Augenbrauen, eine knubbelige Nase und nicht mehr viele Haare auf dem Kopf. Er musste über zehn Jahre älter sein als Samantha. Ältere Männer und ihre weitaus jüngeren Frauen waren nichts Neues für mich. Aber Eugene wirkte authentisch. Er hatte kluge Augen, die er zusammenkniff, wenn er zuhörte.

»Das wird sich alles ändern, wenn Tristan zur Schule kommt, aber im Augenblick sind wir sehr frei. Ich versuche, das zu genießen.«

»Sie genießt es, einen Zweijährigen durch Europa zu schleifen.«

»Sei lieb«, sagte Samantha und schlug ihm auf den Arm. »Die Leute machen so ein Gewese um das Reisen mit Kindern. Du darfst ihnen einfach nicht das Ruder überlassen. Mit Tristan kannst du im Restaurant vier Gänge bestellen und er bleibt brav sitzen.«

»Das hat Stil, Sam«, sagte Simone. »Natürlich wäre es Chef eine Freude, für euch zu kochen.«

»Oh.« Samantha sah Eugene an und zog einen Schmollmund. »Leider werden wir das nicht annehmen können. Mit diesem Jetlag und so würde ich kein ganzes Degustationsmenü runterkriegen, Simone. Aber vielleicht kann ich später in der Küche vorbeischauen und hallo sagen, wenn er nicht zu viel zu tun hat. Und war das Jake hinter der Bar? Richtig erwachsen ist er geworden. Erinnerst du dich noch an diesen Schuhkarton im East Village, in dem ihr zusammen gewohnt habt? Eugene, Simone hatte da so eine Wohnung. Nicht mal ein richtiges Badezimmer gab es, die Badewanne stand in der Küche.«

»Da wohne ich noch immer.«

Simone lächelte so energisch, dass ich ihre Backenzähne aneinanderreiben hören konnte.

»Na ja, es war unheimlich süß. Und wir hatten so viel Spaß dort.« Leichthin ließ sie den Blick schweifen. »Ist Howard eigentlich auch da?«

Simone blieb stoisch. »Wir sind alle hier, Sam. Ich werde Chef wissen lassen, dass du sein Angebot abgelehnt hast.«

Samantha deutete auf die Karte, und Eugene lachte. »Das Filet Mignon vom Thunfisch könnt ihr einfach nicht von der Karte nehmen, was? Als wäre das 21. Jahrhundert nie angebrochen. Ich finde das einfach reizend.«

Reizend. Noch nie war ich Zeugin eines derart virtuosen Wortgefechts zwischen zwei erwachsenen Frauen gewesen. Niemand warf Simone ein *Reizend* hin. Und niemand hätte jemals Chefs Degustationsmenü abgelehnt. Und doch wirkte Simone nicht überrascht – sie war vorbereitet. Mir wurde klar, dass diese zwei Frauen gefährliche Dinge übereinander wussten.

Es hätte mich eigentlich nicht verwundern dürfen, dass Jake und Simone einmal zusammengelebt hatten – ich wusste, dass sie diejenige gewesen war, die ihn in die Stadt geholt hatte, es fügte sich in die Geschichte, die ich mir über sie zusammengereimt hatte –, aber mich erstaunte der bohrende Unterton, als Samantha seinen Namen nannte.

»Eugene«, sagte Simone und wandte Samantha den Rücken zu – mir hatte sie beigebracht, einem Gast unter keinen Umständen den Rücken zuzuwenden. »Wie wäre es mit dem Dauvissat? Irgendwo im Keller versteckt sich noch eine Flasche von

1993. Howard wird stinksauer sein, aber wenn du Lust darauf hast, kann ich sie für euch suchen.«

Begeistert schlug Eugene auf den Tisch. »Diese Frau – wann war dieses Abendessen? Vor sechs Jahren? Sie vergisst einfach nichts. Die beste Kellnerin in ganz New York. Sei nicht böse, Samantha, du weißt, dass du nicht fürs Kellnern gemacht warst. Also ja, besorg ihn, aber vergiss nicht, dir selbst auch ein Glas mitzubringen.«

»Mit Vergnügen!«, sagte sie.

WAGTE ICH ES, die beiden miteinander zu vergleichen? Natürlich. Meine Loyalität war groß, aber nicht blind. Ich grübelte, fragte mich, in welchen Kategorien sie sich überhaupt sinnvoll miteinander vergleichen ließen. Das Äußere schien mir nicht fair. Ich hatte mich nicht geirrt: Von dem Moment an, in dem Simone an den Tisch trat, schrumpfte sie. Und es lag nicht allein daran, dass Samantha größer war und eine Haltung besaß, die einen meinen ließ, ihre Wirbelsäule sei der Länge nach an einer Stahlstrebe befestigt. Simones Schultern fielen nach vorn, als habe man ihr einen Stein um den Hals gehängt. Sie trug ihre Brille, was ihr etwas Gemeines verlieh, weil sie dann immer ein wenig die Augen zusammenkniff. Alles in allem wirkte sie mickrig und verbissen, als habe Samantha sämtliche Anmut im Raum in sich aufgesogen.

Jetzt erst bemerkte ich, dass Simones Nägel zwar sauber waren, aber auch stumpf und abgekaut. Ich fühlte ihre rauen Fingerkuppen, als sie meinen Unterarm packte und sagte: »Pass auf meinen Bereich auf, beweg dich nicht hier weg, ich werde den Dauvissat suchen.«

Ihre leuchtenden Augen schienen sich von ihrem Kopf zu lösen.

»Vielleicht solltest du schnell noch was essen. Nur einen Happen.« Es war Tag Nummer vier.

»Ich würde es toll finden, wenn du dich konzentrieren würdest.«

»Und was, wenn sie irgendwas brauchen?«

»Sie sind Gäste. Besorg ihnen, was immer sie wollen, zum Teufel.«

ALS HÄTTE ich mich fernhalten können. Samantha nahm einen Schluck von ihrem Wasser, und sofort tauchte ich neben ihr auf, um es aufzufüllen. Heather machte Ordnung auf ihrem Tisch, auch sie musste sie gekannt haben. Als ich näher trat, entschuldigte sie sich.

»Hallo«, sagte sie und legte ihre Hand auf meinen Arm, um mich davon abzuhalten, ihr weiter einzugießen. »Ich bin Samantha. Es ist erfrischend, hier jemanden wie dich zu sehen. Heather meinte, du seist die Neue.«

»So nennen sie mich.«

»So haben wir Samantha auch mal genannt«, sagte Eugene. »Eugene Davis.«

»Haben Sie hier auch gearbeitet?«

»Nein, nein.« Er lächelte höflich. »Ich war ein Stammgast. Jeden Freitag war ich zum Mittagessen hier – zuletzt zweimal die Woche, um mir sie hier zu schnappen.«

Samantha lächelte und zeigte dabei jeden einzelnen ihrer polierten weißen Zähne. Die beiden hatten ihre kleinen Finger miteinander verschränkt.

»Aber«, fuhr Eugene fort, »als ich Howard nach ihr gefragt habe – und daran erinnere ich mich noch ganz genau –, da meinte ich: ›Wer ist diese umwerfende Brünette?‹ Woraufhin er sagte: ›Die Neue?‹ Und das ist sie für mich immer geblieben.«

»Das ist so viele Jahre her. Hör auf damit!« Sie lachten, wie Gäste bei uns manchmal lachten oder weinten. Als wäre da eine Art Vorhang rund um ihren Tisch, der sie unter sich sein ließ. Ich beobachtete diese intimen Momente, Momente, in denen Menschen ihren belanglosen, hoffnungsvollen oder, wie vielleicht in diesem Fall, wahren Charakter entblößten.

»Vermisst du es?«, fragte ich.

»Die goldenen Handschellen? Neben der Schufterei und der Tatsache, dass man sich in einen stutenbissigen, nachtaktiven Zombie verwandelt?« Sie hielt inne und musterte mich, als würde ich gleich versteigert. »Natürlich vermisse ich es. Sie werden zu deiner Familie.«

»Ja.« Ich fühlte mich Samantha verbunden. So, wie ich mich jedem verbunden fühlte, der ins Restaurant kam und erklärte, hier gearbeitet zu haben. Was uns einte, war ein gewisses Gedächtnis, das unseren Muskeln innewohnte – auch wenn sie es mithilfe von Schmuck und Hautseren verbarg. Jede von uns hatte im Keller Weinkisten zertreten und mit der Zeit genau gewusst, wann Chef gefährlich wurde. Die gleichen Schmerzen im Nacken und in der Lendenwirbelsäule. »Ich schätze mich glücklich, hier zu sein.«

»Allerdings. So ein Glück begegnet einem nur einmal.« Aus der Berührung der zwei kleinen Finger wurde Händchenhalten und ich fragte mich, was wohl ihre Definition von Glück war. Ihre Augen lösten sich von mir und ich wusste, dass Simone zurück war. Sie hatte den Dauvissat dabei, aber irgendwas stimmte nicht. Auf dem Rückweg vom Keller musste sie ihren Lippenstift nachgezogen haben, doch sie war verrutscht. Es war nur ein Hauch, aber die Kontur war definitiv schief.

Ich zog mich zurück, als sie mit der Präsentation begann. Ich hatte sie so oft voller Sehnsucht und aus jedem erdenklichen Blickwinkel dabei beobachtet. Ich betrachtete den Dauvissat, sein vergilbtes Etikett versprach eine Reise in die Vergangenheit. Es erzählte von Alchemie und Dekadenz, doch es lag unruhig in Simones unmanikürten Händen.

KAUM ZEHN Minuten nachdem Samantha und Eugene heiter in ein Taxi verschwunden waren, herrschte bereits völliges Chaos in Simones Bereich. Sie selbst war nirgends zu sehen. Ich bat Heather, mir dabei zu helfen, die Ordnung wiederherzustellen, und suchte Simone, sobald ich Zeit dafür hatte. Ich fand sie im Weinkeller. Zu ihren Füßen stand ein Brotkorb, die Thermoskanne lag in ihrem Schoß. Sie trank in kleinen Schlucken, zwischendurch atmete sie schwer.

»Simone, ich brauche deine Hilfe in deinem Bereich«, sagte ich. »Die 9 ist stinksauer, weil sie Beilagen bestellt hatte – Rübstiel und Polenta. Chef hat dafür aber keinen Bon, und ich habe es nicht in der Zwischenablage gesehen, also haben sie es vielleicht gar nicht bestellt. Oder hast du es eventuell vergessen?«

Sie starrte an die Wand, brach sich ein Stück Schüttelbrot ab und zerkrümelte es. »Es ist schon lustig, irgendwann erkennt man sich selbst nicht mehr wieder.«

Ich atmete aus. »Du musst wieder zurück nach oben.«

»Du glaubst, du triffst Entscheidungen. Aber das stimmt nicht. Entscheidungen werden gegen dich getroffen.«

»Soll ich Jake holen?« In meinem Kopf heulten lautstark gleich mehrere Alarmsirenen, denn ich wusste, dass ihr Bereich vollkommen aus den Fugen geriet, dass Gäste nach ihrer Kellnerin Ausschau hielten und sie nicht fanden. An der Seite ihres Hemdes war ein roter Fleck.

»Hast du etwa *Wein verschüttet*?« Mein Tonfall verriet meine Entrüstung. Es war offensichtlich, dass es ihr nicht gut ging. Es musste am Fasten liegen. »Iss das Brot«, sagte ich mit Nachdruck. »Jetzt.«

Sie aß ein Eckchen Focaccia, kaute zaghaft, wie ein Kind, das etwas probiert, das es noch nie gegessen hat. Sie kaute, als würde sie es vielleicht gleich wieder ausspucken.

»Ich hole dir ein neues Hemd. Wie lautet der Code für deinen Schrank?«

Sie stand nicht unter Schock, sie konnte meinen Worten folgen, sie drangen bloß nicht wirklich zu ihr durch. Alles, was unseren Service ausmachte, was das Restaurant am Laufen hielt – das Unmittelbare, die Wucht des Adrenalins –, war komplett von ihr abgefallen.

»06-08-76.«

Ich sagte mir die Zahlen vor, während ich die Treppe hochrannte. Erst als ich sie einstellte, dämmerte mir, dass es sich vielleicht um einen Geburtstag handelte. Es war die 06 – ich erinnerte mich daran, dass Jake Zwilling war. Ich erinnerte mich nicht mehr daran, woher ich das wusste, wahrscheinlich war mir dieses Wissen in einer der vielen porösen, betrunkenen Stunden zuteilgeworden. In einer jener Stunden, in denen Informationen zwar aufgenommen wurden, aber nicht haften blieben. Vielleicht handelte es sich um Jakes Geburtstag – eigentlich war die 76 ein wesentlich verlässlicherer Indikator dafür als meine blasse Erinnerung an die Tatsache, dass er Zwilling war.

Ich dachte daran, wie er morgens aufgewacht sein musste, am 8. Juni des letzten Jahres, ohne einen Schimmer, dass ich wenige Wochen später in sein Leben treten würde. Keiner von beiden hatte das gewusst. In diesem Jahr würde der Juni ein neuer Gipfel sein – ich würde dabei sein, wenn die englischen Erbsen kamen und die Zuckerschoten, vielleicht würde ich auch ein Fahrrad kaufen und er würde mir zeigen, wie man in der Stadt damit fuhr. Dann sein Geburtstag. Simone und ich würden gemeinsam ein Abendessen planen, was ihm ein bisschen unangenehm wäre, ihn aber auch glücklich machen würde. Als ich zurück in den Keller rannte, war Simone ganz erhitzt. Sie starrte auf das Etikett einer Flasche Saint-Émilion.

»Schnell, schnell.« Ich walzte das letzte bisschen Distanz zwischen uns einfach nieder und knöpfte ihr Hemd auf. Sie ließ mich gewähren, und ich zerrte es über ihre Schultern. Während ich das tat, bewegten sich ihre Arme nach oben, und ich entdeckte etwas unter ihrem BH-Träger. »Was ist das?«

Verträumt, ohne jede Eile, hob sie den Träger.

Es war ein Schlüssel. Das Tattoo eines Schlüssels. Der gleiche Schlüssel. Identisch. Er hatte sich besser gehalten als Jakes, bei ihr wirkte er quasi eingebrannt in die blasse Haut. Das war ja klar, dachte ich, während ich ihr schmutziges Hemd zusammenknüllte.

»Ich hätte nicht gedacht, dass du der Typ dafür bist.« An ihr sah es lächerlich aus, wie ein Unfall. Aber das war es nicht. Ich wünschte mir, es wäre irgendetwas anderes gewesen – ein Schmetterling, ein Stern, ein Zitat von Keats, ein gedankenloses Tattoo. Jetzt reflektierte ihr Körper den von Jake. Nein, seiner reflektierte ihren. Es war das erste Tattoo, das ich an ihm gesehen hatte, damals, als er mich in den Kühlraum gezogen und die Austern für mich geöffnet hatte – ich hatte es gesehen, bevor dieser Körper mir vertraut geworden war, bevor ich alle seine Tätowierungen sogar im Dunklen finden konnte. Würde denn je ein Moment nur uns beiden gehören?

Wenn ich sie hier im Keller sitzen ließe, würde das Restaurant komplett ins Schleudern geraten. Ein schlechter Abend wäre nicht ihr Untergang, aber die Kollegen würden reden. Ihre Macht würde einen Riss bekommen. Ich zog die Plastikhülle der Reinigung von dem neuen Hemd, in der Hoffnung, damit die Kontrolle, die ersehnte Ordnung zurückzuerlangen.

»Es ist eigentlich eine lustige Geschichte.«

»Ich kann es kaum erwarten, sie zu hören.« Ich warf ihr das hellblau gestreifte Hemd zu. »Du hast echt Scheiße gebaut, Simone. Noch ein Happen Brot, bitte.«

Das neue Hemd brachte nicht den erhofften Energieschub. Sie roch säuerlich, abgestanden, aber vielleicht war das auch der Weinkeller.

»Also die 11 ist mitten bei der Vorspeise, an der 14 hängen wir mit den Appetizern hinterher, dafür sind die Drinks da. Ich hab denen einen Quintarelli verkauft, bloß den Valpolicella Classico, trotzdem nicht der schlechteste Abschluss. Ich weiß, Italien, aber sie haben darauf bestanden. Vielleicht kannst du Chef ja dazu bringen, ihr Essen vorzuziehen, während ich direkt zur 15 gehe. Heather war so nett, ihnen schon mal die Rechnung zu bringen.« Ich griff nach ihrer Hand. Sie atmete tief. Es war die Art von Atmen, die so oft von Tränen begleitet wurde, grob und mir selbst allzu vertraut. »Hey. Wann kommt der Spargel?«

Ihre Augen sprangen zu mir.

»Bei diesem Wetter?«, fragte sie und konsultierte die Decke. »Der braucht noch mindestens drei Wochen.«

»Wirklich? Glaubst du, dass es noch einmal schneien wird?«

Ich fuhr fort, ihr Fragen zu stellen, zu denen sie die Antworten kannte. Als sie wieder im Gastraum war, ging sie direkt zur 15, lächelte pflichtbewusst und nahm die beglichene Rechnung entgegen.

»Wir dachten, du wärst nach Hause gegangen«, sagte Heather. »Würdest du mich künftig bitte vorwarnen, wenn du vorhast, deinen Geist zu reinigen, Liebchen? Dann richte ich mich gleich darauf ein, den ganzen Gastraum zu übernehmen.« Simone ignorierte sie, weder entschuldigte noch bedankte sie sich. Ich beobachtete sie den ganzen Abend über, aber sie kam zurecht. Die Schicht nahm ihren Lauf und das Tattoo verblasste in meinem Kopf. Ich archivierte es in jenem etwas vernachlässigten Ordner, der die Aufschrift *eigenartiger, nerviger Mist, der mit Jake und Simone zu tun hat* trug, und sie erzielte ihren üblichen Trinkgeld-Schnitt: gleichbleibende siebenundzwanzig Prozent. Reiner Automatismus.

»UND ICH DACHTE, ihr beide wärt so gute Freunde«, sagte Ariel später an diesem Abend. Sie bestrafte mich noch immer, ein wenig halbherzig, für meine Abwesenheit der letzten Wochen. Ich hatte mir vorgenommen, Geduld mit ihr und Will zu haben, aber heute hätte ich mich auch mit ihr angelegt.

»War Simone nicht so was wie eure Brautjungfer?«, fragte Will. Vivian schenkte Tequila ein. »Für dich auch einen?«

»Igitt«, sagte ich. Jake wollte mich abholen, nachdem er Simone nach Hause gebracht hatte. Ich verspürte nicht den geringsten Wunsch, mich zu betrinken, aber es war die beste Abkürzung zu jener altbewährten Form der Nähe, die die Park Bar zu bieten hatte. Und wenn ich sie so ansah, fühlte ich mich schuldig. Bald wäre ich Kellnerin. Howard hatte keine Ahnung, wie schlimm das für mich sein würde. Ich konnte mir kaum vorstellen, Ariel in dieser gestressten und herablassenden Kellner-Manier darum zu bitten, mir »eben schnell« etwas zu besorgen. Sie würde mich plattmachen. »Später vielleicht?«

Terry spielte »All my friends«, und Ariel zwang ihn, es lauter zu drehen. Ich glaubte, dass sie mich wie immer packen und auf die Tanzfläche ziehen würde. Es war unser Song, der Song, mit dem wir die Nacht begannen – das manische, schwindelige Klavierintro öffnete etwas in uns. Der Song war ein einziges Versprechen – diese Nacht würde anders sein, und sei es auch nur ein wenig.

»Schluck, du Fotze«, sagte Sasha und stellte mir einen Kurzen hin.

»Aber Leute, das ist doch unser Song«, sagte ich. Man ignorierte mich. Simones Zusammenbruch hatte mich unsere planlosen Abstürze vermissen lassen. Aber mittlerweile hatte ich einen Plan – ein Spaziergang mit Jake, vielleicht ein Frühstück –, Dinge, für die es sich lohnte, nüchtern zu bleiben. Ich wog ab.

Sollte ich zu betrunken werden, konnte ich immer noch kotzen, bevor Jake kam. Ich nahm den Kurzen und stöhnte.

»Samantha steht für das Leben, das sie beinahe gehabt hätte. Mit Mr Bensen.«

»Aber stell dir vor, *er* wäre reingekommen«, meinte Will. »Was, wenn er mit seiner *Frau* gekommen wäre. Dagegen wäre der heutige Abend nix gewesen.«

»Sie hat ihren Bereich mitten in der Stoßzeit verlassen – das würde ich nicht nix nennen.«

»Nee, Leute, jetzt wartet mal«, sagte ich. »Immer langsam.«

»Ach, Bensen, der Silberfuchs. Den hätte ich auch genommen.«

»Und es war ja auch so offensichtlich, wie sie ihre Kündigung eingereicht hat, ohne die sechs Monate Kündigungsfrist oder sonst irgendeine Regel zu berücksichtigen.«

»Und dann?«

Will zuckte die Achseln. »Wie geht dieser Spruch noch mal? Verheiratete Männer verlassen ihre Frauen immer?«

»Ah«, sagte ich. »Nein, so geht er nicht.«

»Simsalabim und weg«, sagte Sasha und schnippte mit den Fingern. »Vögelst die Kellnerin, aber nimmst sie nicht mit nach Connecticut, klaro?«

»Ich glaube, Samantha lebt in Connecticut.«

»Ganz genau, Puppe«, sagte Will. »Ein paar Jahre später kommt dann Samantha – und die beiden sind ein Herz und eine Seele. Wie die Schulmädchen.«

»Aber zwischen Eugene und Samantha ist es eben noch enger. Sie war nicht mal lange genug hier, um einen Gutschein zu kriegen. Simone und Samantha hatten nach der Hochzeit ein bizarres Zerwürfnis. Eine Weile lang war Simone einfach nur am Boden zerstört.«

»Augenblick, Ari«, sagte ich. »Simone ist nie am Boden zerstört. Vor allem nicht wegen solchem Mist. Sie will nicht zur

Frau genommen werden oder ihre Bestätigung von einem Mann erfahren. Sie existiert in ihrem eigenen Kreis.«

Ariel schlug auf den Tresen. »Scheiße noch mal, bist du blind?«

»Kleines Monster braucht kleine Pause auf dem Klo.«

»Verdammt, ja, ich gehöre dir«, sagte ich zu Sasha. Unwillkürlich stand ich auf und stellte mich mit ihm in die Schlange. Ich winkte Scott, der in seiner Ecke saß.

»Wieder dabei?«, fragte er höhnisch und grausam, als wisse er genau, dass ich eigentlich nicht hier sein wollte, in diesem Kreislauf aus bedeutungslosen Nächten.

»Ist wie Fahrradfahren«, sagte ich und wandte mich an Sasha. »Was ist mit Jake?«

»Was soll sein mit Jakelein? Sammelt Scherben, all die Simone-Scherben. Wie immer.«

»Was ist mit ihm und Samantha?«

»Warum fragste?« Er packte mein Kinn und sah mir in die Augen.

»Sie hat ihn erwähnt«, sagte ich. Aber das war es nicht. Ich fragte, weil Simone so aufgebracht gewesen war. Weil ich glaubte, dass mehr dahintersteckte. Plötzlich war sie für mich von einer schwarzen Herzschmerz-Aura umgeben. Ihre Gedichte, die niemand las, die Wohnung, aus der sie niemals ausziehen würde. Ihr Wissen war so speziell, dass es beinahe substanzlos wirkte. Sie hatte keine Entscheidung getroffen. Jemand anders hatte das getan.

Wir schlossen uns auf der Toilette ein, und er nahm sein Tütchen heraus. »Zuckergesichtchen, besser nimmste einfach an, dass Jake alle gefickt hat. Wo ist Öffner?«

»Sasha, wann wirst du dich endlich für mich freuen? Außerdem hab ich keinen Weinöffner dabei.«

»Da, schau her, wer ganz erwachsen geworden ist!« Er zog seinen Öffner aus der Tasche, nahm ein Häufchen und gab ihn dann mir. »Bist eine von den Schlimmsten, weißte das? Du willst Künstler heiraten, verderbtes, wildes Leben führen, aber wart's ab, fünf Jahre, und dann du so: Jake, Baby, warum jeden Abend Ramen-Nudeln? Du willst was erreichen, mir kannste nix vormachen.«

Das Kokain war ein strahlendes Licht, die Toilette erblühte wie unter einem Farbfilter. Als mein Blick auf unser Spiegelbild fiel, bemerkte ich, dass es aussah wie ein Foto. Ich erkannte, dass wir bloß spielten und dass es einfach lächerlich war, wie ernst ich mich nahm. »Gott, Sasha, es ist so düster hier drin. Ihr alle. Ihr seid so verdammt düster. Merkst du das denn nicht?«

»Ah, kleines Monster, bitte, führ mich zum Licht!«

»Ich meine bloß, dass es nicht so sein muss.« Ich überprüfte, dass er nichts an der Nase oder zwischen den Zähnen hatte, dann hob ich den Kopf, damit er das Gleiche bei mir tun konnte. Er schnipste etwas von meiner Nase, ich packte sein Gesicht und küsste ihn auf beide Wangen.

»Das hier ist nicht Mutter Russland. Wir sind in Amerika. Hier glauben wir an Happy Ends.«

»Du lieber Gott, schnell, verdammt, gib mal Telefon, lass mich Mama anrufen, weil jetzt hab ich endlich begriffen.«

III

Und dann kam die Hungerzeit. Sie lag vor uns wie ein ausgemergeltes Feld und wir begannen, den Begriff »lokal« etwas weiter zu fassen. Wir orderten Sandklaffmuscheln und Spargel aus Virginia, Blutorangen aus Florida. Die Gäste, die Köche, wir alle waren noch immer verstört vom Winter. Gierig widersetzten wir uns den Restriktionen. Da waren keine Frühlingsgefühle, noch nicht. Noch glaubten wir nicht wirklich daran, dass er kommen würde, doch uns blieb keine Wahl, wir mussten vorwärts streben, seinen Versprechungen entgegen.

Für einen Augenblick kam die Sonne heraus. Ich blieb stehen, schaute auf die Spitzen der Zweige und forderte sie auf, endlich auszuschlagen. Ich kam gerade aus dem Guggenheim, und während ich zur U-Bahn ging, legten die Wolken der Sonne erneut eine Binde um. Plötzlich fühlte ich mich wieder wie eine Fremde, ganz so, als könnte ich einfach verschwinden, in irgendeinem dubiosen Imbiss, einer Bodega oder in einer U-Bahnstation.

An der Grand Central, jenem heiligen Pflaster der Anonymität, stieg ich aus und folgte den Schildern zur Oyster Bar. Es war eine seltsame Eingebung – er sagte schon lange, dass er mich dorthinbringen wollte, es war einer seiner Lieblingsläden. Ich weiß nicht, ob mir ein Kandinsky oder ein Klee diese Freiheit geschenkt hatte, aber ich entschied, nicht darauf zu warten, dass er mich mitnahm. Simone hatte mir versichert, dass es ein Ammenmärchen sei, doch jemand hatte mir erzählt, man solle Austern nur in den Monaten essen, in deren Namen ein r vorkam. Vielleicht war es also die bevorstehende Wärme, der Abschied von den R-Monaten – ich wusste, dass es Zeit war, mir ein schickes Mittagessen zu gönnen.

Ich ergatterte den letzten Platz an dem niedrigen Tresen unter der gekachelten Kuppel. Ich war vorbereitet, hatte ein Buch mitgebracht, aber anstatt zu lesen, sah ich bloß die Decke an, atmete den samtenen Geruch von Meeresfrüchten und Butter ein, beobachtete die Kellner und ihre Hilfskellner und musterte die Gäste. Ganz allmählich wurde mir klar, dass ich vollkommen anders als die anderen in diesem Raum war. Mit den Anzugtypen, ihren Mittagspausen und Blackberrys hatte ich jedenfalls nichts zu tun. Trotzdem gehörte ich dazu. Nicht wegen meines Alters oder meiner Kleidung, sondern weil ich die Sprache der Restaurants beherrschte.

»Verzeihung«, sagte der Mann, der neben mir saß. Vor ihm stand eine halbvolle Schüssel Muschelsuppe. Er hatte breite Schultern, dazu feine Gesichtszüge. Ich riskierte sogar einen zweiten Blick, weil er blaue Augen hatte. Dann zog ich die Augenbrauen hoch.

»Ich kenne Sie von irgendwoher.«

»Ach ja?« Ich senkte den Blick wieder auf die Karte.

»Entschuldigen Sie bitte, ich dachte, Sie wären jemand anderes. Eine Freundin aus Frankreich.«

»Sie haben eine Freundin, die aussieht wie ich?« Die Kellnerin kam näher und blieb schweigend vor mir stehen. Ihren Stift und den Block hatte sie bereits gezückt. »Für den Anfang hätte ich gern sechs Beausoleil und sechs Fanny Bay, danach sehen wir weiter. »Äh …« Ich drehte die Karte um, überflog sie. Ich wollte sie nicht unnötig aufhalten. »Sie haben einen offenen Chablis, nicht wahr? Suchen Sie mir einen aus.«

Sie nickte und ging. Ich angelte nach dem Buch in meiner Tasche.

»Dann sind Sie eine Schauspielerin. Ich weiß einfach, dass ich Sie schon einmal gesehen habe.«

»Ich bin Kellnerin. Sie haben mich überall gesehen.«

»Werden Sie all die Austern ganz allein essen?«, fragte er lächelnd.

»Und dann sogar noch ein paar mehr.« Ich seufzte. Es war einer der Fallstricke meines Berufs – wobei es vielleicht auch an meinem Naturell lag –, ich war einfach zu nett zu Fremden. Auf der Straße, in Bars, selbst wenn ich irgendwo Schlange stand, fühlte ich mich verpflichtet, die Menschen zu unterhalten, ganz so, als wäre ich bei der Arbeit. Unnahbar sein konnte ich nicht. Ich hielt mein Buch hoch.

»Was lesen Sie?«

»Okay.« Ich faltete meine Hände. »Ich weiß, dass es bei Ihrer Arbeit ruhig zugeht. Sie sitzen am Computer, es ist still, und wenn Sie doch mal etwas sagen, dann hört Ihnen niemand zu. Ich kann Ihr Bedürfnis, sich jedem halbwegs sanftmütigen weiblichen Wesen aufzudrängen, sogar nachvollziehen, aber ich sag Ihnen jetzt mal was über meinen Job. Da ist es laut. Ich rede, bis ich heiser werde. Und die Leute schauen mich an, halten mich auf. Sie tun so, als ob sie mich kennen würden, sie sagen: Lass mich raten, ich wette, du bist Französin. Und dann schüttele ich den Kopf, ich lächele, und dann sagen sie: Bist du Schwedin? Und ich schüttele den Kopf und lächele und so weiter. Aber heute habe ich frei, ich will einfach meine Ruhe. Wenn Sie wollen, dass sich jemand mit Ihnen beschäftigt, dann wenden Sie sich an Ihre Kellnerin, denn das ist *genau* das, wofür sie gerade bezahlt wird.«

»Du bist ja eine ganz Kesse, was?«

»Kess?« Noch immer sah er mich an, belustigt und so verdammt arrogant. »Ich habe einen Freund«, sagte ich schließlich.

Die Kellnerin kam und goss mir ein ordentliches Glas Chablis ein. Er war etwas labberig, aber akzeptabel, und ich bedankte mich. Als ich wieder zu ihm schaute, zog er gerade sein Portemonnaie heraus und signalisierte der Kellnerin, dass er die Rechnung wollte. War das zu fassen? War ich für jeden zu haben, es sei denn, ich brachte Jake ins Spiel? Aber als ich das erste Dutzend gegessen und ein weiteres bestellt hatte, war ich bereits absolut glückselig. Dennoch fragte ich mich, ob die Menschen mir jemals zuhören würden.

»JA, JA, es ist dein Karaoke-Lied. Ich dachte, das wäre ironisch gemeint.«

»Ari, nicht alles kann ironisch gemeint sein. Sonst würde doch alles seinen Glanz verlieren.«

»Aber du kannst nicht *ernsthaft* Britney Spears gut finden. Obwohl, vielleicht schon, aber du solltest es nicht zugeben.«

Zusammengesunken saß ich auf meinem Barhocker, meine Haltung war längst dahin. Meine Füße trommelten im Rhythmus der anbrechenden, leicht disharmonischen Samstagnacht, und jetzt rann auch noch ein großes, überwältigendes Glas Pouilly-Fuissé wie Glycerin meine Kehle hinunter. Ariel machte die Kaffeestation sauber, Will hatte sich gerade zu mir gesellt und auch der Rest des Teams fand sich allmählich ein. Sie wirkten mitgenommen. Ariel war genervt, weil sie zu oft Scheiße gebaut und Jake sie dafür angeblafft hatte.

»Ist meine Aufrichtigkeit denn gar nichts wert? Ist sie nicht auch ein Aspekt von Ehrlichkeit? Natürlich will ich Britney nicht als eine Art Paradebeispiel für Tugendhaftigkeit aufführen.«

»Dass die sich fortpflanzen durfte, ist eigentlich kriminell.«

»Aber manchmal, spät nachts, wenn ich ein bisschen betrunken und sentimental bin, dann schaue ich mir online ihre Musikvideos aus den frühen Zweitausendern an. Und weine.«

»Hast du die Bilder von ihr mit abrasierten Haaren gesehen?«, fragte Will. Vor ihm stand ein Fernet und ein Bier. Eigentlich alles ganz normal, aber er wirkte so viel älter als bei unserem letzten Schichtgetränk an der Bar. »Sie sah aus wie ein verdammter Dämon.«

»Du weinst zu ›Hit Me Baby One More Time‹?«

»Okay«, sagte ich, zog die Flasche Pouilly-Fuissé hinter dem Tresen hervor und füllte mein Glas erneut. »Ich kann das nicht erklären, wenn ich die ganze Zeit unter Beschuss stehe. Sie ist halt ungefähr in meinem Alter. Und als ich klein war, dachte ich: So sieht ein Teenager aus. Ich wollte, dass mein Körper genau das tat, was ihrer tat. Sie ist so gewöhnlich, oder nicht? Erreichbar. Sie ist nicht allzu schön, nicht allzu talentiert, aber du kannst einfach nicht aufhören, ihr zuzusehen. Darum sind es ja auch die Videos, die mich so faszinieren. Ihre Musik ist nichts, was man einfach so hört. Man muss sie sehen. Sie hat so viel Macht, sie weiß, dass man nicht wegsehen kann. Und dann dieses Funkeln in ihren Augen, das einem zeigt, dass sie bloß so tut. Dass sie immer noch ein Kind ist und dass sie einem gerade einen großartigen Streich gespielt hat. Und dann waren diese Augen plötzlich leer. Sie war nicht mehr eingeweiht in das Spiel. Ergibt das Sinn? Das Spiel ging auf *ihre* Kosten, und sie hat es nicht mal gecheckt.«

»Du lieber Gott, das ist deiner Ansicht nach eine Tragödie? Dass diese irrwitzig reiche, drogensüchtige und gescheiterte Proletentussi, die keinerlei Gefühl für Moral besitzt, leere Augen hat? Sie hatte die Wahl, jetzt ist sie eine erwachsene Frau.«

»Aber Ari«, sagte ich und richtete mich auf, wütend und irgendwie aufgepeitscht durch den Wein. »Ich habe nicht das Gefühl, dass sie mich im Stich gelassen hat. Eher, dass ich *sie* im Stich gelassen habe. Dass ich Teil dieses Mobs war, der über sie hergefallen ist. Und du hast recht, Will – auf diesen Bildern sieht sie aus wie ein Monster. Ich finde sie abstoßend, und deswegen fühle ich mich schuldig.«

»Ich kann das nicht«, sagte Ariel. Sie hob die Hände. »Das verstehen intelligente Frauen also unter Leid? Ich erkenne dich nicht wieder.«

»Sei nicht so theatralisch, Ari, ich will hier kein Statement abgeben à la ›warum Britney wichtig ist‹. Ich erkläre dir bloß, wie ich es empfinde. Bist du wegen irgendwas sauer auf mich?«

»›Warum Britney wichtig ist‹ würde sich großartig auf einem T-Shirt machen.«

»Ich stelle einfach deine Charakterstärke in Frage –«

»Meine Charakterstärke? Weil ich als Kind vor dem Spiegel Britneys Choreographie geübt habe?«

»Du weißt, was sie repräsentiert –«

»Schluss.« Ich trank mein Glas leer. Als ich es auf den Tresen stellte, zerbrach der Stiel in meiner Hand. Ich spürte einen Glassplitter in meinem Zeigefinger und wischte ihn weg. Jeder Einzelne an der Bar sah mich an.

»Komm schon, Fluff«, sagte Nick und schaute zu Jake, der seinen Blick nicht von dem Waschbecken abwandte, das er gerade reinigte.

»Sorry«, sagte ich. Ich hielt den stiellosen Kelch in der Hand und senkte die Stimme. »Sie *repräsentiert* gar nichts. Darum geht es mir ja gerade. Sie war ein kleines Mädchen. Ein Mensch. Jeder von uns hätte an ihrer Stelle sein können.«

»Jetzt redest du Scheiße, Skip«, sagte Ariel. »Aber das ist ein schönes Märchen.« Sie packte eine leere Kiste und ging Richtung Lager. Will sah mich an.

»Ich hab ihren Mist echt satt«, sagte ich, sammelte die Glasreste ein und legte sie in den Kelch.

»Ich steh immer noch auf die Dave Matthews Band«, sagte er, »das ist auch irgendwie peinlich.«

»Nein«, sagte ich. »Nichts, was du je tust, ist peinlich. Du bist kein Mädchen.«

Ich zog meinen Mantel an, nahm meine Tasche und das kaputte Glas und verließ die Bar.

SEIN ZIMMER befand sich in einem umgebauten Loft und war in einem plakativen Blau gestrichen. Es wirkte wie eine Höhle am Rand eines kalten, nördlichen Ozeans. Er hatte einen Mitbewohner, einen Straßenkünstler namens Swan, den ich immer nur im Bademantel zu Gesicht bekam, wenn wir uns auf dem Weg ins Bad begegneten. Er sah durch mich hindurch. Anders als im Wohnzimmer, das voller Teppiche war, war der Boden in Jakes Zimmer nackt. Mitgenommenes Linoleum, in der Mitte eine Matratze.

An einer Wand war eine Fensterfront, die auf eine Feuertreppe und ein verbarrikadiertes Gebäude hinausging und nur Tageslichtfetzen abbekam.

Hier und da machte sich der Ästhet bemerkbar: Die Matratze war von der Marke Tempur-Pedic und mit makelloser Baumwollbettwäsche bezogen. Er hatte hölzerne Weinkisten gesammelt und sie zu Regalen umgebaut. Eine ganze Wand voller Bücher. Aber anders als Simone, die alles besaß, von Lyrik über Religion, Psychologie und Gastronomie bis hin zu seltenen Ausgaben der Weltliteratur und etlichen Kunstbänden, die mehr als ein Jahr meiner Miete wert waren, hatte Jake nur Kriminalromane und Philosophie im Regal stehen. Mehr nicht. Triviale, abgegriffene Taschenbücher und ledergebundene Textsammlungen von Nietzsche, Heidegger und Aquinas. Auf einem eigenen Stapel abgerissene Ausgaben von Kierkegaards Büchern. Einige Bücher aus der NYU-Bibliothek, die er offenbar nie zurückgebracht hatte: William James, Aristoteles' *Metaphysik, Die Odyssee*. Ein schwarzes Anatomie-Buch, das groß genug war, um es als Beistelltisch benutzen zu können. Auf dem Boden neben dem Bett stand eine elegante Lampe. Sie war einen Meter hoch, ihr Arm hatte zwei Gelenke, und die Birne war von einer unebenen, rissigen, weißen Glaskuppel umgeben.

Bis auf einen kleinen Bereich oberhalb der Regale, wo er mit Reißzwecken einige schwarzweiße Polaroids angepinnt hatte, waren die Wände völlig kahl. Beim Hereinkommen hatte ich seine Kamerasammlung gesehen, sie hing neben Gitarren und zwei Fahrrädern an Haken im Wohnraum. Eines der Bilder zeigte eine Gebirgskette (»Das Atlasgebirge«, sagte er. »Das ist in Marokko.«), ein anderes etwas Gras an einem Strand (»Wellfleet«, meinte er. »Es heißt ›Strandheide‹.«). Dann noch ein Haufen kaputter Fahrräder, die auf einer kopfsteingepflasterten Straße zu einer Pyramide gestapelt waren (»Berlin«), und sie: also ihre Hand, die die Kamera abwehrte. Ein riesiger Seeigel von einer Hand. Die einfache Kamera hatte das Bild eindimensional werden lassen, sodass jede Linie auf der Hand zu erkennen war, ganz so, als seien sie dort eingraviert. Im unterbelichteten Hintergrund konnte ich – allerdings nur, wenn ich es von der Wand löste und unter das Licht hielt, während er nicht im Zimmer war – ein überwältigend offenes Lächeln erkennen.

Er schlief, ich hockte am Boden neben dem Bett und berührte die Buchrücken. Ich streckte mich und löste das Bild. Wenn ich ihn nach seinen Tattoos fragte, rollte er mit den Augen. Wenn ich nach diesen Fotos fragte, konnte er mich kaum ertragen. Aber je länger ich ihn kannte, umso deutlicher sah ich das Gefüge von Symbolen, die ihm etwas bedeuteten. Wenn ich ihn bat, mir von Marokko oder Berlin oder Wellfleet zu erzählen, dann schweifte er ab, sprach von den Berbern, von irgendeinem deutschen Künstler, den er kannte und der Skulpturen aus Salz wachsen ließ, oder von schrecklichen Todesfällen während des Walfangs. Die Art, wie er um diese Fotos herumlavierte, erinnerte mich an etwas, das Simone mir während einer unserer Lehrstunden gesagt hatte: Versuch nicht, eine Vorstellung von etwas zu gewinnen, sondern setze dir das Ding an sich zum Ziel. Diese vier Fotos verstand ich noch immer nicht, das Warum hinter ihrer Existenz wurde mir nicht klar.

»Wie laufen die Ermittlungen?«, fragte er, und ich erschrak. Seine Brust war nackt, Betttücher um seine Mitte. Er steckte sich eine Zigarette an. Seine Augen konnte ich gerade so erkennen. Er klang nicht wütend.

»Wann war das?«, fragte ich. Ich nahm das Foto von Simone mit ins Bett und legte mich wenige Zentimeter von ihm entfernt auf die Seite. Trotzdem traute ich mich nicht, als Erste die Hand auszustrecken.

»Weiß ich nicht mehr«, sagte er. Er fasste in meine Haare, nahm eine Strähne und wickelte sie um seinen Finger. Mir war, als würde ich mit ihm ins Blaue sinken, tief hinunter in die quecksilbernen Stunden zwischen Nacht und Morgen.

»Warum hast du es aufgehängt?«

»Es ist ein gutes Foto«, sagte er. Asche fiel ins Bett, und er wischte sie fort.

»Weil du sie liebst?«

»Natürlich liebe ich sie. Aber das ist noch kein Grund, ein Foto aufzuhängen.«

»Ich finde, es ist ein Grund, alles Mögliche zu tun«, sagte ich vorsichtig.

»Weißt du«, sagte er, drückte die Zigarette aus und zog mich auf seine Brust. »So ist das nicht zwischen mir und ihr. Das weißt du.« Er lenkte mich ab. Er wusste, dass sein Hals mich ablenkte, seine Hände auf meinen Hüften.

»War es denn jemals so?« Ich versuchte, seine Augen zu sehen. »Hässlich ist sie nicht.«

»Ja, so schlecht sieht sie nicht aus.«

»Jake …«

»Nein.«

»Wie kommt das?« Er grunzte. Seine Knie knackten, als er

aufstand. Mit zusammengekniffenen Augen ging er seine Bücher durch, dann nahm er eine Ausgabe von *Über die Seele* zur Hand. Eine alte Farbfotografie fiel heraus. Er hob sie auf, warf sie in meinen Schoß und kletterte über mich hinweg, zurück ins Bett. Eine lächelnde Frau mit leichten, goldfarbenen Haaren hielt ein Baby im Arm, das ernst in die Kamera blickte.

»Das war meine Mutter.«

»Oh«, sagte ich. »Sie sehen sich ähnlich.«

»Sag bloß. Jeder hat sein Ding zu schleppen. Ich hab Simone. Ich weiß, dass es von außen schwer nachvollziehbar ist. Aber es ist so, wie es ist. Sie ist quasi bei mir eingezogen, als meine Mutter gestorben ist. Sie war erst fünfzehn, aber sie hat mich großgezogen, auf ihre verdammt planlose Art und Weise.«

Ich zeigte keine Reaktion. Ich ließ das sacken, ließ es sich einfügen in das Puzzle von Jake, das ich langsam zusammensetzte. Mutterlos. Eine ganze Stadt voller Waisen. Ich sah wieder auf das Foto von Simone. Was hätte ich damals dafür gegeben, dass jemand kommt und sich um mich kümmert? Ich berührte das Gesicht des Babys auf dem Bild. Diese undurchdringlichen, stechenden Augen. »Selbst damals warst du nicht zum Lachen zu bringen.«

»Es braucht einiges, um mich zum Lachen zu bringen.«

»Wie alt warst du, als sie gestorben ist?«

»Acht.«

»Wie? Wie ist sie gestorben, meine ich.« Ich fasste nach ihm, fuhr mit den Nägeln an den Rändern seiner Tattoos entlang, und seine Augenlider fielen zu. Ich fühlte die Erhebungen auf dem Schlüssel-Tattoo und dachte an Simone, die jetzt allein in ihre Decken gekuschelt im Bett lag. Ich fragte mich, was das für eine lustige Geschichte war, fragte mich, warum dieses Tattoo aussah, als habe seine Haut es abgestoßen, während ihres so wirkte, als sei es zu tief eingedrungen.

»Das fühlt sich gut an«, sagte er. Ich weiß nicht, wie viel Zeit verging, bis er sagte: »Simone hat mir erzählt, dass meine Mutter eine Meerjungfrau gewesen sei und dass es schon immer ihre Bestimmung gewesen sei, ins Meer zurückzukehren, weil das ihr wahres Zuhause sei. Und dass sie und ich das auch eines Tages tun würden. Zurückkehren. Meine Mutter ist weggeschwommen. Ich glaube, ich wusste es schon damals besser. Ich wurde älter, fand die Zeitungen. Ich verstand, was Ertrinken ist. Aber als du mich gefragt hast, war mein erster Gedanke, dass sie fortgeschwommen ist. Nach Hause. Lustig, oder? Wir kriegen die Dinge, die wir einmal gelernt haben, nicht aus dem Kopf, auch wenn wir wissen, dass sie nicht wahr sind.«

Ich rollte mich auf ihn, Rumpf an Rumpf, Bäuche, die ineinander hineinatmeten. Mir gingen alle möglichen Erwachsenenantworten durch den Kopf. Ich habe meine Mutter auch verloren. Ich glaube, es wäre schwieriger gewesen, wenn ich sie tatsächlich einmal gehabt hätte, mich an sie erinnern könnte. Ich weiß, dass es ein Ding der Unmöglichkeit ist, jemandem zu vertrauen, aber das größte Problem ist, Vertrauen in sich selbst zu haben. Weil dir das keiner beigebracht hat. Ich weiß, dass jeder, der ein Elternteil verliert, in diesem Moment des Verlassenseins auch einen Teil von sich selbst zurücklässt. Ich dachte darüber nach, zu sagen: Ich weiß, dass du auch dabei bist, dich in mich zu verlieben. Stattdessen sagte ich: »Ich hab jemandem erzählt, du seist mein Freund.«

»Wem?«

»So einem Typen, der mich angebaggert hat.«

»Wer? Wo?«

»Nur so'n Typ.« Ich hatte ihn noch nie eifersüchtig oder auch nur empfindlich erlebt, außer vielleicht, als wir über die Freundschaft zwischen Simone und Howard gesprochen hatten. Aber er klang nicht mehr lakonisch, sondern hellwach. »So ein schnieker, reicher Typ in der Grand Central Oyster Bar. Er wollte mit mir Austern essen.«

»Du bist zur Grand Central gegangen? Ohne mich?«

»Bist du sauer oder beeindruckt?«

»Genervt und fasziniert. Wie hat es sich angefühlt?«

»Es ist magisch da. Wir sollten zusammen noch einmal hingehen –«

»Nein, wie hat es sich angefühlt, dem Typen zu sagen, dass du einen Freund hast?« Wie hatte sich das angefühlt? Es fühlte sich – vielleicht, möglicherweise – wahr an.

»Ich weiß nicht, er hat mich in Ruhe gelassen, nachdem ich das gesagt hatte. Das war natürlich … gut.« Wir sahen einander an. Immer wieder musste ich meinen Kopf auf dem Kissen zurechtrücken. Ich hatte totale Angst. »Wie fühlt sich das für dich an?«

»Die Dinge immer gleich mit einem Namen zu versehen, ist nicht so mein Ding. Deins etwa?«

»Mir geht es nicht darum, irgendwas zu benennen.«

»Ich kann aber sagen …« Seine Hände fanden mich wieder. Er strich unter meinen Brüsten entlang, über die Rundung meines Bauches, über meine Rippen. Ich betrachtete seine Ringe. »… dass ich nicht will, dass du mit irgendjemandem außer mir Austern isst.«

»Echt?«

»Ja, es gefällt mir, wenn du mir gehörst.« Er drehte mich auf den Rücken, und mein Kopf schlug mit einem hohlen Geräusch gegen die Wand. »Aber kann ich dir jetzt mal eine ernste Frage stellen?«

»Ja«, sagte ich atemlos.

»Was muss ein Mann tun, um morgens einen geblasen zu kriegen?«

»Es ist mitten in der Nacht.«

»Also, ich sehe da drüben an der Wand schon Sonnenstrahlen.«

»Das ist das Neonschild von gegenüber.« Er hielt meine

Handgelenke über meinem Kopf fest und rieb Kinn und Lippen an meinen Brüsten.

»Lass mich nachdenken«, sagte ich. »Ich habe meine achteinhalb Minuten Kuschelzeit bekommen, dazu den Monolog des sensiblen Mannes und dann noch etwas, das sich total bohèmemäßig jeder Definition verweigert, also brauche ich nur noch …«

»Was denn noch, verflucht noch mal?«

»Ein Zeichen«, sagte ich und fand seine Augen. Über meinen Hang, das Schicksal zu beschwören, machte er sich ständig lustig. Simone tat das ebenfalls, aber sie sagte auch, dass es sehr »alte Welt« sei, und wenn wir über Wein sprachen, war das ein Kompliment. Jake und ich sahen einander an, und ich dachte: Wie kannst du glauben, dass alles nur zufällig geschieht, wenn wir zusammen sind und sich das *so* anfühlt?

Plötzlich flatterten Dutzende Tauben auf, streiften die Feuertreppe und die Fenster mit ihren Flügeln, die im Neonlicht leuchteten. Da sagte ich, und ich glaube, ich sagte es nicht einmal laut, aber ich sagte: »Okay, angenommen.«

WILL KAM pfeifend vom Zwischengeschoss herunter und hielt an, um die letzte Ladung Besteck zur Bar zu bringen. Nicky und ich hatten nur noch einen einzigen Gast, Lisa Phillips, die auf dem schmalen Grat zwischen Lachen und Weinen balancierte. Wahrscheinlich hätte Nicky ihr keine sechs Gläser Wein geben dürfen, aber sie war berühmt für außergewöhnlich gute Trinkgelder und sie hatte gerade erfahren, dass ihr Mann sie verlassen würde.

»Wenn wir sie sich heute Abend nicht besaufen lassen können, wem können wir denn dann überhaupt helfen? Sie ist hierhergekommen, weil es für sie ein sicherer Ort ist«, sagte Nicky, als ich vorschlug, ihr nichts mehr zu geben. Also sah ich zu. Ihr Blick wurde unstet, ihr Mund stand offen, und selbst ihre Wangenknochen schienen in sich zusammenzufallen.

»Ach, Lisa«, sagte Will zu mir, »wer packt sie in ein Taxi?«

»Ich glaube, Nicky hat das auf dem Schirm. Ist aber echt traurig. Er hat sie verlassen, und die Neue ist quasi in meinem Alter. Sie kann mich gar nicht anschauen.«

»Ja, ja, immer geht es um dich, nicht wahr?«

»Ey!«

»Ich mach nur Spaß«, sagte er und hob die Hände. Lisas Kopf fiel auf ihre Arme. Nicky nahm zuerst den Brotkorb, dann das Besteck und schließlich ihre zerknüllte Serviette vom Tresen. Sie bewegte sich nicht.

»Trinkst du einen?«, fragte Will.

»Hast du etwa schon Feierabend? Nick hat mir noch nicht mal die Auffüll-Liste gegeben.«

»Willst du eine kleine Leckerei für die letzten Meter?« Mit zwei Fingern berührte er seine Nasenspitze.

»Bisschen früh«, sagte ich. Ich polierte das Glas und sah ihn an. »Sag mal, nimmst du jetzt auch während der Schicht was?«

»Heute war eine Ausnahme. Heather, Simone und Walter – das reinste Diva-Aufgebot im Gastraum. Die haben mich fast fertiggemacht.«

»Ist nicht irgendwie immer Diva-Aufgebot?«, fragte ich. »Du siehst müde aus, Süßer.«

Er nickte. Ich dachte daran, wie egoistisch ich mit ihm umgegangen war, aber es gelang mir nicht, ein angemessenes Schuldgefühl aufzubringen. So war es ständig: all diese Momente und Dinge, die der ihnen zugeschriebenen Bedeutung einfach nicht gerecht wurden. Er war noch ein Kind, ein Junge.

»Ich nehm jetzt eine. Hältst du mir einen Platz frei?«

Mrs Glass, eine unserer betagteren Stammgäste, kam auf uns

zu. Es war nicht meine Aufgabe, aber ich nahm die Garderobenmarke, die sie mir reichte. Mishas Platz am Empfang war unbesetzt.

Ich ging selten in die Garderobe, höchstens, um einen Hochstuhl für ein Kind zu besorgen. Die Tür war bereits einen Spaltbreit geöffnet.

Für den Bruchteil einer Sekunde sah ich sie nicht. Nur leere Bügel, einen Staubsauger und den Putzeimer. Dann fiel mein Blick auf Misha, ihre gemachten Brüste wirkten wie aufgeschnallt auf den fragilen, ukrainischen Vogelkörper. Erst dann bemerkte ich Howard, robust und standfest, wie ein Möbelstück. Misha saß seitwärts auf seinem Schoß, ihr Rock fächerte sich über seine Knie bis auf den Boden. Sie hatte die Hand auf den Mund gepresst, als habe sie Angst, ihr könne ein Geräusch entfahren. Seine Hand lag auf ihrem Kreuzbein, als wäre er ein Bauchredner und sie seine Puppe.

»Ja?«, fragte Howard ruhig. Sein Blick war ebenfalls fragend. Keiner von beiden bewegte sich.

»Entschuldigung«, sagte ich, rannte raus und schloss die Tür hinter mir. Mein Kopf zuckte in alle Richtungen, erfasste jede Bewegung im Restaurant, aber niemand hatte mich gesehen. Dann fiel mir Mrs Glass wieder ein.

Ich klopfte an die Tür der Garderobe. Darin war es vollkommen still.

»Misha«, flüsterte ich durch die Tür, »ich brauche den Mantel von Mrs Glass. Die Marke schiebe ich dir unter der Tür durch. Sie wartet.«

Ich rannte zurück zur Kaffeestation.

Kaum wahrnehmbar wiegte sich Mrs Glass hin und her. Ihr Leben fand in einer Parallelwelt statt. Alle Orte waren gleich, ihre Tage wiederholten sich. Nichts schockierte sie.

»Menschen sind so dumm«, sagte ich leise. Sie wandte mir ein Ohr zu. »Ihr Mantel wird sofort gebracht.«

Ich gab etwas Espressomaschinen-Reiniger in das siedende Wasser und warf die Siebträger hinein. Mit dem winzigen Schraubenschlüssel löste ich die heißen, feinmaschigen Siebe und legte sie zu den Siebträgern. Ich hielt meine Hände in Bewegung, aber das haltlose, irgendwie überdrehte Kichern konnte ich nicht abschütteln.

»Was zum Teufel, Fluff? Du hast keine letzte Runde angesagt. Vielleicht wollte Lisa eine.«

»Nicky«, sagte ich mit bedeutungsschwerer Stimme, »es ist zu spät für Espresso.«

Misha kam mit einem kurzen Pelzmantel aus der Garderobe, und Mrs Glass klatschte in die Hände. Gemeinsam gingen sie zur Tür, und Mrs Glass verschwand in der Nacht. Nicky kam hinter der Bar hervor und fasste Lisa am Ellenbogen. Sie versuchte, Widerspruch zu erheben.

»*Versteht* er denn, was er getan hat?«, war alles, was ich sie sagen hörte. Ich schüttelte den Kopf, versuchte, es wieder loszuwerden.

»Ich weiß«, sagte Nicky, half ihr vom Hocker und stellte sie hin. Sehr sanft half er ihr in den Mantel und schloss den obersten Knopf. Keine Tränen, aber ihr Gesicht war ganz verzerrt, verwirrt, als versuche jemand, sie aufzuwecken. Ihr Leben gehörte nun nicht mehr ihr, und ich dachte an Simone. Nicky sagte immer wieder: »*Ich* weiß.«

Howard kam raus, und ich setzte eine ausdruckslose Miene auf. Er ging hinter die Bar, nahm zwei Tumbler und eine Flasche Macallan 18. Faszinierter als je zuvor, sah ich ihm dabei zu, wie er einschenkte. An den meisten Tagen trug er seine Macht mit einer solchen Leichtigkeit, als hafte sie nicht an ihm, sondern durchdringe jeden einzelnen seiner Schritte. Dieser Scotch war derart tabu. Er schubste ihn über den Tresen hinweg auf mich zu, und ich fing ihn auf. Er verbrannte mir komplett den Mund.

Howard sah raus auf die Straße, wo Nicky in Hemd und Schürze ein Taxi heranwinkte. Er seufzte. »Ein gefährliches Spiel, nicht wahr? Die Geschichten, die wir uns selbst so einreden.«

IV

Abholen!«

»Wird abgeholt«, flötete Ariel. Kichernd stand ich hinter ihr in der Schlange. Will gab mir einen Knuff mit dem Ellenbogen, und ich lachte noch mehr. Wir spielten Quartett mit Dingen. Hast du Gin? Besorg ihn! Hast du Hitachino White Ale? Besorg es! Die angesprochene Person musste die jeweilige Sache finden und sie den anderen bringen – und zwar unauffällig. Gerade hatte ich Sancerre aus dem Weißwein-Kühler besorgt. Es war noch früh am Abend, die ersten Bons krochen schwerfällig aus dem Drucker, die Kellner hingen in den Nischen herum, alle Wassergläser waren aufgefüllt. Chef zeigte die Tagesgerichte, während Scott die Station vorbereitete, an der die Bons, das Timing für die Gerichte sowie Extrawünsche und Unverträglichkeiten organisiert wurden. Ein träger, leicht angetrunkener Abend mit meinen Freunden lag vor mir.

»Wir haben eine Bestellung – besondere Sorgfalt bitte, es ist Sid«, rief Scott. »Also 23, Tartar zubereiten, Auflauf zubereiten, Foie gras vorbereiten.« Er sah sich die Teller in der Durchreiche an. »Die 13 abholen, Spargel auf der eins, Gruyère auf der zwei, dann brauche ich noch jemanden für die Austern.«

»Na, dann los!«, sagte ich. »Wird abgeholt.«

Aus dem Drucker kam ein weiterer Bon, Scott warf einen Blick darauf, während er mir das Tagesgericht mit dem Spargel entgegenhielt. Das pochierte Ei darauf wabbelte vor sich hin. Er starrte noch immer auf den Bon.

»Wiiiiiird abgeholt«, wiederholte ich und streckte die Arme

noch weiter aus, um den Teller zu fassen zu kriegen. Er ließ ihn sinken, das Ei rutschte vom Spargel. Chef schaute auf. Sein Blick war streng.

Scott erblasste. »Das Gesundheitsamt ist hier.«

Chef legte das Messer ab. »Niemand fasst die Kühlschränke an!«, sagte er unheimlich ruhig und gefasst.

Die Küche explodierte. Leute rannten. Chef eilte die Treppe rauf. Über die ganze Küche hinweg flogen Dinge in den Müll: ein halber Schinken am Knochen und die Würstchenketten, die im Fleischbereich gehangen hatten. Tücher flatterten in die Mülleimer wie Luftschlangen. Alles, was gerade draußen lag, um geschnitten oder auch nur gesalzen zu werden, wanderte in den Müll. Auch Kartoffeln, die gerade zu Pommes verarbeitet wurden, Radieschen, die gerade gewaschen wurden, Saucen, die gerade in beschriftete Ein-Litergefäße abgefüllt wurden. Praktikanten holten Besen aus dem Keller und fegten wie die Wahnsinnigen in jeder Ecke. Aushilfen knoteten Mülltüten zu, und die Beiköche zogen Halbliter-Behälter von den Regalen über ihren Arbeitsplätzen – darin Haarbänder, Thermometer und bleistiftdünne Taschenlampen.

Noch nie in meinem Leben hatte ich ein derart präzises Chaos gesehen, die Angst brachte alle in Bewegung. Zoe sprach von einer Zwei-Minuten-Routine, aber mit der war ich nicht vertraut. Ich nahm an, dass sie nur den Angestellten oberhalb meiner Gehaltsklasse bekannt war. Ariel nahm alle Schneidebretter von den Tischen, und ich packte sie.

»Was zum Teufel soll ich machen?«

Sie sah an mir rauf und runter, während sie die Tücher, die ich in meine Schürze gesteckt hatte, rauszog und sie wegwarf. Sie hielt meine Hände und sagte: »Du wirst Essen rausbringen, genau wie noch vor einer Minute. Und wenn du in den Gastraum kommst, dann lächelst du extradoll, und wenn du dann einen Typen mit Taschenlampe und Klemmbrett siehst, dann stellst du sicher, dass er bemerkt, wie hübsch und glücklich du bist. Öffne auf keinen Fall die Kühlschränke, wir brauchen gleichbleibende Temperaturen. Fass kein Essen an, nicht mal eine Zitrone oder einen Strohhalm an der Bar. Das war's.«

Ich nickte. Sie warf die Schneidebretter in den Abwasch, ebenso die Wassergläser des Personals. All die freudige Erregung verwandelte sich jetzt in Übelkeit. Ich dachte darüber nach, mich auf der Toilette zu verstecken. So zu tun, als müsste ich dringend pinkeln. Dann würde ich dasitzen, bis die ganze Inspektion vorüber wäre, und wüsste wenigstens, dass ich keine Scheiße gebaut hatte. Aber das konnte ich nicht. Ich spürte eine volle Ladung Adrenalin in mir, und dann noch etwas anderes: meine Ausbildung.

»Wird abgeholt«, rief ich. Scott kniete am Boden, leuchtete mit einer Taschenlampe unter eine Ablage und fegte darunter mit einem Handfeger. Als er mich hörte, stand er auf und sah auf die Durchreiche. Alle Teller waren noch immer dort. Er sah mich an, dann wieder auf die Teller. Er hob das pochierte Ei zurück auf den Spargel. Es waren kaum zwei Minuten vergangen.

»Abholen?«, fragte er.

»Wird abgeholt«, flötete ich, meine Hände geöffnet, als würde ich gleich einen Segen empfangen.

WORAUF verließ sich der Inhaber? Auf seinen Ruf? Das Fortleben stillschweigender Vereinbarungen aus den Neunzigern, eine Art Ganoven-Ehre? Es war schwer zu glauben, dass dieser ungehobelte Mann im verstaubten Jackett irgendeine Macht über uns besaß, dass er eine Panik in der Küche auslösen oder irgendjemandem seinen Tintenfisch vorenthalten konnte. Als Erstes ging er zur Bar, und ich lächelte still darüber, wie stur Jake auf seinem angestammten Platz beharrte, obwohl der Inspekteur zu dick war, um sich entspannt hinter der Bar bewegen zu können. »Entschuldigung«, sagte er und drehte das kalte Wasser auf, »entschuldigung«, dann das warme Wasser.

»Darin liegt seine Boshaftigkeit. Siehst du, wie ruhig er ist?«, sagte Will.

Er hatte recht. Der Mann sagte nichts, interagierte nicht. Sein Job schien mir der langweiligste zu sein, den man nur haben konnte – seine Waffe ein digitales Thermometer. Er öffnete eine Kühlschranktür, schrieb einen Wert auf. Er steckte es in die Dinge hinein, die wir in Plastik eingewickelt hatten, und notierte einen weiteren Wert. Er fummelte an den Dichtungen der Kühlschränke herum und pulte in den Rissen derer, die wir noch nicht ausgetauscht hatten. Er überprüfte die Haltbarkeitsdaten auf jeder einzelnen Milchtüte, jedem Päckchen Butter. Er schaute in jede Vorratsdose. Er widmete sich den Armaturen an jedem einzelnen Waschbecken, betätigte alle Seifenspender – jeder einzelne war voll. Er schien sich in einem unsichtbaren Raster zu bewegen, also vergaß ich ihn irgendwann. Als ich ihn aus der Kühlkammer kommen sah, dachte ich: Der Typ ist immer noch hier?

Ich hatte widerliches Zeug gesehen, aber ich war mir auch sicher, dass wir das sauberste Restaurant rund um den Park waren. Es gab Geschichten über haustiergroße Ratten in den Läden um uns herum, oder über Restaurants, in die das Abwasser von der Straße gedrückt wurde, wenn es regnete. Klar ließ ich auch mal fünf gerade sein bei der Arbeit, aber ich wusste, dass die Aushilfen auch noch die hinterste Ecke der Küche mit Bleiche auswischten, und jede Nacht begegnete mir die Putztruppe, wenn ich das Restaurant verließ. Chef lehrte seine Leute das Fürchten. Ich hätte hier vom Fußboden gegessen, ohne auch nur eine Sekunde lang zu zögern. Und wenn der Prüfer bloß an einem einzigen Tisch stehen geblieben wäre, dann wäre eh klar gewesen: Wir servierten wunderbares Essen.

Wir rotierten, aber vorsichtig, auf Zehenspitzen. Will, Ariel und ich hatten aufgehört zu trinken, Scott hörte zwar nicht auf zu schwitzen, aber dennoch war es eine Schicht wie jede andere. Howard und Chef nahmen den Prüfer mit in das Zwischengeschoss und boten ihm einen Tisch an, wo er seinen Bericht schrieb.

Ich brachte gerade einen Satz Gläser an den Servicetresen und suchte Jakes Blick, als ich bemerkte, dass er an mir vorbeisah. Das tat er eigentlich überhaupt nicht mehr. Ich drehte mich um. Ein Handy am Ohr, kam Howard die Treppe herunter. Das war ein Bruch – die Manager brachten ihre Telefone nie mit in den Gastraum. Niemand tat das. Howard ging direkt zu Simone und zog sie in eine Nische. Mit gesenkten Köpfen sprachen sie miteinander.

Sie griff sich an die Brust und nickte. Als ich zurück in die Küche ging, war es still. Nicht wie in einer Kirche, sondern wie auf einem Friedhof.

Howard kam nach mir herein und gab es bekannt: »Für heute servieren wir nichts mehr.«

»Ab jetzt?«, fragte ich. Niemand antwortete.

»Wenn irgendjemand Fragen stellt, bleibt ihr vage, seid aber entschieden. Wir schließen freiwillig, um einige Reparaturen vorzunehmen. Und wir werden sie alle in ein paar Tagen wiedersehen. Auch ich werde an jeden einzelnen Tisch gehen. In einer Stunde gibt es eine Teambesprechung. Die ist Pflicht für alle.«

DAS RESTAURANT befand sich in einem sehr alten Gebäude. Das Fundament, der Grundriss, die Rohre, die Decken und die Wände entsprachen nicht den neuesten Standards. Das war das Problem. Es fühlte sich einfach falsch an, dass wir im einen Moment noch auf Hochtouren liefen und im nächsten wegen architektonischer Mängel schließen mussten. Niemand erwähnte Schädlinge oder Nagetiere oder Hygiene – ich war offenbar die Einzige, die an die Fruchtfliegen, die Kakerlaken, die unheilverkündenden leeren Mausefallen oder an die Schädlinge dachte, die in den Wänden, den Abflüssen und hinter jeder Gips- oder Betonverkleidung in der Stadt summten. Architektur war definitiv ein leichteres – ein saubereres – Problem, aber ich fragte mich, ob der Prüfer den Abfluss unter dem Bar-Waschbecken entdeckt hatte oder ob er wusste, dass ich zu viel Angst hatte, die Espressomaschine jemals so richtig zu reinigen.

Die Empfangsfrauen telefonierten mit unseren Schwester-Restaurants, machten für die verbleibenden Reservierungen und für diejenigen, die gerade erst zu essen begonnen hatten, Tische klar. Alle Rechnungen gingen aufs Haus. Die Dessert-Leute packten To-Go-Pakete mit Keksen, steckten sie in mit unserem Logo gestempelte Papiertüten und brachten sie an die Tische. Simone und Jake standen am Servicetresen und flüsterten. Sie sahen einander nicht an, aber zwischen ihnen herrschte ein gewisser Magnetismus, der alle anderen außen vor ließ. Jeden Moment erwartete ich, dass jemand ausflippte – einer der Gäste, einer der Kellner, aber alle blieben stumm, während sie durch den Raum navigierten.

Die meisten Gäste ahnten, was vor sich ging – sie waren Stammgäste, denen das Gesundheitsamt ein Begriff war, und da sie New Yorker waren, lag ihrem Handeln ein gemeinsamer Subtext zugrunde, der es ihnen ermöglichte, das Leben ohne große Überraschung hinzunehmen. Sie waren verstimmt, aber flexibel. Es waren die Touristen, die am überraschtesten wirkten. Howard begleitete sie auf Schritt und Tritt.

Der Prüfer saß auf Platz eins an der Bar, während die Gäste nacheinander zur Tür gingen, und blickte bedächtig auf einen Punkt irgendwo an der gegenüberliegenden Wand. Mr Clausen, der alt genug war, um sein Vater zu sein, klopfte auf den Tresen, bis der Mann seinen Blick erwiderte, dann sagte er:

»Das ist haarsträubend. Sie sind eine Strafe. Genauso überflüssig wie jede verdammte Politesse.«

Wir hielten die Tür auf, die Luft war geschmeidig. Möglicherweise war es der erste echte Frühlingstag.

WIR SASSEN im leeren Gastraum, und das Licht der Straße überzog die Fenster. Das Licht war von einer rostigen Schärfe, die ihren Ursprung in dieser irreparablen Störung jeglicher Routine hatte. Der Inhaber wahrte Haltung, gab sich unkompliziert, als er die Hand des Prüfers schüttelte. Noch immer wartete ich auf die Explosion – ein Faustschlag, eine fliegende Kupferpfanne, einen Aufschrei. Als der Inhaber uns ansah, wusste ich, dass das niemals geschehen würde.

»Als Erstes«, sagte er, legte die Hände zusammen und sicherte sich so unsere Aufmerksamkeit, »möchte ich mich bei euch allen für euer Engagement und eure Geduld am heutigen Abend bedanken. Was hier passiert ist, sagt nichts über eure gewissenhafte Arbeit aus, sondern deutet auf ein überholtes System, ein überholtes Gebäude hin. Wir befinden uns in einem alten Haus, in einem alten Restaurant. Und darauf sind wir stolz. Aber geht es nach der Gesundheitsbehörde, spricht einiges gegen uns. *Noch immer* unterhalten wir das sauberste Restaurant unterhalb der Dreiundzwanzigsten Straße. Und das beweist eure Qualität – und die von Chef und Howard. Ich möchte mich für diesen Aufruhr entschuldigen. Viele von euch wissen gar nicht so genau, was ich tue. Ich sitze an einem Schreibtisch in der Verwaltung auf der anderen Straßenseite, ich gebe Interviews, ihr seht mein Bild in der Zeitung, und ich eröffne neue Restaurants. Aber meine wichtigste Aufgabe seit jeher ist es, sicherzustellen, dass ihr eure Arbeit so gut wie möglich machen könnt. Mehr tue ich nicht. Ich schaffe Strukturen, die als Basis dafür dienen, dass ihr – das Blut, die Innereien und das Herz dieses Restaurants – glänzen, ja, großartig sein könnt. Heute habe ich euch im Stich gelassen und das tut mir leid.«

Er senkte den Kopf, und als er ihn wieder hob, gab er uns allen das Gefühl, dass wir ihm ebenbürtig waren: »Wir gehen davon aus, dass wir maximal drei Tage geschlossen haben werden. In dieser Zeit werden wir Umbauten im Keller und hinter der Bar in Angriff nehmen. Wir werden Kontakt mit unseren Stammgästen aufnehmen und alles erklären. Natürlich wird jeder von euch, der für die nächsten Tage auf dem Schichtplan steht, sein Gehalt bekommen …«

Er fuhr fort. Ich fühlte mich wie an den Stuhl gefesselt. Also stimmte es. Ich schaute zu Simone: Ihre Wangen waren feucht, Jake stand hinter ihr Wache. Zum ersten Mal seit über zwanzig Jahren würde das Restaurant geschlossen bleiben.

ICH HABE VERGESSEN, was genau ich für Howard aus dem Büro holen sollte. Ich möchte behaupten, es war ein blauer Ordner mit Checklisten, Telefonnummern und Versicherungspolicen.

Ich erinnere mich daran, wie ich die Treppen zum Zwischengeschoss raufging mit dem Gefühl, auserwählt worden zu sein. Ich erinnere mich daran, dass ich meine goldenen Kreolen trug. Ich erinnere mich daran, Papiere auf dem Schreibtisch zur Seite geschoben zu haben. Und ich erinnere mich an ihre Handschrift. Ich hatte sie jeden Abend gesehen – auf ihrem Kellnerblock, auf den Tafeln mit den Tagesgerichten und dem Wein, auf der Liste mit den Weinbeschreibungen, die wir in einem Ordner hinter der Bar aufbewahrten. Diese extravagante Schrift. Schreibschrift, die wie eine Gravur wirkte und sich deutlich nach links neigte, als wäre sie ans andere Ende der Seite gelockt worden.

Ich sah *Simone*, ich sah *Jake*, ich sah *Auszeit*, *Frankreich* und *Monat Juni*.

Ich nahm die Worte wahr, aber nicht ihre Bedeutung. Ich nahm das Blatt. Es rutschte mir aus der Hand. Meine Fingerspitzen konnten es nicht halten, ich fuhr mit den Nägeln unter die Ränder, um es wieder aufzuheben. Ich hörte meinen Atem, aber ich bekam keine Luft. Alle Ventile verschlossen sich, erst hinter meinen Augen, dann in meiner Kehle, dann in meiner Brust, dann in meinem Magen.

So etwas geschieht, wenn der Körper weiß, dass er gleich verwundet wird. Er stählt sich. Ein anpassungsfähiger Geist krümmt sich vergeblich, um der Logik, der Schlussfolgerung zu entgehen, und sei es auch nur für ein paar Sekunden.

Es war ein Urlaubsantrag, eines von diesen öden Formularen, mit deren Gestaltung und Vervollständigung Zoe jeden einzelnen ihrer Tage verbrachte. Es stand im Handbuch: Jeder Urlaub musste mindestens einen Monat im Voraus von Howard bewilligt werden. Die Personalsituation des Restaurants war so präzise austariert, dass plötzliche Abwesenheiten unmöglich waren – jede Schicht wurde sorgfältig um die Stärken und Schwächen der Kellner herum konzipiert, und ein langer Urlaub verlangte eine radikale Umstrukturierung des Schichtplans. Dennoch mochte Howard es, sein Personal zu halten, ihnen die Möglichkeit zu geben, an ihre Positionen zurückzukehren. Er ermutigte uns, in Anspruch zu nehmen, was er als »Auszeiten« bezeichnete.

Mein Geist war wieder auf der Höhe. Simone beantragte für den gesamten Juni eine Auszeit in Frankreich und sie beantragte sie für sich und für Jake. Howard hatte den Antrag drei Tage vor meinem Geburtstagsessen erhalten. Ich sah den Rauch über den Kerzen, nachdem ich sie ausgeblasen hatte, sah dutzende glühende Teller in der Durchreiche, hastig gemachte Drinks an der Bar, Fahrten mit der U-Bahn, Jakes Gesicht, wenn er schlief, Simones zufriedenes Gesicht – die Wochen, die seit dieser Nacht vergangen waren, liefen vor meinem inneren Auge ab. Ich setzte mich auf Howards Stuhl. Der Antrag war vor zwei Tagen bewilligt worden. Mich zu erinnern, was ich vor zwei Tagen getan hatte, war, wie mit dem Gesicht gegen eine Wand zu laufen.

ICH BEFAHL mir, ruhig zu bleiben, Informationen zu sammeln, ganz stillzuhalten. Vielleicht war es ein Irrtum. Vielleicht hatte ich etwas falsch verstanden.

»Hey«, sagte ich und berührte Simones Schulter, als ich zu meinem Schrank ging, »kann ich mal mit dir reden?«

»Ich ziehe mich gerade um«, sagte sie distanziert. Ihr Mascara war in die Falten um ihre Augen gelaufen. Der Umkleideraum war voll, die ganze Meute war auf einmal da. Man sprach darüber, Burger essen zu gehen, im Old Town, weil es noch so früh war. Danach wollten alle gemeinsam in die Park Bar. Mein Gehör funktionierte irgendwie nicht richtig. Ich hörte die Stimmen, die ich so gut kannte, ineinander übergehen, gedämpft und unscharf. Am lautesten das Schreien der Glühbirnen. Ich sah Simone an. Sie hielt ihr gestreiftes Hemd an die Brust gedrückt und verdeckte damit ihren BH. Automatisch suchte ich das Tattoo, als würde es irgendetwas erklären, als enthielte es eine Botschaft an mich, die mir entgangen war. Und das tat es ja auch. Sie waren gezeichnet, oder etwa nicht? Ich drohte das Gleichgewicht zu verlieren und hielt mich an meinem Schrank fest.

Egal, wann ich ihn nach diesem Schlüssel gefragt hatte: »Es ist nichts, kein Schlüssel für irgendwas, ein Tattoo ist nichts als ein Tattoo, ebenso kurzlebig wie der Körper selbst.« Wie verzückt ich gewesen war, wenn er so mit mir sprach – diese leicht buddhistische, leicht nihilistische Haltung. In Wahrheit war es ein beschissenes Tattoo, das jedem, der sie ansah, zu verstehen gab, dass sie nicht frei waren.

Ich zwinkerte in einem fort, meine Wimpern klebten zusammen, meine Augen fühlten sich staubig an. »Simone, kann ich mir deine Schminksachen ausleihen? Ich hab meine vergessen.«

Ich stand hinter Heather in der Schlange vor dem Spiegel und dachte darüber nach, das Restaurant anzuzünden. Na und?, fragte ich mein Spiegelbild. Es ist nur ein Monat in Frankreich. Nur dieselbe Tätowierung. Nur die Tatsache, dass sie zusammen aufgewachsen sind. Wie oft hatte ich das Wort »nur« verwendet, um etwas wegzureden, das so dringend meiner Aufmerksamkeit bedurft hätte? Meine Augen bedeuteten mir: Halt. Hier *stimmt* was nicht.

Alles, was ich jemals über die beiden erfahren hatte, verband sie nur noch enger miteinander, ließ keinen Platz für Luft oder Licht. Warum war ich die Letzte, die irgendetwas erfuhr, und warum gab genau in dem Moment, da ich glaubte, alles zu wissen, der Boden unter mir nach?

Simone beobachtete mich im Spiegel. Sie bemerkte jede meiner Stimmungsschwankungen. Nein, sie war niemals blind. Ich trug Mascara auf. Ich nahm ihren Lippenstift, er roch nach Rosen und Plastik und fühlte sich kalt an, als ich ihn auf meine Lippen schmierte. Mein Spiegelbild sagte zu ihrem: Ja, genau, ich lasse dich alt aussehen.

Ich gab ihr ihre Kosmetiktasche. »Kann ich mit dir reden?«, fragte ich noch einmal.

»Kann das nicht warten?« Sie entfernte sich, ohne meine Antwort abzuwarten.

»Nein«, flüsterte ich. Der Schlüssel, der Schlüssel, ein Monat, ein Monat. Irgendein prolliges Tattoo-Studio. Wahrscheinlich war er noch nicht einmal volljährig gewesen und sie als seine Erziehungsberechtigte aufgetreten. Ich fragte mich, wie sie ihre Brüste bedeckt hatte, während die Nadel in ihrer Haut war, ob sie und Jake einander in die Augen gesehen hatten oder er sich höflich abgewandt hatte. Eine ganze Reihe von

Männern, die es berührt und sie gefragt hatten: Was hat das für eine Bedeutung? Woraufhin sie wohl gesagt hatte: Gar keine. Und die ganze Reihe von Frauen, die seinen Körper betastet hatten, und am Ende dieser Reihe mein dummes Gesicht, das fragte: Warum ein Schlüssel? Keine Antwort, niemals. Kein Hinweis.

Wann war das? Wo warst du? Diese Fragen, die sie nicht ertragen konnten. Sie beide so vage, ausweichend. Ich sah ihn vor mir, wie er bei ihr wohnte, wie er sich den Kopf stieß, wenn er sich in dem Bett unter der Küchendecke aufrichtete, wie er die elektrischen Kabel neu verlegte. Ich sah ihren Miami-Becher und seinen Miami-Magnet, dieses Phantom namens Marokko, das sie beide erwähnten, sah sie beide in jeder Ecke dieses Restaurants, wie sie mich voller Vorbehalt beobachten, was nichts bedeutete, denn, Tess, einige Dinge bedeuten einfach nichts. Aber für diese Dinge galt das plötzlich nicht mehr.

Und jetzt das: die beiden nebeneinander in einem Flugzeug, sie würde müde ihren Kopf auf seiner Schulter ablegen, wenn der Flieger abhob. Dreißig Café au Lait und Croissants, dreißig Bistros, dreißig verträumte Nachmittage, dreißig Weinkeller. Und Simones Französisch, das jeden Raum erfüllen würde, in dem sie übernachteten. Meine Phantasien über unseren gemeinsamen Juni verschwanden. Ich würde mich nach den beiden sehnen, nach dem Sinn, den sie meinen Tagen verliehen, danach, dass sie mir spiegelten, wie weit ich gekommen war, mir meine Fortschritte vor Augen führten. Sie wären weg. Ich würde an seinem Geburtstag aufwachen und am Jahrestag meiner Ankunft hier. Allein. Das waren keine masochistischen Tagträume, das war die Realität, mit der ich würde leben müssen.

Simones Stimme kehrte zurück, aber jetzt klang sie wie meine Stimme. Es war die Maxime, die sie mir während der endlosen, verwirrenden Lehrstunden eingebläut hatte: »Du musst mehr tun, als bloß nach Unstimmigkeiten zu suchen.

Du bist taub für das Knirschen im Gebälk, das den Zusammenbruch der ganzen Struktur ankündigt.«

DER GASTRAUM wirkte falsch, deformiert und grob. Howard saß in der Ecke bei den zusammengeschobenen, nackten Tischen und schrieb SMS. Beim Anblick des leeren Restaurants wurde mir bewusst, dass dieser Ort immer tief in mir verankert bleiben würde, egal, wo ich auch hinging oder was ich auch tat.

Jake stand in Straßenkleidern an der Bar. Er und Nicky zählten das Geld aus den Schubladen, damit Howard es in den Safe packen konnte. Nicky sagte etwas, und Jake lachte. Nonchalant. Tat er nicht eigentlich alles mit Nonchalance – er machte einen Drink, er behielt drinnen die Sonnenbrille auf, er schnippte ein Messer aus der Tasche, er machte sein Hemd nass, wenn er die Waschbecken reinigte, er legte eine Platte auf, er bestellte für dich, er bestellte dich, er nahm seine Gitarre herunter, hielt deine Lippen zwischen seinen Zähnen fest, als täte er das schon seit Jahren. Keinerlei Anstrengung, keinerlei Risiko.

»Jake.« Ich lehnte mich auf den Tresen, versuchte, gelassen zu klingen: »Gehst du mit ins Old Town? Ich hab gehört, dass da alle hingehen.«

»Ich treff dich dann später.« Er drehte sich nicht um. Er hörte nicht einmal auf zu zählen.

»Okay. Kann aber sein, dass ich später beschäftigt bin. Wollen wir was ausmachen?« Nicky sah zwischen uns hin und her. Die Scheine flogen durch Jakes Hände. »Ich komm dann zu dir in die Park Bar.«

»Wann? Willst du gar nichts essen? Alle gehen zusammen essen.«

»Ich bringe Simone nach Hause. Ich werd wahrscheinlich mit ihr essen. Ich treff dich dann später, ja?« Er sah sich nicht einmal um. Ich rollte eine Serviette zusammen und warf sie ihm von hinten an den Kopf.

»Du kannst dich wenigstens umdrehen, wenn du mit mir sprichst.«

»Was zur Hölle ist los mit dir?« Sein Blick war toxisch.

»Hey, hey«, sagte Nicky. Ich war kurz davor, auf den Tresen zu steigen und ihn zu schlagen. »Jake, willst du mal kurz nach draußen gehen? Fluff, beeil dich, wir haben noch jede Menge Scheiß zu erledigen.«

Die Luft draußen hatte ihr Versprechen verloren. Ich verschränkte die Arme defensiv vor meiner Brust.

»Es tut mir leid«, sagte ich. »Aber du warst unhöflich.« Seine Nasenflügel blähten sich. Der Wind prügelte uns. Ich versuchte es noch einmal: »Tut mir leid, dass ich die Serviette geworfen habe. Aber ich muss mit dir reden.«

»Tess, ich treffe dich in der Park Bar. Ich muss Simone nach Hause bringen. Du kennst sie nicht so gut, wie ich sie kenne.«

»Niemand kennt sie so gut wie du!«

»Was ist bloß los mit dir?«

»Mit mir? Nein, es geht darum, was mit euch los ist. Simone ist eine erwachsene Frau, Jake. Vielleicht sollte sie sich hin und wieder mal selbst nach Hause bringen oder in einer schwierigen Situation ohne dich klarkommen.«

»Ist dir denn noch nicht aufgefallen, dass Simone …« Er druckste herum. »… ein bisschen zu involviert in das Restaurant ist?«

»Es gibt so einiges, in das sie ein bisschen zu involviert ist.«

»Ich hab wirklich keine Zeit für diesen Mist, das hier ist ein echtes Problem.«

»Ein echtes Problem? Das hier ist quasi bezahlter Urlaub. Du liebst doch Urlaube, oder nicht? Fahren wir in den Urlaub! Nur du und ich, keine Eltern, keine Aufpasser oder Anstandsdamen!«

»Du bist ein verdammtes Kind. Weißt du, dass der Inhaber einen seiner Läden am Madison Square Park dichtgemacht hat? Hast du irgendeine Ahnung von dem Betrieb, in dem du arbeitest? Davon, was im Hintergrund geschieht, damit du zu deinem Gehalt kommst? Glaubst du, so was ist gut fürs Geschäft? Hast du eine Idee, was Simone machen soll, wenn wir hier wirklich dichtmachen? Wo soll sie dann hin?«

»Wo soll *ich* dann hin, Jake?« Simone wird überall einen Job finden, wollte ich sagen. Dann stellte ich mir vor, wie sie in irgendeinem stinknormalen, schicken Restaurant eingearbeitet wurde, und plötzlich wusste ich, was er meinte. Sie war überqualifiziert, war zu gut für ihren Beruf geworden. Die Vorstellung von Simone in einer anderen Uniform war regelrecht abstoßend.

»Simone und ich können nicht einfach einen Rock anziehen und im Blue Water, im Balthazar oder im Babbo arbeiten, wo wir halb so viel Geld für die doppelte Arbeit verdienen und dicht an dicht mit irgendwelchen schmierigen Typen in der Kellnernische rumstehen. Ich weiß, dass das für dich okay wäre. Oder vielleicht wirst du endlich Barista auf der Bedford, so wie du es dir erträumt …«

»Fick dich!«, schrie ich. »Deine Grausamkeiten machen mich nicht mehr an.« Plötzlich packte er mich bei den Schultern, drückte mich, erdrückte mich. Ich schubste ihn weg und brüllte: »Ich weiß, dass du mit ihr nach Frankreich gehst.«

»Na und?«, sagte er. Er stockte nicht einmal. Er zuckte sogar mit den Schultern.

Na und. Das war der Kern des Problems, diese beleidigende Frage, nicht mehr als zwei Wörter.

Ich hatte mich an dem Gedanken festgehalten, dass Simone sich falsche Hoffnungen machte. Schließlich war es ihre Handschrift und nicht seine. Aber ich war diejenige, die sich falsche Hoffnungen machte. Wenigstens blieb er sich treu – die Art, wie er es aussprach, der Ausdruck auf seinem Gesicht. All das besagte, dass es nichts bedeutete. Ich war zu sensibel, zu dramatisch, zu hysterisch. Wie immer setzte seine Bestimmtheit mein Denken außer Kraft. Ich suchte nach Worten, suchte nach meiner Wut und fand nur eine Leerstelle, wo mein rationales Denken gewesen war. Gedanken wie: Simone versucht doch, uns auseinanderzubringen, oder? Eigentlich sollte er mit mir nach Europa fliegen, oder? Das Einzige, was mir zu sagen einfiel, war: »Es ist falsch.« Der Wind wurde wieder stärker, ein Messer in meinem Rücken, und ich verlor die Orientierung. Die Sechzehnte Straße fühlte sich fremd an.

»Wir können reden«, sagte er und sah mich genau an. »Ich seh dich dann später.«

Ich wollte sagen: Nein, es kann nicht warten. Aber ich nickte. Völlig unerwartet küsste er mich auf die Lippen. Wir hatten uns bei der Arbeit noch nie berührt. Uns nie umarmt, beim Teamessen nie unter dem Tisch Händchen gehalten. Ich ging zärtlicher mit Papi um, war zärtlicher mit dem Spüler als mit Jake. Er dachte, es würde mich beruhigen, aber es war so banal. Wertloses Glitzerzeug anstelle von Juwelen. Gott, wie oft ich mich damit zufriedengegeben hatte.

»Jake«, sagte ich. »Dieses Schlüssel-Tattoo, das ihr beide habt, du weißt schon …«

»Im Ernst jetzt?«

»Okay, okay. Aber bitte, komm später dorthin, wo ich bin, ja?«

»Ich verspreche es.« Er hielt meine Schultern fest und begutachtete mein Gesicht.

Mach es mir nicht so schwer, bettelte ich mit den Augen. Mach es heile.

Er sagte: »Mach das Scheißzeug ab, diesen Lippenstift, du siehst aus wie ein Clown.«

»WO KOMMST DU HER?«, fragte Carlos, als ich draußen vor der Park Bar stand und rauchte. Meine Gelenke schienen wie zusammengelötet, mein Körper war ein einziges, schwankendes, monströses Ding. Ich hatte das Gefühl zu taumeln, verloren zu sein. Als würde ich mich durch das Erdreich graben, ohne zu wissen, ob ich mich nach oben oder nach unten fortgrub. Ich wusste nur, dass ich keine andere Option hatte, als weiterzugraben. Mein Abend war schrecklich aus dem Ruder gelaufen.

Wieder sah ich auf mein Telefon. Keine Nachrichten, nur die Zeit. Sechs Stunden lang trank ich bereits, die letzten vier davon in der Park Bar. Aus Versehen hatte ich zu viel genommen, war zu high. Ich wartete, wartete auf ihn. Meine Muskeln schmerzten von den Kokainschüben, die sie ständig kontrahieren ließen. Ich rauchte, meine Nase, meine Kehle und auch die Ohren brannten – er kommt nicht, er kommt nicht. Ich war zu high, um zu reden, meine Gedanken boxten sich gegenseitig beiseite, versuchten, ganz nach vorn zu einem bestimmten Fleck an meiner Stirn zu gelangen. Immer wieder berührte ich diesen Fleck, versuchte, sie zur Ruhe zu bringen. Mir wurde klar, dass die Boxer auf dem Bild eine Metapher für das Bewusstsein waren, dafür, wie der Geist sich spaltet, bekämpft und selbst zerstört.

Carlos stand mir gegenüber. Er strahlte, seine Schuhe glänzten, sein Haar war voller Pomade. Er trug diamantene Ohrringe, jedenfalls behauptete er, dass es echte Diamanten waren. Sie gehörten seiner dominikanischen Großmutter, die sie ihm geliehen hatte, weil er ihr Liebling war. Wir hatten uns angefreundet, seit ich ihm für 675 Dollar mein Auto verkauft hatte. Das war exakt die Summe, die ich der Stadt schuldig war – längst überfällige Parkgebühren. Ich war mir ziemlich sicher, dass er es für mehr Geld weiterverkauft hatte, aber er gab mir Rabatt auf meine Tütchen, und das schien mir ein fairer Handel zu sein.

»Wo kommst du noch mal her?«, fragte er.

»Hast du Jake gesehen?«

»Welcher ist noch mal Jake?«

»Der Barmann. Sieht immer irgendwie obdachlos aus. Irre Augen.«

»Ach so, ja, euer Barmann da drüben. Der, der früher immer mit Vanessa rumgemacht hat.«

»Ha«, sagte ich. »Ja, ganz genau, das ist Jake. Lustig, dass du das erwähnst. Ich habe gerade über all die Frauen nachgedacht, die Jake so gefickt hat, und dabei kam mir der Gedanke, dass wir eigentlich eine Band gründen sollten oder so was. Vielleicht auch einen Lesekreis. Vielleicht sollten wir sogar einfach mal alle zusammen Ferien machen.«

Er hob die Hände: »Ich weiß nichts. Ich weiß nicht mal, wann das war.«

»Nee, klar. Niemand weiß irgendwas. Lass uns bloß nicht aufeinander einlassen, lass uns keine echte Unterhaltung führen. Nicht so eine mit Daten und Fakten und Namen und Orten, denn dann könnte uns ja jemand zur Verantwortung ziehen und das, ja *das* wäre eine Katastrophe für einige von uns – wir müssten unsere Sonnenbrillen oder den Lippenstift oder was auch immer abnehmen, und dann gäbe es eine echte Gerichtsverhandlung mit Richter und Beweisen und Urteilen. Und danach wäre klar, wer von uns sauber und wer schmutzig ist.«

»Du bist ganz schön drauf, oder?« Er pfiff, und es klang, als meinte er irre.

»Ja, ich hab genug, mir geht's gut. Ich warte, bis ich etwas runterkomme.«

»Willst du was, das dir dabei hilft?«

»Ich nehm keine harten Sachen. Kein Heroin, ich nehm kein Heroin.«

»Ja, ja, ich weiß, keins von euch reichen Kids nimmt Heroin.« Er zwinkerte mir zu.

»Warum sollten wir auch, solange du uns bis unter die Schädeldecke mit beschissenem Kokain zudröhnst. Zwinker mir nicht zu, verdammt.«

»Mädchen, du hast echt 'nen großen Mund heute Abend!« Er lächelte und gab mir eine weitere Zigarette. Ohne es zu merken, hatte ich mich an der vorherigen festgehalten. Sie war bis auf den Filter runtergebrannt. »Mir gefällt's ja. Wie du die Zähne bleckst und so. Ich meinte Xanax, *niña*, das Zeug, das dir deine Mutter gegeben hat, wenn du aufgeregt warst wegen deiner Abschlussprüfungen. Ich hab dich noch nie so gestresst gesehen.«

»Das hat meine Mutter nie getan«, sagte ich. Mein Skelett war scharfkantig, meine Haut nicht dick genug, um es zusammenzuhalten, aber irgendwie amüsierten mich seine schmalzigen Anmachen. Ich war dankbar, dass er da war. »Weißt du was, ich nehm eine von deinen Xanax. Was kriegst du?«

»Das erste Mal ist immer umsonst, *niña*.«

»Du lieber Himmel. Du willst, dass ich mich so richtig schmutzig fühle dabei, nicht wahr? Was ist das? Die sieht irgendwie anders aus.«

»Das ist ne Xanibar. Du nimmst bloß ein Stück davon. Das ganze Teil sollte eigentlich für ein paar Tage reichen, je nachdem, auf was für 'ner Party du so unterwegs bist natürlich.«

»Ich bin nicht auf einer verfickten Party, ich bin in der verfickten Hölle.«

»Funktioniert trotzdem.«

»Meine Freunde bringen dich um, wenn ich sterbe.« Ich brach ein Stück ab und zerkaute es, dann nahm ich ein Bier, das hinter mir im Fenster stand, irgendwem gehörte und noch ziemlich voll war, und kippte es hinterher. Wir schauten in den Innenraum. Will, Sasha, Parker, Heather, Terry, Vivian – sie alle lauschten Nicky, der nur noch so selten mit in die Park Bar kam, dass es schien, als hielte er dort heute Hof. Ich konnte ihm so nicht gegenübertreten mit meinen zusammengebissenen, pochenden Backenzähnen und diesem Zucken in meinen Händen. Alle waren da – außer Jake und Simone natürlich –, immer wieder erzählten sie die Geschichte von der Inspektion, immer ein wenig anders. Sie spekulierten darüber, was wirklich geschehen war und was nun geschehen würde. Normalerweise war ich ganz besonders gut in diesen Gesprächen, die sich auf so eine befriedigende Art und Weise im Kreis drehten und Stunden in Anspruch nahmen. Wir füllten die Zeit mit Trinken und kauten dabei immer wieder dieselbe Geschichte durch, ohne je ein neues Ende für sie zu finden.

»Ich glaube, deine Freunde haben dich vergessen«, sagte Carlos.

»Das denkst du. Aber ich bin ihr Maskottchen. Ihr Hündchen. Ich folge ihnen überall hin, und das brauchen sie.« Ich wanderte mit der Zunge über meine Lippen, und sie lösten sich voneinander. Ich schmeckte Blut und mir war, als wäre es seines. »Eigentlich brauchen wir sie auch gar nicht meine Freunde zu nennen. Lass sie uns einfach als die Leute bezeichnen, mit denen ich Zeit verbringe. Oder halt – man kann es noch lustiger formulieren –, sie sind meine Arbeitskollegen. Ist ja auch *nur* Abendessen!«

»Ich hab davon gehört, dass ihr zugemacht wurdet. Das ist echt total verrückt. Wenn die uns dichtmachen würden –«

»Das stimmt nicht, wir haben freiwillig zugemacht, um ein paar Reparaturen –«

»Steve hätte uns am Arsch. Ich mein's ernst, ich wär der Erste, der rennt, ohne sich auch nur umzudrehen.«

»Der Inhaber ist gekommen.«

»Ach du Scheiße – wen hat er gefeuert?«

»Keinen.« Ich dachte an die Ehrfurcht und die Stille zurück, die er ausgelöst hatte, und an den Moment, als er seine Hände zusammengelegt hatte, um uns zu beruhigen. Auch jetzt beruhigte mich das. »Er findet uns großartig.«

Carlos schüttelte den Kopf. »Du hast den Köder geschluckt, nicht wahr?«

Ich nickte. Alles fühlte sich besser an. »Ich liebe seine Köder.« Ich lehnte mich an das Fensterbrett und nippte an meinem Bier. Das Wetter war schizophren – in der einen Minute einladend, in der nächsten abweisend, unbändig wie Wasser, das durch einen Damm bricht.

»Ohio«, sagte ich. »Schön, dass du fragst.«

»Ich hab da Cousins.«

»Hast du nicht.«

»Ey, *niña*, ich hab überall Cousins. Und wo wir grad davon sprechen – einer von denen holt mich gleich ab. Wir haben was zu erledigen. Aber der hat gerade Eins-a-Zeug.«

»Verlockend. Aber ich glaub, mir geht's schon besser. Ich glaub, ich hab mein Leben in den Griff gekriegt. Genau hier, auf diesem Fensterbrett. Ich will mich nicht zu viel bewegen.«

»Biste sicher? Wo triffst du deinen Mann? Wir könnten dich da absetzen.«

»Meinen Mann?«

Jake war Treibsand. Noch vor ein paar Stunden hatte ich vorgehabt, ein vernünftiges Gespräch mit ihm zu führen, das hatte er mir schließlich versprochen. Vielleicht hatte er die Tickets noch nicht gekauft, vielleicht würde er nicht den ganzen Monat wegbleiben, vielleicht würde ich dazustoßen können. Aber in diesem Moment wollte ich ihn nicht. Der Mann, dem ich ganz und gar verfallen war, ging fort. Mit einer anderen Frau. Und ich war so verflucht blind und tolerant, dass sie geglaubt hatten, mich würde das kein bisschen stören. Oder es war ihnen einfach egal gewesen. Endlich wurden die Tatsachen weder vom Wetter noch von den Vorstellungen in meinem Kopf verschleiert. Ich wollte überhaupt nichts mehr: keinen

Drink, keine Line, keinen Snack, ich wollte mich nicht einmal bewegen. So frei hatte ich mich seit Monaten nicht mehr gefühlt.

Die Stadt schläft eben doch. Die Fenster werden dunkel und die Straßen leer. New York erträumt uns. Wilde, nachtwandelnde Kreaturen, die wir sind, bewegen wir uns ganz ohne Hast auf unser eigenes Verschwinden bei Tagesanbruch zu.

»Tess, das ist nicht dein Bier.« Wills Stimme war weit weg. Er war mittendrin in diesem üppigen Geräuschteppich der Bar und hielt ein einwandfreies Bier in der Hand.

»Ich versteh dich nicht«, sagte ich. Ich streckte die Hand nach dem Glas zwischen uns aus und berührte stattdessen sein Gesicht.

»Alles okay bei dir?« Er griff nach meiner Hand. Der Tag kam zurück, ich fiel nach hinten und schlug auf.

»Mir geht's gut.« Wills Hände. Carlos' Hände, die mich aufhoben. »Ich will keine Männerhände mehr.«

»Komm rein«, sagte Will. Ich wand mich, aber seine Hand lag fest auf meinem Rücken.

»Carlos, fährst du Richtung Osten?«

»Du fährst nicht mit ihm«, sagte Will und jetzt klebte seine Hand an meiner Schulter. »Bist du verrückt geworden? Du kannst doch nicht zu einem Drogendealer ins Auto steigen.«

»Sei nicht so ein Rassist, Will, lass mich jetzt einfach in Ruhe, bitte. Ich fahr nach Osten.«

»*Dónde, niña*?«

»Zur Neunten. Zwischen der Ersten und der A.« Noch während ich das sagte, fuhr ein Auto mit getönten Scheiben vor. Ich zog meine Handtasche durch das Fenster zu mir heran und stellte mein Bier hinein.

»Hey, Carlos' Cousin«, rief ich, »zu Simone bitte.« Ich öffnete die Tür und kletterte mit erstaunlicher Anmut über die Sitze hinweg.

V

Kotzen. Fast nur Wasser. Irgendwas Geronnenes, aber vor allem Wasser. Kotzen in deinen eigenen Schoß. Kotzen in deine Tasche. Männer, die schreien. Rote und grüne Lichter, wie Blasen hinter dem Fenster. Schwerkraft statt Gurt. Dein Gesicht donnert gegen die Rückseite des Vordersitzes. Du hast versucht, dich festzuhalten, aber die Schwerkraft hat dich gepackt wie eine Puppe. Was man ihnen zugutehalten muss, ist, dass sie mich genau da absetzten, wo ich hinwollte, und mir obendrauf noch ein Häufchen Eins-a-Zeug gaben. Der Schoß meines Rockes war glitschig. Der Bürgersteig schien sich zu krümmen. Als ich versuchte, aus dem Auto zu steigen, gaben meine Knie nach.

»Gib dir keine Schuld, Carlos«, sagte ich. Ihn so zu trösten, gab mir das Gefühl, die Kontrolle zurückzugewinnen. »Ich hab ein paar dumme Entscheidungen getroffen, dich trifft keine Schuld.«

Carlos und sein Cousin fuhren mit quietschenden Reifen davon, und ich lehnte mich an eine Wand. Ich sah ein Pärchen einen Schlenker machen, damit sie mir bloß nicht zu nahe kamen, und ich lachte darüber, wie sehr mein Rock stank. Ich wühlte in meiner Tasche. Sie war klitschnass. Ich schüttelte das Bier von meinem Telefon, und wie durch ein Wunder ging es an.

Hi, Simone, schrieb ich. *Ich bin's, Tess. Hi!!! Du hast gesagt, wir könnten reden.*

Tatsächlich steh ich schon vor deiner Tür. Falls das okay ist.

Ich werde klingeln, weil du nicht antwortest.

Und da, schau her, wessen Rad ich hier draußen sehe.

Hi, Jake!!!

Vielleicht kannst du ihn einfach bitten, mit mir zu reden, denn ich weiß ja eh, dass er da ist.

Es tut mir leid. Ich weiß, es ist spät für dich. Du bist alt.

Ich bin nicht sauer wegen Frankreich. Kein großes Ding.

Wir haben uns gestritten, aber eigentlich war es albern und unwichtig.

Simone!!!

Ich werde jetzt noch mal klingeln. Ich warne dich.

Okay, ihr antwortet nicht, ich werd nach Hause gehen.

Sag Jake, dass es mir leidtut und dass ich ihn hasse. Die Reihenfolge bestimmst du.

Tut mir leid, das war ich noch mal. Ich weiß, dass ihr zu Hause seid.

Ich seh das verfickte Fahrrad.

Das Frankreich-Ding verletzt mich. Ich gehe.

Außerdem tut's mir leid, dass das Restaurant zugemacht hat. Das ist auch mir alles sehr wichtig. Nicht nur dir. Simone, wenn man diesen Job gut macht, was genau macht man dann eigentlich gut?

ICH ERINNERE mich an das dürftige, grüne Heineken-Licht im Fenster des Sophie's. Ich erinnere mich an die Toiletten, daran, wie meine Hand jedes Mal abrutschte, wenn ich versuchte, eine Line zusammenzuschieben. Ich erinnere mich daran, wie das Koks ins Waschbecken rutschte. Ich erinnere mich daran, wie mein Oberschenkel zwischen Wand und Mülleimer eingequetscht war, als ich gegen die Fliesen gedrückt wurde. Ich erinnere mich an eine Zunge, daran, dass ich nicht atmen konnte, an meine Wange auf rohem Beton. Der Rest liegt in wohltuender Dunkelheit.

ALS ICH DAS erste Mal aufwachte, war es nur falscher Alarm. Meine Haut meldete Kleidung. Ich griff in meine Rocktasche, wo ich Pillen hatte, brach ein weiteres Stück Xanibar ab und schluckte es. Neben dem Bett stand ein Wasserglas, aber ich kam nicht hoch genug, um es zu erreichen.

Als ich das nächste Mal aufwachte, begrüßte mich ein Sonnenuntergang, den ich nicht verdient hatte. Ich war nicht die Einzige, die ihn nicht verdient hatte. Niemand verdiente ihn außer Neugeborenen, die so makellos waren, noch nicht verdorben durch Sprache. Ich blieb ganz still liegen, die Zimmerdecke war lila. Ich suchte nach Spuren von Schmerz, suchte den unvermeidlichen Kopfschmerz. Alles schien ruhig. Ich atmete ein, tiefer dieses Mal, und bereitete meinen Körper darauf vor, sich aufzusetzen. Die Zimmerdecke wurde pink, dann errötete sie. Die Fenster waren weit geöffnet. Der Wind hatte jedes Buch, jedes Hemd, jeden Fetzen Papier gepackt. Es war arschkalt.

Als Erstes bewegte ich meinen Hals, neigte ihn und sah nach unten. Meinen Rock hatte ich an. Meine Converse nicht. Die Söckchen wohl, was dafür sprach, dass hier noch jemand anderes gewesen war. Ich erinnerte mich nicht daran, wie ich ins Bett gekommen war oder auch nur in meine Wohnung. Ich richtete mich etwas weiter auf.

Die Schande wanderte von meinem Steißbein aus aufwärts. Dazu Schmerzschübe, die ganze Wirbelsäule entlang bis in die Schädelbasis. Zögerlich blickte ich auf mein Shirt und stöhnte. Die Kotze war getrocknet, aber das Blut war noch immer feucht. Ein paar Flecken auf meinen Brüsten und am Kragen. Auf dem Kopfkissen war es bereits rostig, getrocknet. Ich berührte meine Nase, und krümeliges Blut blieb an meinen Fingern kleben. An meinem Shirt eine Sicherheitsnadel. Daran ein Zettel: *Bitte schreib mir, damit ich weiß, dass du am Leben bist. Dein Mitbewohner, Jesse.* Ich suchte das Bett nach meinem Telefon ab. Es war tot, unter dem Bildschirm hatten sich Biertropfen gesammelt. Mit der Bewegung kam die Übelkeit. Ich rannte ins Bad, drehte die Dusche auf und kotzte. In mir war kaum noch was übrig, bloß überraschend befriedigendes, trockenes Würgen. Mein erster echter Gedanke war: Scheiße, für welche Schicht bin ich heute eingeteilt?

WENN ICH über irgendwas Bescheid weiß und Ratschläge geben kann, dann wahrscheinlich über Kater. Advil, Gras und fettige Frühstückssandwiches aus der Bodega bringen *nichts*. Auf keinen Fall sollte man dem Rat von Köchen folgen – die lassen einen fünf Tage alte Rinderbrühe trinken oder aufgewärmte Menudo-Suppe. Oder die Lake von sauer Eingelegtem. Oder sie empfehlen einem morgens um fünf, Unmengen von Burgern bei White Castle zu essen. Alles falsch.

Xanax, Vicodin oder ihre Cousins auf der zu den Opiaten gehörenden Seite der Medikamentenfamilie. Dazu Gatorade, Bauchwehtabletten und Bier. Das hilft tatsächlich. *Dirty Dancing, Die Brautprinzessin* und *Clueless* helfen auch. Manchmal helfen auch Bagels, es darf aber nichts als Frischkäse darauf sein. Man glaubt, man wolle Lachs haben, aber das stimmt nicht. Genauso wenig will man Speck. Salz fördert den Kopfschmerz. Und man will auch kein Ritalin oder Meth oder sonst irgendeine Art von Speed. Für die nächsten sechs Stunden ist man im Arsch, also muss man dafür sorgen, dass man möglichst taub wird.

Toast funktioniert. Bevor man abends losgeht, sollte man ein bisschen Brot rauslegen, dazu eine große Flasche Gatorade in der gewünschten Geschmacksrichtung, dazu noch eine Handvoll verschreibungspflichtiger Medikamente und ein Zettel mit einer Nummer darauf: ein Ansprechpartner in Notfällen. Ich hatte nichts davon.

IRGENDWANN, mitten in der Nacht, während ich mit kaum geöffneten Augen alte *Sex and the City*-DVDs auf meinem abgerockten Laptop schaute, wurde der Kater zum Fieber. Es kam mir komisch vor, dass der Bildschirm bebte, bis mir klar wurde, dass der Laptop auf meinem Bauch stand. Mir war so heiß geworden, dass ich immer wieder meine Decke abstreifte, dann auch die Klamotten. Ich war es, die bebte. Zitterte.

Die Decke war hart und meine Haut spröde. Dann berührte ich meine Stirn. Der Schweiß kam, die Kissen waren nass. Dann stieg die Temperatur erneut, sie jagte mich, ich bekam meinen Atem nicht in den Griff. Ich durchsuchte die Wohnung, aber da war nichts. Nicht mal Advil.

Ich zog meine Winterjacke über den Schlafanzug und versteckte meinen Kopf unter einer Wollmütze. Ich dachte an Mrs Neely, als ich auf der Treppe war, das Geländer packte und mit mir selbst redete. Es war gar nicht so kalt, als ich nach draußen kam. Schweiß rann mir die Schläfen herunter, troff aus meinem Haaransatz. Die Bodega war nur zwei Häuser weiter, aber es gelang mir nicht, sie aufrecht zu erreichen.

»Sie sind es!«, sagte der Besitzer, ein Pakistani.

»Hallo.« Ich hielt mich am Türrahmen fest. Während der letzten Monate hatten wir Zuneigung füreinander entwickelt.

»Erinnern Sie mich, letzte Nacht?« Er kam hinter dem kugelsicheren Glas hervor.

»Nein, entschuldigen Sie, das tue ich nicht.«

»Sie müssen vorsichtiger sein. Es ist gefährlich für junge Mädchen wie Sie.«

»Hören Sie, ich bin krank.«

»Sie sind ganz rot im Gesicht.«

»Ja, ich bin krank.« Ich schlingerte in einem Meer aus Übelkeit. »Ich brauche Medizin.«

»Sie müssen sich ausruhen. So können Sie nicht leben.«

»Ich habe nicht die Absicht, noch lange so weiterzuleben.«

Er verstand mich nicht. »Ich werde mich ausruhen. Versprochen, ja? Versprochen!« Mein Sichtfeld trübte sich ein, wurde dunkel. Ich bekam Angst und setzte mich auf einen Stapel der aktuellen Ausgabe der *New York Times*. Ich hörte mich schluchzen, aber auf meinen Wangen waren keine Tränen, da war nur Schweiß an meinen Schläfen und hinter meinen Ohren. Seine Hand lag auf meinem Rücken.

»Gibt jemanden, den ich anrufen kann?«

»Bitte. Alles, was ich brauche, ist Medizin. Ich habe Fieber und ich bin allein. Ich brauche das Zeug, das meine Mutter mir geben würde.«

Er rief nach hinten, und seine Frau kam heraus. Sie sah mich an wie eine Kriminelle. Er sprach mit ihr, in einer anderen Sprache, und ich machte nach jedem Atemzug eine kleine Pause, um mich zu vergewissern, dass ich noch lebte. Die Frau ging durch den Laden. Advil, Wasser, eine Packung Salzstangen, zwei Äpfel, Tee, eine Dose Linsensuppe. Sie nahm eine Flasche NyQuill von einem Regal, sah mich an und stellte sie wieder zurück. Stattdessen brachte sie mir die einzeln verpackten Kapseln.

»Nicht mehr als zwei«, sagte sie.

»Ihre Töchter sind tolle Mädchen. Er ist so stolz auf sie«, sagte ich zu ihr. Er hatte mir schon oft Bilder von ihnen gezeigt. Die Älteste ging in Queens zur Schule und bewarb sich bei Ivy-League-Colleges. Ihr Mitleid, als sie mir die Tüte mit den Sachen gab, ohne dafür Geld zu verlangen, war mir unerträglich. Ich nahm die Tüte nur an, weil ich mein Portemonnaie nicht mitgebracht hatte.

»Es tut mir leid«, sagte ich. »Es gibt nichts, was das entschuldigen könnte.«

Ich weiß nicht, wie lange ich gebraucht habe, um nach Hause zu kommen. Ich dachte darüber nach, mich einfach fallen zu lassen und zu warten, bis die Polizei kommen, mich abholen und ins Krankenhaus bringen würde. Ich dachte darüber nach, laut zu schreien: Bitte! Kann sich nicht irgendjemand um mich kümmern? Ich lehnte mich an ein heruntergelassenes Stahlgitter und spuckte auf den Asphalt. Die Straßen waren leer. Ich war allein. Also sagte ich mir: Scheiße, du bist ganz allein. Ich erklomm die Stufen, ich würgte, nichts kam. Ich machte den Pfefferminztee, den sie mir gegeben hatten. Ich wickelte Papierhandtücher um ein Kühlelement, legte es auf meine Stirn und legte es zurück ins Eisfach, als es warm wurde. Ich zitterte, ich schwitzte, ich weinte. Ich umarmte mich selbst. Ich murmelte mich in den Schlaf und weckte mich murmelnd. So oder so ähnlich ging das zwei Tage lang.

WEISST DU, wer ich mal war, wie ich damals lebte? Dieser Refrain ging mir immer wieder durch den Kopf, als ich in der U-Bahn auf dem Weg zur Arbeit saß. Ich war das magere Spiegelbild in den fleckigen Fenstern, aber gleichzeitig sprühte mein Geist vor Schärfe. Der Refrain war eine Zeile aus einem Gedicht, an das ich mich nicht erinnern konnte. Ich weiß nicht, wann ich damit angefangen habe, Gedichte zu zitieren. Ich weiß nicht, wann ich damit angefangen habe, die Blumen auf dem Markt zu ignorieren.

Vor dem großen Fenster auf der Sechzehnten hielt ich an. Ich wollte sehen, ob ich anders aussah. Das Blumenmädchen dirigierte ihr botanisches Orchester, hinter ihr nahmen sie Stühle herunter. Die Kellner hatten sich am Ende der Bar bei Parker versammelt. Er machte Espressi. Was ich alles für selbstverständlich gehalten hatte: jeden Tag freudig durch die Tür zu kommen, von einem zum anderen zu gehen, um hallo zu sagen, selbst damals, als mir noch niemand geantwortet hatte. Das Blumenmädchen zog einen Fliederzweig heraus. Ich hatte den Flieder gerochen, seit ich aus der U-Bahn gekommen war: süßlich, schwer, menschlich – aber auch unreif wie ein Sauvignon Blanc aus einer kalten Region. Und so schloss sich der Kreis, nicht wahr? Die Blumen und Früchte erkennen lernen, um über Wein reden zu können. Den Wein riechen lernen, um über Blumen sprechen zu können. Hatte ich denn irgendwas anderes gelernt, als bis in alle Ewigkeit vom einen auf das andere zu verweisen? Was wusste ich denn über die Sache an sich? War denn nicht Frühling? Hatten die Bäume nicht unter großem Applaus ausgetrieben? Hast du nicht genau davon geträumt, Tess? Als du dich ins Auto gesetzt hast und losgefahren bist? Bist du nicht weggelaufen, um eine Welt zu finden, in die du dich verlieben kannst? Und hast du nicht gesagt, es sei dir egal, ob sie deine Liebe erwidert?

Der Flieder roch nach Vergänglichkeit. Er wusste, wie er zu kommen und zu gehen hatte.

»ALLE HABEN SICH SORGEN GEMACHT«, sagte Ariel.

»Ich bin rumgekommen und habe geklingelt«, sagte Will.

»Ich hab gesagt: Wenn heute nicht auftaucht, dann rufen wir Polizei an«, sagte Sasha.

Was auch immer sie hier im Restaurant verändert hatten, es war kaum wahrnehmbar. Klar hatten wir neue Waschbecken hinter der Bar. Es war die Mittagsschicht, und ich redete nicht viel. Innerlich befand ich mich noch immer in der Isolation meines verdreckten Schlafzimmers. Ich war nicht aus der Ruhe zu bringen.

Sie kamen nicht gemeinsam rein, obwohl ich glaube, dass sie das niemals taten. Simone war zuerst da. Ich ging in die Umkleide und setzte mich auf einen Stuhl in der Ecke. Ich hatte keinen Plan, aber als sie hereinkam, schien sie nicht überrascht, mich zu sehen. Wir folgten einem Drehbuch, das ich noch nicht kannte.

»Ich bin froh, dass es dir gut geht«, sagte sie.

»Ich lebe.«

Sie kämpfte mit der Kombination ihres Schlosses. Ich sah, wie sie sie zweimal neu einstellte. »Deine Nachrichten habe ich erst sehr viel später bekommen«, sagte sie. Vielleicht brach sie zum ersten Mal in ihrem Leben ein Schweigen. »Zu so einer Uhrzeit schaue ich nicht auf mein Telefon.«

»Na klar.«

»Ich hab mir große Sorgen gemacht.«

»Sicher, habe ich gemerkt.«

»Ich hab dir zurückgeschrieben.«

»Mein Telefon ist kaputt.«

»Tess.« Sie wandte sich zu mir. Sie knöpfte ihr Hemd zu und schlüpfte aus ihrer Jeans. In dem riesigen Hemd sah sie aus wie ein Clown.

»Es gibt so vieles, was ich nicht weiß. Das habe ich akzeptiert. So ist das Leben, nicht wahr? Ich meine, was wisst ihr schon über mich? Aber ich bin ein ehrlicher Mensch. Du kriegst, was du siehst.«

»Hast du den Eindruck, dass hier jemand nicht ehrlich gewesen ist?«

»Ich glaube, dass ihr so kaputt seid, dass ihr gar nicht mehr wisst, was Ehrlichkeit ist.«

»Der Idealismus der Jugend –«

»Halt.« Ich stand auf. »Halt. Ich erkenne dich.«

»Tust du das?«

»Du bist ein Krüppel.« Ich war überrascht, wie sicher ich mir war, dass das stimmte.

»Du interessierst dich für niemanden außer dir selbst. Für ihn schon mal gar nicht.«

Sie hielt inne. »Vielleicht«, sagte sie. Sie fuhr fort, sich anzuziehen.

»Vielleicht! Du glaubst, ich sei dumm. Das bin ich nicht. Ich hatte bloß Hoffnung.«

Sie ging zurück zum Spiegel und nahm ihre Schminktasche

heraus. Ich sah zu, wie der Concealer ihre dunklen Augenringe überdeckte. Sie drückte die matte Paste auf die Krähenfüße. Sie senkte das Kinn, als sie den Mascara auftrug. Wie hatte mir nur entgehen können, wie verdrießlich ihre Augen waren? Sie trug den Lippenstift, um von ihnen abzulenken. »Du bist mit einer Empfindsamkeit gesegnet, die selten ist«, sagte sie. »Diese Empfindsamkeit macht Menschen zu Künstlern, zu Kellermeistern oder Dichtern – dieses Poröse an euch ist der Ursprung von allem. Indes.« Sie war kurz still und blinzelte, damit der Mascara richtig haftete. »Was dir fehlt, ist Selbstkontrolle. Disziplin. Nur mithilfe von Disziplin kann aus reiner Emotion Kunst werden. Ich denke, dass dir die Intelligenz fehlt, deine Gefühle zu interpretieren. Aber ich glaube nicht, dass du dumm bist.«

»Herrje, das ist lieb.«

»Es ist die Wahrheit. Du kannst sie ertragen.«

»Ihr mögt es beide, das zu sagen. Ihr liebt die Wahrheit, wenn sie andere betrifft.«

»Ich habe dich nie belogen, Tess. Ich habe ihn von dir ferngehalten, solange ich konnte. Ich habe dir sehr deutlich gesagt, worauf du dich einlässt.«

»Das ist nicht normal, Simone. Ich meine, dass ihr zwei einfach so weggeht, ohne euch die Mühe zu machen, mir davon zu erzählen. Es ist nicht richtig.«

»Jake und ich sind ewig nicht zusammen gereist. Es war längst an der Zeit.«

»War ich wirklich eine solche Bedrohung?«

»Schmeichel dir nicht zu sehr.«

»Warum nimmst du ihn dir nicht einfach?«, fragte ich. »Nimm ihn einfach. Besitz ihn.«

Sie drehte mir den Rücken zu. Ohne zu zögern, sagte sie: »Ach, Kleine, ich will ihn gar nicht.«

Ich presste die Hände gegen die Augen. Natürlich. Sie wollte einen Mr Benson oder Eugene, irgendjemanden, der sie in die luxuriöse Welt einführte, die ihr immer zugestanden hatte, die sie aber nie wirklich hatte betreten können. Nicht Jake, der mehrere Tage am Stück dieselbe Unterhose trug, ohne es zu bemerken. Sie hatte ihn verführt und abblitzen lassen, seit er ein Kind war, und *natürlich* wollte sie ihn nicht wirklich. Trotzdem begriff ich jetzt, während ich sie ansah – während sie über ihre Lippen wischte, sie wischte und wischte und ich bemerkte, wie unbeweglich, ja traurig ihre Augen dabei waren –, dass diese Männer unerreichbar für sie waren und er alles war, was sie hatte.

»Du tust mir leid«, sagte ich. Meine Stimme hatte ihre Überzeugungskraft verloren.

»*Du* bemitleidest *mich*?« Als sie sich umdrehte, sah ich ihr verärgertes Lächeln.

»Behalt deine Disziplin. Und deine Selbstkontrolle und deinen Zynismus, den du als Professionalität verkleidest. Und auch deinen verkümmerten Ehrgeiz. Ich meine, jetzt mal im Ernst, Simone, was zur Hölle wirst du tun? Wirst du es endlich begreifen und gehen, oder werden sie dich in Rente schicken müssen? Wir werden es wohl nie herausfinden, denn keiner von uns anderen wird dann mehr hier sein.«

Bösartigkeit keimte in ihr auf und kollidierte mit meiner Bösartigkeit. Es gefiel mir und ich spürte, dass auch sie es genoss. Ich war bereit für alles, was sie mir an den Kopf werfen würde, mir blieb noch genügend Zeit, meinen Kurs anzupassen. Sie konnte mich nicht wirklich verletzen, denn ich war jung und voller Energie …

Jake öffnete die Tür. Wir drehten uns beide nach ihm um. Er war außer Atem.

»Sieh einer an, jetzt sind wir komplett«, sagte ich.

Er sah zwischen uns hin und her. Simone ging raus, die Tür schlug zu. Ich konnte sehen, dass er gerade erst aufgewacht war. Seine Augen hatten sich noch nicht an das Licht gewöhnt, auf ihnen lag eine Art Nebel – Gefühle, irgendwelche Pillen oder auch Schlaf. Er griff nach mir, und ohne nachzudenken, ließ ich es zu.

»Ich hab nach dir gesucht«, sagte er. Ich legte meinen Kopf an seine Brust. Er roch wie tiefe Erdschichten, wie mein geheimes blaues Zimmer in Chinatown. Er küsste mich auf die Stirn.

»Nein«, sagte ich und atmete ihn ein, »nein, das hast du nicht.«

ICH NAHM seine Einladung an. Ein Absacker und eine überfällige Unterhaltung im Clandestino. Ich ging unmittelbar nach meiner Mittagsschicht, verzichtete, wahrscheinlich zum ersten Mal, seit ich wusste, dass so etwas existierte, auf mein Schichtgetränk. Als ich nach Hause kam, goss ich mir ein großes Glas Sherry ein und wartete. Das Heulen der Schabbat-Sirenen flog über Williamsburg hinweg. Ich betrachtete den Sonnenuntergang, die Tauben, die ihre Schleifen und Schlenker machten und schließlich zurück in ihre Verschläge auf den Dächern flogen. Ich saß da und wartete, während die Nacht langsam an den Ecken der Gebäude zu haften begann. Über allem ein stetiger Trommelschlag. Ich aß eingelegte Sardinen auf Toast, ein halbes Glas Cornichons und wartete. Er brauchte mich. Was das anging, hatte ich mich nicht getäuscht. Vielleicht konnten wir auch ohne ihren Segen überleben.

Ich wollte, dass Jake Reue zeigte. Aber die hässliche Wahrheit war, dass ich ihm alles vergeben würde, solange er mich noch begehrte. Außerdem, dachte ich, als ich das Clandestino betrat, war das nicht alles – dieses Brauchen und Begehren. Nicht mehr. In den letzten Monaten, während Jake und ich miteinander gevögelt hatten, während unserer Exzesse, war hinter unserem Rücken etwas passiert. Unsere Hände waren schmutzig geworden, an ihnen klebte hartnäckig die Intimität. Ich würde herausfinden müssen, ob das allein uns zusammenhalten konnte.

»Oh, du bist es, Tessie«, sagte Georgie. »Was führt denn eine echte Lady an dieses Ende der Stadt?«

»Ich bin mit meinem Freund verabredet«, sagte ich. »Wie läuft es heute Abend?«

»Tot.« Er zuckte die Achseln. »Die erste schöne Nacht halt, die Leute sind zu glücklich, um sich zu betrinken.«

»Die Leute in New York sind nie zu glücklich, um sich zu betrinken.« Ich zog einen Stuhl heran. »Ich nehme einfach ein Bier. Was du gerade dahast.«

»Ihr mochtet doch immer den Brooklyn, oder?«

»Ja, das stimmt.« Ich wollte weinen, stattdessen blinzelte ich. »Ein Brooklyn wäre wunderbar.«

Ich bemerkte, dass aus den Lautsprechern »Fake Plastic Trees« ertönte. Seit Jahren hatte ich dieses Lied nicht mehr gehört – seit jenen Tagen, an denen ich es in Endlosschleife in der Badewanne gehört hatte. Damals hatte ich nicht wirklich verstanden, was es bedeutete, ausgelaugt zu sein. Ich konnte mich dem Song nicht entziehen. Ich legte das Gesicht in die Hände und seufzte: »Ach, was für ein Elend, Georgie, würdest du das bitte lauter drehen?«

Ich bemerkte ihn nicht einmal, als er neben mir auftauchte.

»Hey«, sagte er. Er hatte Flieder in der Hand. Er entschuldigte sich für seine Verspätung. Seine schiefen Zähne, die Bartstoppeln, die das kantige Kinn verbargen, diese Augen aus einer anderen Welt, der Flieder und seine Melancholie, sein Narzissmus, sein Geheimnis. Er berührte meine Wange, aber ich war noch immer mitten in diesem Song. Die Berührung fühlte sich an wie die blasse Wiederholung von etwas, das mich einmal umgehauen hatte. »Du bist so dünn.«

»Ich war krank.«

»Ach, Scheiße.« Er schob die Blumen näher zu mir heran. »Ich dachte, du magst Flieder?«

»Du weißt, dass es meine Lieblingsblumen sind«, sagte ich. »Willst du eine Medaille, weil du so gut aufgepasst hast?«

Ich schob sie beiseite, und Jake legte seinen Helm auf den Tresen. Georgie stellte ihm ein Bier hin und zog sich aus der Stille, die uns umgab, zurück. Jake nippte, und ich tat es ihm gleich.

»Ich hab dein Fahrrad gesehen. Vor ihrem Haus. Eines der wenigen Dinge aus dieser Nacht, an die ich mich erinnere.«

Er schwieg.

»Weil ich einen Filmriss habe.« Es klang wie ein Vorwurf und das war es auch.

Er ging zum Angriff über: »Glaubst du, es beeindruckt mich zu hören, dass du weißt, wie du dich selbst verletzen kannst?«

Ich erwiderte seinen Blick. »Ja, das glaube ich.« Er wollte mich beißen. Er wollte mir die Haare ausreißen. Ich sah, wie er mit sich rang: seine Augen, seine Brust, seine Finger. Es war unausweichlich, es zündete einfach, wenn er mich haben wollte. Ich wand mich dann in meinen Kleidern, um ihm näher zu sein. Sein Atem wurde unregelmäßig, mein Körper begann langsam zu zerfließen, bis wir beide aufhörten zu denken.

»Ich bin sauer«, sagte ich und lehnte mich von ihm weg. Es war das erste Mal, dass ich mich nicht auf den Scheiterhaufen warf, den er für mich errichtet hatte. Meine Disziplin gab mir das Gefühl, alt geworden zu sein.

»Es tut mir leid«, sagte er, als habe er sich gerade an die Regeln erinnert. »Im Ernst, ich wollte dich treffen. Ich hatte es vor, fest vor –«

»Jetzt kommt der Part mit deiner Ausrede.«

»Ich bin eingeschlafen.«

Ich riss kleine Fetzen von meiner Serviette ab. »Du bist in ihrem Bett eingeschlafen, wolltest du sagen.«

»Komm schon, du weißt, dass es nicht …«

»… so ist. Ja, ich weiß, dass es nicht so ist. Nicht alles ist irgendwas.«

Er hustete.

»Wie wäre es damit: Sie ist schlecht für dich. Sie würde dich ohne jede Vorwarnung sitzenlassen.«

Es war, als hätte er nicht gehört, was ich gesagt hatte. »Ich weiß, wie sie manchmal ist, aber sie beruhigt sich, und das wirst du auch. Wir sind alle ein bisschen durcheinander, weil sie das Restaurant zugemacht haben.«

»Nein«, sagte ich. »Du hörst mir nicht zu. Ich lasse mich nicht beschwichtigen, Jake. Ihr zwei habt noch nie jemanden an euch herangelassen, weil ihr euch dann damit auseinandersetzen müsstet, wie kaputt das alles ist. Was auch immer es sein mag. Du müsstest erklären, warum zwei erwachsene Leute, die nicht zusammen sind, immer noch ein Bett miteinander teilen und zusammen Urlaub machen, oder auch, warum du nie eine Beziehung mit einer anderen Frau gehabt hast. Du bist dreißig Jahre alt, Jake. Willst du denn kein echtes Leben?«

»Das echte Leben gibt es nicht, Prinzessin. Das hier ist alles, nimm es oder lass es sein.«

»Es reicht mir mit deinem ›Das Leben ist kurz und schmerzhaft und sterben tust du alleine‹-Mist. Das ist doch bloß eine Verarsche, damit du kein Risiko eingehen musst. Du hast echt was Besseres verdient.«

Sein Knie hüpfte auf und ab, ich sah die Unruhe in ihm wachsen, so wie ich es manchmal auch hinter der Bar an ihm beobachtet hatte. Ich legte meine Hand auf seinen Oberschenkel, und er hörte auf damit.

»Du solltest nicht nach Frankreich gehen. Nicht für einen ganzen Monat. Du hasst die Franzosen und ihre selbstgerechte

Interpretation des Sozialismus.« Es gelang mir, ihm ein Lächeln zu entlocken. Die üblichen Tricks zeigten ihre Wirkung. Und heute Abend hatte ich einen neuen in petto. Direktheit. Es war wirklich der allerletzte Trick, der mir noch einfiel.

»Ich will, dass wir gemeinsam kündigen. Oder uns in ein anderes Restaurant versetzen lassen. Du brauchst den Wechsel, und ich will endlich Kellnerin werden.«

Er räusperte sich. Wir tranken weiter. Ich fühlte mich so allein, wie schon lange nicht mehr, so allein wie damals zu Hause. Ich hatte das Gefühl, dass ich für den Rest meines Lebens nie wieder einem anderen Menschen wirklich nah sein können würde.

»Denk einfach darüber nach«, sagte ich. Ich klang verzweifelt, ich hörte das, konnte es aber nicht kontrollieren.

»Das habe ich.« Er blinzelte immer wieder. Er sah zu den Lichtern. Ich küsste seine Hände und die schmutzigen Fingernägel. Es gab so viele Dinge, die er nie gesagt hatte. Ich fragte mich, wer Jake sein würde, wenn er all diese Dinge einmal sagte.

»Sag es.«

»Ich erinnere mich an das erste Mal, als ich dich gesehen habe.«

»Mehr kriege ich nicht?«

»Du hast mich überrascht.«

Das war alles, was ich kriegen würde. Ich sagte: »Ich erinnere mich auch an das erste Mal, als ich dich gesehen habe.« Die Widerhaken der Nostalgie verbissen sich in mir, sie griffen tief und erzählten von einer Entfernung, die ich nicht wahrhaben wollte. Ich hatte mir selbst versprochen – seit dem ersten Tag dieses neuen Lebens –, dass ich in der Gegenwart bleiben, den Blick nach vorn richten würde. Während ich das dachte, waren seine Hände, glaube ich, an meinem Hals und in meinen Haaren.

»Ich kann nicht gehen«, sagte er.

»Doch, das kannst du. Das, was wir haben, hat immer noch eine Chance.«

»Ich kann nicht.«

»Du meinst, du wirst nicht.«

»Na schön, Tess.«

»Du bist ein Feigling«, sagte ich. Ein Krüppel und ein Feigling. Die Wein-Tante und der verschwitzte Junge. Simone hatte recht gehabt. Nicht unsere Wahrnehmung ist fehlbar, unsere Schlussfolgerungen daraus sind es. Das hier war nicht ihre Entscheidung. Es war meine.

»Erinnerst du dich an den Morgen, an dem du mich die Platte hast aussuchen lassen?«

Seine immergleiche Routine: eine Zigarette, der Espresso vom Herd, eine zweite Zigarette und die Platte des Tages. An diesem Morgen war er von seinem eigenen Schluckauf aufgewacht. Er hatte solche Angst gehabt, hatte sich, noch halb im Schlaf, an mich geklammert, und ich hatte seine Schläfe geküsst. Dann hatte ich ihn ein bisschen wegen seiner Schluckaufphobie geneckt und er hatte gelacht. Als Belohnung hatte ich die Platte aussuchen dürfen. Ich hatte mich für *Astral Weeks* entschieden. »Also der Song verdient einen Tanz«, hatte er gesagt, als dann »Sweet Thing« lief, und wir hatten getanzt – er mit nackter Brust, in einer ausgeleierten Unterhose, ich in seinem Shirt ohne Hose darunter. Unter dem Netz aus Zigarettenrauch hatten wir auf den Teppichen unsere Kreise gedreht. Und an diesem Morgen hatte ich die erste Sünde der Liebe begangen – ich hatte Schönheit und einen guten Soundtrack mit Gewissheit verwechselt.

Er hätte fragen müssen: welcher Morgen? Welche Platte? Aber sein Blick war glasklar, als er sagte: »Van Morrison?«

Ich nickte, schüttelte den Kopf und nickte wieder. »Ich weiß, wie glücklich du da warst. Ich hab es gefühlt, ich *weiß* es.«

Gott, wie ich ihn liebte. Nicht wirklich ihn, versuchen wir es noch mal: Ich liebte einen Geist. Seinen. Was hatte er gesagt, als er über seine Mutter sprach? Es ist unmöglich, die Geschichten zu vergessen, die wir uns selbst erzählen, auch wenn die Wahrheit sie eigentlich irgendwann ersetzen sollte. Deshalb war er einen Moment lang so verrückt nach mir gewesen. Weil ich in ihm den schönen, gepeinigten Helden gesehen hatte. Rettung und Erlösung. Ihn selbst habe ich nie gesehen. Die Neue – darin lag ein Versprechen.

Solange ich konnte, wartete ich darauf, dass er etwas sagte. Er starrte auf den Tresen, kratzte sich die Kopfhaut unter der Mütze, eine Geste, die ich in mich aufgenommen und auswendig gelernt hatte. Mit Servietten trocknete ich meine Wangen und putzte mir die Nase. Ich küsste seinen Mundwinkel. Er schmeckte perfekt: salzig, bitter, süß. Ich spürte, wie etwas in ihm erlosch, und ich wusste, dass ich noch lange, sehr lange mit dieser Sache zu kämpfen haben würde. Ich nahm den Flieder, verabschiedete mich von Georgie und rutschte von meinem Stuhl.

DER FLIEDER zerfiel, als ich die Brücke überquerte. Mein Telefon brummte zwei Mal, und ich stellte es aus. Die Stadt strahlte, ich fühlte mich unantastbar. Ich fühlte die Uferlosigkeit, die Schiffe fühlen mussten, wenn ihre Vertäuung gelöst wurde. Noch einmal erlebte ich dieses Gefühl: Geld zu haben, alle Zölle zahlen zu können, am Rennen teilnehmen zu dürfen. Ja, die Freiheit war zurückgekehrt, auch wenn die Hoffnung noch nicht wirklich wieder da war. Ich hätte die ganze Nacht lang laufen können. All die Momente, in denen mir der Einlass verweigert worden war, all die Momente, in denen ich um Erlaubnis gebeten hatte, eintreten zu dürfen – und doch war es jetzt auch meine Stadt.

VI

Na und, dann war das Gold von der federgeschmückten Hutnadel, die sie an ihrem lavendelblauen Hütchen trug, halt abgeblättert. In unserem Restaurant aßen viele wichtige Menschen: ehemalige Präsidenten und Bürgermeister, Schauspieler und Schriftsteller, die ganze Generationen geprägt hatten, Banker, die man schon an der Frisur erkennen konnte. Es gab viele Gäste, die besonderer Aufmerksamkeit bedurften, aber überhaupt nicht berühmt waren: eine blinde Frau, der wir die Tagesgerichte laut vorlasen, Männer, die freitags mit ihrem Geliebten kamen und samstags mit ihrer Frau, exzentrische Kunstsammler, die an der Bar saßen, einen Martini bestellten und dann eine ganze Flasche Rotwein zum Mittagessen tranken. Warum nur mochte ich Mrs Neely so sehr?

Sie war fragil. Eine seltene, vom Aussterben bedrohte Vogelart. Sie flatterte herein und heraus mit ihren Hüten, den Strümpfen und den Kitten-Heel-Absätzen. Manchmal, wenn ich sie quer durch den Raum hinweg beobachtete, starrte sie ins Nichts. Dann fragte ich mich, ob ich eines Tages eine Frau sein würde, die wie sie in die Luft starrte und dabei über die Momente sinnierte, in denen sie etwas verloren oder beinahe gewonnen hatte. Die die eigene Geschichte Revue passieren ließ.

»Hey, Nick, kann ich den Fleurie nehmen?«

»Schenk ihr nicht nach, Fluff.«

»Komm schon …«

»Die pennt gleich ein.«

Ich seufzte. »Dann pennt sie halt ein. Ist das nicht das Privileg der Alten? Dass sie schlafen dürfen, wann immer und wo immer sie wollen?«

Er zwinkerte und reichte mir die Flasche.

»Danke dir«, sagte Mrs Neely und glättete ein Löckchen neben ihrem Ohr. »Dieser Lump an der Bar schenkt mir immer zu wenig ein. Er denkt, dass ich das nicht merke, aber ich merke das eben doch.«

»Nicky ist schon ein Guter. Man muss ihn nur hin und wieder daran erinnern. Schmeckt Ihnen der Fleurie? Von den Weinen aus dieser Gegend ist er mir gerade der liebste.«

»Warum?«

Die einzige Frage, die Mrs Neely mir jemals gestellt hatte, war, warum ich keinen Freund hatte. Ihre lohfarbenen Apfelwangen waren mit dem Lächeln nach oben gerutscht, und ihre Augen waren klar. Heute hatte sie einen guten Tag, und ich glaubte, dass sie uns für immer erhalten bleiben würde. Ich nahm ihr Glas in die Hand und roch daran.

»Nun, der Beaujolais ist so ein Zwischending – ein Rotwein, der sich trinkt wie ein Weißwein. Wir stellen ihn sogar kalt. Vielleicht wird er deshalb nicht so angenommen. Weil er sich nicht einordnen lässt. Niemand nimmt die Rebe, aus der er gemacht wird, ernst. Gamay finden die Leute zu leicht, zu einfach, strukturlos. Aber …« Ich ließ den Wein im Glas kreisen und fühlte mich dabei regelrecht optimistisch. »Ich sehe sie gern als eine reine Rebe. Fleurie klingt ein bisschen wie Blumen, nicht wahr?«

»Mädchen lieben Blumen«, sagte sie bedächtig.

»Das tun sie.« Ich stellte ihren Wein ab und trat dann vielleicht fünf Zentimeter näher zu ihr heran. Hier begann ihr Sichtfeld, das wusste ich. »Das alles hat ja auch keine tiefere Bedeutung. Der Wein spricht mich einfach an. Ich fühle mich ermutigt, ihn zu genießen. Und ich rieche Rosen.«

»Kind, was ist bloß los mit dir? Da sind keine Rosen in dem verdammten Wein. Wein ist Wein, er macht dich locker und er gibt dir den Mut zu tanzen. Das ist alles. Wie ihr Kinder heute redet. Als ginge immer alles um Leben und Tod.«

»Tut es das denn nicht?«

»Bis jetzt hast du noch nicht einmal gelernt zu leben!«

Ich dachte daran, wie es sich anfühlte, Wein zu kaufen. Wie ich im Weinladen die Beaujolais aus den verschiedenen Regionen betrachtete – den Morgon, den Côte de Brouilly. Der Fleurie erzählte mir einfach eine Geschichte. Beim Anblick der Etiketten fielen mir unterschiedliche Blumen ein. Ich dachte an die Monatserdbeeren von der Mountain Sweet Berry Farm, die wir am Nachmittag bekommen hatten, und an ihren euphorischen Duft. Ich erinnerte mich daran, wie die Köche Papierhandtücher über die Tabletts gebreitet und die Beeren dann daraufgelegt hatten, jede einzeln und ohne eine andere zu berühren, als würden sie sonst zerfallen. Sie waren so anders als die Erdbeeren aus dem Supermarkt, sie waren runzelig und zusammengezogen wie meine Brustwarzen, nachdem mich Jake zum Orgasmus gebracht hatte, indem er allein sie stimulierte. Ich dachte auch daran, dass ich nie wieder außerhalb der Saison Tomaten kaufen würde.

»Darf ich Ihnen heute ein Taxi rufen, Mrs Neely?«

»Ein Taxi? Du lieber Gott, nein. Ich werde mit dem Bus fahren, so wie ich es jeden Tag getan habe, seit ich alt genug bin, um zu laufen.«

»Aber es ist dunkel!«

Sie winkte ab. Sie war ruhig, aber mir fiel auf, dass ihre Lider schwer wurden und dass ihr Kopf jedes Mal ein wenig absackte, wenn sie blinzelte. »Und woher weiß ich dann, dass Sie gut nach Hause gekommen sind?«

Etwas in meiner Stimme verriet, dass ich fürchtete, sie nie wiederzusehen. Was würde geschehen, wenn sie nicht mehr käme? Es würde wohl kaum ein Alarm ertönen, hier im Restaurant. Wie viele Sonntage müssten vergehen, bevor wir es bemerken würden?

»Tess, mach dir keine Gedanken um die alte Mrs Neely. Wenn du erst mal in meinem Alter bist, wirst du feststellen, dass der Tod ein Bedürfnis wird, ebenso wie der Schlaf.«

UM ZEHN KLOPFTE ICH an die Tür seines Büros. Den ganzen Abend lang hatte ich seine Wege verfolgt. Howard war für mich während der Schicht nebensächlich, aber mir wurde klar, dass ich mir, ohne darüber nachzudenken, seine Gewohnheiten eingeprägt hatte. Jeden Abend kam er gegen sieben an die Kaffeestation, dann verbrachte er zwei Stunden im Gastraum, und dann ging er, sofern es keine außerordentlichen Vorfälle gab, zurück in sein Büro, wo er dann bis elf Uhr blieb. Zwei Stunden im Gastraum erschienen mir wie nichts, aus unserer Perspektive ein sehr entspannter Job. Aber dann dachte ich an meine Mittagsschichten und daran, dass er stets bereits da war, wenn wir kamen. Neun Uhr morgens bis elf Uhr abends – an einem guten Abend –, was für eine schreckliche Vorstellung. Es war ihm allerdings niemals anzusehen.

»Komm rein«, sagte er. Die Lesebrille auf dem Kopf, hatte Howard sich in seinem Stuhl zurückgelehnt, vor sich ein Stapel Papiere und ein Computer aus der Steinzeit.

»Tess!« Er richtete sich auf. »Was für eine Überraschung.«

»Es tut mir leid, ich weiß, ich hätte einen Termin vereinbaren sollen. Ich habe bloß gesehen, dass du immer noch hier bist.«

»Meine Tür steht euch immer offen.«

Ich setzte mich und sah ihn an. Ich wusste nicht genau, was ich wollte, aber ich wusste, dass ich da unten alles getan hatte, was ich konnte. Die Zeit, in der ich glücklich vor mich hin existiert hatte, war vorbei. Howard hatte mir die Uniform gegeben, und ich wollte, dass er mir sagte, was als Nächstes geschehen würde.

»Ich bin neugierig. Bezüglich der Möglichkeiten. Hier im Unternehmen.« Ich zögerte. Hinter dieser geschlossenen Tür fühlte ich mich seltsam ausgeliefert, obwohl die Abendschicht ihre Arbeit noch nicht beendet hatte. »Es tut mir leid, ich komme unvorbereitet.« Auf seinem Bücherregal sah ich eine Flasche Four Roses stehen. »Kann ich ein Glas davon haben?«

Er nahm die Brille vom Kopf und griff nach der Flasche, ohne sich zu erheben. Die Augen hielt er dabei die ganze Zeit auf mich gerichtet. Auf seinem Schreibtisch stand eine willkürliche Auswahl von Gläsern, einige davon waren sehr staubig. Er nahm einen Tumbler und benutzte seine blaukarierte Krawatte, um ihn auszuwischen.

»Ich habe kein Eis«, sagte er, während er mir das Glas gab. Sich selbst schenkte er keines ein.

»Brauche ich nicht«, sagte ich und nahm einen großen Schluck. »Du hattest gesagt, dass ich Kellnerin werden könnte.«

Er nickte.

»Nun, ich wäre gern eine. Ich bin wirklich gut in diesem Job, besser als alle anderen Hilfskellner und die meisten Kellner.«

»Du bist talentiert. Deshalb stehst du ganz oben auf meiner Liste.« Offenbar war er sich nicht sicher, was ich vorhatte, also blieb er vorsichtig. Ich war mir auch nicht sicher, was ich vorhatte. »Tess, hier im Unternehmen agieren wir immer vollkommen transparent. Du siehst ja die Schichtpläne, du weißt, wie es läuft. Es gibt gerade keine freie Stelle.«

»Okay«, sagte ich. Ich kippte meinen Whiskey hinunter. »Vielleicht kannst du eine freimachen. Oder vielleicht kannst du mich auch versetzen.«

Er hob die Augenbrauen und öffnete die Flasche erneut. Er goss mir noch etwas ein und sich selbst auch ein wenig.

»Ich habe sehr in dich investiert. Ich würde dich gern bei uns wachsen sehen.«

»Das würde ich auch gern. Wirklich. Ich will nicht gehen, auch wenn mir dieser Ort so sehr zum Hals raushängt, dass ich mir am liebsten die Kugel geben würde. Es ist mein Zuhause. Aber ich weiß auch, dass nicht wirklich du derjenige bist, der hier bestimmt. Simone tut das. Und sie würde niemals zulassen, dass ich es auf ihre Ebene schaffe.«

»Erzähl das nicht dem Inhaber.« Er war nicht beleidigt. Er war neugierig. »Du und Simone … sag mir nicht, dass es dabei um einen Typen geht.«

»Tut es nicht. Tut es, aber auch wieder nicht. Es geht um mich. Komm schon, Howard«, sagte ich und lehnte mich nach vorn. Ich wollte es versuchen. »Ich weiß, dass du Jake nicht magst. Oder er mag dich nicht oder wie auch immer. Und ich weiß, dass du und Simone – dass ihr befreundet seid oder so. Aber ich sollte hier Kellnerin sein. Ich weiß, dass hier viele Leute Dinge tun, für die sie sofort rausgeschmissen werden könnten. Es ist nicht mal die Sauferei, es sind nicht die Drogen oder die Diebstähle. Im Handbuch steht, dass man nur drei Mal zu spät kommen muss, um auf der Stelle gefeuert zu werden. Niemand würde dir die Schuld geben. Einige Leute kommen hier seit Jahren an jedem einzelnen Tag dreißig Minuten zu spät …«

»Tess!« Er lachte. »Du bist auf dem Kriegspfad.«

»Bin ich nicht. Ich weiß, dass du das nicht tun wirst. Ihn zu feuern, würde bedeuten, zwei Leute auf einmal rauszuschmeißen. Aber lass es dir gesagt sein, Howard – wenn man mittendrin ist, merkt man, dass stehendes Gewässer irgendwann stinkt. Das ist einfach eine Tatsache. Und das Restaurant wird nicht jünger. Wir haben echte Probleme: die Wände bröseln, das Essen ist altbacken. Ja, die Leute kommen immer noch her, aber eher aus Nostalgie. Sie kommen nicht wegen des Essens.

Wenn du hier allerdings ein bisschen frischen Wind, also neue Leute reinbringen würdest – Kellnerinnen, die noch nicht abgestumpft sind, denen das hier tatsächlich etwas bedeutet –, dann würde das der Atmosphäre, unserem Ruf oder dem großen Ganzen gewiss nicht schaden.« Wieder leerte ich das Glas. »Aber das weißt du ja alles.«

»Es gefällt mir zu hören, wie du es sagst.« Er füllte mein Glas auf.

»Wahrscheinlich bist du der einzige Geschäftsführer eines Restaurants, der eine ledergebundene Ausgabe von Freud in seinem Büro stehen hat.«

»Ich sehe es als eine Art Betriebsanleitung.«

Wir schwiegen, während ich mir seine Bücher ansah. »Wolltest du mal etwas anderes machen? Analytiker werden? Anthropologe oder Architekt?«

»Warum fragst du?«

»Aus dem gleichen Grund, aus dem jeder andere fragen würde. Diesen Job kann man sich unmöglich aussuchen. Da rutscht man so rein.«

»Und trotzdem bist du hier.«

»Wir sind hier.« Wieder Stille. Ich hatte das Gefühl, langsam keine Zeit mehr zu haben. Alle meine Gedanken drängten gleichzeitig vorwärts. Ich wollte einen Verbündeten. Ich wollte meinen Job. Ich wollte sie beide verletzen. Irgendjemand klopfte – Misha steckte den Kopf durch den Türspalt.

»Ich gehe«, sagte sie und sah mich verlegen an.

»Okay«, sagte ich.

»Entschuldige mich einen Augenblick, Tess«, sagte Howard und zog seine Krawatte gerade. Als er weg war, stand ich auf und beugte mich über seinen Schreibtisch. Ich begutachtete die Papiere, um zu sehen, ob ich irgendwo ein Eckchen mit ihrer Handschrift entdecken würde. Erst vor wenigen Tagen hatte ich den Urlaubsantrag gefunden. Was wohl geschehen wäre, wenn ich den nicht gefunden hätte? Kein Streit mit Jake, keine selbstzerstörerische Nacht, kein Fieber, keine Wahrheit. Ich wäre jetzt da unten, tränke einmal mehr den Pouilly Fuissée. Wann hatten sie es mir mitteilen wollen?

Ich hörte die Türklinke und setzte mich wieder.

»Wirst du Misha versetzen?« Misha: Ich war mir nicht sicher, ob ich die Karte spielen sollte, aber jetzt konnte ich nicht mehr zurück.

»Misha?«, fragte er unbeeindruckt. »Soweit ich weiß, ist sie zufrieden da, wo sie ist.«

»Ach so, ich glaube bloß mich zu erinnern, im Handbuch gelesen zu haben, dass sexuelle Beziehungen zwischen der Führungsetage und den Angestellten nicht erlaubt seien, blablabla … keine Ahnung.«

»Ich glaube, so ungefähr lautet die Regel.« Er sah auf die Uhr auf dem Schreibtisch. »Würde es dir etwas ausmachen, wenn wir dieses Gespräch ein andermal fortsetzen? Ich habe noch ein paar Stunden Arbeit vor mir, würde aber dieses Gespräch über deine Aussichten gern abschließen, vielleicht sogar einen Plan für die kommenden Monate ausarbeiten.«

»Tja, okay.« Ich fühlte mich wie eine Versagerin. »Ich habe morgen die Drei-Uhr-Nachmittagsschicht.«

»Wir können uns um eins wieder hier treffen.«

»Ein Uhr nachts?« Ich atmete aus. »Okay.« Meine Gedanken fuhren Karussell. »Dann sind die unten aber immer noch dabei zuzumachen.«

»Du kannst hinten klingeln, dann können wir uns im hinteren Büro treffen. Wir brauchen ja die allabendliche Mitarbeiterparty nicht zu stören.« Er drückte den Korken zurück in die Whiskeyflasche. »Ich bringe auch Eis mit.«

»Alles klar.«

»Alles klar«, sagte er. Er lächelte, drückte auf die Maus seines Computers, womit er mir zu verstehen gab, dass ich zu gehen hatte. Am Ende war es eben doch nur ein Geschäft.

SELBST DAMALS war mir klar, dass die Park Bar nicht sehr bemerkenswert war, wenn man nicht in einem der fünf Blocks arbeitete, die sie umgaben. Sie war eine dieser Bars, die allein wegen ihres Standortes überlebten. Niemand hatte jemals einen Umweg gemacht, um dorthinzugehen. Es war ein Ort, an den es einen verschlug, eine Oase für die Gestrandeten.

Aber sie war auch außergewöhnlich für diese Stadt – nicht wirklich eine Spelunke, aber auch nicht wirklich eine schicke Bar. Erträgliche offene Weine. Und da sie klugerweise alles schwarz gestrichen hatten, bemerkte man nie, wie schmutzig es eigentlich war. An den Toiletten konnte man erkennen, dass die Menschen sich hier danebenbenahmen, aber wenn man an den offenen Fenstern vorbeiging, dann beneidete man sie.

Es war fast leer, als ich dort ankam, und zunächst fand ich niemanden, den ich kannte. Kurz dachte ich, dass sie hier nicht mehr hingingen, dass sie einen neuen Ort gefunden und mir nichts davon erzählt hatten. Dann gewöhnten sich meine Augen an das Licht. Sasha blinzelte, strahlte mich an. Ich setzte mich neben ihn. Terry deutete auf die Flaschen.

»Ich weiß es nicht«, sagte ich zu ihm. »Ich hab die Trinkerei so satt. Such du mir einen aus.«

Sasha zog etwas aus der Tasche und schob es zu mir herüber. Ich nahm an, es sei ein Tütchen Koks, aber es handelte sich um ein kleines Schmucketui.

»Was denkste?« Ich öffnete es und fand darin ein paar Ohrringe. In Gold gefasste Opale. »Morgen bringe ich zur Post. Eine Überraschung für Mama. Sie wird ausrasten, wenn sie sieht.«

Ich schloss das Etui. »Vermisst du sie?«

»Ja. Sie ist 'ne alte Schlampe, noch verkorkster sogar als ich, aber ich liebe sie.« Ich fing an zu weinen. Sasha schien skeptisch. »Du bist doch gesund, kleines Monster?«

»Bin ich das?«

»Lass mich mal von Respekt erzählen. Respekt für sich selbst. Wenn du was machst, dann machste das verdammt noch mal, und wenn dickes Ende kommt, dann schluckste. Klar?«

»Glaub mir, das tue ich.«

»Weißt du, am Anfang denk ich: Das Mädchen da ist nicht so helle. Die schmeißen wir in zwei Wochen auf Müll. Aber dann biste echt okay, ein kleines Monster, 'ne kleine Fotze, du schaffst das, und ich sag mir: Der mach ich klare Ansagen, weil andere wollen ja doch nur Schwanz in ihre Hose stecken oder sie zu Püppchen machen, aber okay, ich mach klare Ansagen. Und was machst du?«

»Ich hab nicht auf dich gehört.« Ich wischte unter meinen Augen entlang. »Du weißt, dass sie weggehen? Für einen Monat. Nach Frankreich.«

Sasha zog einen Schmollmund: »Guck hier, mein ›Was bin ich schockiert‹-Gesicht.«

»Ich hab verkackt.«

»Ja, die haben verkackt. Weißte, dass Simone ihn schon gefickt und gelutscht hat, als er noch ein Jakey-Baby war? Von da geht nicht aufwärts.«

»Warte mal, im Ernst jetzt? Oder ist das metaphorisch gemeint?«

»Was zur Hölle das heißen soll? O bitte, weißt du doch selbst. Ich bin keine Tratsche. Jakey hatte mal loseres Mundwerk, als wir noch alles durch die Nase gezogen und dann noch Reste vom Tisch gekratzt haben. Verstehste? Wer schreibt schon mit?«

»Als Jake noch ein Baby war?«

»Is doch egal, wer weiß denn schon was? Er war zu jung, als sie angefangen haben, einander zu verkorksen, und Simone is kein Süßgesicht wie du. Aber warum magste Vergangenheit so sehr, Milchschnittchen? Wenn so was richtig düster ist, dann geht's keinen was an und dann ist auch nicht mehr wichtig.«

»Nicht mehr wichtig«, wiederholte ich.

Es war sehr hell in der Park Bar. Terry hätte mal das Licht dimmen sollen, alles war viel zu entblößt, auch die Erkenntnisse, die mich allmählich überwältigten. Es begann mit der altbekannten Übelkeit. Dann kam die Vermutung, dass Sasha log. Bei ihm wusste ich das nie so genau, denn Grausamkeit gehörte zu seinem Repertoire. Und doch war das alles die Bestätigung für etwas, das ich nie hatte in Worte fassen können: Simone hatte irgendwas in Jake kaputtgemacht – da war Wut am Ursprung dieser Bindung. Für einen Moment war das Mitgefühl für meinen goldäugigen Barmann überwältigend. Ich dachte: Wenn ich das doch bloß gewusst hätte ... Dann lachte ich laut. Ich war mir nicht sicher, ob es einen Unterschied gemacht hätte, selbst wenn es die Wahrheit sein sollte. Nichts bedeutet irgendwas. Sasha redete einfach weiter.

Mitten in diesem Leben, das ich so gestaltet hatte, dass es niemals langweilig werden konnte, schlich sich Apathie ein und legte sich über mich wie eine Decke. Ein unerwarteter Trost. Nicht einmal das Kokain, das Will und Ariel mir anboten, als sie von der Toilette kamen, wollte ich. Eine Weile lang redeten wir über allen möglichen Mist. Aus den Lautsprechern kamen gute Songs und solche, die augenblicklich vergessen wurden.

Terry war aus Jersey, aus dem schönen Teil. Will kam aus Kansas. Ariel aus Berkeley, Sasha war irgendwo am Rand von Moskau aufgewachsen. Was wusste ich denn über sie? Hin und wieder erinnerten wir uns daran, dass es die anderen gab, dann lachten wir darüber, wie wir uns gemeinsam zugedröhnt hatten. Ich erkannte das alles – auch, dass es uns nicht gelungen war, einander wirklich ins Herz zu schließen. Auf die Drogen konnte ich es nicht schieben. Es war der Job, der alles so vorläufig und unvorhersehbar werden ließ. Wir hatten nie die Zeit, irgendetwas Bedeutungsvolles zu sagen. Der Inhaber sagte: »Du kannst niemanden zu einem Einundfünfzig-Prozentler machen. So wird man geboren. Es ist unsere Aufgabe, sie zu erkennen.«

Der Slang, die Grundsätze, die Manifeste – das alles war nicht nur dazu da, den Gästen ein gutes Gefühl beim Geldausgeben zu geben. Es war auch für uns gedacht. Damit wir uns edel fühlen konnten. Berufen. Gebraucht. Eine Woche lang würden sie mich vermissen. Höchstens. Der wahrscheinlich größte Irrtum, dem ich aufgesessen war, war der Gedanke, dass ich unersetzbar war – ja dass *wir alle* es waren.

ERST ALS ich später am Abend in Howards Büro ging, realisierte ich – und zwar mit meinem ganzen Körper –, dass mein bisheriges Leben auf der Annahme basiert hatte, dass die meisten Männer mich ficken wollten. Ich hatte das nicht nur gewusst und sie dazu ermutigt, ich hatte mich darauf verlassen. Was nicht bedeutet, dass ich die Transaktion, die hinter dem Sex steckte, wirklich verstand. Ich hatte nur bis zum Moment der Penetration die Kontrolle über die Situation. Danach behandelte ich meinen Körper wie ein Sieb, alles ging einfach durch mich hindurch. Mit Jake war ich mehr Schüssel als Sieb. Was er mir gab, blieb bei mir. Wenn er mich füllte, wuchs ich.

Alle sagten, Howard sei ein großartiger Liebhaber. Ich wusste nicht, was »großartiger Liebhaber« bedeutete. Aber sein Alter beschämte ihn nicht. Er ließ das Licht an. Wir tranken ein Glas zusammen und am Ende eines unverfänglichen Satzes legte er seine Hand auf meinen Oberschenkel. Als er einen neuen Satz begann, bewegte ich meinen Oberschenkel auf ihn zu. Seine Hand kroch weiter nach oben. Das war alles. Ein Satz, eine Hand, ein Satz, ein Oberschenkel. Auf diesen Achsen bewegten wir uns.

Er öffnete bloß sein Hemd. Seine Brust war voller dunkler Haare. Souverän zog er mich aus. Er war eher entzückt von meinen Brüsten, meinen Oberschenkeln, meinem Arsch und meinen Schultern, als dass er beeindruckt war. Ich war ein Spielzeug. Er nahm sich eine ganze Weile Zeit, meinen Körper in Stimmung zu bringen, bevor er mich umdrehte. Meine Jeans hing zwischen meinen Knöcheln, vor mir das Bücherregal, mit Jancis Robinsons *Wineatlas, Die Wein Bibel* und *Frankreich aus der Sicht eines Käsehändlers*. Es fühlte sich tatsächlich irgendwie anders an, seine sauberen, weichen Hände, die Arroganz, mit der er mich in Position brachte. Meine einzigen Gedanken: Ich könnte vielleicht kommen, nur nicht in dieser Position, vielleicht in einem anderen Zimmer, mit anderem Licht, in einer anderen Nacht, mit einem anderen Mann.

Es ging schnell, und er fragte nicht, ob ich gekommen war. Ich kam nicht dazu, darüber nachzudenken, bevor er ihn wieder rauszog, und ich fragte mich, ob Männer wohl fragen sollten, bevor sie in einem kamen. Ich erinnerte mich daran, wie Jake mir nach unserer ersten Nacht die Pille danach gegeben hatte, kommentarlos. Ich hatte sie aufgehoben, weil ich meine Periode bekommen hatte. Damals hatte ich das als sehr rücksichtsvoll und verantwortungsbewusst empfunden. Howard gab mir ein Papiertaschentuch. Er verwahrte sie hinter einem Stapel Bücher, und ich dachte: Warum versteckt er die Taschentücher?

Sie würden es erfahren. Ich würde es nie jemandem erzählen, aber ich wusste, wie sich Informationen im Restaurant verbreiteten. Niemand hatte mich kommen sehen, und niemand würde sehen, wie wir das Gebäude verließen, doch irgendjemand würde es rauskriegen. Irgendwie. Simone würde wahnsinnig wütend sein, so irrational das auch sein mochte. Sie selbst würde sich fragen, warum sie dennoch wütend war. Jake wäre geschockt, nicht weil ich es mit einem anderen getan hatte, sondern weil ich mir selbst wehgetan, mich mehr erniedrigt hatte, als er es jemals getan hatte. Dann würde er verstehen, wie sehr er mich verletzt hatte. Ich wollte ihm ein wenig von seiner Macht nehmen, aber – meine Brust zog sich zusammen, als ich das Taschentuch wegwarf – ich hatte mich so klein gemacht, dass ich kaum noch zu erkennen war.

»Ich war wie du«, sagte er, als er den Reißverschluss seines Hosenstalls hochzog.

»In welcher Hinsicht, Howard?«

»Ganz am Anfang, als Simone hier anfing, erzählte sie die schmutzigsten Witze. Alte Seemannswitze, die man kaum wiederholen möchte. Damals wurde ich rot, wenn sie damit ankam. Sie ließ sich nichts anmerken, wenn sie sie erzählte, aber irgendwann fingen ihre Schultern an zu zucken, weil das Lachen sich Bahn brach.« Er sah mich an, während er sprach, aber er sah mich nicht. »Ich meinte es sehr ernst mit ihr. Und ich konnte nicht begreifen, was da zwischen den beiden war. Ich fand sie abstoßend.«

»Und?« Ich machte meinen BH zu.

»Nun, es tat weh. Es tut weh, nicht wahr? Als Fred Bensen auftauchte, litt ich fürchterlich. An dem Tag, an dem sie ankündigte, dass sie das Restaurant verlassen werde, hatten Jake und ich etwas gemeinsam. Ich frage mich oft, ob wir es waren, die ihn abgeschreckt haben. Wirklich, er … verschwand einfach. Sie hat mir nie erzählt, was geschehen war. Ich dachte, dass es sie vielleicht weicher machen würde.« Er schüttelte den Kopf.

»Verstehe. Und jetzt fickst du junge Mädchen, um sie zu bestrafen?«

»Nein, Tess. Ich ficke junge Frauen, weil sie besser schmecken. Ich brauche sie nicht zu bestrafen. Sie hat sich hier ihr eigenes, ausgeklügeltes Gefängnis geschaffen. Alles, was ich tun muss, ist, sie nicht rauszuschmeißen.«

»Du lieber Gott.« Ich hatte mich an der Idee festgehalten,

dass Howard keiner von uns war. Dass er jenseits unserer Intrigen und unserer Engherzigkeit existierte. In diesem Moment wurde mir klar, dass ich verloren hatte.

»Es ist viel Zeit vergangen«, sagte er, knöpfte sein Hemd zu, faltete seine Krawatte zusammen und steckte sie in seine Tasche. »Und mir ist klargeworden, dass sie mir eigentlich einen großen Gefallen getan hat. Ich glaube, dass es dir irgendwann genauso gehen wird.«

»Weißt du, was ich nicht ausstehen kann? Wenn Leute die Zukunft als Trost für die Gegenwart benutzen. Ich glaube, ich finde nichts weniger hilfreich.«

»Du bist köstlich, Tess«, sagte Howard und setzte sich auf seinen Schreibtisch.

»Findest du?« Ich strich meine Haare hinter die Ohren. Ich lehnte mich zurück, stützte mich auf den Armen ab und betrachtete die Leere zwischen mir und dem Schreibtisch. »Ich finde dich wirklich merkwürdig, Howard. Fand ich schon immer.«

»Glaubst du, dass du vielleicht auch merkwürdig bist?«

Ich nickte. Ich sah auf einen Fleck auf dem Teppich, bis er unter meinem Blick verschwamm.

Ich hatte mal geglaubt, dass mich nichts mehr würde einholen können, wenn ich es erst einmal in diese Stadt geschafft hätte. Denn dann würde ich mein Leben jeden Tag neu erfinden können. Damals hatte mir das ein Gefühl von Unendlichkeit gegeben. Jetzt war ich mir sicher, dass ich niemals dazulernen würde. Sich ständig neu zu erfinden, war dasselbe, wie ständig neben sich zu stehen.

Wir hörten Schritte, und Howard zog sich sein Jackett über. Ich setzte mich auf den Stuhl und faltete die Hände in meinem Schoß, während er die Tür zum Flur öffnete.

Nicky schrie vor Schreck auf. »Verfluchte Scheiße, Howard, fast hätte ich ’nen verdammten –«

Dann sah er mich. Unsere Blicke trafen sich, bevor ich wegsah. Ich sah, wie sich sein Mund verhärtete. Ich sah, dass keinerlei Verwirrung in seinem Blick lag, keinerlei Glaube an irgendwelche mildernden Umstände. Niemand sah die Dinge realistischer als Nicky. Ich sah seine Enttäuschung und bedeckte mein Gesicht mit den Händen.

»Bisschen spät, oder Nick?«

»Ja«, sagte er. Er hielt einen Stapel Tücher hoch. »Ich mach grad Schluss.«

»Tess, wir können morgen weitersprechen. Du kannst ja hinten rausgehen.«

Ich nickte. Die Erwachsenen kümmerten sich um die Sache, sie schickten mich raus in die Nacht. Ich fragte mich, was für einen Blick sie gewechselt hatten – war er männlich, implizit gewesen? Ich beneidete sie darum, wie mühelos sie die Welt verstanden.

»Tut mir leid, Nick«, sagte ich, bevor ich die Tür schloss.

AM NÄCHSTEN Morgen hatten die Bäume ihre Blüten verloren. Sie lagen auf der Straße wie abgeblätterte Farbsplitter von heruntergekommenen Gebäuden. Ich stand am Fenster zur Sechzehnten und starrte auf den Park. Es war brutal windig an diesem Tag, die Bäume bogen sich, Wolken tänzelten quer über den blauen Himmel.

»Es ist, als würde es wieder schneien«, sagte ich, aber niemand hörte mich. Kleine Fähnchen klebten an den Fenstern, der Angriff der Blütenblätter.

ICH WAR im Weinkeller beim Aufräumen. Dieser Job war nach und nach zu meinem geworden, bis er mir ganz gehörte. Keiner räumte hinter sich auf, weil alle wussten, dass ich es tun würde.

Simone klopfte an die Tür, in der Hand hielt sie ein Schiffchen mit Kartoffelchips und eine feuchte Flasche Billecart, und ich wusste, dass ich gefeuert wurde.

»Hast du einen Moment?«

Ich legte den Cutter ab und stellte drei Stapel aus Pappe wie einen Tisch und zwei Stühle zusammen. Die Kisten waren mal so schwer gewesen. Heute konnte ich zwei auf einmal heben. Ich konnte sie werfen.

»Sieht super aus hier unten.«

»Ich geb mir Mühe.«

»Ich dachte, wir zwei könnten uns was gönnen«, sagte sie und hielt mir das Etikett der Flasche entgegen.

»Das ist allerdings ein Leckerbissen. Ist schon eine Weile her, dass ich meinen letzten Billecart hatte.«

»Das ist Sünde.« Simone öffnete die Flasche, die nur ein leises Flüstern von sich gab. Sie spülte zwei Gläser mit je einem kleinen Schluck, dann goss sie behutsam ein, ohne ihren Blick von mir abzuwenden.

»Ich stehe gerade total auf Rosé«, sagte ich. »Dieser Tempier … Mann, der ist so göttlich.«

»Die Peyrauds sind tolle Leute. Wir besuchen sie in Bandol und übernachten dort.« Ihre Augen flogen kurz zu mir, aber sie fuhr fort. Diese Frau hatte keine Hemmungen. »Wenn man bei Menschen auch von Terroir sprechen kann, dann haben sie welches – das Salz des Meeres, die Freude der Sonne. Sie kommen immer vorbei, wenn sie in New York sind. Nächstes Mal werde ich –«

»Ah.« Ich unterbrach ihre Lüge. Bandol stand für mich nicht auf dem Programm, und es würde auch kein nächstes Mal geben.

»Ich habe mit Howard gesprochen.«

»Das dachte ich mir schon.«

»Du wirst befördert. Verdient, wie ich finde.«

»Echt.« Eigentlich wollte ich sagen: Echt? Aber das konnte

ich nicht. Sie saß mir gegenüber. Ich hatte sie so intensiv studiert, ich kannte ihr Gesicht besser als mein eigenes. Ich war mir sicher, dass nichts – weder Zeit noch Distanz – dieses intime Band beschädigen konnte. Selbst in dreißig Jahren könnte ich dieses Restaurant betreten, und sein Rhythmus, seine Geheimnisse, all das hätte seine Entsprechung in meinen Knochen. Ich würde sie überall erkennen.

»Du gehst ins Smokehouse.«

Ich brauchte eine Minute, um das zu verarbeiten. Ich nahm einen Schluck Champagner, dann hielt ich inne.

»Tut mir leid, prost.« Ich berührte ihr Glas und trank meines in einem Zug aus.

»Natürlich gehe ich nicht ins Smokehouse.«

»Tess, denk wenigstens darüber nach –«

»Ach, Simone!«

Ich hatte die Worte geschrien, die Flaschen gaben ihr Echo zurück. »Grill, Burger und Bier? Riesige Fernseher? Hör doch auf mit dieser Farce.«

»Die Kellnerinnen dort verdienen ausgezeichnet.«

Ich hob meine Hand. »Halt den Mund. Lass es uns nicht so schwermachen. Ich gehe nicht ins Smokehouse. Ich kündige. Ich kann noch zwei Wochen bleiben, aber es wäre mir lieber, so schnell wie möglich zu gehen. Können wir jetzt eine vernünftige Unterhaltung führen?«

»Wie du möchtest.«

Champagner und Stille – die einzigen Ruhepole auf dieser Welt. Ich seufzte, und fast kamen mir die Tränen. Aber es gelang mir, mich zusammenzureißen. Ich holte ein weiteres Mal Luft, dann atmete ich ganz aus.

»So ist es richtig. Atme«, sagte sie.

»Halt's Maul.« Sie nickte, und ich atmete noch ein bisschen. »Ich hab mir zu viel zugetraut. Ich war alldem nicht gewachsen.«

»Das ist ganz normal.«

»Nach alldem hier wird alles andere langweilig sein.« Ich sah sie an, ihre roten Lippen und die erbarmungslosen Augen. Ich werde dich vermissen, dachte ich.

»Langeweile kann unglaublich produktiv sein. Es ist die Angst vor der Langeweile, die so gefährlich ist.«

»Du hattest Langeweile«, sagte ich. »Du warst wahnsinnig vor Langeweile. Deshalb hast du mit mir gespielt.«

Sie blinzelte ein paar Mal. »Nein, Tess. Ich weiß, warum du dir das einreden möchtest, aber so einfach ist es nicht. Auch ich habe daran geglaubt – dass wir eine Familie waren.«

Ich wusste nicht, ob sie das ganze Restaurant meinte oder uns drei. Es war egal. Ich biss in einen der Chips, er knackte, mein Mund stand unter Wasser. Die nackte Glühbirne puckerte im gleichen Tempo wie mein Herz.

»Du wirst zurechtkommen«, sagte sie. Sie aß einen der Chips und dachte über ihre Worte nach. »Du wärst ja ohnehin nicht für immer hiergeblieben. Jetzt kannst du dir einen richtigen Job suchen. Einen richtigen Freund. In Echtzeit leben. Verdreh nicht die Augen.«

»Ich denke Richtung Wein. Vielleicht im Verkauf. Es gibt da einen Laden in einer der Seitenstraßen von der Bedford. Der gefällt mir.«

»Ja, das ist wunderbar. Da wird es dir gut gehen. Ich kenne jemanden bei Chambers, ich rufe da gern für dich an. Howard wird dir natürlich auch ein exzellentes Zeugnis schreiben.«

»Davon gehe ich verflucht noch mal auch aus.« Ich wollte wütend auf sie sein. Sie alle. Ich wollte mich benutzt fühlen, aber das Gefühl stellte sich nicht ein. »Ich habe ein bisschen Geld. Ich werde mir erst mal etwas Zeit nehmen.«

»Das ist klug«, sagte sie. Wir nahmen beide einen Chip. »Du wirst zurechtkommen.«

Ich weiß nicht, ob sie das meinetwegen ständig wiederholte

oder ob sie es sich selbst vorsagte. Ich sah das alles von oben: die Chips und den Champagner, die Küche, das Teamessen, das gerade vorbereitet wurde, die Umkleide, wo ich den Müll und die Reste aus meinem Schrank holen und in eine Plastiktüte tun würde. Nur für den Fall, dass irgendwas wichtig genug werden würde, um es aufzuheben. Irgendwann würde es alles keine Bedeutung mehr haben, und ich würde es wegschmeißen.

Das Salz von den Chips klebte an meinen Fingern, und ich rieb sie aneinander, bis das Salz herunterfiel und ich über unseren Köpfen jemanden mit einer Sackkarre durch den Gastraum gehen hörte. Der Geschmack, der in meinem Mund zurückblieb, war der von Kalk und Zufriedenheit, Verwirrung und Zitronen. Kein bisschen Reue. Ich sprach langsam, ich wusste nicht, was ich sagen würde, aber ich wusste, dass es endgültig sein würde. Ich sah sie an. »Natürlich werde ich zurechtkommen. Ich werde nie etwas anderes als Dankbarkeit empfinden.«

ICH HABE MICH NICHT an die richtigen Dinge erinnert. Versuchen wir es noch einmal: die Horden chassidischer Kinder an den Straßenecken der South Side um Mitternacht, die Rufe des Empanada-Mannes, der die Roebling Street herunterkam, während ich ein Nickerchen machte, Empanada, Empanada. Die Stunden, die ich mit Jake vertat, im Kreis durch schmucklose Straßen spazierend, während er seine Gedanken mit einer Zigarette unterstrich. Wie wir alle nach draußen gerannt sind, mitten auf die Sechzehnte Straße, um zu beobachten, wie eine blutrote Sonne im Hudson versank. Bier trinken aus Papiertüten mit Scott, während wir von Bar zu Bar auf der Grand Street streiften. Will, der mir auf dem Bahnsteig im U-Bahnhof Karate zeigte. Die herrlichen rauen, orangefarbenen Seeigelzungen, die wir auf Toast aßen. Ariel und ich, wie wir gemeinsam auf der Brücke im Sonnenuntergang sangen, während sich die Pendler an uns vorbeidrängten. Wir kannten ein Geheimnis, das ihnen verborgen blieb: Das Leben geht nicht einfach immer unerschütterlich voran, man kann es nicht anhäufen, weil es immer wieder ausgelöscht wird, wie die Kreide auf der Tafel am Ende eines jeden Abends. Nur wir wussten um das Geheimnis der Unerschöpflichkeit: Es war die Freude, an der man festhalten musste.

Ich glaube, es war Nicky, der immer sagte: »Leben ist das, was passiert, während du wartest.« Ich weiß nicht, an dieser Stelle ist es ein Klischee. Dadurch wird es aber nicht unwahr. Mein Leben ist so voll gewesen, dass ich nicht erkennen konnte, was als Nächstes kam. Und das hatte ich auch nicht gewollt. Und im Ernst, würde es jemals wieder so laut sein? So befriedigend? Die ständige Gier nach dem Wildesten, dem Ursprünglichsten, dem Schärfsten, der größtmöglichen Beschleunigung – das war unser Ding. Selbst wenn wir die Stammgäste vergaßen oder die Tagesgerichte, oder die Stechuhr.

Es war Simone, die an ihren besseren Tagen sagte: »Mach dir keine Sorgen, Kleine, nichts von alldem wird auch nur einen Kratzer hinterlassen.«

Aber ich sehe die Narben der Leute. Fremde, die allein an der Bar sitzen und auf intime Art einen Drink und das Hühnerleber-Mousse bestellen. Dabei sprechen sie mit den Barleuten. Ich sehe Leute, die ihren Tellern eine Form von Aufmerksamkeit schenken, die ich als Verehrung bezeichnen würde. Ich sehe sie an mir selbst: die Kratzer und Narben. Nein, ich habe nicht ewig gewartet, aber in dieser Hinsicht sind wir alle zu »Lebenslänglich« verdonnert.

Die Blumen da sind schon welk.
Da gähnt mein üblicher Abgrund. Punkt fünf.
Und *der* Typ hat eine Freundin.

Gott, hier könnte man echt Reality-TV drehen.
Wann hört das auf, dass mich alles so berührt?
Offenbar gibt es Millionen Theorien über das Fegefeuer.
Wann wirst du es kapieren?
Ja, Scott hat gekündigt – Chef schäumt.
Und sie ist einfach hinten rausgegangen.
Aber – es gibt keinen Spannungsbogen in einer Liebesgeschichte.
Das ist so ein Pizzaladen in Bushwick.
Nun, Stil hat Inhalt geschlagen.
Jemand muss zur 30.
Das passiert halt in der Stadt.
Die ist nicht sehr sentimental.
Die Pflaumen sind echt.
New York hat es perfektioniert.
Aber das sind alles bloß Phantasien.
Zynismus muss man nicht pflegen, der blüht von allein.
Also, im Vergleich war Stalin ein Engel.
Aber wie kommt sie darauf, Gardenien anzuschleppen?
Ich bin mit Arbeit zugemüllt.
Die 35 ist hilflos.
Gib ihnen einen anderen Tisch.
Das ist selbst für mich zu blutig.
Du weißt, dass du verlieren wirst, wenn du zockst.
Ich häng hinterher, mach einen Doppelten draus.
Was hat sie erwartet?
Einfach gerade genug gewinnen.
Ich glaube, da muss man einfach dabei gewesen sein.
Drei Tischwechsel, verdammt.
An einem Dienstag.
Verflucht, wir waren den ganzen Abend lang dicht.

Louise Erdrich
Ein Lied für die Geister
Aus dem Englischen
von Gesine Schröder
Roman
444 Seiten. Broschur
ISBN 978-3-7466-3398-5
Auch als E-Book erhältlich

»Ein Meisterwerk amerikanischer Literatur« Booklist

Als Landreaux Iron bei einem tragischen Jagdunfall Dusty, den Sohn seiner Nachbarn, tötet, beschließen er und seine Frau, ihren jüngsten Sohn LaRose bei Dustys Familie aufwachsen zu lassen. Ergeben beugt sich LaRose dieser indianischen Tradition, die zu aller Überraschung ungeahnte, tröstliche Dinge bewirkt. Alles könnte sich zum Guten wenden, wäre da nicht einer, der mit Landreaux eine alte Rechnung offen hat und seine große Chance auf Rache wittert.

»Erdrich trägt, wie Faulkner, das dunkle Wissen ihres Landes in sich. Sie zählt zu den besten amerikanischen Schriftstellern.« New York Times

»Wie Toni Morrison, Tolstoi oder Steinbeck zeichnet Erdrich ihre Charaktere voller Liebe und erzählt von ihnen, ohne je über sie zu richten.« San Francisco Chronicle

Regelmäßige Informationen erhalten Sie über unseren Newsletter. Jetzt anmelden unter: www.aufbau-verlag.de/newsletter

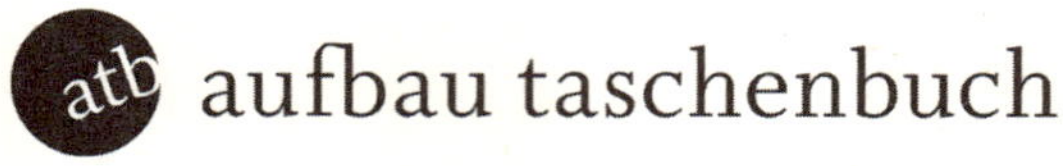